BASTEI
LÜBBE
TASCHENBUCH

Weitere Titel der Autorin:

Teuflisch verführt

Titel in der Regel auch als E-Book erhältlich

Über die Autorin:

Lorraine Heath hat schon immer davon geträumt, Schriftstellerin zu werden. Nach ihrem Abschluss in Psychologie an der University of Texas schrieb sie im Rahmen ihrer Arbeit zunächst Handbücher und Pressemitteilungen. Als ihr 1990 ein Liebesroman in die Hände fiel, erkannte sie, dass sie ihre Zeit nicht weiter mit langweiligen Fakten, sondern mit Abenteuern, Leidenschaft und Romantik füllen wollte. Seitdem hat sie zahlreiche Romane veröffentlicht, wurde mehrmals für ihr Werk ausgezeichnet und schaffte es auf die Bestsellerliste der NEW YORK TIMES.

Lorraine Heath

GEFÄHRLICH ZÄRTLICH

Roman

Aus dem amerikanischen Englisch
von Ulrike Moreno

BASTEI
LÜBBE
TASCHENBUCH

BASTEI LÜBBE TASCHENBUCH
Band 17 247

Dieser Titel ist auch als E-Book erschienen

FSC
www.fsc.org
MIX
Papier aus verantwortungsvollen Quellen
FSC® C014496

Vollständige Taschenbuchausgabe

Deutsche Erstausgabe

Titel der amerikanischen Originalausgabe: »Between the Devil and Desire«
Originalverlag: Avon Books
Published by arrangement with Avon,
an imprint of HarperCollins Publishers, LLC

Textredaktion: Kerstin Fricke
Titelillustration: © hotdamnstock
Umschlaggestaltung: Guter Punkt, München
Satz: Urban SatzKonzept, Düsseldorf
Gesetzt aus der New Caledonian
Druck und Verarbeitung: GGP Media GmbH, Pößneck
Printed in Germany
ISBN 978-3-404-17247-4

5 4 3 2 1

[redacted]

Für Nathan.

Als wir zu jung waren, um es besser zu wissen,
griffen wir nach den Sternen des anderen
und setzten uns die gleichen Ziele.
Im Scherz sagte ich dir immer,
dass ich meine Schurken nach deinem Vorbild schuf.
Aber du, mein Schatz,
bist immer nur mein Held.

[redacted]

Prolog

Aus den Aufzeichnungen des Jack Dodger

Als ich fünf Jahre alt war, verkaufte mich meine Mum. Ich habe es ihr nie nachgetragen; selbst in solch zartem Alter verstand ich schon, dass Hunger und Furcht einen Menschen dazu bringen können, Dinge zu tun, die er sich selbst nie zugetraut hätte. In meiner neuen Lebenslage lernte ich schnell, dass der Teufel wie ein Gentleman gekleidet war, und so lief ich weg, überzeugt davon, dass ich auf der Straße besser dran sein würde als in einem prachtvollen Haus, in dem raffinierte Herren Anständigkeit vortäuschten.

Ich war noch nicht lange allein, als ich mich einer berüchtigten Kinderdiebesbande anschloss, die von einem schlauen alten Fuchs namens Feagan angeführt wurde. Unter seiner Anleitung lernte ich, dass sich alles stehlen ließ – mit der richtigen Vorbereitung. Meine eigenen Befähigungen, meine Entschlossenheit, voranzukommen und zu überleben, waren unübertroffen, und so stieg ich schon sehr bald in Feagans Achtung. Er nannte mich liebevoll »Dodger« oder Schlawiner, und bis zu meinem achten Lebensjahr verbrachte ich fast jeden Abend mit ihm vor einem gemütlichen Kohlenfeuer, wo ich meine Tonpfeife rauchte, Gin trank und die ungewöhnlichen Lebensweisheiten in mir aufnahm, die Feagan nur mit den wenigen teilte, denen er Respekt entgegenbrachte.

Aber meine Hände kribbelten schier unentwegt von dem Bedürfnis, mehr Geld in die Finger zu bekommen. Eines Tages bot mir ein gepflegt aussehender Herr einen Sixpence dafür, eine dreiköpfige, adlige Familie in eine Gasse zu locken. Ich schaffte es mit Krokodilstränen und der Behauptung, meine Mum läge im Sterben. Der Mann und seine Frau wurden auf der Stelle ermordet, aber der Sohn entkam. Entsetzt über meine Beteiligung an den tragischen Geschehnissen rannte ich dem Jungen hinterher, weil ich befürchtete, dass uns das gleiche Schicksal erwartete, das seinen Eltern widerfahren war. Ich folgte ihm in eine weitere Gasse, wo er weinend zusammenbrach und sich in eine Ecke kauerte. Aber für solchen Unsinn blieb uns keine Zeit. Zu meiner großen Erleichterung erkannte er mich nicht wieder, vermutlich aufgrund des Schocks. Ich beschmutzte seine Kleider, ihn selbst und überzeugte ihn, dass ich über die Mittel und Wege verfügte, um ihn zu retten.

Der Junge nannte sich Lucian, aber da das zu vornehm klang, stellte ich ihn den anderen als Luke vor. Feagan gab mir drei Pence für den neuen Rekruten, den ich ihm gebracht hatte. Keine schlechte Ausbeute für den Tag, auch wenn ich nicht gut schlief in jener Nacht.

Zu meinem andauernden Ärger fühlte ich mich verantwortlich für den Jungen, obwohl ich gerade mal zwei Jahre älter war. Als er beim Stehlen erwischt wurde, war ich dumm genug zu glauben, ich müsste ihm zu Hilfe eilen, woraufhin wir beide für drei Monate im Gefängnis landeten. Das Häftlings-Brandmal, das uns beide zeichnete, verstärkte unsere Freundschaft jedoch nur noch, sodass wir schließlich unzertrennlich wurden.

Bis zu der Nacht, in der er einen Menschen tötete.

Er war vierzehn und wartete gerade auf sein Strafverfahren, als der Earl of Claybourne bekannt gab, dass Luke sein lange verschollener Enkel war. Daraufhin wurde er in die Obhut des alten Herrn entlassen. Lukes Glück wurde schnell zu meinem, da der alte Herr auch mich aufnahm. Wir kamen jedoch nie gut miteinander aus. Der Earl versuchte, mich zu einem Gentleman zu machen, aber ich zog es vor, ein Spitzbube zu bleiben, daher erschien es mir anständiger, sein Haus zu verlassen.

Als ich neunzehn war, wurde mir von einem Anwalt mitgeteilt, dass ich einen anonymen Gönner hatte, der große Erwartungen in mich setzte und mir zehntausend Pfund zukommen lassen wollte, um auf diese Weise meine Zukunft abzusichern. Ich fragte nie nach dem Namen meines Gönners, da ich keinen Zweifel daran hegte, dass er Lukes Großvater war – der auf diese Weise versuchte, mich loszuwerden, ohne seinen Enkel zu enttäuschen. Ich hatte lange genug auf der Straße gelebt, um zu wissen, dass Geld dazu da war, in Laster investiert zu werden, deswegen erwarb ich ein Gebäude und machte einen exklusiven Herrenclub daraus.

Und so kam es, dass ich ein wohlhabender Mann wurde, mit einem Vermögen, das zweifelsohne alles überstieg, was mein Gönner – oder jeder andere – von mir erwartet hatte. Doch egal, wie viel Geld ich auch verdiente, es war nie genug. Ich war unersättlich, immer gierig nach mehr und bereit, alles, aber auch wirklich alles dafür zu tun.

Kapitel eins

London
1851

Der Teufel war zu Besuch gekommen. Olivia Stanford, die Duchess of Lovingdon, saß neben ihm in ihrer Bibliothek und wusste nicht, ob sie entsetzt oder fasziniert sein sollte. Er war ein interessanter Mensch, und obwohl sie viele unerfreuliche Geschichten über ihn kannte, hatte sie ihn bis zu diesem Abend noch nie zu Gesicht bekommen.

Sein schwarzes Haar, das ihm in ungebändigten Locken auf die breiten Schultern fiel, zeugte von seiner Auflehnung gegen gesellschaftliche Zwänge. Seine harten Gesichtszüge waren von einem Leben der Dekadenz und der Ausschweifungen geprägt. Trotzdem war er auf eine raue, schroffe Art ein schöner Mann – so wie auch eine zerklüftete Küste im Morgengrauen einem mit ihrer Pracht den Atem rauben konnte.

Olivia zwang sich, den Blick von seinem Profil zu lösen, das sie schon von dem Moment an fesselte, in dem sie ihre Bibliothek betreten hatte und dem herrlich verruchten Jack Dodger begegnet war.

Seine Spielhölle bot vielen männlichen Adligen Unterhaltung. Schwestern, Ehefrauen und Mütter hörten so manche mit schwerer Zunge geäußerte Bemerkung über die Ausschweifungen in Jack Dodgers Etablissement, wenn ihre Brüder, Ehemänner oder Söhne in den frühen Morgenstunden torkelnd heimkehrten. Natürlich tauschten die Frauen beim Tee diskret Geschichten aus, und so war Dodgers zweifelhafter Ruf und der seines Spielcasinos auch unter anständigen Damen gewachsen, die von solch frivolen Dingen eigentlich gar nichts wissen dürften. Die Frauen hassten ihn, weil er den Männern in ihrem Leben die Möglichkeit bot, von allem abzuweichen, was gut und achtbar war, und trotzdem konnte keine der Damen ihre anhaltende Faszination für einen derart lasterhaften Mann bestreiten.

Olivia, die neben ihm saß, wurde sich auch immer mehr der unverhohlenen Sinnlichkeit bewusst, die von ihm ausging. Sie konnte sich gut vorstellen, dass Frauen ihm in sein Schlafzimmer folgten, ohne dass auch nur ein einziges Wort gesprochen wurde. Sie konnte den Tabak- und Whiskygeruch riechen, der ihn umgab, und stellte zu ihrer Beschämung fest, dass sie diesen ausgesprochen maskulinen Duft sehr reizvoll fand. Alles an ihm sprach von verbotenem Vergnügen.

Er war wahrhaftig das Werk des Teufels.

Er trug sogar das Mal des Teufels. Das Brandmal an der Innenseite seines rechten Daumens war deutlich zu sehen, weil er nicht den Anstand besaß, Handschuhe zu tragen, und seine langen Finger leicht gespreizt über der Sessellehne lagen. Obwohl das Kennzeichnen von Kriminellen nicht mehr üblich war, wusste Olivia, dass ihn das in seine Haut eingebrannte *D* als jemanden auswies, der wegen Diebstahls im Gefängnis gewesen war. Und sie hatte herzlich wenig Verständnis für diejenigen, die sich nahmen, was ihnen nicht gehörte.

Trotz seiner fragwürdigen Vergangenheit und Betätigung konnte Olivia an der Qualität seiner Bekleidung nichts bemängeln. Sie war offenbar vom besten Schneider Londons angefertigt worden; nur die rote Brokatweste unter seinem schwarzen Rock war völlig unangebracht für einen solch traurigen Anlass wie die Testamentseröffnung ihres verstorbenen Ehemannes.

Warum Lovingdon auf der Anwesenheit des berüchtigten Jack Dodger bestanden hatte, war ihr unbegreiflich. Woher hatte er diesen zwielichtigen Lebemann denn gekannt? Soweit sie wusste, war er nie im *Dodger's* gewesen. Ihr Bruder, der verstorbene Duke of Avendale, war hingegen recht häufig dort zu Gast gewesen und hatte ihr dadurch die beneidenswerte Gelegenheit verschafft, sehr viel zu dem Repertoire an skandalösen Geschichten beizutragen, die unter den Damen die Runde machten.

Aber Lovingdon war außerordentlich puritanisch gewesen. Er hatte nicht einmal Alkohol im Haus gehabt, und soweit Olivia wusste, war auch nie ein Tropfen Wein über seine Lippen gekommen. Das Gleiche ließ sich von Jack Dodger nicht behaupten, wie sie gleichfalls wusste. Und apropos Lippen ... Dodger hatte die sinnlichsten Lippen, die sie je bei einem Mann gesehen hatte, von einem sehr, sehr dunklen Rot, als wären sie in feinen Wein getaucht worden. Olivia konnte sich vorstellen, dass er damit schon alle Arten von Genüssen probiert hatte. Sein Mund war wie dazu geschaffen, selbst die tugendhaftesten Frauen zu verbotenen Freuden zu verführen. Warum sonst würde sie sich die völlig unpassende Frage stellen, wie es wohl wäre, von ihm geküsst zu werden? Sie hatte schon lange aufgehört, über die Freuden des Küssens nachzudenken – vielleicht, weil Lovingdon so strikt dagegen gewesen war. Und trotzdem saß sie hier und stellte sich vor, wie sich diese vollen Lippen auf ihre pressten und sie auf eine Art und Weise verführten, wie Lovingdon es nie getan hatte.

Wieder fragte sie sich, warum der Duke gewollt hatte, dass Jack Dodger bei der Verlesung seines Testaments zugegen war.

Mr. Beckwith, der Anwalt des Dukes, der jetzt seine Papiere auf dem Tisch ihr gegenüber ausbreitete, hatte jedoch neben ihrer auch auf Dodgers Anwesenheit bestanden. Und so war sie nun da und kam wie immer ihren Verpflichtungen nach, wie unangenehm sie ihr auch erscheinen mochten. Von dem Moment ihrer Geburt an war ihr Leben von Pflichtbewusstsein bestimmt gewesen. Dies war auch der Grund dafür, dass sie mit neunzehn einen Mann geheiratet hatte, der über fünfundzwanzig Jahre älter war als sie – ihr Vater hatte die Ehe arrangiert, und eine gehorsame Tochter widersetzte sich dem Vater nicht, ungeachtet ihrer eigenen Sehnsüchte und Wünsche.

Lovingdon war von Anfang an aufrichtig zu ihr gewesen. Mit fortschreitendem Alter brauchte er dringend einen Erben, und obwohl die Ehe mit ihm nicht das war, was sie sich erhofft hatte, war sie auch nicht so schlecht, wie sie es hätte sein können. Olivia hatte sich seinen Respekt erworben und herrschte uneingeschränkt über seinen Haushalt. Sie hatte ihm einen wunderbaren Sohn geschenkt, aber er war außerstande gewesen, ihr sein Herz zu schenken.

Olivia war sich ziemlich sicher, dass Henry als rechtmäßiger Erbe seines Vaters alles Wichtige erben würde. Sie hoffte nur, dass laut Testamentsverfügung das Londoner Stadthaus zur Witwenresidenz erklärt wurde, weil sie dieses Haus sehr liebte. Aber es war ziemlich groß, und für gewöhnlich wurde ein kleineres Anwesen als Witwenresidenz bestimmt. Lovingdon hatte jedoch nie andere Häuser in London erworben. Falls ihr dieses Haus nicht hinterlassen wurde, läge die Entscheidung darüber, wo sie in späteren Jahren residieren würde, bei ihrem Sohn – wenn er alt genug war, um sich mit solchen Dingen zu befassen. Im Moment war er erst fünf und nur daran interessiert, dass sie ihm vor dem Schlafengehen eine Geschichte vorlas.

Schließlich faltete der Anwalt die Hände über den Papieren und erhob den Blick zu dem aus nur zwei Personen bestehenden Publikum. Sein dunkles Haar war grau meliert, seine blauen Augen wirkten seiner dicken Brille wegen größer, und irgendwie hatte es den Anschein, als würde ihm diese Brille ermöglichen, sehr viel mehr zu sehen als der Durchschnittsmensch.

»Mr. Dodger, ich möchte Ihnen danken, dass Sie, obwohl Sie so eingespannt sind, die Zeit gefunden haben, heute Abend bei uns zu sein«, begann er so feierlich, wie der Anlass es erforderte.

»Dann lassen Sie uns beginnen, ja? Ich muss wieder zurück in meinen Club.« Jack Dodgers Stimme war rau, als würde er den Großteil seiner Zeit schreien, bis seine Kehle wund war. Aber es schwang auch etwas Angenehmes darin mit, das Olivia nicht mit Worten erklären konnte. Sie konnte sich allerdings sehr gut vorstellen, wie er mit dieser Stimme einer Dame etwas zuflüsterte und sie zu ungehörigem Benehmen verleitete.

»Ja, natürlich«, sagte Mr. Beckwith und nahm ein großes Dokument zur Hand. »Das Testament enthält sehr viel Rechtsterminologie, auf deren Vorlesen ich mit Ihrer Erlaubnis verzichten werde.«

»Sagen Sie mir einfach, warum zum Teufel ich hier bin, damit ich wieder gehen kann.«

Olivia schnappte laut nach Luft. Jack Dodger warf ihr einen herablassenden Blick zu, den ersten überhaupt, seit sie einander vorgestellt worden waren und ihre Plätze eingenommen hatten.

»Du meine Güte, nun schauen Sie doch nicht so entsetzt!«

Angesichts des durchdringenden Blicks, mit dem er sie ganz unversehens musterte, beschlich Olivia das merkwürdige Bedürfnis, ihre Knöpfe zu überprüfen, um sicherzugehen, dass alle ordentlich geschlossen waren. »Vielleicht sollte ich Sie darauf aufmerksam machen, dass ich in meinem Haus keine vulgäre Ausdrucksweise dulde«, erklärte sie. »Wenn Sie sich weiterhin einer solch derben Sprache bedienen, werde ich gehen.«

»Ich pfeife darauf, ob Sie bleiben oder nicht.«

»Mr. Dodger«, meinte Mr. Beckwith mit einer gewissen Schärfe, die verriet, dass auch er wahrscheinlich Vorbehalte gegen die derzeitige Gesellschaft hatte, »der Duke bestand nun mal auf

Ihrer Anwesenheit während der Testamentseröffnung. Aber ich werde schnellstens zur Sache kommen, um Ihre Geduld nicht noch mehr zu strapazieren.« Dann räusperte er sich und begann vorzulesen: »Ich, Sidney Augustus Stanford, Duke of Lovingdon, Marquess of Ashleigh und Earl of Wyndmere, im Vollbesitz meiner geistigen und körperlichen Kräfte, vermache meinem rechtmäßigen Sohn und Erben meiner Titel Henry Sidney Stanford mein gesamtes unveräußerliches Eigentum sowie auch die daraus erzielten Einkünfte und Vermögenswerte.«

Olivia nickte zufrieden. Sie hatte nichts anderes erwartet. Es war nur eine Formalität, es derart explizit in seinem Letzten Willen zu vermerken.

»Meiner treusorgenden Ehefrau Olivia Grace Stanford, Duchess of Lovingdon und Mutter meines Erben ...«

Olivia blinzelte, um die Tränen zurückzuhalten, die in ihren Augen brannten, und wünschte, Jack Dodger sei beim Vorlesen dieses Abschnitts nicht zugegen. Die letzten Worte ihres Ehemannes an sie waren privat und sehr persönlich.

»... hinterlasse ich einen Treuhandfonds, der ihr bei angemessener Verwaltung für den Rest ihres Lebens zweitausend Pfund jährlich einbringen müsste. Mr. Jack Dodger ...«

Olivia blieb kaum Zeit, ihrer Enttäuschung darüber, dass er ihr das Londoner Haus nicht hinterlassen hatte, Herr zu werden, bevor der Umstand, dass nun endlich der Grund für die absurde Vorladung dieses Jack Dodger zutage treten würde, ihre Aufmerksamkeit erforderte.

»... vermache ich den Rest meiner weltlichen Güter, mit Ausnahme von einem, unter der Bedingung, dass er als Vormund und Beschützer meines Erben fungieren wird, bis der Junge entweder seine Volljährigkeit erreicht oder meine Witwe wieder heiratet und ihr Ehemann diese Rolle übernimmt. Wenn eine dieser beiden Bedingungen erfüllt ist, wird Mr. Dodger den letzten Teil seiner Erbschaft erhalten – deren Wert unschätzbar ist.«

Wie aus weiter Ferne begann Olivia, ein Rauschen in den Ohren zu vernehmen, das sich wie die Flügelschläge von tausend Raben anhörte, die aus dem Londoner Tower flohen und damit Großbritanniens Untergang ankündigten. Nur schwach war sie sich des Knisterns von Papier bewusst, als Mr. Beckwith das Testament auf den Tisch zurücklegte. Sie konnte unmöglich richtig gehört haben! Ihre Schläfen pochten schon, seit ihr Mann die Treppe heruntergefallen war und sich dabei eine tödliche Wunde am Kopf zugezogen hatte. Der Kummer, den sie über den unerwarteten Verlust empfand, brachte sie anscheinend derart durcheinander, dass sie nun Worte verwechselte und deren wahre Bedeutung dadurch verloren ging. Während sie noch zu begreifen versuchte, wie das sein konnte, wie sie die Worte zwingen konnte, wieder das auszudrücken, was sie eigentlich bedeuten müssten, ergriff der Anwalt ein in schwarzes Leder gebundenes Buch und hielt es Mr. Dodger hin. »Dieses Bestandsbuch enthält eine Auflistung all der nicht dem Fideikommiss unterliegenden, also *nicht* unveräußerlichen Besitztümer, die …«

Während Olivia in ungläubigem Entsetzen zusah, riss Jack Dodger dem Anwalt das Buch aus der Hand, bevor er ausgesprochen hatte, schlug es auf und blätterte es rasch durch. Die Geräusche zerrten nur noch mehr an Olivias ohnehin geschwächten Nerven. Dann ergriff Mr. Beckwith ein weiteres Bestandsbuch, das er ihr hinhielt. »Zu Ihrer Durchsicht, Duchess, eine Auflistung der unveräußerlichen Besitztümer, die Ihrem Sohn zufallen.«

Olivia schüttelte den Kopf. »Ich bitte um Verzeihung, Mr. Beckwith, aber ich verstehe die Bedeutung von alldem nicht ganz.«

»Von dem Moment an, als die Titel auf ihn übergingen, hat

Ihr Herr Gemahl sehr präzise Aufzeichnungen darüber geführt, welche Liegenschaften und andere Besitztümer Bestandteile des Fideikommiss, also der unveräußerlichen Vermögenswerte, waren …«

»Nein, nein, ich rede von dem Testament. Sie müssen etwas missverstanden haben, da Sie davon sprachen, dass Mr. Dodger als Vormund meines Sohnes agieren soll.«

»Ja, das war der Wunsch des Dukes.«

»Nein, das kann nicht sein, denn Henry ist *mein* Sohn, und sein Vormund bin natürlich *ich*.«

»Das Gesetz erkennt nur den Vater als Vormund an. Falls der Vater stirbt, bevor das Kind das einundzwanzigste Lebensjahr vollendet hat, muss der Vater in seinem Testament einen Vormund ernennen.« Ohne jegliche Gefühlsregung in seinen Zügen oder seiner Stimme klang er, als läse er etwas aus einer Parlamentsschrift vor. »Ich bedaure, Euer Gnaden, aber die Entscheidung Ihres Ehemannes ist unanfechtbar.«

»Unanfechtbar?« Olivia sprang so schnell auf, dass sie fast das Gleichgewicht verlor. Mr. Beckwith erhob sich ebenfalls, während Jack Dodger sitzen blieb und mit gierigen Augen weiterlas. Offensichtlich hatte der Mann keine Ahnung, wie man sich in Gegenwart einer Dame benahm, andererseits konnten die Frauen, die ihm normalerweise Gesellschaft leisteten, ja wohl kaum als Damen betrachtet werden. »Haben Sie den Verstand verloren? Ich weiß nicht, wie, aber irgendwie müssen Sie die Absicht meines Gatten missverstanden haben. Er kann unmöglich gewollt haben, dass dieser Gauner hier …«

»Hier steht, dass dieser Wohnsitz und alles darin mir gehört«, verkündete Jack Dodger plötzlich, worauf Olivia fast vollständig die Contenance verlor. Nicht auch noch dieses Haus, nicht ausgerechnet diesen *einen* Ort, aus dem sie mit so viel Mühe und harter Arbeit ein Zuhause gemacht hatte!

Jack Dodger gab die lässige Haltung auf, in der er dagesessen hatte, warf das schwarze Buch laut polternd auf den Tisch und beugte sich mit unheilverheißendem Blick zu Mr. Beckwith vor. »Soll das hier irgendein dummer Streich sein?«

Es sprach für den Anwalt, dass er sich von dem drohenden Gebaren dieses Satans überhaupt nicht aus der Fassung bringen ließ. »Ich versichere Ihnen, Mr. Dodger, dass es sich hierbei um keinen Streich handelt.«

Dodger trommelte mit einer Fingerspitze auf das schwarze Buch. »Sie wollen mir ernsthaft weismachen, dass ein Mann, den ich kaum kannte, mir all das hier hinterlassen hat?«

»Sie kannten meinen Gatten?«, fragte Olivia verblüfft.

Jack Dodger erdreistete sich, abzuwinken, als sei sie völlig unmaßgeblich und könne genauso achtlos abgetan werden wie ein Bettler, der um ein Geldstück bat.

»Ja, Mr. Dodger, so scheint es in der Tat zu sein«, antwortete Mr. Beckwith.

»Und was ist mit seinen Schulden?«, wollte Dodger spöttisch wissen. »Ich nehme an, die erbe ich dann wohl auch.«

»Es gibt keine Schulden. Der Duke hielt nichts davon, Schulden zu machen. Er hat immer alles sofort bezahlt.«

Das schien Mr. Dodger zu denken zu geben, während er seine langen, schlanken Finger über dem Bestandsbuch spreizte. »Und das letzte Erbstück ist wertvoller als all das hier?«

»Wie im Testament beschrieben, ist sein Wert nicht zu ermessen.«

»Wissen Sie, was es ist?«

»Ja. Es soll in meinem Besitz verbleiben, bis die Zeit zur Übergabe kommt.«

»Er hat Ihnen etwas von unermesslichem Wert anvertraut?«

»Er hat mir alles anvertraut, Mr. Dodger.«

Dodger schien sich das durch den Kopf gehen zu lassen. »Ein

Gegenstand, dessen Wert sich nicht ermessen lässt, könnte auch gar nichts wert sein.«

»Wenn ich seinen Wert bestimmen müsste, würde ich behaupten, dass es das Wertvollste ist, das der Duke je besessen hat.«

»Mein lieber Schwan!«, meinte Mr. Dodger mit seiner rauen Stimme. »Jetzt brauche ich einen Drink.«

Trotz der Absurdität der ganzen Situation konnte Olivia spüren, wie ihre untadelige Erziehung und ihr Bedürfnis, die perfekte Gastgeberin zu sein, sich in den Vordergrund drängten. »Soll ich einen Diener rufen und Ihnen eine Tasse Tee bringen lassen? Oder vielleicht lieber Limonade?«

Mr. Dodger warf ihr einen bösen Blick zu, und seine Augen waren so schwarz wie seine unrettbare Seele. »Ich dachte eher an Whisky, Gin oder Rum. Oder alles drei, falls Sie das da haben.«

»Wir haben keinen Alkohol im Haus«, gab Olivia, deren Empörung plötzlich wieder aufwallte, scharf zurück.

»Natürlich haben Sie keinen.«

»Ich schätze Ihren Ton nicht, Sir.«

»Als wenn es mir nicht völlig schnuppe wäre, was Sie schätzen oder nicht.«

Oh, er konnte einen zur Raserei treiben, dieser Kerl! Dann tat er etwas äußerst Seltsames. Langsam ging er durch den Raum und blickte sich um, als sei er drauf und dran, sich alles Mögliche zu schnappen und in seinen Taschen verschwinden zu lassen. Obwohl er das jetzt nicht mehr nötig hatte, nachdem ihm ohnehin alles auf einem Silbertablett serviert worden war.

Nach einigen schier endlosen Momenten kehrte er zum Schreibtisch zurück, um Mr. Beckwith mit einem durchdringenden Blick anzustarren. »*Alles* innerhalb dieses Hauses gehört mir?«

»Alles«, erwiderte Mr. Beckwith ernst, als spürte er, wie schwer sich dieses eine Wort auf Olivias Herz legte. »Unter der Bedingung, dass Sie …«

»Ja, ja, dass ich die Vormundschaft für den Jungen übernehme. Im Gegensatz zu der Duchess fällt es mir nicht schwer, die simpelsten Begriffe zu verstehen, wenn sie mir dargelegt werden.«

Diese Beleidigung konnte Olivia nicht durchgehen lassen, aber ihr fiel beim besten Willen nichts ein, womit sie ihn unmissverständlich in seine Schranken weisen konnte. Außerdem kam sie sich jetzt tatsächlich wie ein Dummkopf vor. Wie hatte Lovingdon ihr – und wichtiger noch – wie hatte er es ihrem Sohn antun können? Hatte es ihn denn überhaupt nicht interessiert, was für eine Art Mann aus Henry werden würde?

Jack Dodger drehte sich langsam im Kreis und sah sich alles noch einmal an, als weideten sich seine Augen an einem wundervollen Anblick. »War der Duke ein hochgradig gestörter Irrer?«

Das klatschende Geräusch, mit dem Olivias Hand Jack Dodgers Wange traf, schallte durch den Raum. Da sie in ihrem ganzen Leben noch nie jemanden geschlagen hatte, war ihr jedoch nicht bewusst gewesen, wie sehr ihre Handfläche danach brennen würde. Sie musste ihre ganze Selbstbeherrschung aufbieten, um nicht aufzuschreien oder sich auf irgendeine andere Art anmerken zu lassen, dass sie sich vermutlich mehr wehgetan hatte als ihm. »Mein Ehemann wurde erst kürzlich zu Grabe getragen, und Sie sprechen mit einer derartigen Respektlosigkeit von ihm? Was unterstehen Sie sich, Sir!«

Dodger bedachte sie mit einem abschätzenden Lächeln, bei dem ihr der Magen buchstäblich bis in die Kniekehlen rutschte. »Die Duchess hat Mumm. Wer hätte das gedacht?«

Am liebsten hätte sie ihn aus dem Haus geworfen, zurück auf

die Straße, von der er gekommen war. Aber sie beherrschte sich und wandte sich an Mr. Beckwith. »Seine Ausdrucksweise ist vulgär, seine Manieren sind grauenhaft. Ich werde nicht zulassen, dass ein Mann wie er die Erziehung meines Sohnes übernimmt.«

»Dieses Problem lässt sich sehr leicht beheben, Duchess«, erklärte Jack Dodger gedehnt. »Suchen Sie sich einfach einen neuen Ehemann.«

»Es scheint Ihrer Aufmerksamkeit entgangen zu sein, dass ich in Trauer bin und keine Verehrer empfangen kann.«

»Tja, dann wollen Sie mich wohl nicht wirklich aus Ihrem Leben verbannen, Duchess. Glauben Sie mir – es gibt nichts, was ein Mensch nicht täte, wenn er etwas unbedingt will.«

Wann immer das Wort *Duchess* ihm so spöttisch über die Lippen kam, sträubten sich die feinen Härchen in Olivias Nacken, und es kribbelte sie in den Fingern, ihn erneut zu schlagen. Bevor sie diesem barbarischen Drang jedoch erliegen konnte, zwang sie sich, den Anwalt anzusehen. »Mr. Beckwith …«

»Ich bedaure, Euer Gnaden, aber es besteht keine Verhandlungsgrundlage in dieser Sache, falls Mr. Dodger zustimmt, als Vormund Ihres Sohnes zu agieren.«

»Können Sie mir wenigstens den Standpunkt meines Gatten in dieser Angelegenheit erklären?«

»Ich habe dem Duke viele Jahre lang gedient, Euer Gnaden, und es ist nie meine Aufgabe gewesen, seine Entscheidungen infrage zu stellen. Er hat mir seine Beweggründe nur selten dargelegt, sodass ich gar nicht wissen kann, was ihn bewegt hat, aber ich bin mir sicher, dass er in dieser Angelegenheit nur getan hat, was er für das Beste hielt.«

Wäre Olivia nicht zu einer Dame erzogen worden, die stets die Contenance bewahren musste, hätte sie vor Wut über diese Ungerechtigkeit aufgekreischt.

»Und was ist, wenn ich der Übernahme der Vormundschaft *nicht* zustimme?«, fragte Mr. Dodger.

Ein Anflug von Erleichterung schenkte Olivia wieder neue Hoffnung, dass dieser teuflische Albtraum vielleicht doch noch ein befriedigendes Ende finden würde. Offenbar war der Mann klug genug, bezüglich der Übernahme der ihm aufgebürdeten Verpflichtungen Bedenken zu haben.

»Damit wäre das erste Testament hinfällig und ein zweites tritt in Kraft«, sagte Mr. Beckwith.

Olivia wagte nicht zu fragen, aber sie musste es einfach wissen. Es erschien ihr äußerst unwahrscheinlich, dass ihr Ehemann eine noch schlechtere Wahl als Jack Dodger getroffen haben könnte, aber wenn *er* Lovingdons erste Wahl war, wer würde dann erst die zweite sein? Der Teufel höchstpersönlich? »Wer ist in diesem zweiten Testament als Vormund meines Sohnes vorgesehen?«

»Es ist mir nicht gestattet, darüber zu sprechen«, erklärte Mr. Beckwith ruhig. »Mr. Dodgers Entscheidung darf durch nichts beeinflusst werden.«

»Durch nichts beeinflusst? Und wie nennen Sie es, ihm *alles* zu überlassen? Wenn das keine Beeinflussung ist, was dann?«

»Ich meinte damit nur, dass Ihr Ehemann nicht wollte, dass *die Person*, die dann als Vormund dienen würde, Mr. Dodgers Entscheidung beeinflusst.«

»Aber es ist doch sicher jemand, der ein geeigneterer Kandidat ist. Jemand, der sich mit den gesellschaftlichen Strukturen auskennt. Was weiß Mr. Dodger schon über den Adel, unsere Aufgaben und Verbindlichkeiten?«

»Eine ganze Menge, Duchess«, erwiderte Mr. Dodger. »Immerhin bin ich ein langjähriger Freund des Earls of Claybourne.«

Bei der Erwähnung Lucian Langdons fuhr Olivia empört

herum. »Ein weiterer Krimineller? Ein Mann, der einen Mord begangen hat? Wie in Herrgotts Namen soll mich das beruhigen? Sie können doch nicht wirklich glauben, Sie wären dazu geeignet, meinem Sohn den rechten Weg ins Mannesalter zu weisen!«

»Der richtige Weg hängt oftmals vom Standpunkt ab«, erwiderte Dodger kryptisch.

»Was wollen Sie denn damit sagen? Ihre Welt ist dekadent, Mr. Dodger. Sie …«

Doch ihr Protest erstarb in ihrer Kehle. Dodger war ihr plötzlich so nahe, viel zu nahe, und in seinen Augen loderte ein Feuer, das nur in der tiefsten Hölle entfacht worden sein konnte. Ein Feuer, das Olivia mit ungewollter Wärme durchflutete und ihr weiche Knie, feuchte Hände und einen trockenen Mund bescherte.

»Sie sollten mich irgendwann mal besuchen«, bemerkte er mit dunkler, rauer Stimme, wobei sein warmer, nach Whisky riechender Atem über ihre Wange strich.

»Wie bitte?«

»Sie sollten mich mal in meiner verderbten Welt besuchen. Ich würde alles in meiner Macht Stehende tun, um Sie gebührend zu empfangen. Vielleicht würden Sie ja sogar Gefallen daran finden.«

Seine Stimme war machtvoll wie ein Streicheln und weckte in ihr die Vorstellung, dass auch sein Mund und seine Hände bei diesem »gebührenden Empfang« im Spiel sein würden …

In seinem Blick war deutlich zu erkennen, welch sündhafte Dinge er mit ihr tun könnte, Dinge, die sie sich bei Lovingdon nicht einmal vorgestellt hatte. Dafür hätte Dodger eigentlich eine weitere Ohrfeige verdient, dennoch schien sie zu nichts anderem mehr imstande zu sein, als zu zittern vor … vor was? Gott steh ihr bei! War es etwa Verlangen, was sie empfand?

Nein, das war unmöglich. Doch sie war schon sehr lange nicht mehr von einem Mann berührt worden. Kaum war Lovingdons Erbe geboren worden, hatte er deutlich zum Ausdruck gebracht, dass er einen zweiten nicht für nötig hielt. Ein Sohn war alles, was er brauchte. In dieser Hinsicht hatten sie und Lovingdon sehr gut zusammengepasst, weil beiden die Pflicht über alles ging. Leider hatte Olivia überdies herausfinden müssen, dass die Pflicht ein einsamer und strenger Dienstherr war.

»Haben Sie je gesündigt, Duchess?«, fragte Jack Dodger mit dieser seltsam rauen Stimme, die auf nur mühsam im Zaum gehaltene Leidenschaft hinwies.

Nur in meinen Träumen, war die Antwort, die ihr auf der Zunge lag. Olivia fragte sich, ob Jack Dodger die Fantasien anderer Frauen erfüllt haben mochte. Sie hegte keinen Zweifel daran, dass er sehr wohl dazu imstande war ...

Ein scharfes Räuspern ließ sie beide zusammenzucken. Olivia sah den Ausdruck der Verärgerung, der auf Jack Dodgers Gesicht erschien, als er zurücktrat und Mr. Beckwith irritiert musterte. Für die Dauer eines Herzschlags schien der Anwalt mit sich zu ringen, um nicht zurückzuweichen, aber dann räusperte er sich erneut, als schöpfte er Mut aus diesem Geräusch. »Ich finde, dass Ihr Verhalten der Duchess gegenüber keinesfalls gerechtfertigt ist, Mr. Dodger, und ganz sicher nicht das ist, was der Duke sich vorgestellt hat, als er Sie in seinem Testament bedachte.«

»Ich dachte, Sie wüssten nicht, was er sich *vorstellt*.«

»Ich weiß, dass er seiner Frau großen Respekt entgegenbrachte, Sir, und sehr enttäuscht wäre, wenn Sie es nicht auch täten.«

»Der Mann ist tot. Angesichts dessen halte ich es für äußerst unwahrscheinlich, dass ihn überhaupt noch irgendwas enttäuschen könnte.«

»Und Sie, Sir, sind erbärmlich!«, fuhr Olivia ihn an, bevor Mr.

Beckwith ihm die Meinung sagen konnte. »Haben Sie denn gar keinen Respekt vor meinem verstorbenen Mann?«

Daraufhin wandte er sich ihr wieder zu, und plötzlich wünschte sie sich, sie hätte den Mund gehalten. Sie wollte sich nicht mit ihm streiten, weil sie keine Ahnung hatte, wie sie die Auseinandersetzung gewinnen sollte. Bei ihm war das wahrscheinlich unmöglich, schätzte sie. Er würde es immer irgendwie schaffen, die Menschen um sich herum mit in den Schmutz zu ziehen.

»Ich respektiere nur diejenigen, die sich meinen Respekt verdient haben. Und das sind sehr wenige.«

»Ich kann mir gut vorstellen, was man tun muss, um sich Ihren Respekt zu verdienen.«

Irgendein undefinierbares Gefühl – Bedauern? Reue? – erschien in seinem Blick. »Nein, Duchess, ich bezweifle, dass Sie das können.« Und damit drehte er sich auf dem Absatz um und ging zur Tür.

Durfte sie zu hoffen wagen, dass er jetzt ging und damit dieses lächerliche erste Testament hinfällig machte?

»Wo gehen Sie hin?«, rief sie.

»Ich will mich hier mal umsehen, um festzustellen, was ich durch das Erdulden Ihrer Präsenz zu gewinnen habe«, antwortete er und stürmte ohne einen Blick zurück hinaus.

Mit einem empörten Ausruf eilte Olivia ihm nach. Dieses Haus war das ihre – ganz und gar das *ihre* –, bis er die Bedingungen des Testaments akzeptierte. Und bis dahin würde sie tun, was immer sie konnte, um ihn davon abzubringen, dem zuzustimmen. Sie würde ihm zeigen, wer bereit war, *alles* zu tun.

Auch wenn sie ihm zugestehen musste, dass er in einem Punkt ganz recht hatte: Irgendwie, ohne dass sie es bemerkt hatte, war ihr Ehemann komplett verrückt geworden.

* * *

Angesichts des schlechten Rufs, der Mr. Dodger vorauseilte, war Charles Beckwith geneigt, ihm und Olivia zu folgen, aber der Duke hatte strikte Anweisungen hinterlassen, dass er sich nicht einmischen sollte, wenn die beiden ihre Differenzen beilegten. Nur ein Narr hätte erwartet, dass die Duchess eine solch absurde Wahl des Vormunds widerspruchslos hinnehmen würde, und dem Duke war niemals nachgesagt worden, ein Narr zu sein.

Seufzend lehnte Beckwith sich in seinem Sessel zurück, um die Rückkehr der beiden abzuwarten, und begann, sich im Geiste auf die nächste Runde mit Jack Dodger vorzubereiten. Er wusste, dass sie sich als ausgesprochen anstrengend erweisen könnte, da er die Wünsche des Dukes erfüllen musste, ohne seine eigene Integrität zu gefährden.

Er hatte nicht die Angewohnheit, seinen Mandanten, die so großzügig für seine Dienste bezahlten, Fragen zu stellen, aber er überlegte nun doch, ob der Duke sich über die Folgen seiner Handlungsweise wirklich im Klaren gewesen war. In Charles Beckwiths Augen schien sie nur einem Zweck zu dienen: den Weg für Unheil und Desaster zu ebnen.

Kapitel zwei

Ohne die Witwe zu beachten, die ihm mit schnellen Schritten folgte, marschierte Jack Dodger durch Flure und Zimmer, immer auf der Suche nach etwas Vertrautem, nach irgendetwas, das darauf schließen ließ, dass er schon einmal in diesem Haus gewesen war. Er hatte schon vor langer Zeit gelernt, dass nichts im Leben leicht war, und diese ganze Situation hier erschien ihm *viel* zu leicht. Zumindest bis auf den Umgang mit der Witwe. Sie war in jeder Hinsicht genau der Typ Frau, dem er tunlichst aus dem Weg ging. Abgesehen davon, dass sie ihn mit selbstgerechter Entrüstung beurteilte, war sie auch noch so verdammt fanatisch hinsichtlich der Tatsache, dass *er* so unfassbar unwürdig war. Dass sie recht hatte, spielte dabei keine Rolle. Allein schon ihre Überzeugung, dass er als Vormund völlig ungeeignet war, machte ihn wütend genug, um den Teufel in ihm hervorzurufen. Obwohl es dazu nicht viel brauchte. Teuflisches Verhalten war der einzige Weg, um sicherzustellen, dass er nie wieder ausgenutzt oder verletzt wurde und nie wieder ein Leben voller Reue riskieren würde.

Die Duchess hatte die von dem Anwalt überbrachten Neuigkeiten nicht gut aufgenommen. Der feurige Zorn in ihren Augen hatte ihn getroffen wie ein Faustschlag in den Magen, und er hatte diesen Zorn in ein Feuer der Leidenschaft verwandeln wollen …

Verdammt!

Normalerweise schnauzte er keine Frauen an, und er wusste es besser, als irgendetwas über seine Gedanken oder Gefühle zu verraten. Aber irgendwie hatte die Witwe ihn dazu gebracht, jegliche Vorsicht außer Acht zu lassen. Er hatte begonnen, die

Oberhand in diesem Spiel zu verlieren … in was für einem Spiel? Was in Herrgotts Namen ging hier vor?

Deshalb war er aus dem Zimmer gestürmt, denn er hatte gelernt, dass ein Rückzug bisweilen auch zum Sieg führen konnte. Manchmal erforderte eine wirksame Strategie ein Wiederaufstocken des Arsenals oder ein bisschen Raum zum Atmen, um wieder klar denken und sich einen Reim auf etwas machen zu können.

Was für eine Art von Irrer war Lovingdon gewesen, um ausgerechnet ihm *irgendetwas* zu vererben? Gewöhnlich waren Adlige so überfürsorglich mit ihren Erben, dass es einfach aberwitzig war, den Jungen in Jacks Obhut zu geben. Doch obwohl ihm das nur allzu gut bewusst war, ärgerte es ihn, dass die Witwe dermaßen entsetzt wirkte. Eigentlich müsste er die Bedingungen des Testaments allein schon deshalb akzeptieren, um sie noch mehr zu reizen. Aber er hatte seine Entscheidungen noch nie auf unmittelbare Reaktionen gestützt, sondern seine Vorgehensweise immer gut bedacht und die Dinge vorher stets von allen Seiten betrachtet. Allerdings war in dieser Situation die Erbschaft so verlockend groß, dass sie seine Vernunft zu überschatten drohte. Denn obwohl Jack im Laufe der Jahre ein recht beachtliches Vermögen angesammelt hatte, waren seine Truhen längst noch nicht so voll, dass er sein Geld für einen Palast wie diesen ausgeben würde. Das Haus war riesig groß und quoll schier über von Skulpturen und Statuetten, Kunstwerken, prachtvollen handgefertigten Möbelstücken und allen möglichen anderen Schätzen, die man sich nur vorstellen konnte.

In Gedanken hörte er Feagans gackerndes Gelächter. »Endlich haste es geschafft, Junge. 'n schickes Haus in St. James. Wer hätte das gedacht?«

Ganz bestimmt nicht Jack.

Er hatte ein geübtes Auge für Wertgegenstände, und was der

gute Duke davon zusammengetragen hatte, war ein Vermögen wert. Es war auch offensichtlich, dass die Familie vom ersten bis zum letzten Duke sehr eingenommen von sich war. Warum hätten sie wohl sonst all diese Porträts aus verschiedenen Lebensabschnitten, von der Geburt bis ins hohe Alter, malen lassen? Ja, der Adel war schon ein seltsamer Verein! Zu glauben, es würde irgendjemanden interessieren, wie sie aussahen oder ausgesehen hatten! Nach der Anzahl der an sämtlichen Wänden hängenden Porträts zu urteilen interessierte es anscheinend wohl doch jemanden. Vielleicht konnte er die Bilder ja für ein hübsches Sümmchen an den Erben verkaufen?

Als erriete die Duchess, was er dachte, sagte sie steif: »Ich bin sicher, dass Mr. Beckwith, als er ›alles‹ sagte, nicht wirklich *alle* Dinge meinte. Die Porträts gehören ja ganz offensichtlich zu der unveräußerlichen Erbmasse.«

»Und wie kommen Sie zu diesem Schluss, Duchess?«

»Weil diese Bilder Porträts der Herzöge und ihrer Familien, also der Vorfahren meines Sohnes sind. Daher kann es keinen Zweifel daran geben, dass sie ein Bestandteil seines Erbes sind.«

»Wir werden sehen.« Ihr Einwand war vernünftig, aber Jack würde sich das Bestandsbuch genauer ansehen, um jeden Gegenstand zu erfassen und sich ihn ins Gedächtnis einzuprägen. Er würde ihr nichts überlassen, das für ihn bestimmt war – nicht ohne einen angemessenen Preis dafür zu verlangen. Er hatte nicht die Absicht, diese Leute zu übervorteilen, aber es entsprach auch nicht seiner Natur, karitativ zu sein.

»Ich frage mich, mit welchen Geldern Ihre Garderobe bezahlt wurde«, murmelte er.

»Wie bitte?«

Ein bisschen abrupt blieb er vor der Tür des dritten Speisezimmers stehen, das er bisher gesehen hatte, worauf die Duchess fast mit ihm zusammenstieß. Dabei stieg ihm wie schon zuvor in der

Bibliothek ein Hauch ihres angenehmen Dufts in die Nase. Als er dort gesessen hatte, war er versucht gewesen, sich zu ihr zu beugen, um ihn noch tiefer in sich aufzunehmen. Es war ein dezenter Lavendelduft, nicht das süßlich-penetrante Moschusparfum, das Prostituierte benutzten, um den Geruch ihres Gewerbes und den anderer Männer zu überdecken.

Sie runzelte die Stirn und zog die Brauen über ihren ungewöhnlichen bernsteinfarbenen Augen besorgt zusammen. Von Anfang an hatte dieser Farbton – der fast so golden war wie die Geldstücke, die er bevorzugte – seine Aufmerksamkeit erregt.

Die Duchess reichte ihm nicht mal bis zur Schulter. Allerdings war sie auch noch furchtbar jung für eine Witwe. Sie musste noch ein halbes Kind gewesen sein, als sie den Duke geheiratet hatte. Bei dem Altersunterschied zwischen ihnen musste er ihr wie ein alter Mann erschienen sein. Ob sie ihn geliebt hatte? Oder war sie nur an dem Titel und allem, was damit einherging, interessiert gewesen?

»Ich versuchte nur, mich daran zu erinnern, ob Ihre Garderobe zu der unveräußerlichen Erbmasse gehört«, erwiderte er gedehnt.

Zorn flackerte in ihren Augen auf. »Meine Garderobe, Sir, gehört mir. Die werden Sie mir nicht nehmen.«

»Fordern Sie mich nicht heraus, Duchess, weil ich sonst nämlich versucht sein könnte zu beweisen, dass ich Ihnen diese Trauerkleidung ausziehen kann, bevor Sie auch nur Widerspruch erheben könnten.«

»Oh, was für ein aufgeblasener Strolch Sie sind!«

Jack wandte sich von ihr ab, weil er bemüht war, kein Vergnügen dabei zu empfinden, ihren Zorn noch weiter anzustacheln. Denn das war nicht das Verhalten eines Gentlemans, wie er sehr wohl wusste, aber er hatte auch nie von sich behauptet, einer zu sein. Er musste erst noch einen kennenlernen, der kein Heuchler war. Da gab man besser gleich zu, ein Schuft zu sein, denn das war ehrlicher. Er gab niemals vor, etwas zu sein, was er nicht war.

Ungeduldig eilte er den Weg zurück, den er gekommen war. Eins musste er dem Duke lassen: Er hatte sein Geld gut angelegt.

Im Stillen verfluchte er jedoch den Mann, den er kaum gekannt hatte, der ihn aber offensichtlich sehr gut einzuschätzen gewusst hatte. Alles, was Jack sah, wollte er haben. Er wollte es ansehen und wissen, dass es ihm gehörte. Er wollte die Mauern dieses Hauses einreißen und sie durch Glas ersetzen, um der Welt einen Blick auf Jack Dodgers Besitz zu erlauben. Er wollte sich damit brüsten. Er, der Sohn einer Hure, war von der Gesellschaft nicht in den Schmutz getreten worden, sondern ganz im Gegenteil über seine Herkunft weit hinausgewachsen und hatte London erobert.

Bei Gott, ja, genauso fühlte es sich an, diese prachtvollen Entrees und Flure mit ihren vergoldeten Zierleisten und bemalten Decken zu durchschreiten. All das konnte ihm gehören, gegen einen sehr geringen Preis.

Wie viel Mühe konnte es schon machen, als Vormund eines kleinen Jungen zu agieren? Aber die eigentliche Frage lautete, wie lästig der Umgang mit der gar nicht lustigen Witwe sein würde. Sie gehörte zu den Frauen, die ihm ein Gräuel waren. Selbstgerecht, voreingenommen und überzeugt davon, dass sie sehr viel besser waren als andere. Nichts würde er lieber tun, als dieser Duchess den einen oder anderen Dämpfer aufzusetzen. Vielleicht war das der Grund dafür, dass er das Thema Garderobe angesprochen hatte – gewiss nicht, weil er darüber nachgedacht hatte, wie es wohl wäre, sie ihr tatsächlich auszuziehen.

Ihr schwarzes Kleid hatte viel zu viele Knöpfe, um interessant für ihn zu sein. Sie verliefen von der Taille bis zum Kinn und von den Handgelenken bis zu den Ellbogen. Außerdem konnte er sich sehr gut vorstellen, dass ihre Kleidung nach Ablauf der Trauerzeit genauso langweilig sein würde. Sie erschien ihm wie jemand, der glaubte, dass Versuchungen letzten Endes in die Hölle führten und dass dieser Weg um keinen Preis beschritten werden durfte. Ihr tristes braunes Haar war aufgesteckt und größtenteils unter einer Witwenhaube verborgen, und er fragte sich, wie lang es wohl sein mochte. Aber dann verwünschte er sich dafür, dass er sich überhaupt mit dieser Frau befasste.

Sie war eine Duchess und vermutlich sogar auf die eine oder andere Weise mit der Königin verwandt. Waren das nicht alle Adligen? Auf jeden Fall benahmen sie sich so, als wären sie es. Sogar in seinem eigenen Club versuchten sie gelegentlich, ihn herumzukommandieren – aber dort hatte er eine Welt erschaffen, in der er der König und sein Wort Gesetz war. Seine Gäste zahlten einen jährlichen Beitrag, weil er Unterhaltung anbot und sie für Exzesse nicht verurteilte. Ganz anders als die Frau, die ihm noch immer folgte. Er hatte sofort die Kritik in ihrem Blick gesehen, als sie einander vorgestellt worden waren, die Missbilligung und Überzeugung, dass er weit unter ihr stand. Er hatte ihren Blick gespürt, nachdem sie Platz genommen hatten, und war sich nur allzu gut bewusst gewesen, dass sie ihn musterte, als wäre er eine Kuriosität, die auf der Weltausstellung zur Schau gestellt werden müsste. Daher hatte er es ganz bewusst vermieden, sie anzusehen, und sich stattdessen darauf konzentriert, das Zimmer zu betrachten, während der Anwalt mit entnervender Ruhe seine Vorbereitungen getroffen hatte.

Aus einem prachtvollen Korridor trat Jack in die nicht minder elegante Eingangshalle, die er jedoch rasch durchquerte, um die schwarze Marmortreppe hinaufzusteigen.

»Wo gehen Sie hin?«, fragte die Duchess hinter ihm.

»Ich sagte Ihnen doch schon, dass ich mir alles ansehen will.«

»Aber dort oben sind nur Schlafzimmer.«

»Für einen Mann wie mich ist kein Raum wichtiger, wie Sie sich vielleicht denken können.«

Nur mühsam unterdrückte er ein Grinsen, als er hinter sich ihr ärgerliches Fauchen hörte. Herrgott, was mochte der Duke nur an ihr gefunden haben? Nach allem, was er bisher mitbekommen hatte, wusste sie nicht mal, was *Humor* war, sondern war steif wie ein Schüreisen. Auch wenn er ihren beherzten Kampf um das, was sie als ihr Eigentum betrachtete, bewundern musste. Diese zarte, gertenschlanke kleine Frau war zu einer regelrechten Löwin geworden bei dem Gedanken, ihren Welpen Jacks Obhut anvertrauen zu müssen. Wenn doch nur seine eigene Mutter so gewesen wäre, hätte er vielleicht eine weit weniger harte Jugend gehabt.

Am oberen Treppenabsatz wandte er sich nach links und öffnete die erste Tür, zu der er kam. Mit großen Schritten trat er ein, und sofort fiel sein Blick auf das mächtige Himmelbett in der Mitte des Zimmers, dessen Baldachin aus schwerem purpurrotem Samt war. Er hörte, wie die Duchess scharf die Luft einsog, als sie hinter ihm erschien, und für einen kurzen Moment fragte er sich, ob sie in diesem reich geschmückten Bett wohl auch so nach Atem gerungen haben mochte. Aber dann schüttelte er den Kopf, um diese abschweifenden Gedanken zu vertreiben. Was kümmerte es ihn, ob sie Befriedigung in diesem Bett gefunden hatte?

»Das Schlafzimmer des Dukes?«, erkundigte er sich und war überrascht über seinen heiseren Tonfall.

»Ja.«

Ein Buch lag auf dem Nachttisch, aus dem ein Seidenbändchen heraushing, als hätte der Duke erwartet, weiterlesen zu können. Bei dem Gedanken daran stieg Unbehagen in Jack auf.

Er hatte den Mann zwar kaum gekannt, oder jedenfalls nicht gut genug, um sein Ableben aufrichtig zu bedauern, aber dennoch überkam ihn Trauer. Er fragte sich, was der Duke wohl sonst noch unvollendet zurückgelassen haben mochte.

Aber dann schüttelte Jack seine morbiden Grübeleien ab und wandte den Blick zur Seite und zu einer weiteren geschlossenen Tür, die sich hinter der Sitzecke befand. »Und dort geht es zu Ihrem?«

Er hörte, wie sie schluckte. »Ja.«

Also hatte der Duke sie in der Nähe haben wollen. Jack verstand nicht, wieso ihn das störte, aber so war es. Er drehte sich zu der Duchess um. »Was hat es eigentlich auf sich mit den Aristokraten und ihrer verrückten Vorstellung, dass Mann und Frau in getrennten Schlafzimmern nächtigen sollten?«

Er war sich nicht sicher, ob er je eine derart blasse Frau wie sie gesehen hatte, aber plötzlich überzogen ihre Wangen sich mit einer tiefen Röte, und Jack ertappte sich bei der Frage, ob sie auch im Bett des Dukes so rot geworden war. Warum musste er sie sich andauernd in diesem verdammten Bett vorstellen?

»Vermutlich tun sie es, weil sie es können«, sagte er lakonisch, weil er nicht wirklich eine Antwort von ihr erwartete. Wahrscheinlich ging sie von Kopf bis Fuß in etwas eingehüllt, das einem Leichentuch ähnelte, zu Bett. Er tat einen Schritt auf die Sitzecke zu …

»Gehen Sie bitte nicht in mein Schlafzimmer«, bat sie ihn leise.

Die Mattheit ihrer Stimme erschütterte und verwirrte ihn. Den ganzen Abend lang war sie fordernd, zornig, verletzt und aufgebracht gewesen. Dass sie sich jetzt plötzlich entschied, so sanft, ja fast schon unterwürfig zu sein, stand für Jack in krassem Widerspruch zu ihrem bisherigen Verhalten. Aber vielleicht war ihr ja klar geworden, dass Streitbarkeit seine Stimmung nicht zu beeinflussen vermochte. Mit hochgezogenem Mundwinkel drehte er sich zu ihr um. »Was ist denn, Duchess? Haben Sie alle möglichen Spielzeuge da drin versteckt, die dazu dienen, Ihnen sexuelle Lust zu verschaffen?«

»Ich weiß nicht, wovon Sie reden.«

Er musterte sie einen Moment lang prüfend, ihr schwarzes Trauerkleid, ihre steife, immer etwas distanzierte Haltung ... »Nein, bedauerlicherweise wissen Sie das vermutlich wirklich nicht.«

Unschuld hatte ihn noch nie gereizt. Ohne ein weiteres Wort ging er aus dem Zimmer und den langen Korridor hinunter.

»Die Schlafzimmer sind alle gleich«, meinte sie hinter ihm. »Ich verstehe nicht, warum Sie unbedingt ...«

Er griff nach einer weiteren Türklinke.

»Ich verbiete Ihnen, dieses Zimmer zu betreten«, erklärte sie entschieden.

Jack warf einen Blick über die Schulter und zwinkerte ihr zu. »Verbieten Sie mir nichts, Duchess, weil Sie damit nur erreichen werden, dass ich es tue.«

Und damit stürmte er auch schon in das Zimmer. Eine junge Frau mit braunem Haar und braunen Augen, offensichtlich eine Dienstbotin, schnappte erschrocken nach Luft und sprang aus dem Sessel auf, in dem sie neben dem Bett gesessen hatte. Auch der kleine Junge im Bett setzte sich jäh auf, wobei ihm die Decken bis zur Taille hinunterrutschten. Sein blondes Haar war zerzaust, und er riss die goldfarbenen Augen weit auf.

Die Duchess drängte sich an Jack vorbei, setzte sich aufs Bett und nahm den Jungen beschützend in die Arme. Es ärgerte Jack ungeheuer, dass sie offenbar annahm, der Junge müsste vor ihm beschützt werden – oder zu erwarten schien, dass er dem Kleinen wehtat.

»Der Erbe?«, fragte Jack knapp.

Die Duchess nickte. »Ja.«

»Henry, nicht?«

»Ja.«

»Wie alt bist du, Henry?«

»Er ist fünf«, antwortete die Duchess.

»Ist er stumm?«

»Nein, natürlich nicht.«

»Warum lassen Sie ihn dann nicht selbst sprechen? Ich habe ihn gefragt, nicht Sie.«

»Sie machen ihm Angst.«

»Tue ich das?« Er musterte den Jungen prüfend. Er hatte den gleichen schmalen Körperbau wie seine Mutter und war auch genauso blass. Seine Augen waren weit geöffnet, aber Jack sah mehr Neugierde als Furcht darin. »Hast du Angst vor mir, mein Junge?«

Henry blickte fragend zu seiner Mutter auf.

»Such die Antwort nicht bei deiner Mutter, Junge, sondern bei dir selbst.«

»Reden Sie nicht in diesem Ton mit ihm!«, fuhr ihn die Duchess an. »Noch sind Sie nicht sein Vormund.«

Jack wusste nicht, ob er den Jungen um die beschützende Art seiner Mutter beneiden sollte – um die Fürsorglichkeit, von der er wünschte, seine eigene Mutter hätte sie ihm zuteilwerden lassen –, oder ob er Henry bemitleiden sollte, weil die Duchess ihn zu einem Weichling großzog. Im Alter von sechs Jahren hatte Jack mit Schläue, Durchtriebenheit und geschickten Fingern schon ganz allein auf der Straße überleben können. Er hatte sich nie davor gefürchtet, etwas zu riskieren. Er hatte gelernt, allen zu entkommen, die ihn erwischen wollten. Er hatte flinke Füße, aber ein sogar noch schnelleres Denkvermögen gehabt.

»Geschicklichkeit wird dich nur ein Stück weit bringen,

Junge, aber Köpfchen ist's, was dich am Leben erhält«, hatte Feagan immer gesagt.

Die Tricks des Metiers zu erlernen hatte ihm Selbstvertrauen gegeben und zum Erfolg geführt, durch den er kühn und furchtlos geworden war. Er war nur so weit gekommen, weil er überlebt hatte. Bei dem kleinen Henry hingegen war er nicht mal sicher, ob der Junge sich allein die Nase putzen konnte. War das der Grund, aus dem der Duke den Jungen seiner Obhut anvertraute?

Jacks erste Begegnung mit Lovingdon hatte an einem Frühlingstag im Garten des Earls of Claybourne stattgefunden, wo Jack den Eindruck gewonnen hatte, dass der Duke ein freudloser und schwermütiger Mann war. Jahre später hatte der Duke ein paar Mal Jacks Club aufgesucht, aber nichts Denkwürdiges war bei diesen Gelegenheiten herausgekommen, zumindest von Jacks Standpunkt aus. Hatte der Duke an Jacks Verhalten etwas bemerkt, das darauf hinwies, dass er ein kompetenter Vormund für seinen Jungen sein könnte, der offensichtlich viel zu sehr verhätschelt wurde? Aber selbst in diesem Fall war es doch mehr als eigentümlich, dass er Jack alles hinterlassen hatte, was nicht zu seinem unveräußerlichen Besitz gehörte. Jack war von Natur aus misstrauisch, und in seinem Kopf schrillten sämtliche Alarmglocken und warnten ihn, dass hier irgendetwas nicht mit rechten Dingen zuging. Er konnte nur noch nicht erkennen, was genau es war.

Jack drehte sich auf dem Absatz um und ging auf die Treppe zu.

»Wo wollen Sie hin?«, wollte die Duchess wissen, deren leichte Schritte er wieder hinter sich vernahm.

Sie war aber auch wirklich schnell. Wenn er nicht so lange Beine hätte, wäre er wahrscheinlich gar nicht in der Lage, sie auch nur vorübergehend abzuhängen. »Nicht, dass es Sie etwas anginge, aber ich will mit Beckwith sprechen.«

Warum machte er sich überhaupt die Mühe, sich zu rechtfertigen? Er rechtfertigte sich doch sonst vor niemandem. Oder zumindest nicht mehr, seit er beschlossen hatte, die Straßen zu seinem Zuhause zu machen.

Die Duchess auf den Fersen wie einen lästigen Welpen, eilte er die Treppe hinunter und durchquerte die Eingangshalle, die randvoll mit Kostbarkeiten war, die zweifelsohne seit Generationen zusammengetragen worden waren. Ein livrierter Diener öffnete ihm die Tür zur Bibliothek. Jack ging hinein und fuhr schnell zu der Duchess herum, um ihr den Weg zu verstellen.

Schlitternd kam sie zu einem abrupten Halt und blickte ihn schwer atmend und völlig verblüfft an, die goldenen Augen aufgerissen, die vollen Lippen leicht geöffnet. Wenn sie nicht gerade die Lippen schürzte, als verbrächte sie ihre freie Zeit damit, Zitronen auszulutschen, hatte sie einen verdammt verführerischen Mund. Es irritierte Jack, dass er das bemerkte, aber was ihn sogar noch mehr ärgerte, war, dass er sich fragte, wie es wohl wäre, sie zu küssen.

»Unter vier Augen«, sagte er und schlug ihr die Tür vor der Nase zu. Ihr empörter Aufschrei durchdrang das massive Holz und erfüllte ihn mit einem kleinen Triumphgefühl. Da er sich jedoch nicht darauf verlassen konnte, dass sie seinem Wunsch entsprach, drehte er zur Sicherheit auch noch den Schlüssel um. Gut, dass der Duke ihn griffbereit gehalten hatte. Wahrscheinlich war er es gewohnt gewesen, den unerfreulichen Launen seiner Frau aus dem Weg zu gehen, indem er diesen Raum als seinen ganz privaten Zufluchtsort benutzte.

Jack schlenderte auf Beckwith zu, der scheinbar nichts ahnend und ohne etwas von Jacks innerem Aufruhr wahrzunehmen, am Schreibtisch saß. Entweder war der Mann ein Narr oder ein ebenso geschickter Kartenspieler, wie auch Jack es war. »Es ist etwas über vierzehn Jahre her, seit Sie mir die Nachricht überbrachten, dass ich einen anonymen Gönner hatte. Das ist der einzige Grund, warum ich heute Abend überhaupt hergekommen bin. War mein Gönner der Duke of Lovingdon?«

Obwohl diese Erklärung überhaupt keinen Sinn ergab, war sie die einzige, die Jack zu dieser aberwitzigen Geschichte einfiel.

»Ich stelle vielen adligen und sehr wohlhabenden Herren meine Dienste zur Verfügung, Mr. Dodger. Ihr Gönner wünschte anonym zu bleiben, und daran werde ich mich halten.«

»Soll das heißen, dass es nicht Lovingdon war?«

»Das soll heißen, dass ich mein Bestes tun werde, um sein Vertrauen nicht zu enttäuschen, solange mir nicht gestattet ist, seine Wünsche zu offenbaren.«

»Und wenn ich Ihnen die Seele aus dem Leib prügele, Beckwith? Dann werden Sie wahrscheinlich merken, dass Ihr Bestes nicht so gut ist, wie Sie denken.«

Beckwith besaß die Dreistigkeit zu grinsen, als amüsierte ihn das alles nur. Jack mochte es nicht, wenn man sich über ihn lustig machte oder, schlimmer noch, ihn auf die Probe stellte. Mit einem unterdrückten Fluch deutete er auf das Testament und das ledergebundene schwarze Buch. »Das ergibt doch alles keinen Sinn.«

»Ist es so wichtig, dass es das tut?«

»Es ist wichtig, dass ich verstehe, warum ein Mann, mit dem ich nur ein paar Mal gesprochen habe, es für richtig hielt, mir so viel für so wenig Aufwand meinerseits zu hinterlassen.«

»Der Vormund eines Lords zu sein ist eine schwere, ernste und wichtige Aufgabe, Mr. Dodger. Unterschätzen Sie nicht die Macht Ihres Einflusses oder den Arbeitsaufwand, den es erfordert, um zu gewährleisten, dass der junge Herr einmal zu einem Mann wird, der sein ganzes Potenzial ausschöpfen kann.«

Jack lachte schroff. »Verdammt noch mal, Mann, genau das ist mein Punkt! Die Duchess hat recht. Ich bin der letzte Mensch, der ihrem Sohn als Vormund und Beschützer dienen sollte. Ich verabscheue die Aristokratie.«

»Das ist sehr bedauerlich, zumal Sie Ihren beispiellosen Erfolg weitgehend diesen Leuten zu verdanken haben. Der Duke dachte anders, was Ihre Eignung, seinen Sohn auf dem Weg ins Mannesalter zu begleiten, anbetraf. Ihm war jedoch auch bewusst, dass man Sie nicht zwingen kann, etwas zu tun, was Sie nicht wollen. Sie haben also vierundzwanzig Stunden Zeit, um mir Ihre Entscheidung mitzuteilen. Sollten Sie am Ende dieser Zeit den Regeln und Bedingungen des Testaments nicht zugestimmt haben, ist Ihre Chance, all das hier – und das allerletzte Erbteil – zu erlangen, erloschen, und das zweite Testament kommt ins Spiel.«

»Sie reden, als ob das Ganze hier ein ausgeklügeltes Spielchen wäre.«

Beckwith lächelte wissend. »Wer bin ich schon, um das zu beurteilen?«

Jack blickte sich im Zimmer um. Nur in Claybournes Bibliothek hatte er noch mehr Bücher gesehen als hier. Selbst wenn er sein Leben lang jeden Tag eins dieser Bücher läse, würde er sich niemals durch diese Bibliothek durcharbeiten können. Allein schon die ledergebundenen Bücher waren ein Vermögen wert.

Er wandte sich wieder dem Mann zu, der so gelassen am Schreibtisch saß, als ob ihn nichts aus der Ruhe bringen könnte. Aber offenbar war er ein Mann, der seine Macht aus denjenigen bezog, die er vertrat. »Was hinterlässt er seiner Witwe in dem zweiten Testament?«

»Es steht mir nicht frei, Ihnen das zu sagen.«

»Herrgott noch mal, Mann, dann sagen Sie mir wenigstens, ob es günstiger für sie ist als das erste.« Das Jack als jämmerliche

Hinterlassenschaft für eine Ehefrau betrachtete, wenn er ganz ehrlich war. Selbst für dieses lästige kleine Weib, das ihm auf Schritt und Tritt hinterhermarschiert war.

»Was spielt das für eine Rolle?«, fragte Beckwith.

Jack rieb sich nachdenklich das Kinn. Er würde sich die Schlüssel zu einem weit größeren Königreich als den, was er selbst besaß, bestimmt nicht durch die Lappen gehen lassen. Dann griff er nach dem ledergebundenen Bestandsbuch, das Beckwith ihm vorher übergeben hatte, und bedachte den Mann mit dem spöttisch-anzüglichen Grinsen, für das Jack Dodger so bekannt war.

»Wie bringe ich zum Ausdruck, dass ich die Bedingungen des Testaments akzeptiere?«

Kapitel drei

Durch den aufwabernden Nebel ging Jack die stille Straße entlang. Zur Residenz des Dukes hatte er eine Droschke genommen, und er könnte auch eine andere rufen, die ihn nach Hause brachte, nur brauchte er sie jetzt nicht mehr. Er besaß jetzt selbst eine Kutsche und Pferde. Er hatte ein Stadtpalais, Dienstboten ... und Bedenken. Mit einem unguten Gefühl im Bauch hatte er das Dokument unterzeichnet, das Beckwith ihm vorgelegt hatte. Trotz seiner Fragen und Versuche, sich eines anderen zu besinnen, hatte er schon vom Moment der Testamentsverlesung an gewusst, dass er nicht auf diese ganz erstaunliche Hinterlassenschaft verzichten würde.

Womit er nicht gerechnet hatte, war die Gelassenheit, mit der die Duchess auf die Nachricht reagierte, dass er das Erbe angenommen hatte. Überraschenderweise hatte sie Mr. Beckwith nur zugenickt und gesagt: »Ich werde die Dienstboten darüber informieren.«

Dann hatte sie alle in die Eingangshalle gerufen. Während Jack am Fuß am Treppe stand, hatte sie sich in der hoheitsvollen Haltung einer Königin einige Stufen über ihm postiert. Er glaubte jetzt zu wissen, wie ein Krieger aussah, wenn die erbitterte Schlacht sich nicht zu seinen Gunsten entwickelt hatte und er in die Augen jener schauen musste, die er auf das Schlachtfeld geschickt hatte, um ihnen klarzumachen, dass schon das bloße Überleben etwas Ehrenvolles war. Sie war Ehrfurcht gebietend und wortgewandt gewesen, als sie dem Personal erklärte, dass das Haus nun Jack gehörte und von nun an alle seine Anweisungen zu befolgen hatten.

Die Dienerschaft hatte keinen Ton gesagt, aber Jack konnte

sich sehr gut vorstellen, dass sie eine Menge Fragen haben würde, sobald der erste Schock nachließ. Doch er hatte es dabei bewenden lassen und das Haus, das nun das seine war, verlassen, um allein und ungestört über diese Schicksalswende nachzudenken.

Obwohl er sich eingestand, dass auch er sich nicht für die beste Wahl hielt, um dem geliebten und überbehüteten Sohn des Dukes als Vormund zu dienen, konnte er sich Schlimmeres vorstellen. Vielleicht war der Duke ja selbst auch nicht besser dafür geeignet gewesen.

Jack ging oft Straßen mit eleganten Stadtpalais entlang und versuchte, sich etwas in Erinnerung zu rufen, wovon er geglaubt hatte, er würde es nie vergessen – das erste richtig vornehme Haus, in dem er gelebt hatte, als er gerade mal fünf gewesen war. Der Besitzer hatte seiner Mutter versprochen, gut für ihn zu sorgen, und sie wiederum schien ihn zu kennen und ihm zu vertrauen. Vielleicht war er ja einer ihrer Freier gewesen.

Das Einzige, woran Jack sich noch erinnerte, war, dass der Mann ihn gefüttert, gebadet und zu Bett gebracht hatte. Dass er zu ihm unter die Decken geschlüpft war ... Dinge getan hatte ...

Jack beschleunigte seine Schritte, als wäre er wieder fünf und liefe vor dem Mann davon.

Der hatte danach geweint, Reue bekundet und versprochen, es nie wieder zu tun ...

Jack blieb an einer hohen Ulme stehen, schlug mit der Faust gegen den Stamm und genoss den Schmerz in seinem Arm und die aufgeschürfte Haut an seinen Knöcheln. Er wollte nie wieder in eine solche Situation geraten, nie wieder so verängstigt sein und solchen Schmerz erleiden ... und vor Scham im Erdboden versinken wollen.

Obwohl er davongelaufen war, mit einer unglaublichen

Schnelligkeit, die ihm seine Angst verlieh, hatte er geglaubt, er könnte nie vergessen, wo dieses Haus stand. Aber London hatte sich in achtundzwanzig Jahren sehr verändert. Jack konnte sich nicht einmal mehr an das Aussehen des Mannes erinnern. Er hatte seit Ewigkeiten nicht mehr an ihn gedacht, aber jetzt fragte er sich plötzlich …

… wozu das Schuldbewusstsein einen Mann veranlassen konnte. Würde er jemanden ausfindig machen lassen, den er als Kind missbraucht hatte, um ihm fast alles zu hinterlassen? War Lovingdon der Mann gewesen, der ihn gekauft hatte? Aber was für eine Rolle spielte das jetzt noch? Er war tot. Und er hatte Jack ein Vermögen hinterlassen. Wen kümmerte es, ob es ein mit Schuld und Reue befrachtetes Vermögen war? Jack war immer nur daran gelegen gewesen, das nötige Geld zusammenzutragen, um sicherzustellen, dass niemand ihn je wieder kaufen konnte. Und jetzt, nach dieser Erbschaft, würde es nie wieder jemand tun.

»Erzähl mir, was du von dem Duke of Lovingdon weißt«, verlangte Jack. Er brauchte jetzt unbedingt den Geschmack von Whisky auf der Zunge, und da er sich in der Nachbarschaft befand, war er auf einen Sprung zu Luke gegangen. Lukes überstürzte Heirat war erst eine Woche her, und das Paar schien noch nicht geneigt zu sein, zu einer Hochzeitsreise aufzubrechen.

Luke, der Jack am Fenster gegenübersaß, durch das man in den beeindruckenden Garten sah, wenn es nicht gerade dunkel war, trank einen Schluck Whisky. Er hatte sein Jackett abgelegt und den obersten Hemdknopf geöffnet. Sein dunkles Haar sah aus, als wäre es erst kürzlich gründlich durcheinandergebracht worden, und Jack vermutete, dass es nicht Luke war, der es so zerzaust hatte. Trotz seiner nachlässigen Erscheinung hatte der

Earl of Claybourne jedoch das Aussehen eines Mannes, der Herr der Lage war, eines Mannes, der seinen Platz im Leben kannte und endlich auch zufrieden damit war. Jack gab es nicht gerne zu, aber Lucian Langdon stand der Titel eines Earls sehr gut.

»Im Oberhaus war Lovingdon sehr geachtet«, erwiderte Luke ernst. »Wenn er sprach, hörten die Leute zu. Sein Ableben hinterlässt einen Platz, der schwer neu zu besetzen sein wird.«

»Du hast ihn also für einen anständigen Kerl gehalten?«

Luke zuckte mit den Schultern. »Er machte den Anschein. Ich habe nur selten mit ihm gesprochen, und wenn, dann vorwiegend über Politik. Er gab mir den Rat, dass ich immer wissen sollte, *warum* ich so und nicht anders über bestimmte Themen dachte. Er hatte die Angewohnheit, die jüngeren Lords nach dem *Warum* zu fragen, und beharrte stets darauf, wir sollten keine Schafe sein.«

»Und seine Frau?«

Luke schüttelte den Kopf. »Da sollten wir besser Catherine fragen. Sie ist viel vertrauter mit den weiblichen Angehörigen der Aristokratie als ich. Bis vor Kurzem bewegte ich mich ja nicht einmal in diesen Kreisen.«

Catherine, seine Frau, war die Tochter des Dukes of Greystone. Er war erst kürzlich verschieden, und ihr Bruder – der während der langen Krankheit ihres Vaters durch Abwesenheit geglänzt hatte –, war nach London zurückgekehrt und hatte die Titel geerbt. Neuerdings schienen die Aristokraten zu sterben wie die Fliegen. Jack fragte sich, ob Catherines Vater ihre Heirat mit dem »Teufels-Earl« gebilligt hätte.

»Catherine mag mich nicht. Sie wird nicht helfen«, sagte Jack.

»Catherine hat ein großes Herz. Sie wird jemandem in Not

beistehen.« Luke beugte sich vor. »Aber was ist denn eigentlich los, Jack? Seit du mit neunzehn weggegangen bist, hast du mein Haus nur betreten, wenn es unbedingt nötig war – als hättest du Angst, du könntest dir die Pocken holen –, und jetzt erscheinst du plötzlich, als ich mich gerade eben zur Nachtruhe zurückziehen wollte.«

Jack griff nach der Karaffe auf dem Tisch zwischen ihnen und schenkte sich Whisky nach. In einem einzigen langen Zug leerte er das Glas und kostete das Brennen in seiner Kehle aus, bevor der Alkohol ihm den Magen wärmte. Das Problem dabei, Mauern um sich zu errichten, war, dass sie schwer zu überwinden waren, wenn er Hilfe brauchte. »Lovingdon hat mir all seine nicht unveräußerlichen Liegenschaften und Besitztümer hinterlassen.«

Luke starrte ihn an, als wäre er aufgesprungen und hätte sich die Kleider vom Leib gerissen.

»Meine Reaktion war nicht viel anders«, meinte Jack lakonisch. Wenn die Witwe bei der Testamentsverlesung nicht ebenfalls buchstäblich erstarrt wäre, hätte er geglaubt, er müsse die Bedingungen dieses Letzten Willens missverstanden haben.

»Warum sollte er das tun?«

Jack schüttelte den Kopf. »Das scheint die große Preisfrage zu sein, und ich habe keinen blassen Schimmer, wie die Antwort darauf lautet.«

»Kanntest du den Mann denn überhaupt?«

»Kaum. Ich bin ihm einmal hier im Garten begegnet. Da besuchte er, glaube ich, deinen Großvater. Und dann ist er noch ein- oder zweimal in meinem Club gewesen.«

»Hatte er Spielschulden bei dir?«

Jack schenkte sich Whisky nach und trank einen weiteren großen Schluck. »Soweit ich weiß, hat er nie gespielt, getrunken oder herumgehurt. Er saß nur da und beobachtete. Einige Leute sind so: Voyeure der Sünde nennen wir sie. Ich habe mir nie was dabei gedacht.«

Luke hob die Hände. »Und er hat dir einfach so alles hinterlassen?«

»Nun ja, er hat schon eine kleine Bedingung daran geknüpft, die jedoch kaum der Rede wert ist: Ich soll die Vormundschaft für seinen fünfjährigen Sohn übernehmen.«

Luke riss die Augen auf, während er sich im Sessel zurückfallen ließ. »Warum in Herrgotts Namen sollte er seinen Sohn in deine Obhut geben?«

»Vielen Dank für dein Vertrauen. Und entschuldige, dass ich dich vom Zubettgehen abgehalten habe.« Jack stand auf. In letzter Zeit war ihre Freundschaft etwas angespannt gewesen. Wo sie einander früher sogar ihr Leben anvertraut hatten, trennte sie jetzt eine durch Reue und aufgedeckte Geheimnisse entstandene Distanz. Er hätte gar nicht herkommen sollen, aber das Leben auf der Straße hatten sie nun mal zu Brüdern gemacht. Und so ungern Jack auch zugab, dass er jemanden brauchte, merkte er doch plötzlich, wie dringend er einen Menschen nötig hatte, der an ihn glaubte.

»Nein, du hast mich falsch verstanden«, sagte Luke. »Du hast mein vollstes Vertrauen, dass du ein guter Vormund wärst. Gott weiß, dass du mir oft genug den Arsch gerettet hast, als wir noch klein waren. Aber warum sollte Lovingdon die Obhut seines Sohnes einem Mann übergeben, den er nur flüchtig kannte?«

Jack schüttelte den Kopf. »Darüber bin ich ebenso verblüfft wie du.«

»Wie hat seine Witwe die Neuigkeit aufgenommen?«

Jack rieb sich die Wange, als er an ihre Ohrfeige zurückdachte. »Nicht gut. Gar nicht gut, befürchte ich.« Dann hörte er leichte Schritte und drehte sich um.

Catherine stand im Türrahmen. »Entschuldigt, ich wollte

nicht stören. Ich wusste nicht, dass du Besuch hast, Luke. Ich hatte mich nur gefragt, warum du nicht kommst.«

Ins Bett waren die Worte, die unausgesprochen blieben, nahm Jack an. Catherine Langdon, die Countess of Claybourne, war eine schöne Frau. Sie hatte ihr Haar, das silbrig blond wie das Mondlicht war, bereits gelöst, sodass es ihr weit über die Schultern fiel. Aus irgendeinem Grund überlegte Jack, wie das Haar der Duchess aussehen mochte, wenn sie es offen trug, und wie es sich anfühlte, mit den Fingern hindurchzufahren.

»Bitte setz dich zu uns«, bat Luke seine Frau. »Jack möchte dir gern einige Fragen stellen.«

Tu ich nicht, dachte Jack gereizt. *Du willst doch, dass ich ihr die Fragen stelle.*

Aber er blieb, anstatt zu gehen, weil das den Anschein erweckt hätte, als würde sie ihn irritieren, und obwohl das vielleicht sogar zutraf, wollte er nicht, dass sie es merkte. Sie hatte auch so schon zu großen Einfluss auf Luke. Kein Grund also, sie glauben zu lassen, sie könnte noch einen weiteren Mann beherrschen.

Jack beobachtete, wie sie anmutig den Raum durchquerte und sich in dem Sessel niederließ, den Luke für sie freigemacht hatte. Er selbst hockte sich auf die Lehne, und seine Finger strichen sogleich über Catherines Haar, als könnte er nicht in ihrer Nähe sein, ohne sie zu berühren. Es war seltsam gewesen, seinen Freund ihrem Zauber verfallen zu sehen. Luke würde alles für sie tun – sogar töten, falls es nötig war. Jack konnte sich nicht vorstellen, eine Frau so sehr zu lieben, ja nicht einmal, überhaupt je eine Frau zu lieben. Liebe machte verwundbar, und er hatte nicht die Absicht, das je wieder zu sein.

»Jack ist in eine sehr ungewöhnliche Situation geraten«, begann Luke. »Wie es scheint, hat Lovingdon ihm all seinen nicht unveräußerlichen Besitz vermacht, unter der einzigen Bedingung, dass Jack dafür als Vormund seines Sohnes dient.«

Man musste der Countess zugestehen, dass sie kaum mehr tat, als mit einem leichten Stirnrunzeln zu ihrem Ehemann aufzublicken, bevor sie ihre Aufmerksamkeit Jack zuwandte. »Und wie kann ich da helfen?«

Jack, der sich angesichts ihres unerwarteten Angebots wieder setzte, räusperte sich, da er nicht recht wusste, wo er anfangen sollte. Doch eins stand fest: Je mehr er über Lovingdons Witwe in Erfahrung brachte, desto mehr wäre er bei zukünftigen Begegnungen mit ihr im Vorteil. Das war sein einziges Interesse. »Ich dachte, Sie könnten mir vielleicht etwas über seine Frau erzählen.«

»Über Olivia?«

»Hatte er denn noch eine andere?«

»Nein, natürlich nicht. Aber ich kenne sie nicht gut. Ihr Vater war der Duke of Avendale. Ich glaube, sie war neunzehn, als sie Lovingdon heiratete. Um es ganz unverblümt zu sagen, waren wir wohl alle ein bisschen überrascht darüber, dass sie bereit war, einen so viel älteren Mann zu heiraten. An Bewerbern fehlte es ihr nämlich nicht. Ich glaube, dass die Heirat mehr auf Wunsch ihres Vaters als auf ihren eigenen stattfand.« Sie klopfte ihrem Ehemann liebevoll aufs Bein. »Wir haben nicht alle das Glück, denjenigen zu lieben, den wir heiraten.« Dann legte sie nachdenklich den Kopf ein wenig schief. »Werden Sie die Vormundschaft des Jungen übernehmen?«

»Selbstverständlich.«

»Er kann dir nichts bieten, was du brauchen könntest«, sagte Luke.

»Das hat nichts mit meinem Entschluss zu tun. Wie du sehr wohl weißt, kehre ich nie der Chance den Rücken, noch reicher zu werden, als ich es bin. Außerdem werden wir jetzt

Nachbarn sein, da ich auch sein Londoner Stadtpalais geerbt habe.«

»Aber dem Jungen als Erziehungsberechtigter zu dienen bringt eine große Verantwortung mit sich, Mr. Dodger«, meinte Catherine.

»Ach, ich glaube, ganz so schlimm wird es nicht sein. Außerdem gilt diese Verpflichtung nur, bis die Witwe wieder heiratet. Dann fällt die Vormundschaft ihrem neuen Ehemann zu.«

»Ich kenne die Duchess gut genug, um zu wissen, dass die Pflicht ihr über alles geht und sie sich peinlich genau an gesellschaftliche Gepflogenheiten hält. Sie wird ihrem Ehemann zu Ehren die volle zweijährige Trauerzeit einhalten.«

»Dann werde ich ihr in zwei Jahren und einem Tag einen jungen Mann mit einem Heiratsantrag präsentieren.«

»Sie wollen eine Ehe für sie arrangieren?« Catherine sah regelrecht entsetzt aus.

Jack zuckte mit den Schultern, weil er wusste, dass Catherine, egal, was er auch tat, an all seinen Plänen etwas auszusetzen haben würde. »Ich sehe keinen Grund, es nicht zu tun. Schließlich bin ja nicht ich in Trauer.«

Und wie schwierig könnte es schon sein, der Duchess einen neuen Ehemann zu suchen? Mit Geld ließen sich sehr viele Dinge kaufen, einschließlich der Vergebung für die Missachtung der Anstandsregeln. Die Gesellschaft mochte zwar verlangen, dass eine Witwe zwei Jahre trauerte, aber Jack sah keine Veranlassung für sie, dies länger als zwei Wochen zu tun, wenn überhaupt.

Eine stille Trauung, und ab aufs Land mit der glücklichen kleinen Familie. Dann würde er seine prachtvolle neue Residenz endlich ganz für sich allein haben.

»Wach auf, Schatz«, flüsterte Olivia.

Henry blinzelte und öffnete die Augen. Er hatte seine helle Haut und das blonde Haar von seinem Vater, aber seine Augen waren bernsteinfarben wie die seiner Mutter. Er war ein sehr wissbegieriger Junge, der ständig die Welt um sich herum studierte und herauszufinden versuchte, wie alles funktionierte. Lovingdon hatte seinem Sohn nicht viel Zeit gewidmet, aber das taten ja auch nur sehr wenige Väter. Es war nun einmal so, dass sie das Aufziehen ihrer Söhne anderen überließen. Vielleicht hatte Lovingdons mangelndes Engagement ihn ja zu der Überzeugung gebracht, dass die Auswahl eines Erziehungsberechtigten keine große Sache war – aber selbst dann war seine Wahl für Olivia nicht zu rechtfertigen.

Als sie Henry einen Kuss auf die Stirn gab, atmete sie den süßen, etwas milchigen Duft des Kindes ein. Sie konnte seine Erziehung unmöglich einem Kriminellen überlassen. Der beste Weg, dies zu vermeiden, war, den Jungen so weit wie möglich von Jack Dodger wegzubringen.

»Ich möchte, dass du aufstehst und dich anziehst, Schatz. Wir fahren zu unserem Familiensitz aufs Land«, sagte Olivia zu dem Kleinen.

Der Landsitz war Teil des unveräußerlichen Erbes. Er gehörte Henry, und wenn Olivia ihn dorthin brachte, kam der ihm zugewiesene Vormund nicht an ihn heran. Sobald sie diesen ganzen Wahnsinn hinter sich gelassen hatte, würde sie auch wieder klarer denken können und einen Weg finden, dafür zu sorgen, dass Mr. Dodger keinen Einfluss auf ihren Sohn nahm. Er schien ein Mann zu sein, der Geld liebte. Vielleicht konnte sie ihm das Einkommen aus ihrem Treuhandfonds übertragen. Sie würde tun, was auch immer nötig war – sich einschränken, Opfer bringen –, um sicherzustellen, dass Henry die richtige Erziehung bekam. Nichts war ihr wichtiger als ihr kleiner Junge.

Sie wandte sich an sein Kindermädchen. »Helen, packen Sie bitte ein paar Sachen für Henry und sich selbst ein. Ich lasse derweil eine Kutsche vorbereiten. Wir dürfen keine Zeit verlieren.«

Sie konnte kaum glauben, zu welch verzweifelten Maßnahmen Lovingdons Ableben sie zwang. Er war erst einundfünfzig gewesen. Bei ihrer Heirat vor sechs Jahren war er ihr geradezu beängstigend reif erschienen, aber im Tod hatte er plötzlich furchtbar jung gewirkt und als wäre er viel zu früh verschieden. Sie hatte bisher kaum Zeit gehabt, an ihn zu denken und sich ihr Leben ohne ihn vorzustellen, und bei den wenigen Gelegenheiten hatte sie eine solche Wendung wie die heutige nicht erwartet. Aber sie trug immer noch Verantwortung und hatte Verpflichtungen, denen sie nachkommen würde, so gut sie konnte. Und beides gestattete ihr nicht den Luxus, sich Zeit zum Trauern zu nehmen.

Sowie alles bereit und Henry ordentlich gekleidet war, nahm Olivia ihn an der Hand und führte ihn die Treppe hinunter. Ihre Zofe wartete schon in der Eingangshalle.

»Die Diener haben Ihre Sachen im Gepäckraum der Kutsche untergebracht«, berichtete Maggie.

Sie hatten nur sehr wenig eingepackt, da ein schneller Rückzug angesagt war, um eine erfolgreiche Flucht zu gewährleisten. *Flucht.* Kein Wort, das sie je auch nur für eine Sekunde mit ihrem Leben in Verbindung gebracht hätte, aber siehe da – jetzt floh sie in die Nacht hinaus, als wäre sie ein Dieb. Wenn sie nicht so erschöpft gewesen wäre, hätte sie sich vielleicht etwas anderes einfallen lassen, aber im Moment wollte sie nur noch weg von all dem Wahnsinn. »Gut. Dann fahren wir.«

Begleitet von einem Diener, der mit einer Laterne voranging, und einem anderen, der ihren Sohn trug, eilte Olivia hinaus ins Dunkle. Die prachtvolle Freitreppe des Hauses, das sie so sehr liebte, im Dunkel der Nacht hinabeilen und wie eine Diebin davonhuschen zu müssen, zerriss ihr fast das Herz. Wäre sie eine schwächere Frau gewesen, hätte sie geweint, aber Tränen würden nichts an ihrer Lage ändern. Für Henry musste sie stark bleiben und ihn um jeden Preis beschützen. Sie wusste, was für ein Mensch Jack Dodger war. Er wollte alles leicht und ohne Anstrengung erlangen. Wenn sie erst einmal fort waren, würde er sich nicht die Mühe machen, ihnen hinterherzufahren. Er hätte das Stadtpalais und alle darin enthaltenen Wertgegenstände, was ihrer Überzeugung nach alles war, was er tatsächlich wollte.

Als sie über das Kopfsteinpflaster der Einfahrt eilte, war sie froh über den dichten Nebel, der sie verbarg und das Echo ihrer Schritte dämpfte. Diese Nacht schien geradezu perfekt zu sein, um sich ungesehen fortzustehlen.

Ein livrierter Diener öffnete die Tür der wartenden Kutsche und half Olivia hinein. Als sie sich auf die gepolsterte Bank setzte, wurde sie sich eines ihr bekannten Dufts bewusst ...

»Fahren Sie irgendwohin, Duchess?«

Sie stieß einen markerschütternden Schrei aus, als sie unerwartet die tiefe Stimme aus dem dunklen Inneren der Kutsche hörte. Vielleicht hätte sie sogar weitergeschrien, wenn das empörende Kichern nicht gewesen wäre, das unmittelbar darauf folgte. Jetzt wusste sie, wie sich Satans Lachen anhörte, und es war kein Ton, der andere dazu einlud, in diese Heiterkeit mit einzustimmen.

»Euer Gnaden?«, fragte einer der Diener.

»Es ist alles in Ordnung«, meinte Jack Dodger, der dem Diener die Laterne abnahm und sie in der Kutsche an einen Haken hängte, sodass ihr goldener Schein das Innere des Gefährts – und ihn – erhellte. Irgendwie schaffte er es, belustigt und verärgert zugleich, aber vor allem sehr bedrohlich auszusehen.

Henry, der noch von dem anderen Diener getragen wurde, hatte ebenfalls aufgeschrien und weinte jetzt erbittert. Schnell streckte sie die Hand nach ihm aus und drückte ihr zitterndes Kind an ihre ebenso zitternde Brust. »Sch, Henry, es ist alles gut. Mummy hat nur einen Schreck bekommen. Aber dieser Mann wird dir nichts tun, Liebling, das verspreche ich dir.«

Offenbar beruhigt durch ihre Worte, hörte Henry auf zu weinen und begann, geräuschvoll an seinem Daumen zu lutschen. Das war eine Angewohnheit, von der Olivia alles andere als begeistert war, aber weder sie noch sein Kindermädchen hatten es je geschafft, sie Henry abzugewöhnen. Und just in diesem Augenblick schien es auch nicht einmal die Mühe wert zu sein, sich darüber aufzuregen. Sie hatte ganz andere und wesentlich größere Sorgen.

Würde ich dazu neigen, Schimpfwörter zu benutzen, dachte sie, *wäre jetzt der richtige Moment dafür.* Jack Dodger wirkte noch größer und bedrohlicher als vorher. Und da er ihr auch noch unsympathischer geworden war, beschloss sie, dass sie für heute mehr als genug von ihm hatte.

»Was tun Sie hier?«, wollte Olivia in ihrem strengsten Tonfall wissen, den sie bei den Dienstboten anwandte, wenn sie sie beim Faulenzen ertappte.

»Die Frage, Duchess, ist doch, was Sie hier tun? Diesem Buch nach«, er tippte auf das Bestandsbuch, das er in die Höhe hielt wie eine Bibel, »ist diese Kutsche mein Eigentum. Wollten Sie sie mir etwa stehlen?«

»Wie kann sie Ihr Eigentum sein? Sie trägt das Wappen des Dukes.«

»Tja, das ist ein Argument. Deshalb werde ich das Wappen schnellstmöglich entfernen lassen, da es nur Verwirrung stiftet.«

»Es war die Kutsche des Dukes!«

»Aber bedauerlicherweise für Sie wurde sie mit Geldern erworben, die nicht unter das Fideikommiss fallen.«

»Können Sie das im Dunkeln lesen?«

»Nein, ich habe es vorhin in der Bibliothek gelesen. Und ich habe ein erstaunlich gutes Erinnerungsvermögen. Ich brauche etwas nur einmal zu lesen, und schon ist es so, als entsteht ein Bild in meinem Kopf. Aber da ich bezweifle, dass Sie wirklich ein ernsthaftes Interesse an meinem Talent haben, lassen Sie uns zu meiner ursprünglichen Frage zurückkehren. Wollten Sie mir die Kutsche stehlen? Muss ich die Polizei rufen?«

»Seien Sie nicht albern. Ich wollte Henry nur aufs Land bringen.«

»Mitten in der Nacht?«, fragte Mr. Dodger.

»Nachts ist es kühler zum Reisen, und Henry pflegt die ganze Zeit zu schlafen, wenn wir im Dunkeln unterwegs sind. Da ich ihn also nicht zu beschäftigen brauche, ist die Fahrt für alle Beteiligten viel angenehmer ... und abgesehen davon bin ich mir überhaupt nicht sicher, wieso ich mich vor Ihnen rechtfertige.«

»Oh, meiner Erfahrung nach bemühen Menschen sich fast immer, sich zu rechtfertigen, wenn sie merken, dass sie im Unrecht sind.«

»Ich habe nichts Unrechtes getan.« Aber ihre Worte klangen selbst in ihren eigenen Ohren wie eine Verteidigung.

»Ich werde Ihnen sagen, was das Problem ist: Ich bin Henrys Vormund, und wenn er sich auf dem Land aufhält, kann ich ihn nicht beschützen.«

Olivia hätte schwören können, dass ein Anflug von Humor in seiner Stimme mitschwang. Hielt er dies alles nur für irgendeinen grandiosen Scherz und dachte, die heutigen Enthüllungen seien nur zu seinem Amüsement bestimmt gewesen? Sie verkniff sich die scharfen Worte, die ihr auf der Zunge lagen, ihr aber nichts weiter als seinen Zorn einbringen würden. »Als Vormund brauchen Sie ihn nicht wirklich zu *beschützen*. Sie haben ein Auge auf sein Wohlergehen, und das können Sie auch, indem Sie ihn meiner Obhut anvertrauen und ihn mich aufs Land bringen lassen.«

»Ich bin mir nicht sicher, ob das zu seinem Besten wäre.«

»Wie könnte es das nicht sein?«

»Weil Sie ihn zu einem Schwächling machen. Er schrie noch lauter als Sie selbst.«

»Was Sie da andeuten, gefällt mir nicht. Sie haben uns einen Schreck eingejagt, als Sie so unerwartet im Dunkeln lauerten – wie ein Ganove. Warum standen Sie nicht draußen vor der Kutsche, wie es ein Gentleman tun würde? Ich glaube, Sie haben ganz bewusst versucht, mich aus der Fassung zu bringen.«

»Und ich glaube, Sie wissen sehr gut, dass ich kein Gentleman bin.« Er besaß die Frechheit zu lächeln, während er schier unentwegt auf das vermaledeite Bestandsbuch tippte.

»Sie finden diese Situation wohl lustig?«, fauchte sie ihn an.

»Ich finde sie ungemein provokativ.«

Provokativ war noch stark untertrieben. »Wir könnten einen Kompromiss finden. Behalten Sie alles. Behaupten Sie einfach nur, Sie seien Henrys Vormund, und lassen Sie den Jungen und mich gehen.«

»Bedauerlicherweise für Sie, Duchess, bin ich ein Mann, der sein Wort hält. Ich versprach, mich um das Wohlergehen und die Erziehung des Jungen zu kümmern, und das werde ich auch tun. Und ich werde es in London tun, da ich hier meine Geschäftsinteressen zu wahren habe. Aber Sie haben recht – es müssen Kompromisse geschlossen und Angelegenheiten zwischen uns geregelt werden. Ich schlage also vor, dass wir ins Haus zurückkehren, wo wir bequemer über diese Dinge reden können.«

»Es ist fast zweiundzwanzig Uhr, also schon lange keine angemessene Zeit mehr für Besuche. Sie wollten doch sicherlich nicht andeuten, dass Sie die Absicht haben, über Nacht im Haus zu bleiben?«

»Es ist mein Haus, und das Kind ist mein Mündel. Also werde ich selbstverständlich hier einziehen.«

Er sprach erstaunlich beiläufig über etwas, das völlig unangebracht war. Olivia hegte kaum einen Zweifel, dass er von frühester Jugend an daran gewöhnt war, unter Fremden zu nächtigen. »Das ist absurd, Mr. Dodger. Sie und ich sind nicht verwandt. Wir können nicht im selben Haus wohnen.«

»Sie sind eine Witwe, kein unschuldiges junges Mädchen. Die Anwesenheit einer Anstandsdame ist hier nicht erforderlich. Obwohl ich annehme, dass Sie weibliche Dienstboten haben, die sich um Ihre vielfältigen Bedürfnisse kümmern. Lassen Sie sich von ihnen beaufsichtigen, falls Sie befürchten, Sie könnten versucht sein, das Bett mit mir zu teilen.«

Olivia verschlug es vor Empörung den Atem. »Sie ... Sie aufgeblasener Widerling! Ich würde *nie im Leben* das Bett mit Ihnen teilen!«

»Und da ich kein Interesse daran habe, das Ihre aufzusuchen, verstehe ich nicht, wo das Problem liegt. Außerdem muss ich mich nachts um meine Geschäfte kümmern, sodass ich ohnehin die meiste Zeit in meinen Club sein werde. Es wird nichts Ungehöriges geschehen, *Euer Gnaden*.«

Olivia wollte sich nicht eingestehen, wie sehr es sie kränkte, dass er ganz offen zugab, kein Interesse an ihr als Frau zu haben. Eigentlich wollte sie ihm ja auch gar nicht gefallen. Trotzdem war es eine schmerzliche Erkenntnis, dass ein Mann, der zweifellos die Angewohnheit hatte, so mancher Schürze nachzujagen, das nicht auch bei ihr tun wollte. Es hatte sie zutiefst verletzt, dass Lovingdon ihr Bett nie wieder aufgesucht hatte, nachdem sie schwanger geworden war. Vielleicht fanden Männer sie ja wirklich reizlos? Wahrscheinlich sollte sie froh und erleichtert sein, dass ihr von Jack Dodger keine Gefahr drohte, aber stattdessen war sie nahe daran, in Tränen auszubrechen.

»Ich flehe Sie an, uns um Gottes willen fahren zu lassen!«

Er betrachtete sie nachdenklich, woraufhin sie sich an ihren letzten Rest von Hoffnung klammerte, dass diese Tortur vielleicht doch zu ihren Gunsten enden würde. Falls er auch nur ein Fünkchen Anstand besaß, könnte es genügen, um ...

»Das kann ich leider nicht erlauben.«

»Aber warum denn nicht?«

»Ich bin es langsam leid, mich zu wiederholen. Von hier fortzugehen ist nicht von Vorteil für den Jungen, und ich bin sein Erziehungsberechtigter. Und nun können Sie entweder wie eine Lady ins Haus zurückkehren – auf eigenen Beinen – oder aber auf meiner Schulter. Es ist Ihre Wahl. Aber Sie müssen sich jetzt entscheiden.«

»Sie wollen mich über Ihre Schulter werfen wie eine gewöhnliche Dirne? Das würden Sie nicht wagen.«

»Ich habe Ihnen schon einmal gesagt, dass Provokationen bei mir nur dazu führen, dass ich es tue.« Und schon griff er nach ihr ...

Mit einem leisen Aufschrei drückte sie sich mit Henry in den Armen so fest an die Rückwand der Kutsche und staunte schon, dass diese nicht zerbrach – bis sie in den Gepäckraum stürzte. »Das genügt! Sie haben Ihr Ziel erreicht. Sie sind ein Tyrann. Ich bin sehr gut in der Lage, auf eigenen Beinen ins Haus zu gehen.«

»Schade.« Er drehte sich zu ihr um. »Dann trage ich den Jungen.«

»Es wäre mir lieber, Sie täten es nicht.«

Für einen winzigen Moment schien es, als hätte sie ihn gekränkt. Sie konnte sich jedoch nicht einmal erklären, wie das möglich sein sollte, wo doch nichts als Feindschaft zwischen ihnen herrschte.

»Wie Sie wünschen, Duchess«, sagte er dann im gleichen spöttischen Tonfall wie immer.

»Würden Sie bitte aufhören, mich so zu nennen?«

»Aber das gehört sich doch so, oder?«

»Nicht so, wie *Sie* es sagen.«

»Vielleicht können Sie mir ja beibringen, es anständig zu sagen, und im Austausch dafür könnte ich Ihnen ein paar unanständige Dinge beibringen«, meinte er dann mit so leiser Stimme, dass sie ein Kribbeln an Stellen verspürte, die noch nie zuvor gekribbelt hatten. »Lassen Sie uns die Möglichkeiten in der Bibliothek besprechen.«

»Vorher muss ich Henry etwas vorlesen. Er kann nicht einschlafen ohne eine Gutenachtgeschichte.«

»Das hört sich für mich an wie ein Trick, um das Unvermeidliche hinauszuschieben.«

»Es beleidigt mich, dass Sie an meinen Worten zweifeln. Aber fragen Sie doch jemanden vom Personal. Man wird Ihnen bestätigen, dass ich Henry jeden Abend etwas vorlese. Nicht, dass ich die Bestätigung der Dienerschaft benötigen würde.«

»Wahrscheinlich haben Sie recht. Ich sollte Sie als Gleichgestellte behandeln.«

»Als Gleichgestellte? Sie sind ein Bürgerlicher.«

»Ich bezog mich darauf, dass wir beide Diebe sind. Obwohl ich zugeben muss, dass ich ein erfolgreicherer bin. Ich hätte mich nicht erwischen lassen.«

»Und ich wage zu behaupten, dass Sie Ihre Fähigkeiten überschätzen. An irgendeinem Punkt *wurden* Sie erwischt. Ich habe das Mal an Ihrer Hand gesehen.«

»Ja, das war eine dumme Geschichte. Sie können froh sein,

dass Kriminelle heutzutage nicht mehr gebrandmarkt werden.«

Olivia sah keinen Sinn darin, ihm erneut zu sagen, dass sie keine Diebin war. Wie hätte sie auch wissen können, dass er auch noch die Kutsche geerbt hatte? Sie musste sich sein Bestandsbuch oder das ihres Sohnes einmal genauer ansehen. »Sie sind unglaublich irritierend, Mr. Dodger.«

»Das gehört zu meinem Charme. Kommen Sie in die Bibliothek, wenn Sie meinem Mündel vorgelesen haben.«

Damit sprang er aus der Kutsche, die er mit der Bewegung ins Schaukeln brachte, und sagte zu den noch herumstehenden Dienstboten: »Die Duchess hat beschlossen, ihre Fahrt aufs Land zu verschieben. Also sorgen Sie bitte dafür, dass alles dorthin zurückgebracht wird, wo es hingehört.«

Dann verschwand er mit ein paar langen Schritten in der Dunkelheit und überließ Olivia einem schwindelerregenden Abstieg in die Hölle.

Kapitel vier

Jack hatte es sich auf einem Sofa in der Bibliothek bequem gemacht, trank einen Whisky und war froh und dankbar, die Voraussicht gehabt zu haben, ein paar von Lukes Flaschen mitzubringen. Da er vorgehabt hatte, zu seinem neuen Wohnsitz zurückzukehren, um die nötigen Arrangements mit der Witwe zu besprechen, hatte er angenommen, dass sie beide einen ordentlichen Schluck von dem Teufelszeug brauchen würden, um sich für die zweifellos sehr anstrengende Besprechung hinsichtlich der Erziehung ihres Sohnes zu stärken. Jack erwartete keineswegs, dass sie irgendeinem seiner Vorschläge zustimmen würde.

Er war sehr überrascht gewesen, als er ankam und entdeckte, dass die Kutsche für die eilige Flucht der Duchess vorbereitet worden war. Es war lange her, dass der Teufel ihn zuletzt geritten hatte, und es gehörte auch nicht zu seinen Angewohnheiten, Frauen Angst einzujagen, aber er hatte der Versuchung einfach nicht widerstehen können, sich in die Kutsche zu setzen und dort auf die Ankunft der Duchess zu warten. Leider hatte er nicht in Betracht gezogen, dass sie ihren Sohn dabeihaben würde. Sie zu ärgern, war eine Sache, aber den Jungen in Angst und Schrecken zu versetzen, eine völlig andere. Er hielt nichts davon, Kindern Schaden zuzufügen. Sie verloren ihre Unschuld ohnehin schon früh genug.

Verdammt! Er hätte zulassen sollen, dass sie den Jungen aufs Land mitnahm, und einfach vorgeben sollen, sein Vormund zu sein. Schließlich hatte er den Großteil seiner Jugend damit verbracht, alles Mögliche vorzugeben, um anderen etwas abzuluchsen. Während seiner Zeit als Taschendieb hatte er sich mit gestohlenen Sachen oft vornehm genug gekleidet, um in Gesellschaft wohlhabender Leute den Eindruck zu erwecken, dass er zu ihnen gehörte: Für sie war er nur ein weiteres herumschlenderndes Kind. Feagans Kinder waren alle so geschickt darin, sich ihrer Umgebung anzupassen, dass sie dazuzugehören schienen, auch wenn dem nicht so war.

Die Frage war, ob Beckwith ihn überprüfen würde, um sicherzugehen, dass er seinen Pflichten nachkam. Eher unwahrscheinlich, dachte Jack. Der Mann hatte die Testamentsverlesung hinter sich gebracht und dafür gesorgt, dass die entsprechenden Dokumente unterzeichnet wurden. Er hatte sein Geld verdient, und Jack hatte nicht die Absicht, ihm noch mehr zu geben. Er war aus ihrem Leben verschwunden – zumindest bis die Zeit kam, Jack den letzten Gegenstand zu übergeben, der angeblich *unermesslich kostbar* war. Die Worte hallten Jack durch den Kopf, als würden sie von einem Engelschor gesungen. All dieser unerwartete Besitz und dann noch mehr …

Er blickte auf die Uhr auf dem Kaminsims und wandte seine Aufmerksamkeit dann einem Tisch zu, auf dem eine ganze Sammlung von hübsch angeordneten Uhren stand. Die Duchess las ihrem Sohn jetzt schon fast eine Stunde lang etwas vor. Was zum Teufel las sie? Einen von Charles Dickens' Romanen?

Dann beschlich ihn ein erschreckender Gedanke. Sie war ein schlaues Mädchen, was sie durch ihre erstaunlich zutreffende Einschätzung von ihm bewiesen hatte. Er hatte ihr einen Fluchtweg abgeschnitten, aber vielleicht hatte sie ja einen anderen gefunden?

»Verdammt!«, rief er, als er aufsprang und dabei guten Whisky auf seine Lieblingsweste verschüttete. Fluchend über die Verschwendung stürzte er den restlichen Inhalt des Glases hinunter, bevor er aus der Bibliothek hinausstürmte.

Ein Diener, der an der Wand in der Halle lehnte, nahm

augenblicklich eine stramme Haltung an, und die Furcht, seiner Disziplinlosigkeit wegen zurechtgewiesen zu werden, war ihm deutlich anzusehen. Aber Jack scherte es wenig, wie gerade ein Mann stehen konnte; ihn interessierte nur, dass er Ergebnisse erbrachte und zur Stelle war, wenn er gebraucht wurde.

»Haben Sie die Duchess gesehen, seit sie nach oben gegangen ist?«, fragte Jack.

»Nein, Sir.«

Wieder fluchte Jack. Möglicherweise war sie doch geflohen. Jack erinnerte sich, mächtige alte Bäume dicht am Haus gesehen zu haben. Sie könnte ein Fenster öffnen, auf einen Ast springen und sich problemlos an dem Stamm hinunterlassen. Jack hatte das oft genug getan, als er noch bei den Claybournes wohnte. Der alte Herr hatte ihnen damals verboten, Feagan zu besuchen, wenn sie unter seinem Dach leben wollten. Jack hatte sich jedoch immer gesagt *Was der Alte nicht weiß, macht ihn nicht heiß* und sich geweigert, Feagan ganz im Stich zu lassen. Und so hatte er in beiden Welten gelebt – was er in so mancher Hinsicht nach wie vor tat.

Er stürmte die Treppe hinauf, immer zwei Stufen auf einmal nehmend, und da er oben keinen Diener sah, eilte er zum Kinderzimmer, öffnete die Tür und stockte …

Sie *hatten* die Flucht ergriffen – sie und auch ihr Sohn –, nur nicht nach draußen, sondern in den Schlaf. Jacks Magen verkrampfte sich, als die vage Erinnerung daran, dass auch er einmal so an seine Mutter geschmiegt geschlafen hatte, in ihm aufstieg und lebhafter zu werden drohte. Aber er wollte sich heute Abend nicht damit befassen oder darüber nachdenken, was eine Mutter für ihr Kind wohl alles opfern würde. Oder sich fragen, was die Duchess für den kleinen Henry tun würde. Ihre hingebungsvolle Zuneigung zu ihrem Sohn hatte ihn überrascht. Irgendwie hatte er immer angenommen, dass Aristokraten über

Emotionen erhaben waren. Es kam nicht oft vor, dass er eine Situation oder einen Menschen falsch beurteilte, aber in diesem Fall hatte er es vielleicht getan.

Neugierig blickte er sich um. Das Kindermädchen schlief in einem schmalen Bett auf der anderen Seite des Zimmers. Jack wusste nicht, ob das üblich war oder nur ein weiteres Beispiel für die Überfürsorglichkeit der Mutter des Jungen. Mit vielen Dingen, die mit der Führung eines Haushalts zu tun hatten, kannte er sich überhaupt nicht aus. Lovingdon hatte ihm eine geradezu beängstigende Aufgabe gestellt, und Jack war selbst verblüfft über seine grimmige Entschlossenheit, sie zu erfüllen. Langsam wandte er seinen Blick wieder der Duchess zu.

Sie saß auf dem Bett, den Kopf in sichtlich unbequemer Haltung und das offene Buch auf ihrem Schoß. Der Junge lag zusammengerollt auf der Seite, nuckelte an seinem Daumen und schnarchte leise. Eine Hand seiner Mutter lag auf seinem Kopf, ihre Finger zwischen seinen blonden Locken, als könnte sie ihn mit dieser simplen Berührung beschützen.

Ja, du solltest sie gehen lassen, dachte Jack. Was wusste er schon über kleine Jungen? Oh, er hatte einige beschützt zu seiner Zeit und immer noch die Narben, die es bewiesen, auch wenn sie nicht alle sichtbar waren. Aber er war es gewohnt, Jungen das Überleben beizubringen, wenn sie niemanden hatten, der sie beschützte. Einige Jungen arbeiteten in seinem Club: Sie erledigten Besorgungen, holten Drinks für die Herren oder hielten ihre Spielmarken. Jack fragte sich, ob Lovingdon bemerkt hatte, wie das Selbstvertrauen der Jungen, die er einstellte, zunahm. Zu Anfang waren sie immer furchtsam, konnten ihr Glück nicht fassen und misstrauten seinen Motiven, wenn er sie einstellte. Aber mit der Zeit veränderten sie sich: Sie begannen, sehr viel selbstsicherer aufzutreten, sprachen, ohne zu zögern, und begriffen, dass sie etwas wert waren. War Lovingdon deshalb in den Club gekommen, ohne je etwas von seinen Angeboten anzunehmen – um zu beobachten, zu lernen und einen Entschluss zu fassen, wer sich am besten dazu eignete, seinen Sohn auf die Welt vorzubereiten?

Ein einstiger Ganove wie Jack Dodger?

Wenn der Junge ein Gassenjunge wäre, vielleicht. Aber der Sohn eines Dukes? Jack wusste kaum, wo er beginnen sollte. Warum hatte er dann nicht den leichten Ausweg aus seinem Dilemma angenommen, den die Duchess ihm angeboten hatte? Die Erbschaft annehmen und sie gehen lassen. Es war unvernünftig, sie zum Bleiben zu zwingen, und dennoch widerstrebte es ihm, ihr die Abreise zu gestatten.

Jack wandte sein Interesse wieder der betreffenden Dame zu. Im Schlaf besaß sie eine unerwartete, ätherische Schönheit, da all ihre Sorgen zu verblassen schienen, wenn sie ihren Träumen nachhing. Jack fragte sich flüchtig, wie es wohl sein mochte zu träumen, denn er selber tat es nie. Wahrscheinlich, weil er nur so selten schlief. Er war besessen davon, so viel Reichtum wie nur möglich zu erlangen, und arbeitete so oft es ging bis spät in die Nacht hinein. *Er* kannte den wahren Wert des Geldes. Es bewahrte einen davor, Dinge tun zu müssen, die man nicht tun wollte.

Normalerweise. Er war nicht besonders interessiert daran, als Vormund des Kindes zu fungieren, und wenn der Junge nicht am Daumen gelutscht und noch lauter geschrien hätte als seine Mutter, hätte Jack vielleicht nicht einmal darüber nachgedacht, ob es für ihn nicht besser war zu bleiben. Aber ein Junge dürfte nicht so verängstigt sein. Niemand sollte das. Was hatte Henry solche Angst eingejagt? Und wie sollte Jack ihm das Selbstvertrauen vermitteln, das er brauchte, um seinem Titel Ehre zu machen und ihm gerecht zu werden? Mit spätnächtlichen Gesprächen vor einem Kaminfeuer, während Gin ihm den Magen und eine Pfeife die Lungen wärmte? Jack glaubte nicht, dass die Duchess das billigen würde – was den Gedanken gleich wieder interessant machte. Sie zu ärgern könnte zu seinem neuesten Laster werden. Sie verwirrte ihn aus Gründen, die er nicht verstand. Und er war sich ihrer auf eine Art und Weise bewusst, wie er es bei anderen Frauen noch nie erlebt hatte.

Die Duchess hatte sich auf die Kante des schmalen Kinderbetts gezwängt, und ihre Schuhe lagen in der Nähe. Trotz ihrer Strümpfe konnte Jack sehen, dass sie kleine, zarte Füße hatte, die sie seltsam verletzlich erscheinen ließen und ihn urplötzlich mit dem völlig irrationalen Drang erfüllten, sie zu beschützen. Er konnte sich aber nur zu gut ihre Einwände dagegen vorstellen. Sie war wahrscheinlich mit voller Absicht dort geblieben, bis sie einschlief, um eine weitere Begegnung mit ihm zu vermeiden. Wie töricht von ihr. Irgendwann musste jeder dem Teufel gegenübertreten und ihm geben, was ihm zustand.

Morgen würde sie diese Lektion lernen; heute Nacht wollte er sie noch in seliger Ahnungslosigkeit schlafen lassen – aber nicht in diesem Bett. Nach einer unbequemen Nacht zu erwachen würde sie nur noch verdrießlicher und unumgänglicher machen, und sie war auch so schon kompliziert genug. Jack bezweifelte, dass sie sich je auf irgendetwas einigen würden.

Sehr behutsam schob er seine Arme unter sie, legte den einen um ihre Schultern und den anderen unter ihre Knie. Sein Rücken würde zweifellos protestieren – aber als er sie hochhob, stellte er fest, dass sie leicht wie seine eigene Berührung war, wenn er seine Hand in die Tasche eines anderen Mannes schob, um ihn um seinen Besitz zu erleichtern. Sie gab ein leises wimmerndes Geräusch von sich, als ihr Kopf in seine Schulterbeuge rollte, und er hatte auf einmal einen Geruch in der Nase, den er sofort erkannte: Laudanum. Vielleicht schlief sie ja auch nicht leichter ein als er.

Bevor sie gingen, blickte er sich zu dem Jungen um, der ihn mit großen Augen anstarrte. Jack schaffte es, ein Lächeln aufzusetzen, zwinkerte Henry zu und sagte mit leiser Stimme: »Schlaf weiter, Junge. Ich werde die Ungeheuer fernhalten.«

Der Junge schloss die Augen. Jack verließ das Zimmer und ging den Korridor hinunter zu der Tür, die in das Schlafzimmer der Duchess führte.

Bitte betreten Sie nicht mein Schlafzimmer.

Er stieß einen derben Fluch aus. Was kümmerten ihn ihre Wünsche und Verbote? Was versteckte sie dort drin? Dass er es nicht sehen sollte, steigerte seine Neugier höchstens noch. Und warum auch nicht? Das Haus gehörte ihm, was bedeutete, dass ihr Zimmer aus legaler Sicht auch das seine war. Es war sein gutes Recht, diese Tür zu öffnen ...

Wieder fluchte Jack und ging zu der Tür, die in das Hauptschlafzimmer führte, das einst ihrem Ehemann gehört hatte und jetzt das seine war.

Mit leicht gebeugten Knien schaffte er es, den Türknauf umzudrehen und die Tür mit dem Fuß aufzustoßen. Das Zimmer lag im Dunkeln, aber das Licht der Korridorlampen und das der Gaslampen entlang der Einfahrt, das durchs Fenster fiel, genügte, um die Umrisse des großen Betts ausmachen zu können. Er ging darauf zu und legte die Duchess sehr vorsichtig darauf.

Sie wimmerte leise und murmelte: »Es tut mir leid. Verzeih mir.«

Jack kauerte sich neben das Bett. »Was denn, Duchess?«

Ihre einzige Antwort war ein leises Atmen. Eine Hand lag neben ihrer Hüfte, die andere auf dem Kissen. Ihre Witwenhaube – ein albernes kleines Spitzending – hatte sie abgenommen, sodass er ihr Haar besser sehen konnte. Es war nicht so mausbraun, wie er anfangs angenommen hatte, sondern eher kastanienbraun. Und wieder ritt ihn ein bisschen der Teufel. Mit geschickten Fingern und der fast unmerklichen Berührung eines Taschendiebs fand er eine Haarnadel und zog sie vorsichtig heraus. Dann noch eine und noch eine, bis ihr Haar gelöst war und schwer und dicht in seiner Hand lag. Weich und seidig. Er verstand nicht, wieso er diesen überwältigenden Drang verspürte, die Beschaffenheit ihres Haars zu erforschen.

Und noch mehr als das.

Langsam drückte er das Gesicht gegen ihren Hals und atmete tief den berauschenden Duft ihres Parfums ein. Hier war der Duft stärker, als befände sich eine geheime Stelle hinter ihrem Ohr. Womit würde sie sonst noch versuchen, einen Mann zu reizen? Denn dass sie es tun würde, daran hegte Jack nicht den geringsten Zweifel.

Während er sich langsam aufrichtete, blickte er nachdenklich auf sie herab. Wie viele Nächte mochte sie in diesem Bett gelegen haben, in wohliger Ermattung und mit einem zufriedenen Lächeln auf den Lippen? Ob der Duke sie danach in seinen Armen gehalten hatte? Die Frauen, mit denen Jack im Bett gewesen war, verlangten keine besonderen Bemühungen, aber er vermutete, dass das bei einer nicht gekauften Frau anders sein würde. Sie würde mehr erwarten, wenn sie kein Geld für ihre Dienste nahm. Eine solche Frau würde Aufmerksamkeiten verlangen, die ihr Herz erfreuten und mit Glück erfüllten.

Er trat einen Schritt zurück. Der Anblick einer Frau im Bett hatte etwas sehr Anziehendes, besonders weil es nun *sein* Bett war. Denn keine der vielen Frauen, denen er Vergnügen bereitet und bei denen er welches gefunden hatte, hatte er je im Schlaf beobachtet. Doch wie er jetzt feststellte, konnte eine Frau selbst im Schlaf sehr reizvoll und verführerisch sein.

Abrupt fuhr er herum und ging zur Tür, weil er sich nicht betören lassen wollte, nicht einmal von einer so überraschend schönen Frau wie der Duchess of Lovingdon.

Wenig später betrat Jack seinen Herrenclub und hielt einen Moment inne, um die Gerüche, Geräusche und Anblicke, die sich ihm boten, zu genießen. Wie den der gut gekleideten Herren an den Spieltischen. Den angenehmen Duft von gutem Whisky und kostspieligen Zigarren und das Klicken der Würfel und hölzernen Spielmarken auf den Tischen. Pianoklänge drangen aus einem anderen Raum herüber, wo seine Mädchen mit den Herren tanzten, sie hin und wieder zu einem verführerischen Kuss in eine Ecke führten oder manchmal auch etwas Unstatthafteres zuließen. Jack bezahlte die Mädchen gut dafür, die Herren innerhalb dieses Raums mit Tanz und Konversation zu unterhalten. Alles, was sie auf der anderen Seite jener Türen verdienten, gehörte ganz allein ihnen. Er versorgte seine Gäste nicht mit Huren, aber er verurteilte es auch nicht, falls ein Mädchen mehr wollte – solange es ihre eigene Entscheidung war. Jeder wusste, dass Jack Dodger nicht wegschaute, wenn seine Angestellten schlecht behandelt wurden.

Er schlenderte am Rand entlang und schaute sich die Tische und die Spieler an, um sich einen Eindruck vom Verlauf der Spiele zu verschaffen. Dabei fiel ihm auf, wie laut es heute war. Rüpelhafte Männer neigten dazu, freigiebiger Geld auszugeben. Er ging an einem Kartentisch vorbei, an dem eine Partie *Brag* gespielt wurde. Früher einmal hatte Luke einen Großteil des Abends hier verbracht – nicht nur, weil er ein Partner war, sondern weil er ein gutes Kartenspiel zu schätzen wusste. Seit er verheiratet war, verbrachte er seine Abende jedoch mit seiner Frau. Nicht, dass Jack es ihm verübeln konnte, denn Catherine war wirklich ein hinreißendes Geschöpf.

Als er an der Kabine vorbeikam, in der die Spielmarken verkauft wurden, nickte der Mann darin ihm zu und grinste, was bedeutete, dass das Geschäft gut lief. Jack ging weiter zu dem Raum, in dem Frauen die Herren trösteten, die nicht so viel Glück an den Spieltischen gehabt hatten – oder sich vielleicht auf der Suche nach einer Frau für die Sünden der Nacht befanden. Für einen Moment blieb er in der Tür stehen, um sich an die Lichtverhältnisse zu gewöhnen. Das Zimmer war mit Absicht nur gedämpft erleuchtet, um die Illusion von Heimlichkeit zu erzeugen. Aber es gab hier keine wahren Geheimnisse. Wenn Jack wollte, konnte er jeden Mann innerhalb dieser Wände erpressen – aber sein Geschäftssinn war viel zu gut für so etwas. Stattdessen bot er Männern einen sicheren Zufluchtsort, um ihren Vorlieben zu frönen. Er hatte schon in jungen Jahren gelernt, dass Menschen für einen sicheren Rückzugsort fast alles bezahlen würden.

Eine auf dem Schoß eines Herrn sitzende Frau zog seinen Blick auf sich. Prudence war von allen am längsten bei ihm. Ihre Jugend begann schon zu verblassen, aber ihre Erfahrung machte das mehr als wett. Sie flüsterte dem Mann etwas zu, entwand sich seinen Armen und kam mit verführerischem Hüftschwung auf Jack zu. Ihr blondes Haar trug sie offen, sodass es ihr bis weit über den Rücken fiel, und da sie noch nie sehr prüde gewesen war, hatte sie kaum mehr als ein bisschen Seide um ihren schlanken, biegsamen Körper drapiert.

»Hallo, Süßer«, begrüßte sie ihn kess. »Suchst du mich?«

Jack bedachte sie mit einem langen Blick, der eine Mischung aus Bewunderung für ihre körperlichen Vorzüge und Bedauern widerspiegelte. Es war immer besser, eine Frau nicht wissen zu lassen, dass er sie nicht begehrte, sondern sie glauben zu lassen, er wiese sie aus anderen Gründen ab. »Nicht heute Abend, Pru.«

Sie runzelte die Stirn. »Es ist schon eine ganze Weile her, Jack. Du hast doch nicht etwa jemand anderen gefunden?«

»Nein, ich bin nur abgelenkt. Wie läuft es mit den anderen Mädchen?«

Prudence beaufsichtigte die hier angestellten Mädchen und sorgte dafür, dass sie die Regeln einhielten, sauber blieben und nicht misshandelt wurden. »Gut, aber ich glaube, wir werden Annie verlieren. Einer der Lords bot ihr an, sie zu seiner Mätresse zu machen und für sie zu sorgen.«

»Möchte sie das denn?«

Prudence nickte. »Er ist ein guter Kerl.«

»Dann sorg dafür, dass sie versteht, dass er sie niemals heiraten wird.«

»Das weiß sie, Jack. Wir alle wissen, was wir sind.«

»Was du bist, Pru, ist ein bisschen Verruchtheit, das jeder Mann bisweilen braucht.«

Sie zwinkerte ihm zu. »Lass es mich wissen, wenn du was davon brauchst. Ich bin immer noch dein Mädchen.«

Mit schwungvollen Schritten kehrte sie zu dem Tisch zurück, wo ihr Bewunderer auf sie wartete. Pru war neuerdings das einzige seiner Mädchen, dessen Liebesdienste Jack in Anspruch nahm. Er konnte keine Eifersucht unter seinen Angestellten gebrauchen. Natürlich bezahlte er Pru sehr gut – nicht, weil sie überragend gut war, sondern weil sie nie mehr von ihm erwartete, als er ihr geben konnte.

Nun verließ er den Raum, in dem Männer die Gesellschaft williger Frauen genießen konnten.

Auf dem Weg zurück durch den Spielraum nickte er einigen der Herren grüßend zu. Es war lange nach Mitternacht, aber die Tische waren noch immer gut besetzt, und alle waren bester Laune. Das Laster hielt sich nicht an eine Uhrzeit, was Jack sehr recht war, da er nur wenig Schlaf benötigte.

Er stieß die Tür auf, die zu den Hinterzimmern führte, in denen die Büros lagen. An einer offenen Tür blieb er stehen, lehnte sich an den Rahmen und beobachtete, wie akkurat Frannie Darling Eintragungen in seinen Geschäftsbüchern vornahm. Auch sie war eines von Feagans Kindern gewesen – das einzige, dessen Hände ebenso geschickt waren wie Jacks. Kein anderer hatte je so viel Beute mitgebracht wie Frannie und er.

Ihr rotes Haar war zu einem Knoten aufgesteckt, der ihre Haut aber nicht so straff über die Wangen zu ziehen schien wie bei der Duchess. Doch ebenso wie die Duchess trug sie Schwarz, nicht weil sie in Trauer war, sondern weil sie keine Aufmerksamkeit auf sich ziehen wollte. Jack hatte ihr einmal ein smaragdgrünes Kleid gekauft, weil er kräftige Farben bevorzugte und gedacht hatte, sie würde sehr hübsch darin aussehen. Sie war errötet und hatte sich überschwänglich bei ihm bedankt, doch soweit er wusste, hatte sie es nie getragen. Sie wollte nicht, dass Männer sie bemerkten, aber natürlich fiel sie ihnen auf. Jack glaubte nicht, dass auch nur einer von Feagans Jungen sich nicht irgendwann einmal in sie verliebt hatte. Nicht einmal er selbst war immun gegen ihre Reize.

Frannie blickte auf und schenkte ihm das lausbübische, aber auch ein wenig schüchterne Lächeln, das schon so manchem Jungen das Herz gestohlen hatte. »Da bist du ja. Du warst ziemlich lange weg.«

»Das Treffen erwies sich als weitaus komplizierter, als ich erwartet hatte.«

»Möchtest du darüber reden?«

»Nicht unbedingt, aber du musst über einige Veränderungen Bescheid wissen, die sehr wahrscheinlich eintreten werden.«

»Hm. Ich bin mir nicht sicher, ob ich das gern höre.«

Jack trat ein und sah sich um. Anders als das Haus, das er

gerade verlassen hatte, war dieser Raum nur sehr karg mit einem Schreibtisch und drei Stühlen möbliert. Die Wände waren bis auf ein Regal mit den Büchern, die die Geschichte seines Geschäfts enthielten, leer. An einer anderen Wand stand ein Sofa, bei dem er nicht ganz sicher war, wofür sie es benutzte. Sie schlief jedenfalls nicht hier. Ihr Bett stand in einer kleinen Wohnung im hinteren Teil des Gebäudes, die man über eine Treppe von der Gasse aus schnell erreichen konnte. Auch er hatte dort seine Wohnung, nicht anders als die meisten seiner Angestellten. Das Ganze kostete ihn ein Vermögen, aber ein zufriedener Angestellter griff nicht in die Kasse.

»Warum setzt du dich nicht?«, fragte Frannie.

Kopfschüttelnd trat Jack einen Schritt näher und legte die Hände auf die Rückenlehne des Ledersessels vor ihrem Tisch. »Ich habe heute Nacht schon viel zu viel gesessen«, entgegnete er und deutete mit dem Kopf auf die offenen Bücher, die auf Frannies Schreibtisch lagen. Sie war ein Rechengenie. Vielleicht, weil Feagan sie immer auf seinen Schoß gesetzt hatte, damit sie die Taschentücher und Geldstücke zählen konnte, die von den anderen im Laufe des Tags gestohlen worden waren. Möglicherweise war es Feagan nicht einmal bewusst gewesen, aber er hatte Frannie eine Fähigkeit gelehrt, die ihnen allen sehr zugutekam. »Hatten wir eine gewinnbringende Nacht?«

»Wir haben immer gewinnbringende Nächte. Du wirst als reicher Mann sterben, Jack.«

In ihrer Stimme lag eine Traurigkeit, die ihm nicht entging. Er wusste, dass sie die Bedeutung, die er dem Geld zumaß, nicht guthieß. Deshalb grinste er sie an. »Reicher noch, als ich erwartet hatte. Der Duke of Lovingdon hat mir ein Vermögen hinterlassen.«

Sie riss erstaunt die grünen Augen auf. »Wieso denn das?«

»Ich will verdammt sein, wenn ich das weiß.« Seine Finger

bohrten sich in das Leder des Sessels. »Hast du je mit ihm gesprochen?«

»Warum sollte ich?«

»Er war immerhin gelegentlich im Club.«

»Du weißt, dass ich den Spielbereich so weit wie möglich meide.« Hochprozentige Getränke machten ihre Gäste freundlicher, als sie es sonst vielleicht gewesen wären, und brachten sie dazu, ihren Charme zu überschätzen. Der Glücksspielbereich war kein Ort für eine Frau, die Annäherungsversuche von Männern vermeiden wollte.

»Er war auch ein Bekannter von Lukes Großvater. Ich erinnere mich noch schwach, ihm einmal bei den Claybournes begegnet zu sein und ihm das Medaillon gezeigt zu haben.«

»Was für ein Medaillon?«

Das Medaillon, das eine Miniatur seiner Mutter enthielt. Sie hatte es ihm in der Nacht gegeben, in der sie ihn verkauft hatte, und ihm gesagt: »Vergiss niemals, dass ich dich sehr lieb hatte, Jack.«

Lieb *hatte*. Er erfuhr nie, was er getan hatte, um ihre Liebe zu verlieren. Irgendwann hatte er auch aufgehört, es herausfinden zu wollen, und all seine geistigen Fähigkeiten aufs Überleben konzentriert.

An jenem Tag, an dem er Lovingdon begegnet war, hatte er in Claybournes Garten das Miniaturbild seiner Mutter betrachtet und sich gefragt, ob sie wohl enttäuscht von ihm wäre, wenn er sich nicht alles zunutze machen würde, was der Earl ihm bot. Er hatte es gehasst, in diesem vornehmen Haus zu leben, weil es ihn an ein anderes, sehr ähnliches erinnert hatte …

Jack schüttelte den Kopf. »Das ist unwichtig. Ich dachte, du hättest bei den Claybournes vielleicht mal mit ihm gesprochen.«

»Nicht, soweit ich mich erinnern kann.«

»Na ja, auch egal. Hauptsache, du weißt, dass ich mich einverstanden erklärt habe, als Vormund seines Erben zu agieren, und daher möglicherweise nicht so oft hier sein kann wie sonst.«

»Aber warum du?«

»Das scheint die Frage zu sein, die sich jeder stellt, aber auch darauf habe ich keine Antwort, Frannie.«

»Ich denke, dass du einen bemerkenswerten Vormund abgeben wirst.«

Jack lachte. Obwohl sie auf der Straße aufgewachsen war, hatte Frannie sich eine gewisse Unschuld in Bezug auf Feagans Jungs bewahrt. Sie glaubte immer, dass sie sich alle etwas Gutes bewahrt hatten, auch wenn es so tief in ihnen verborgen war, dass sie es selbst nicht finden konnten.

»Wirst du Luke von dieser unerwarteten Wendung erzählen?«, erkundigte sich Frannie.

»Das habe ich schon getan. Ich war vorhin bei ihm.« Jack kniff die Augen zusammen. »Ich glaube, er hat mir noch immer nicht meine Beteiligung am Tod seiner Eltern verziehen.« Es waren erst zwei Monate vergangen, seit Luke die Wahrheit über jenen schicksalhaften Tag vor fünfundzwanzig Jahren erfahren hatte, den Tag, der ihrer aller Leben verändert hatte.

»Das war nicht deine Schuld. Du warst noch ein Kind, Jack. Du wusstest nicht, was der Mann vorhatte, als er dir Geld gab, um die Familie in die Gasse zu locken.«

Das war es, was Jack behauptet hatte, und es war auch nicht ganz gelogen. Er hatte keine Einzelheiten gekannt, aber er wusste etwas Böses zu erkennen, wenn es ihm ins Gesicht sah. Trotzdem hatte er seine Bedenken ignoriert, weil er den versprochenen Sixpence haben wollte. Seitdem hatte er Tag für Tag mit seinen Gewissensbissen gelebt und konnte nur hoffen, dass es bei dem Handel, den er heute Abend eingegangen war, nicht genauso laufen würde. Er klopfte auf die Rückenlehne des Sessels.

»Ich sollte mich besser wieder an die Arbeit machen und dafür sorgen, dass alles erledigt ist, damit ich morgen früh die meinen neuen Besitz betreffenden Arrangements beaufsichtigen kann.«

»Dann sollte ich dir jetzt wohl gratulieren«, meinte Frannie leise.

Jack konnte sein ungutes Gefühl nicht abschütteln. »Wohl eher kondolieren«, erwiderte er augenzwinkernd. »Nacht, Frannie.«

Er schlenderte den Gang hinunter, stattete seinem Büro einen kurzen Besuch ab, um Tabak und Pfeife zu holen, und ging weiter zu der Tür, die ins Freie führte. Der Nebel war dichter geworden und erschwerte die Sicht, als Jack in die Nacht hinaustrat. Unwillkürlich fragte er sich, ob es auf dem Land wohl auch neblig wurde. Irgendwann würde er sich die Ländereien seines Mündels ansehen müssen – was sich als interessant erweisen könnte. Er kannte nur London, aber diese Stadt kannte er sehr gut.

An die Mauer gelehnt stopfte er seine Tonpfeife, zündete ein Streichholz an, hielt es an den Tabak und begann zu paffen, bis das würzige Aroma ihn durchdrang. Es war eine viel bessere Sorte als die, die er als Junge geraucht hatte. Trotzdem versetzte ihn der Geschmack in eine Zeit zurück, in der das Leben einfach gewesen war und sich darauf beschränkt hatte, eine gewisse Anzahl Taschentücher am Tag zu stehlen. Jack hatte sich jedoch nicht mit der Seide zufriedengegeben. Er hatte Uhren, Schmuck und andere funkelnde Gegenstände bevorzugt, die beim Hehler einen ordentlichen Preis erzielten. Er brachte seine Beute nicht immer zu Feagan, sondern baute eigene Kontakte auf. Hätte Lukes Großvater ihn nicht bei sich aufgenommen, wäre er zweifellos zum Chef einer eigenen Diebesbande geworden, die irgendwann genauso berühmt wie Feagans geworden wäre. Auf jeden Fall war das sein Ziel gewesen. Der

Berühmteste zu werden, der, über den Lieder gesungen und Geschichten geschrieben wurden.

Er hatte vorgehabt, Jungen in der trickreichen Kunst des Diebstahls zu unterrichten – und jetzt sollte er plötzlich einen Jungen lehren, anständig und aufrecht zu sein, im Oberhaus zu sitzen und mitzuhelfen, eine Nation zu regieren.

Kapitel fünf

Henry Sidney Stanford, der siebte Duke of Lovingdon, wusste sehr wohl, dass sein Haferbrei kalt wurde – und er hasste kalten Porridge, weil er so schleimig war beim Schlucken –, aber er hatte Angst, dass er daran ersticken und sterben könnte, wenn er versuchte, ihn zu essen.

In letzter Zeit machte er sich ohnehin sehr viele Gedanken um das Sterben.

Er verstand es eigentlich nicht so richtig. Er wusste nur, dass sein Vater gestorben und in eine hübsche Truhe gelegt worden war, wie seine Nanny es mit dem Spielzeug tat, mit dem er nicht mehr spielte. Und seinen Vater hatte er seitdem nicht wiedergesehen. Aber seine Nanny hatte ihn gewarnt, dass er sich verschlucken und ersticken könnte, wenn er zu schnell aß …

Eigentlich hatte er gar nicht vor, zu schnell zu essen, aber er war sehr nervös und seine Kehle war derart zugeschnürt, als hätte er den Ball verschluckt, den sein Vater ihm manchmal zugeworfen hatte. Das lag an dem Mann, der gestern Abend in der Kutsche gesessen und seine Mutter so aufgeregt hatte. Dieser Mann war jetzt im Kinderzimmer, schlenderte darin herum und sah sich alles an. Hin und wieder blickte er zu Henry hinüber, und jedes Mal wurde der Ball, der in seiner Kehle saß, noch größer.

»Wie lange sind Sie schon sein Kindermädchen?«, fragte der Mann Helen.

»Seit kurz nach seiner Geburt, mein Herr … Ähm, Sir«, antwortete Henrys Nanny und machte schnell einen Knicks vor ihm.

Henrys Mutter nannte sie Helen, aber Henry sollte sie mit

Miss Tuppin anreden. Nur geriet er jedes Mal ins Stottern, wenn er ihren Namen aussprechen wollte, und da es dann mit einem Stöckchen aus ihrer Rocktasche eins auf die Finger gab, nannte er sie nie beim Namen, wenn es nicht unbedingt nötig war.

Sie schlug ihn jedoch nur, wenn niemand in der Nähe war. Und sie tat es auch bloß, weil ihr etwas an ihm lag, das wusste er, aber dass er kein braver Junge war, war sein und ihr Geheimnis. Sie wollte ihn nicht bestrafen, aber er ließ ihr nun mal keine andere Wahl. Auch das verstand er nicht. Da seine Mutter jedoch nicht erfahren sollte, dass er unartige Dinge tat, die ihm einen Klaps eintrugen, sagte er ihr nichts davon. Sie hielt ihn für einen guten Jungen, und obwohl das gar nicht stimmte, sollte sie es auch weiterhin glauben, damit sie nicht aufhörte, ihn zu lieben.

»Dann ist dies also das Spielzimmer?«, fragte der Mann.

»Ja, Sir.«

»Und wo hat der Junge letzte Nacht geschlafen?«

»Im Kinderschlafzimmer, Sir.«

»Wann zieht Lord Henry in ein richtiges Schlafzimmer um?«

»Er ist nicht Lord Henry, Sir, und ist es eigentlich auch nie gewesen. Er war Lord Ashleigh. Und jetzt ist er der Duke. Seine Gnaden.«

»Ganz recht. Und wann bezieht Seine Gnaden ein vernünftiges Schlafzimmer?«

»Wenn er acht Jahre alt ist.«

»Es gibt also sogar für die Kinder Regeln.«

»Ja, Sir.« Miss Tuppin blickte zu Henry hinüber. »Sie gefallen uns nicht immer, aber wir müssen sie befolgen.«

»Magst du Regeln, Henry?«, wollte der Mann wissen.

Henry senkte den Blick auf die Rocktasche der Kinderfrau, in der sie das Bambusstöckchen aufbewahrte, von dem niemand etwas wissen durfte, und schüttelte den Kopf.

Der Mann lachte. »Guter Junge. Ich denke, wir werden uns verstehen.«

Der Mann war so groß, wie Henrys Vater es gewesen war. Nach seinem Tod mussten sie jetzt alle schwarze Kleidung tragen, aber der Mann hatte eine dunkelrote Weste an. Henry fragte sich, ob er ihm etwas von der Regel, Schwarz zu tragen, sagen sollte, von der er offenbar nichts wusste.

Aber dann zog der Mann sich einen Stuhl heran, drehte ihn um und setzte sich rittlings, die Arme auf die Rückenlehne gestützt, darauf. Henry hatte noch nie jemanden so sitzen sehen. Er war sicher, dass es die falsche Art zu sitzen war, aber Miss Tuppin gab dem Mann keins auf die Finger. Vielleicht hatte sie ja Angst vor ihm?

»Weißt du, wer ich bin, Henry?«

Henry nickte zuerst, aber dann schüttelte er den Kopf, um nicht zu lügen. Er wusste nur, dass der Mann seine Mutter aufgeregt hatte. Aber dann hatte er sie auch sehr behutsam hochgehoben und sie dabei so angesehen, als hätte er sie genauso gern wie er.

»Mein Name ist Jack Dodger, aber du darfst mich Jack nennen.«

»Sir, ich möchte mich nicht einmischen, aber das gehört sich nicht, und wenn Sie ihm das erlauben, wird er schlechte Angewohnheiten entwickeln«, sagte Miss Tuppin. »Er sollte Sie ›Mr. Dodger‹ nennen. Und wenn ich ganz offen sein darf: Sie sollten ihn mit ›Euer Gnaden‹ ansprechen.«

»Sie werden noch feststellen, dass ich kein Freund von Regeln bin und auch selbst einige schlechte Angewohnheiten habe.« Während er sprach, sah er die ganze Zeit nur Henry an. »Das haben wir beide gemeinsam, Junge. Ich mag auch keine Regeln. Dein Vater hat mich in seinem Letzten Willen als deinen Vormund eingesetzt. Weißt du, was ein Vormund ist?«

Henry schüttelte den Kopf.

»Das ist der Mensch, der dich beschützt. Wenn dir jemals einer wehtut, brauchst du es mir nur zu sagen, und ich werde dafür sorgen, dass diese Person dir nie wieder etwas tut.«

Henrys Blick glitt zu Miss Tuppin. Ihre Lippen waren nur noch ein schmaler, harter Strich, wie sie auch aussahen, wenn sie ihn schlug. Er sah zu Jack zurück.

»Es tut mir leid, dass dein Vater gestorben ist«, sagte Jack.

»Ist dein V-Vater auch tot?«

»Wahrscheinlich. Ehrlich gesagt habe ich meinen Vater nie gekannt, Henry. Wir haben also noch etwas gemeinsam, wie du siehst. Wir haben beide keinen Vater.«

»Wird er z-zurückkommen?«

Jack zog eine Augenbraue hoch. »Wer? Dein Vater?«

Henry nickte.

Jack machte ein bekümmertes Gesicht. »Nein, Henry, das wird er nicht. Aber er hat mich gebeten, mich um dich zu kümmern. Falls du also irgendetwas brauchst ...« Er wollte sich schon erheben.

»Ein Hündchen!«, entfuhr es Henry.

Der Mann blieb stehen. »Du brauchst einen Hund?«

Henry nickte schnell.

Jack zwinkerte ihm zu. »Wir werden sehen.«

Damit ging er hinaus, und Henry sah Miss Tuppin an. Ihr Blick ruhte auf der Tür, und sie biss sich auf die Unterlippe, als würde sie sehr angestrengt über irgendetwas nachdenken.

»Iss deinen Porridge, Henry.«

Obwohl der Brei so eklig schleimig war, aß der Junge, weil ihre Hand in ihre Rocktasche geglitten war.

Olivia streckte sich unter ihren Decken. Sie hatte noch immer Kopfweh, ihre Kehle war rau, und ihre Augen brannten. Das Laudanum hatte ihr zwar beim Einschlafen geholfen, sie von den äußeren Merkmalen der Trauer aber nicht befreit. Sie fragte sich, wie lange sie sich wohl noch so fühlen würde.

Dann ließ ihre Lethargie ein wenig nach, und sie erinnerte sich an ihren Schreck über die Bedingungen des Testaments. Abrupt setzte sie sich auf und hielt sich den schmerzenden Kopf. Ihr Haar fiel ihr ins Gesicht und auf die Schultern. Wann hatte sie die Nadeln herausgezogen? Und wieso war sie zu Bett gegangen, ohne es zu flechten? Dann entdeckte sie die Haarnadeln, die in einer ordentlichen Reihe auf dem Nachttisch lagen.

Nur war es nicht *ihr* Nachttisch – und möge Gott ihr beistehen, es war auch nicht ihr Bett!

Mit wachsender Bestürzung blickte sie sich in dem Zimmer um und sah, dass es das ihres verstorbenen Ehemannes war.

Sie hatte es zuvor nur ein einziges Mal betreten, mit der lächerlichen Absicht, ihren Mann zu verführen, weil er in dem Jahr nach Henrys Geburt nie wieder in ihr Bett gekommen war. Sie hatte vermutet, er wüsste vielleicht nicht, dass sie sich schon voll und ganz von der Geburt erholt hatte und ihren ehelichen Pflichten wieder nachkommen konnte. Stattdessen hatte sie feststellen müssen, dass er sie nicht mehr begehrte. Er hatte seinen Erben, und das genügte ihm. Er hatte sie mitleidig angesehen – und sie ihn verzweifelt, wie sie befürchtete. Sie war sich nicht einmal sicher, warum sie überhaupt ihren Mut zusammengenommen hatte, um zu ihm zu gehen. Es war ja nicht so, als wenn er jemals liebevoll im Bett gewesen wäre. Aber vielleicht war eine flüchtige Berührung immer noch besser als gar keine, und er war nun mal kein sinnlicher oder leidenschaftlicher Mann gewesen.

So gar nicht wie Jack Dodger.

Der Gedanke bewirkte, dass ihr Herz wie wild pochte. Wie Dodger sie angesehen hatte – als würde er all ihre geheimsten Wünsche kennen und sei auch dazu fähig, sie zu erfüllen. Die Hitze in seinen Augen ließ sie erschauern, aber nicht vor Kälte, sondern vor Sehnsucht danach, von einem Mann so angesehen zu werden, als wäre sie begehrenswert. Sie war immer die gute Tochter gewesen, die gute Gattin, fürsorgliche Mutter und anständige Frau, der ihre Pflichten über alles gingen. Aber plötzlich wurde viel zu viel von ihr verlangt. Was mochte Lovingdon damit bezweckt haben, Jack Dodger in ihr Leben zu holen?

Und wie war sie in dieses Bett gekommen?

Oh Gott, vielleicht war es ja nicht ihr Ehemann, der den Verstand verloren hatte, sondern sie. Sie wusste ja nicht mal mehr, wie sie hierhergekommen war. Und bis auf ihre Schuhe war sie noch vollständig bekleidet. Sie erinnerte sich, dass sie ein wenig Laudanum gegen ihre Kopfschmerzen genommen hatte, bevor sie Henry eine Gutenachtgeschichte vorlas. Danach hatte sie Mr. Dodger unten treffen sollen – um ihm klarzumachen, dass es für sie alle das Beste wäre, wenn er sie mit Henry aufs Land fahren ließ. Sie hatte nur einen ruhigen Moment gewollt, um Kraft zu schöpfen, bevor sie ihm gegenübertrat. Aber dann waren ihr wohl die Augen zugefallen …

Und jetzt war sie hier.

War Dodger ihr nachgegangen? Hatte er sie in sein Bett gebracht? Hatte er sich mit ihr vergnügt? Aber sie hatte nicht das Gefühl, als hätte er sie angerührt. Sie verspürte keine Wundheit zwischen den Beinen, und nach sechs Jahren ohne eine intime Beziehung mit einem Mann würde sie es doch sicher merken, wenn jemand mit ihr Verkehr gehabt hätte. Es müsste Hinweise darauf geben. Da es aber keine gab, konnte sie nur davon ausgehen, dass nicht Ungehöriges vorgefallen war, falls

Mr. Dodger sie tatsächlich in dieses Bett gebracht hatte. Es war kaum zu glauben, aber er hatte Wort gehalten und sie nicht angerührt.

Olivia wusste nicht, ob sie erleichtert oder enttäuscht sein sollte. Was für eine Schamlosigkeit ergriff da Besitz von ihr?

Sie zog die Beine an und legte die Stirn an ihre Knie. Sie wollte diesem neuen Tag nicht ins Auge sehen, sondern nur noch weg von hier. Sie wollte aufs Land, zu grünen Wiesen voller gelber Blumen. Sie wollte morgens ihre Schuhe ausziehen und auf nackten Füßen durch das feuchte Gras tanzen. Und sie wollte endlich wieder lachen. Sie konnte sich nicht einmal erinnern, wann sie das letzte Mal gelacht hatte. Sie war erst fünfundzwanzig, aber in letzter Zeit hatte sie das Gefühl, als ginge sie schon auf die hundert zu.

Am liebsten wäre sie unter ihre Decken zurückgekrochen und hätte weitergeschlafen, um beim Erwachen festzustellen, dass die Testamentseröffnung nur ein böser Traum gewesen war. Aber die Pflicht rief.

Und Henry. Oh Gott – und wenn Mr. Dodger nun beschlossen hatte, seine Verpflichtungen ernst zu nehmen, und zu Henry hinaufgegangen war? Sie musste nach ihrem Kind sehen. Schnell stand sie auf, schlich auf Strümpfen zur Tür, öffnete sie leise und spähte hinaus. Keine Spur von diesem fürchterlichen Mr. Dodger.

Erleichtert schlüpfte sie auf den Gang und eilte zum Spielzimmer ihres Sohnes. Zu ihrer enormen Erleichterung saß Henry in seinem Kinderstuhl und aß seinen morgendlichen Haferbrei. »Ist alles in Ordnung, Liebling?«, fragte sie den Kleinen.

Er nickte. »D-der M-Mann sagte, ich k-könnte ein Hü-Hündchen haben.«

»Der Mann? Welcher Mann? Und wieso ein Hündchen?«

»Mr. Dodger, Euer Gnaden«, sagte Helen. »Er war heute Morgen ein Weilchen bei dem jungen Herrn.«

Olivia blieb fast das Herz stehen »Haben Sie sie allein gelassen?«

»Nein, Euer Gnaden. Mr. Dodger bestand sogar darauf, dass ich bleibe, um Ihnen aus erster Hand berichten zu können, was Sie über seinen Besuch erfahren wollen.«

»Oh. Na ja.« Ihr Herzschlag normalisierte sich wieder. »Das war aber überraschend aufmerksam von ihm.«

»Er ist ganz anders, als ich erwartet hatte.«

»Wie meinen Sie das?«

»Nun ja, ich glaube nicht, dass es irgendjemanden gibt, der noch nichts von Jack Dodger gehört hat. Er ist ziemlich berüchtigt in einigen Teilen Londons. Aber heute Morgen schien er richtig nett zu sein.«

»Hat er geflucht oder Schimpfworte benutzt?«

»Nein, er fragte nur, ob Ihr Sohn etwas benötigt.« Sie lächelte. »Und natürlich erwiderte der junge Duke, er wolle einen Hund, weil er schon seit Monaten davon spricht. Mr. Dodger sagte, er werde es sich überlegen.«

Olivia verfluchte Dodger im Stillen für seine schwammige Antwort, als sie das Zimmer betrat und sich neben ihren Sohn setzte. »Das heißt aber nicht, dass er dir tatsächlich einen Hund mitbringen wird, mein Schatz.«

»A-Aber er hat's gesagt.«

»Seine Antwort bedeutet, dass er es vielleicht tun wird, wahrscheinlich jedoch nicht, weil Hunde so viel Arbeit machen.«

»Ich k-kümmere mich um ihn.«

»Ich weiß, dass du das tun würdest.« Olivia seufzte. »Ich werde mit ihm darüber reden.«

Henry dankte ihr mit einem erfreuten Lächeln, und sie umarmte ihn ganz fest. Er war so ein reizender kleiner Junge. Wie sehr er sich unter Mr. Dodgers Vormundschaft verändern würde. »Und jetzt muss ich mich umziehen und frisieren, Schatz.«

Sie ging in ihr Zimmer und läutete nach ihrer Zofe. Maggie hatte die Sachen, die sie gestern Nacht für ihren eiligen Aufbruch eingepackt hatte, schon wieder weggeräumt. Olivia sah das ledergebundene Bestandsbuch auf ihrem Sekretär liegen. Sie hatte es gestern in ihre Tasche gesteckt, um es sich in Ruhe draußen auf dem Landsitz anzusehen. Jetzt ging sie jedoch zu ihrem kleinen Schreibtisch und schlug den ledernen Einband auf. Alles war sehr akribisch aufgelistet, mit detaillierten Beschreibungen ...

Plötzlich stockte ihr der Atem, und sie las die Worte auf der ersten Seite noch einmal. Sie kreischte laut auf, als Maggie gerade ins Zimmer trat.

»Euer Gnaden ...«

»Wo ist Mr. Dodger?«, unterbrach Olivia die Zofe.

»Im Frühstückszimmer.«

»Hilf mir, mich schnell fertig zu machen. Ich habe ihm ein paar Nettigkeiten zu sagen.«

»Die Kutsche gehört meinem Sohn!«

Jack blickte von seinem schwarzen Buch auf, das er sich bei einem geruhsamen Frühstück angesehen hatte. Aber dann war die Duchess aufgebracht hereingestürmt. Und sie war geradezu atemberaubend schön in ihrem Zorn. Wie hatte er das gestern Abend übersehen können? Oder hatte sie nur dank des erholsamen Schlafs gerötete Wangen und ihre Abgespanntheit verloren? Während er sich bemühte, sich ihrem Zauber zu entziehen, erhob er sich. »Guten Morgen, Olivia. Haben Sie gut geschlafen?«

»Reden Sie nicht in diesem Ton mit mir.«

»Was? So höflich, meinen Sie? Man sollte meinen, dass Sie das zu schätzen wüssten.«

»Spielen Sie hier nicht den Unschuldigen!« Mit den Fingerspitzen auf ihr eigenes Buch tippend, kam sie auf ihn zu. »Sie haben mich gestern beschuldigt, Sie bestehlen zu wollen, und dabei wussten Sie nur zu gut, dass die Kutsche meinem Sohn gehörte.«

»Das wusste ich nicht. Sie ist in meinem Buch aufgelistet.«

»Zeigen Sie es mir.«

Er sah sie aus schmalen Augen an. »Das werde ich nicht tun.«

»Sie ist auf der ersten Seite dieses Bestandsbuchs aufgeführt. Wenn Sie mir das Ihre nicht zeigen, muss ich davon ausgehen, dass Sie ganz bewusst gelogen haben, und werde es Mr. Beckwith sagen, der dann zweifellos noch einmal überdenken wird, ob er das erste Testament anerkennen soll oder nicht.«

Jack dachte, dass er sie eher vor Gericht bringen würde, als das erste Testament jetzt noch verwerfen zu lassen. »Zeigen Sie mir Ihres ... und dann lasse ich Sie auch das meine sehen«, schlug er leise vor.

Sie betrachtete ihn für einen Moment, als fragte sie sich, ob sie noch etwas anderes in seine Worte hineininterpretieren sollte, und er war sich selbst nicht sicher, ob er das so gemeint hatte. Er war es nicht gewohnt, mit Frauen zu flirten, um sie ins Bett zu bekommen. Er bezahlte die Frauen, die er wollte, und musste sich dann nur von seinem Geld trennen. Bei der Duchess hatte er hingegen das ungute Gefühl, dass sich zwischen ihnen etwas mehr anbahnte und ihn das auf einen Weg führen könnte, den er nicht einschlagen wollte.

Entschlossen warf sie ihr Buch auf den Tisch, schlug es auf und zeigte auf die erste Seite. »Hier.«

Langsam senkte er den Blick von ihrer triumphierenden Miene auf die so sauber geschriebenen Worte. »Schwarze Kutsche mit dem Wappen des Dukes. Ah, jetzt verstehe ich.«

»Und was genau verstehen Sie?«

»Dass es sich hier offenbar um einen Irrtum handelt. Der Duke hat die Kutsche in beiden Büchern aufgeführt.«

»Da ich meinen Ehemann kannte, halte ich das für äußerst unwahrscheinlich. Lovingdon war in allen Bereichen seines Lebens ungemein penibel und präzise.«

»Auch bei den ehelichen Pflichten?«

Während sie ihn noch entrüstet anstarrte, stieg ihr eine bezaubernde Röte in die Wangen. War sie peinlich berührt von der Frage oder mehr von der Treffsicherheit seiner Vermutung?

»Sie provozieren mich mit voller Absicht, um mich abzulenken. Ein anständiger Mann würde einer Frau keine solche Frage stellen.«

»Tja, wie wir bereits festgestellt haben, finde ich ›anständig sein‹ langweilig.«

Er hörte, wie sie mit dem Fuß auf den Boden klopfte, und hatte das Gefühl, dass sie ihn nur allzu gern wieder geschlagen hätte. Wenn er ehrlich sein sollte, wünschte er es sich sogar. Weil er es verdiente. Was für ein Teufel hatte ihn geritten, ihr eine so intime Frage zu stellen? Wen interessierte es, wie Lovingdon seine Frau im Bett behandelt hatte? Wenn Jack es nicht besser wüsste, könnte er fast auf den Gedanken kommen, dass er einen Funken Neid verspürte.

Sie hielt ihren Fuß wieder still. »Ich habe Ihnen meins gezeigt, also zeigen Sie mir jetzt das Ihre.«

»Mein Bestandsbuch?«

»Natürlich, Sie Tölpel! Worüber reden wir denn hier?«

»Ich weiß es nicht, Olivia, aber ich kann mir interessantere

Dinge vorstellen, die wir einander zeigen könnten, als unsere Bestandsbücher.«

»Sie haben mich gestern Nacht hinters Licht geführt, Sir, und ich wüsste gern, aus welchem Grund.«

Seufzend blätterte er in seinem Buch und deutete auf eine Stelle. »Da. Es war wirklich nur ein Versehen.«

Olivia las den Eintrag. »Schwarzer *Brougham?* Wie können Sie einen geschlossenen Einspänner mit einer Kutsche verwechseln? Der Brougham ist kleiner, hat nur Sitze …«

»Das wusste ich nicht. Ich dachte, das wäre dasselbe.«

»Ich glaube nicht, dass Sie so falsch unterrichtet sind, aber wie dem auch sei … Da ich jetzt weiß, dass die Kutsche Henry gehört, kann ich sie jederzeit benutzen, ohne befürchten zu müssen, wegen Diebstahls eingesperrt zu werden.«

»Nein, das können Sie nicht. Als Henrys Vormund habe ich auch die Aufsicht über seinen sämtlichen Besitz.«

»Aber Mr. Beckwith hat mir auch ein Bestandsbuch gegeben«, wandte Olivia entrüstet ein.

»Damit Sie wissen, was Ihr Sohn mit einundzwanzig Jahren erhalten wird, aber nicht, weil diese Dinge Ihrer Obhut anvertraut wurden.«

Jack genoss ihre Niederlage nicht, derentwegen sie die Schultern hängen ließ. Im Grunde seines Herzens wusste er, dass sie eine viel bessere Erziehungsberechtigte für ihren Sohn abgab als er. Sie würde kämpfen bis zum Tod, um den Jungen zu beschützen, während Jack höchstens kämpfen würde, bis er blutete. Seine Finanzen dagegen waren eine ganz andere Sache; was sie anging, bezweifelte er, dass Olivia über die nötigen Kenntnisse verfügte, um sich darum zu kümmern. »Sie können nicht gewinnen. Ich habe die ganze Macht und halte alle Trümpfe in der Hand.«

Es schien, als erneuerten seine Worte nur ihre Entschlossenheit, sich durchzusetzen. Sie straffte ihre Schultern und schob das Kinn vor. »Sie sind der anstrengendste, irritierendste Mann, dem ich bedauerlicherweise je begegnet bin.«

»Dann sind Sie offenbar nicht vielen begegnet, Olivia.«

»Ich habe Ihnen nicht erlaubt, mich so plumpvertraulich anzusprechen.«

»Ach nein? Sie haben mich angewiesen, Sie nicht mit Ihrem Titel anzusprechen, womit nur noch Ihr Name bleibt.«

»Mr. Dodger ...«

»Hätte ich einen Vater gehabt, wäre er Mr. Dodger. Da ich jedoch keinen hatte, gibt es keinen Mr. Dodger. Sie dürfen mich also gerne Jack nennen.«

Olivia konnte und wollte keinen derart vertrauten Umgang mit diesem Mann. Und sie glaubte keine Sekunde lang, dass er tatsächlich gedacht hatte, die Kutsche mit dem Wappen des Dukes sei sein Eigentum. Wie ungeheuer gut er sich darauf verstand, sie zu verunsichern! Sie griff sich ihr Bestandsbuch, drehte sich auf dem Absatz um und ging zum anderen Ende des Tischs, wo sie das Buch hinlegte, das sie zweifellos noch in den Wahnsinn treiben würde, bevor Henry seine Volljährigkeit erreichte. Der Gedanke, auf die Etikette zu pfeifen und sich schnellstens wieder zu verheiraten, erschien ihr immer reizvoller.

Da sie ihre fünf Sinne beisammenhaben musste vor dem nächsten Disput, ging sie zur Anrichte und nahm sich pochierte Eier, Toast und Schinken. Doch während sie ihren Teller füllte, war sie sich auf beunruhigende Weise Dodgers Blick bewusst, der jede ihrer Bewegungen verfolgte. Ihr Magen verkrampfte sich bei dem Gedanken, den ganzen Morgen in seiner Gegenwart zu verbringen. Ihre Kopfschmerzen kehrten so heftig zurück, dass sie sich nur mit Mühe auf den Beinen halten konnte. Sie nickte dem an der Kredenz stehenden Diener zu, bevor sie zum Tisch ging, wo ein zweiter Diener einen Stuhl für sie zurechtrückte, während der Butler danebenstand. Normalerweise störte die Anwesenheit der Dienstboten Olivia nicht, weil sie und ihr Ehemann nur selten ein Gespräch über irgendetwas anderes als das Wetter geführt hatten.

Nun befürchtete sie jedoch, dass das Gleiche nicht für die Themen zutraf, die Mr. Dodger anschneiden würde. Vielleicht sollte sie darauf bestehen, ihre Unterhaltung ausschließlich auf Henry zu beschränken.

Mr. Dodger ließ sich mit einer katzenhaften Geschmeidigkeit am Tisch nieder, die Olivia an ein Raubtier erinnerte, das nur auf die Gelegenheit wartete, seine Beute anzugreifen. Denn obwohl er sich wie nebenbei wieder seinem Bestandsbuch zuwandte, machte er auf sie den Eindruck, als ob er nicht so entspannt war, wie es schien. Er war sich jedes Aspekts seiner Umgebung ebenso genau bewusst wie sie. Es war allgemein bekannt, dass er auf den Straßen Londons überlebt hatte, und höchstwahrscheinlich hatte er das in erster Linie seinen geschärften Sinnen zu verdanken. Lovingdon hatte immer sehr abgelenkt gewirkt, wenn er seine Zeitung las, aber bei Jack Dodger hatte Olivia das Gefühl, dass Unaufmerksamkeit ihm ebenso fremd war wie die Vorstellung, gesellschaftliche Regeln einzuhalten.

Sie trank einen Schluck warmen Tee und nahm ihre ganze Entschlossenheit für die nächste Konfrontation zusammen. Sie war nicht sonderlich erpicht darauf, aber ihrem Sohn zuliebe musste sie seinem Vormund verständlich machen, dass man mit Kindern nicht spielen konnte wie mit Erwachsenen. »Mr. Dodger?«

»*Bitte*, Duchess – Jack.«

Sein spöttischer Tonfall ließ keinen Zweifel daran, dass ihr Titel ihm keinerlei Respekt abnötigte.

»Wenn Sie darauf beharren, dass ich Sie mit Ihrem Vornamen anspreche, werde ich es fortan unterlassen, das überhaupt in irgendeiner Weise zu tun. Vielleicht könnten Sie mir die gleiche Höflichkeit erweisen«, schlug sie mit unbewegter Miene vor.

»Aber es macht mir Freude, Sie mit irgendetwas anzusprechen. Obwohl ich gestehen muss, dass Sie mir nicht wie eine Olivia vorkommen. Haben Sie einen Kosenamen?«

»Nein. Ich bin kein Schoßhündchen. Und apropos Hündchen: Sie haben meinem Sohn einen Hund versprochen.«

Er legte den Kopf ein wenig schief und machte sich nicht einmal die Mühe, seine Belustigung zu verbergen. »Schelten Sie mich jetzt deswegen?«

»Sie haben das nicht mit mir besprochen.«

»Ich bin sein Vormund. Ich muss gar nichts mit Ihnen besprechen, was Ihren Sohn angeht.«

Oh, wie ihr seine Selbstgefälligkeit auf die Nerven ging! »Haben Sie auch nur eine Ahnung, wie viel Arbeit es macht, sich um einen Hund zu kümmern?«

»Ich bin bei Rattenkämpfen gewesen.«

Olivia hätte ihr Frühstück wieder von sich gegeben, wenn sie schon etwas davon gegessen hätte. »Abgesehen davon, dass dies kein Thema für den Frühstückstisch ist – was hat das mit Hunden zu tun?«

»Es sind Hunde, die mit den Ratten kämpfen. Ich habe gesehen, wie viel Pflege und Aufmerksamkeit die Besitzer ihren Hunden widmen. Sie behandeln sie wie Könige, deshalb habe ich eine gute Vorstellung davon, was die Fürsorge für diese Tiere mit sich bringt.«

»Und wenn der Hund stirbt, wie soll mein Sohn dann mit seinem gebrochenen Herzen fertig werden?«

»Dann besorge ich ihm einen anderen Hund.«

Olivia stieß einen leidgeprüften Seufzer aus. »Wenn man etwas liebt und es verliert, lässt es sich nicht so leicht ersetzen.«

Sie spürte Jacks eindringlichen Blick auf sich, während er mit den Fingern auf das verflixte Bestandsbuch tippte. »Ist es das, was Sie bezüglich Ihres verstorbenen Ehemannes empfinden?«

»Sie glauben doch wohl nicht, dass ich mit einem Mann über meine Gefühle spreche, der sie dann nur gegen mich verwenden wird.« Sie hob die Hände, um dieser Wendung des Gesprächs ein Ende zu bereiten. Sie würde ihm niemals etwas über ihre Empfindungen verraten. »Sie haben meinem Sohn einen Hund versprochen. Aber Sie kennen Henry nicht. Er ist ein sehr sensibles Kind. Deshalb muss ich darauf bestehen, dass Sie künftig all Ihre Beschlüsse, die meinen Sohn betreffen, zuerst mit mir besprechen, bevor Sie mit ihm darüber reden.«

Er sah ihr prüfend ins Gesicht, was das unangenehme Gefühl in ihr hervorrief, dass er mit Leichtigkeit erkennen konnte, was sie empfand, ohne dass sie es in Worte fassen musste, und dass dieser Mann ebenso gut darin war, die Emotionen eines Menschen zu erraten, wie im Leeren ihrer Taschen. »Ich dachte nicht, dass es Sie stören würde. Aber dann besorge ich ihm eben keinen Hund.«

Und schon wandte er sich wieder dem Bestandsbuch zu, als wäre die Angelegenheit damit erledigt, nur weil er es so beschloss.

Olivia wusste nicht, ob sie erleichtert sein sollte, dass kein Hund ins Haus kommen würde, oder verärgert, weil er so leichtfertig ein Versprechen abtat, das er ihrem Sohn gegeben hatte. Als sie das Thema angeschnitten hatte, war sie nicht sicher gewesen, was für ein Ergebnis sie erzielen wollte – wahrscheinlich, dass er zugab, nicht die geringste Ahnung zu haben, wie man sich um Kinder kümmerte. Anders als die meisten Mütter wollte sie nicht nur eine Zuschauerin im Leben ihres Sohnes sein. Sie und Lovingdon hatten sich wegen der Einstellung eines Kindermädchens sogar gestritten, weil ihr zwar bewusst war, dass alle Kinder des Adels von Nannys betreut wurden, sie aber eine etwas andere Einstellung zu diesem Thema hatte. Sie wollte eine aktivere Rolle, und dieser Mann drohte, sie nun ganz und gar aus Henrys Leben auszuschließen. »Gestern Nacht sagten Sie, Sie seien ein Mann, der sein Wort hält.«

Er blickte auf und bedachte sie mit einem selbstgefälligen Grinsen. »Das bin ich auch, wenn es mir passt.«

Oh, sie hätte schreien können über seine Wortspielchen! Sie war es gewohnt, mit Gentlemen umzugehen, nicht mit Halunken, die ihre Meinung nach Lust und Laune änderten. »Sie können das Versprechen, das Sie meinem Sohn gegeben haben, nicht so einfach unter den Tisch fallen lassen.«

»Nun entscheiden Sie sich aber bitte mal. Wollen Sie nun, dass er einen Hund bekommt, oder nicht?«

»Ich will nicht, dass er einen Hund bekommt, aber es wäre viel schlimmer für ihn, wenn Sie Ihr Versprechen brechen. Vertrauen ist etwas sehr Fragiles, und Sie würden ihn so nur lehren, dass ein Versprechen nichts bedeutet.«

»Gewöhnlich tut es das auch nicht.«

»In Ihrer Welt vielleicht nicht, Mr. Dodger, aber in unserer schon.«

»*Jack.*«

Dieser Mann begriff aber auch gar nichts. Warum verschwendete sie ihre Zeit mit ihm? Wie alle Männer würde er am Ende doch nur tun, was er für richtig hielt. »Können wir weitermachen?«

»Aber gewiss. Und was genau schwebt Ihnen vor?«

»Ich sollte Sie gestern Abend in der Bibliothek treffen …«

»Allerdings. Das hatten Sie versprochen.«

»*Versprochen* hatte ich gar nichts«, fauchte sie.

»Sie sagten, Sie würden kommen. Wenn in *meiner* Welt jemand so etwas sagt, ist das ein Versprechen.«

Oh, ihr dröhnte der Kopf, und sie hätte nichts lieber getan, als wieder ins Bett zu gehen und sich unter den Decken zu verkriechen. »Na schön, Sie haben Ihren Standpunkt klargemacht. Ich bin eingeschlafen und entschuldige mich dafür.«

»Nehmen Sie vor dem Zubettgehen immer Laudanum?«

»Woher wissen Sie, dass ich es genommen habe?«

»Weil Ihr Atem danach roch.«

Angesichts der Bedeutung dieser Feststellung wurde Olivia von nackter Angst ergriffen, die ihr schier das Blut gefrieren ließ. »Heute Morgen lag ich nicht in meinem Bett, und ich kann mich nicht erinnern, wie ich in das andere gekommen bin. Haben Sie ...« Nervös blickte sie sich zu den Lakaien um. Obwohl sie nicht den Eindruck machten, als belauschten sie ihr Gespräch, war Olivia doch nur allzu gut bewusst, dass sie nicht taub waren. In der Hoffnung, dass nur Dodger sie hören würde, beugte sie sich vor und sprach sehr leise, aber der Tisch war furchtbar lang. Warum brauchten sie überhaupt einen so langen Tisch in diesem Frühstückszimmer? Es war ja schließlich nicht so, als ob sie häufig Gäste hätten.

»Habe ich ...?«, hakte er nach.

Sie blickte sich aufs Neue um. »Können wir die Dienstboten nicht wegschicken?«

»Ich glaube nicht, dass das nötig ist. Soweit ich weiß, ist es ihnen durch irgendwelche Verhaltensregeln untersagt, unsere Angelegenheiten zu erörtern, selbst wenn sie unter sich sind.«

»Ja, aber ...« Wieder blickte sie sich um.

»Als Sie nicht wie *versprochen* erschienen sind, habe ich mich auf die Suche nach Ihnen gemacht.«

»Aha. Und ich nehme an, Sie haben mich auch gefunden.«

Er grinste. »Oh ja. Aber da Sie mich gebeten hatten, Ihr

Schlafzimmer nicht zu betreten, sah ich keine andere Möglichkeit, als Sie in meins zu bringen.«

Er sagte es so, als hätte er etwas getan, wofür sie sich bei ihm bedanken müsste. Aber Olivia war sich ziemlich sicher, dass Dodger jeden Tag – oder vielmehr *jede Nacht* – Frauen in sein Schlafzimmer trug.

»Haben Sie sich Freiheiten herausgenommen?«, wollte sie wissen.

»Glauben Sie mir, Duchess, wenn ich es getan hätte, würden Sie sich daran erinnern.«

Die plötzliche Intensität seines Blicks war entnervend und erweckte in Olivia den Eindruck, dass er sich ausmalte, in ihrem Bett zu sein und Dinge mit ihr zu tun, die sehr viel unvergesslicher waren als alles, was sie je mit Lovingdon erlebt hatte. Es war schon verstörend genug, sich vorzustellen, dass Jack Dodger sie in seinen Armen hielt, an seine Brust drückte, sie auf sein Bett legte und die Nadeln aus ihrem Haar zog – denn jetzt hegte sie keinen Zweifel mehr daran, dass er es gewesen war –, aber die Vorstellung, dass er zu ihr unter die Laken kroch ...

Schnell senkte sie den Blick auf das Essen auf ihrem Teller, um ihre Scham darüber zu verbergen, dass sie nur zu gern gewusst hätte, was seine geschickten Finger bewirken konnten.

»Nachdem ich Sie auf das Bett gelegt hatte, fuhr ich zu meinem Club. Sie können Brittles fragen. Er hat gestern meine Kutsche, oder das, was ich für meine Kutsche hielt, vorfahren lassen.«

Olivia blickte zu dem Butler hinüber. Obwohl es ihm untersagt war, die Gespräche zu belauschen, nickte er ihr kurz zu. Sie zwang sich, Dodgers Blick zu erwidern. »Es war wirklich nicht nötig, mich zu Bett zu bringen.«

»Das Kinderbett, auf dem Sie mehr saßen als lagen, war viel

zu schmal. Ich kenne viele Frauen, die dankbar für meine freundliche Geste gewesen wären.«

»Das bezweifle ich nicht«, gab sie schroff zurück. »Aber ich bin keine dieser Frauen.« Sie fuhr sich mit einer Hand über die Stirn. »Entschuldigen Sie bitte. Normalerweise bin ich nicht so schwierig.« Eigentlich hielt sie sich für recht umgänglich, aber sie bezweifelte, dass er ihr das glauben würde. »Die letzten paar Tage waren nur ungeheuer strapaziös, Mr. ...«

»Jack.«

Olivia schluckte. Sie wollte den vertrauten Umgang nicht, den er ihr anbot, aber sie war die Wortgefechte leid. »Jack.«

»Na also. War doch gar nicht so schwer, oder?« Er stand auf. »Da die vergangenen Tage so anstrengend waren, schlage ich vor, dass Sie sich ein gemütliches Frühstück gönnen und danach in die Bibliothek kommen, um diese ungewöhnliche Situation zu besprechen, in die uns Ihr verstorbener Ehemann gebracht hat.«

Mit sprachlosem Erstaunen sah sie zu, wie er sein schwarzes Buch aufhob und ohne ein weiteres Wort ging. Sie staunte, dass ein Teil von ihr sein Gehen sogar bedauerte, was aber vermutlich nur daran lag, dass sie jetzt allein mit sich und ihren eigenen Gedanken war.

Und was für merkwürdige Gedanken das waren! Für einen Moment, als sie das Esszimmer betreten hatte, war es ihr fast so vorgekommen, als wäre es ihr verstorbener Mann, der dort saß und sie begrüßte. Doch das durch die Fenster hereinfallende Morgenlicht hatte ihr einen Streich gespielt. So viel Licht in diesem Zimmer war sie einfach nicht gewohnt. Lovingdon hatte die Welt lieber draußen gelassen. Soweit sie wusste, hatte er vor ihrer Heirat nie gestattet, dass auch nur eine einzige Übergardine einen Spalt geöffnet oder eine Jalousie aufgezogen wurde. Es war ein düsteres Haus gewesen, das die melancholische

Gemütsverfassung seines Besitzers widerspiegelte. Er hatte sie sogar gebeten, ihr Bedürfnis nach Licht und Sonnenschein auf Zimmer zu beschränken, die er nie betrat.

Komisch, aber bei Jack – nein, sie durfte ihn nicht mal in Gedanken Jack nennen – hätte sie vermutet, dass auch er die Düsternis vorziehen würde.

Kapitel sechs

Jack stand am Fenster seiner Bibliothek und blickte auf seinen gepflegten Garten hinaus. Auf *seinen* Garten, aus *seinem* Fenster *seiner* Bibliothek. Eigentlich hatte er sich das Bestandsbuch noch genauer ansehen wollen, aber er konnte sich jetzt nicht darauf konzentrieren.

Er war nicht auf das Gefühl gefasst gewesen, das ihn ergriff, als er seinen Namen aus dem Mund der Duchess hörte. Fast hätte er sie gebeten, ihn noch einmal zu wiederholen. Er hatte näher an sie heranrücken und im Flüsterton mit ihr sprechen wollen, damit die Dienstboten sie nicht hören konnten. Er wollte wissen, warum sie gegen einen Hund war, und sie fragen, was sie über gebrochene Herzen wusste.

Fasziniert vom Spiel des Sonnenlichts, das die Rottöne in ihrem kastanienbraunen Haar hervorhob, erinnerte er sich wieder, wie es sich in seiner Hand angefühlt hatte. Irgendwie begrüßte er ihre Geringschätzung sogar, weil sie seine eigenen Wünsche und Begierden im Zaum hielt.

Er drückte seine Schulter gegen die Kante des Fensterrahmens und ignorierte den Schmerz. Sie hatte sehr ungehalten auf seinen spöttischen Gebrauch des Titels *Duchess* reagiert, aber ihr Tonfall ihm gegenüber war auch nicht besser. Er hörte jedes Mal die Ablehnung in ihrer Stimme, wenn sie ihn *Mr. Dodger* nannte. Sie wusste ebenso gut wie er, was er war: der Bankert einer Hure von einem ihm unbekannten Vater, den vermutlich nicht mal seine Mutter näher gekannt hatte.

Er hörte, wie die Tür aufging, rührte sich jedoch nicht von der Stelle. Olivias leichte Schritte wurden lauter, als sie näher kam, bis er ihren dezenten Duft wahrnehmen konnte. Er wollte gar nicht darüber nachdenken, welches Vergnügen damit verbunden sein könnte, die anderen geheimen Stellen aufzuspüren, an denen sie ihn auftrug. Sie blieb ihm gegenüber stehen, und wieder tanzte das verdammte Sonnenlicht auf solch verführerische Weise auf ihrem Haar, dass er es berühren und mit den Fingern hindurchfahren wollte ... aber nicht annähernd so behutsam wie in der Nacht zuvor, als er ihr die Haarnadeln herausgezogen hatte.

»Wissen Sie wirklich nicht, wer Ihr Vater ist?«, fragte sie leise.

Die Diskussion darüber lag eine Ewigkeit zurück, und er sah keinen Grund dafür, sie wieder aufzunehmen, aber vielleicht hatte Olivia genauso viel über ihn nachgedacht wie er über sie, seit er den Frühstücksraum verlassen hatte. Er vermutete jedoch, dass ihre Gedanken sich mehr um seine Fehler drehten, während er widerstrebend ihre Vorzüge anzuerkennen begann.

»Ich denke, wir sollten uns zunächst mal auf die vordringlichen Angelegenheiten konzentrieren. Was wissen Sie über das Kindermädchen?«

Sie riss überrascht die goldfarbenen Augen auf. »Über Helen? Sie kam mit den besten Empfehlungen. Der Duke und ich waren immer sehr zufrieden mit ihr. Warum fragen Sie?«

»Weil der Junge mir viel zu still vorkommt.«

»Kinder sollten still und gut erzogen sein ...«

Jack lachte leise bei der Erinnerung an seine eigene Kindheit. »Nicht die Kinder, die ich kannte.«

»Sie sind auf den Straßen groß geworden, Mr. Dodger. Mein Sohn wächst in einem Zuhause auf.«

»Trotzdem ist er ängstlich, während ich es nicht war.«

»Er ist einfach nur zurückhaltend wie sein Vater.«

Jack verkniff sich die Frage, ob der Duke auch im Bett bei ihr so zurückhaltend gewesen war. Aber wieso war er überhaupt so neugierig, was die intimen Details ihres Ehelebens anbetraf?

Sie blickte aus dem Fenster. »Gestern Abend sagten Sie, Sie hätten Lovingdon kaum gekannt. Wie sind Sie sich überhaupt begegnet? Besuchte er Ihren Club?«

»Hin und wieder. Was wissen Sie über meinen Club?«

»Dass er ein vortrefflicher Ort für Wüstlinge ist.«

Jack zog einen Mundwinkel hoch. »Sie sagen das, als würde ich die Leute dazu zwingen, sich an skandalösem Treiben zu beteiligen. Aber so ist es keineswegs.«

»Sie bieten ihnen aber die Gelegenheit dazu.«

»Sehen Sie? Ihr Tonfall lässt schon wieder darauf schließen, dass das etwas Schlechtes ist. Diejenigen, die das Laster lieben, lassen sich nicht aufhalten. Sie werden sich in die finstersten Gassen wagen, um eine Spielhölle, Alkohol oder Frauen zu finden. Wenn sie an Falschspieler geraten, wird ihnen, selbst wenn sie gewinnen, alles genommen, vielleicht sogar das Leben. Wenn sie eine Flasche kaufen, wissen sie nicht, was sich darin befindet. Manchmal ist es nichts als Pisse.« Er hob die Hand, um dem zu erwartenden Protest gegen seine Ausdrucksweise zuvorzukommen. »Und die Frauen? Von ihnen können sie sich alle möglichen Krankheiten holen, sogar einige, die sie erblinden lassen oder die ihnen den Verstand rauben.

Deshalb biete ich Männern einen sicheren Ort, an dem nicht falsch gespielt wird, der Alkohol der beste ist, den man bekommen kann, und die Mädchen gesund und sauber sind.«

»Langsam gewinne ich den Eindruck, dass Sie Ihr Handeln sogar für nobel halten.«

»Wie gesagt, Sie können jemanden, der entschlossen ist, dem Laster zu frönen, nicht aufhalten. Warum sollte ich also nicht von der Schwäche anderer profitieren? Ich bin sehr reich damit geworden, und wem habe ich geschadet?« Ach, zum Teufel, dachte er. Warum stand er hier und rechtfertigte sein Leben, seine Entscheidungen und Handlungsweise? Ihm war stets bewusst gewesen, dass andere an seinen Geschäften etwas auszusetzen hatten, aber für ihn war wichtig, dass er selbst damit leben konnte. Er hatte sich noch nie um anderer Leute Ansichten geschert.

»Wahrscheinlich richten Sie Schaden an, ohne sich dessen auch nur bewusst zu sein«, entgegnete die Duchess.

Das war das Problem, wenn man mit den »Rechtschaffenen« debattierte: Sie wollten von den positiven Aspekten gar nichts hören. »Wie dem auch sei, ich habe jedenfalls nicht die Absicht, Ihrem Sohn zu schaden.«

Sie blickte zu der Ecke hinüber, in der gestern noch derart viele Uhren auf einem Tisch gestanden hatten, als hätte der Duke auf diese Weise Zeit zusammentragen wollen. Heute stand dort hübsch angerichtet eine ganze Reihe von Spirituosen in Flaschen und Karaffen, die Jack mühelos von seinem Schreibtisch aus erreichen konnte.

»Sie haben ja schon Alkohol ins Haus gebracht«, sagte sie, und wieder hörte er die deutliche Missbilligung in ihrer Stimme.

»Aber ich werde Sie nicht dazu zwingen, ihn zu trinken.«

»Das würde ich auch nie tun.«

»Sicher nicht.«

»Und was haben Sie mit den Uhren meines Mannes gemacht?«, fragte sie in scharfem Ton.

Aus irgendeinem Grund zog Jack es vor, wenn sie so schroff war. Vielleicht war es ihre Courage, die ihm gefiel, oder aber seine Erleichterung darüber, dass er ihr anscheinend unsympathisch war. Denn es würde sich als äußerst ungünstig erweisen, wenn sich eine unbefangene Kameradschaft zwischen ihnen entwickeln sollte. Während ihr sicherlich bewusst war, dass sie zumindest auf einer Ebene nicht gleichgestellt waren, wusste er nur allzu gut, dass sie es auf *vielen* Ebenen nicht waren.

»Das sind *meine* Uhren. Sie sind auf Seite sieben meines Bestandsbuches aufgelistet. Ich habe die Bediensteten angewiesen, sie nach ihrem eigenen Gutdünken im ganzen Haus zu verteilen.«

»Eine Sammlung ist keine Sammlung, wenn sie hierhin und dorthin verteilt wird.«

»Ich pfeife auf die blöden Uhren. Aber ich will meinen verdammten Whisky in der Nähe haben! Außerdem machte ihr infernalisches Ticken mich verrückt.« Vielleicht hatte der Duke das auch so gesehen, nur, dass sie es bei *ihm* geschafft hatten.

Jack holte tief Luft, um seine schlechte Laune im Zaum zu halten, aber das klappte nicht, weil er Olivias betörenden Duft so nur noch deutlicher wahrnahm. Er wollte sich nicht von ihr betören lassen, sondern sie wieder verheiraten, und das so bald wie möglich.

»Kommen wir zur Sache, ja?« Er ging zu *seinem* Schreibtisch und setzte sich auf *seinen* Stuhl.

Sie zögerte, bevor sie ihre Schultern straffte und entschlossenen Schritts herüberkam, um sich ihm gegenüber hinzusetzen. Wäre er ein geringerer Mann, hätte er ihren bösen Blick als einschüchternd empfunden. Sie schien fest entschlossen, sich gegen ihn zu behaupten. Das musste er ihr zugutehalten – das und die große Liebe zu ihrem Sohn.

»Lassen Sie mich ganz ehrlich sein ...«, begann er.

»Soll das heißen, dass Sie es bisher nicht waren?«, unterbrach sie ihn. »In meiner Welt, Mr. Dodger, setzen wir bei einem Menschen Ehrlichkeit voraus, daher bedürfen seine Worte keiner derartigen Erklärung.«

»Sie stellen meine Geduld auf eine harte Probe, Duchess«, stieß er zwischen zusammengebissenen Zähnen hervor.

»Dann schicken Sie mich und meinen Sohn aufs Land.«

Er war nicht einmal annähernd versucht, ihr diesen Wunsch zu gewähren. »Auf gar keinen Fall.«

»Es würde alles vereinfachen.«

»Ich finde alles *Einfache* langweilig. Also kommen wir wieder zur Sache. In meinem Club habe ich mehr als zwei Dutzend Angestellte. Ich führe sie und mein Geschäft ohne allzu große Mühe. Tatsache ist, dass mein Club sehr effektiv und effizient geleitet wird. Bedauerlicherweise habe ich jedoch nicht die geringste Ahnung, wie man einen Haushalt führt.«

Er beobachtete, wie sich ihr Gesichtsausdruck fast unmerklich veränderte, und erkannte, dass er möglicherweise zu viel preisgegeben hatte und ihr dadurch eine Macht einräumte, die er keineswegs aufgeben wollte.

»Während ich *alles* über die Führung eines Haushalts weiß«, stellte sie mit einer ruhigen Distanziertheit fest, bei der sich alles in ihm verkrampfte.

»Das dachte ich mir. Deshalb werde ich die Führung dieses Haushalts Ihrem Ermessen überlassen.«

Sie lächelte, und es war das Faszinierendste, was er je gesehen hatte. Dadurch verwandelte sie sich in jemanden, der jung und unbekümmert war – und weckte in ihm den Wunsch, mit dem Daumen über ihren Mund zu streichen. Oder aufzustehen, um den Schreibtisch herumzugehen und sie in die Arme zu nehmen.

»Auf gar keinen Fall.«

Alles, was er wollte und zu erreichen suchte, stürzte über ihm zusammen. War es ihr irgendwie gelungen, seine Gedanken zu erraten? »Wie bitte?«

Sie erhob sich mit dem Selbstvertrauen einer Frau, die gerade ein Imperium geerbt hatte. »Ich werde Ihnen nicht den Haushalt führen.«

Damit drehte sie sich auf dem Absatz um und ging zur Tür.

»Nun, wenn das so ist, können Sie auch gern mein Bett anwärmen.«

Während Jack die Herausforderung noch aussprach, fragte er sich schon, welcher Teufel ihn geritten hatte, ihr eine solche Alternative anzubieten, auch wenn sie durchaus ihren Reiz besaß. Wenn diese *Duchess* nur halb so viel Feuer in sein Bett brachte, wie er vermutete, könnten sie eine unglaubliche und unvergessliche Nacht miteinander verbringen.

Sehr gemächlich drehte sie sich um. »Das können Sie nicht ernst meinen.«

»Ich bin kein Mann mit karitativer Gesinnung. Heute haben Sie ein Dach über dem Kopf, Kleidung an Ihrem Körper und Essen in Ihrem Bauch. Das Dach und das Essen sind mein Eigentum, die Kleidung ist noch fraglich, da ich sie erst in meinem Bestandsbuch suchen muss. Sie nehmen, Duchess, ohne irgendetwas zurückzugeben. Dies weiter zuzulassen wäre eine schlechte Geschäftspraktik. Wenn Sie hier wohnen bleiben möchten, müssen Sie sich Ihren Unterhalt verdienen.«

»Meinen Unterhalt verdienen? Als wäre ich Ihre Bedienstete oder, noch schlimmer, Ihre Hure?« Olivia spürte die Welle unbeherrschten Zorns, der sie erfasste. »Sie sind ein *Bastard!*«

»Dem Gesetz entsprechend ja.«

»Wie können Sie so gefühllos sein? Ich habe gerade meinen Ehemann verloren, mein Zuhause und, rein rechtlich gesehen, sogar meinen Sohn. Haben Sie denn überhaupt nichts Gutes in sich?«

»Mit Güte lässt sich kein Profit erzielen.«

»Ist das alles, was Sie kümmert? Ihr Profit?«

Jack fluchte unterdrückt. Warum zum Teufel machte sie alles so schwer?

Sie hatte den Kopf ein wenig schief gelegt und starrte ihn

anklagend an, als könnte sie ihn unter Druck setzen. Ihr Haar war von einem warmen Braun mit gerade genug Rot darin, um es interessant zu machen. Er fragte sich, wie sie ganz in Rot gekleidet aussehen würde. Schwarz ließ sie zu blass erscheinen. Aber Rot oder Purpur, ein dunkles Purpur – wie Könige es trugen …

Er schüttelte den Kopf. Er hatte sich noch nie Frauen in Kleidern vorgestellt, sondern sich höchstens ausgemalt, wie sie unbekleidet aussehen mochten. Was war nur los mit ihm?

Die Tür wurde leise geöffnet, und der Butler kam herein. Da die Bibliothek sehr geräumig war und zwischen Tür und Schreibtisch über verschiedene Sitzecken verfügte, brauchte Brittles ein paar Sekunden, um das Zimmer zu durchqueren. Seine Schritte waren ebenso gespenstisch leise wie die der anderen Bediensteten, was Jacks Misstrauen weckte, weil es unnatürlich war, so leise zu gehen, es sei denn, man beabsichtigte, jemanden zu berauben.

Brittles blieb in steifer Haltung stehen, bis Jack ihn ansah, und dann verneigte er sich leicht. »Es tut mir leid, Sie stören zu müssen, Sir, aber ein Inspektor Swindler von Scotland Yard möchte Sie sprechen. Sind Sie zu Hause?«

»Natürlich bin ich zu Hause, Mann. Oder sitze ich etwa nicht hier?«

Bevor Brittles etwas erwidern konnte, räusperte sich die Duchess und kam ihm zu Hilfe. »Die Behauptung, man sei nicht zu Hause, ist eine höfliche Art und Weise, jemandem zu verstehen zu geben, dass man ihn nicht empfangen will.«

»Ich dachte, die Leute *lügen* nicht in Ihrer feinen Welt.«

»Sie sind aber auch nicht unhöflich.«

Jack hätte gern noch einiges mehr dazu gesagt, aber er wollte den Inspektor nicht warten lassen. Später würde er das Thema noch einmal aufgreifen. Vermutlich würden er und die Duchess ohnehin einen Großteil ihrer Zeit mit Streitereien darüber verbringen, was jeder von ihnen für richtig hielt. Zunächst einmal wandte er seine Aufmerksamkeit wieder dem wartenden Butler zu. »Selbstverständlich werde ich ihn empfangen, Brittles.«

Sowie der Butler den Raum verlassen hatte, kam die Duchess auf Jack zu. »Was haben Sie getan?«

»Die Wahrheit gesagt und ihm nicht ausrichten lassen, ich sei nicht zu Hause. Ich dachte, ich bekäme ein Lob für meine Ehrlichkeit.«

»Nein, ich meinte, warum ist ein Inspektor von Scotland Yard hier? Haben Sie jemanden beraubt? Jemanden umgebracht?« Sie trat noch einen Schritt näher. »Was haben Sie getan, dass Scotland Yard sich genötigt sieht, jemanden hierher zu schicken? Falls Sie verhaftet werden ...«

Bevor sie ihren Satz beenden und ihm drohen konnte, beispielsweise zu Beckwith zu laufen, um ihn über den Vorfall zu informieren, ging die Tür schon wieder auf. Diesmal war es James Swindler, der hereinstolzierte. Es hatte Jack schon immer irritiert, dass Swindler das verblüffende Talent besaß, den Eindruck zu vermitteln, er gehörte dazu, ganz gleich, in welcher Umgebung er sich auch befand. Wahrscheinlich würde er genauso entspannt und ungezwungen durch den Buckingham Palast spazieren.

Er trug ein Jackett aus beigefarbener Wolle, eine cremefarbene Weste und eine dunkelgrüne Schalkrawatte, die das Grün seiner Augen betonte und sie zu seinem auffallendsten Merkmal machte. Oft kleidete er sich nur ganz schlicht, um nicht bemerkt zu werden, aber heute war das anders.

Olivia musterte Swindler, als versuchte sie zu entscheiden, ob er das geringere der beiden Übel war, die derzeitig die Bibliothek besetzten. Da Jack wusste, welch tadellose Manieren Swindler an den Tag legen konnte, sprang er auf, weil er plötzlich nicht mehr als Rüpel dastehen wollte. »Duchess, erlauben Sie mir, Ihnen James Swindler von Scotland Yard vorzustellen.«

»Inspektor«, begrüßte Olivia ihn.

»Darf ich dich mit der Duchess of Lovingdon bekannt machen, Swindler?« fuhr Jack fort. »Sie ist erst seit Kurzem Witwe.« *Und eine fürchterliche Nervensäge.*

Swindler verbeugte sich und imponierte der Witwe zweifellos mit seinen höfischen Manieren. Es war erstaunlich, dass ein so großer und breitschultriger Mann nicht linkisch wirkte. Er übertraf Jack nicht nur um sieben oder acht Zentimeter in der Größe, sondern auch in der Breite seiner Schultern. »Euer Gnaden«, begrüßte er sie formvollendet, was Jack erneut verärgerte, auch wenn er den Grund dafür nicht kannte. Was kümmerte es ihn, ob Olivia angetan war von dem Mann?

Dann richtete Swindler seinen messerscharfen Blick auf Jack. »Laut deiner Nachricht ist es dringend.«

»*Sie* haben den Inspektor kommen lassen?«, fragte die Duchess.

Jack bezog eine enorme Genugtuung aus ihrer schockierten Miene. »Tut mir leid, Duchess. Sie werden enttäuscht sein, dass er mich nicht verhaften und mitnehmen wird. Und da die Formalitäten nun erledigt sind – möchtest du Whisky oder Gin, Swindler?«, erkundigte er sich, während er zu dem Tisch hinüberging, auf dem er seinen erstklassigen Vorrat platziert hatte. Und wo kein Ticken mehr zu hören war.

»Es ist noch nicht mal Mittag, Jack«, wandte Swindler ein.

»Für einen Mann, der nicht nach der Uhr lebt, gibt es keine unpassende Zeit, um sich etwas zu gönnen«, erklärte Jack, während er sich selbst einen Whisky einschenkte.

»Da ich im Gegensatz zu dir schlafe«, erwiderte Swindler, »verzichte ich.«

»Wie du willst.« Jack schlenderte zurück zu seinem Schreibtisch. »Sie können uns jetzt allein lassen, Duchess.«

Er saß schon halb in seinem Sessel, als sie sagte: »Da ich die Aufsicht über Ihren Haushalt führe, halte ich es für unerlässlich, dass ich bleibe.«

Ihre Worte ließen ihn auf halber Höhe innehalten. Nicht weil sie ihn verblüfften, sondern weil sie so unglaublich zufrieden aussah, als dächte sie, sie hätte in gewisser Hinsicht einen Sieg über ihn errungen. Und so ungern er es auch zugab, gefiel es ihm sogar, wenn sie so zufrieden wirkte – obwohl er keineswegs die Absicht hatte, darauf hinzuarbeiten, dass es bei diesem Zustand blieb. Er ließ sich in seinen Sessel fallen und trank einen Schluck Whisky. »Darf ich dann davon ausgehen, dass Sie sich dazu entschieden haben, meinen Haushalt zu führen, statt ...«

»Ja, so ist es«, antwortete sie schnell, bevor sie sich wieder Swindler zuwandte. Es ärgerte Jack, dass sie ihn so schnell abtat, und brachte ihn auf den Gedanken, dass sie bleiben wollte, weil Swindler sie anscheinend interessierte. Unwillkürlich fragte er sich, was sie wohl davon halten würde, einen Bürgerlichen zu heiraten.

»Vielleicht hätten Sie gern eine Tasse Tee, Inspektor?«, fragte sie.

»Das wäre wunderbar, vielen Dank.«

Sie schwebte förmlich zur Tür, und Jack merkte plötzlich, dass er sich nicht annähernd genug Zeit für die Betrachtung ihrer Kehrseite genommen hatte. Sie hatte einen schmalen Rücken, und er fragte sich, ob ihre geschwungenen Hüften wohl nur ihren Unterröcken zuzuschreiben waren. Warum trugen Frauen keine Kleidung, die einen realeren Eindruck von ihrer Figur vermittelte?

»Tee«, murmelte Jack gereizt, wohl wissend, dass Olivia schon zu weit entfernt war, um ihn noch zu hören. »Seit wann trinkst du Tee, Swindler?«

»Er dient mir als Ablenkung, wenn ich Damen befragen muss, die lieber nicht befragt werden würden.«

»Ich kann mir eigentlich nicht vorstellen, dass du bei deiner Arbeit abgelenkt werden möchtest.«

»Nicht ich, Jack. Aber die Damen werden entspannter, wenn sie ihren Tee servieren, und erzählen mir dann Dinge, die sie mir sonst vielleicht nicht sagen würden.«

Eine Taktik, die sehr vernünftig klang. Kein Wunder, dass Swindler trotz des nicht gerade erstklassigen Rufs von Scotland Yard bekannt für seine gute Arbeit war. Jack war davon überzeugt, dass der Mann wesentlich mehr Geld verdienen könnte, wenn er sich als privater Ermittler selbstständig machen würde. Aber im Gegensatz zu Jack schien Swindler wenig Interesse an Reichtum zu haben.

»Der Tee kommt gleich«, sagte die Duchess, als sie zurückkehrte und sich in einen Sessel setzte. »Ich werde mich bemühen, Sie nicht zu stören.«

Sie sah plötzlich wie ein junges Mädchen aus, wie sie gespannt auf der Sesselkante hockte und offensichtlich glaubte, sie würde nun erfahren, dass Jack in irgendwelchen Schwierigkeiten war. Er hegte keinen Zweifel daran, dass sie ihn nur zu gern in Handschellen sehen würde. Aber er hatte diese Erfahrung schon einmal gemacht und würde lieber sterben, als sie zu wiederholen. Er deutete auf einen Sessel sich gegenüber, und Swindler setzte sich. Dann beugte Jack sich vor. »Dieses Haus gehörte dem Duke of Lovingdon. Er hat es mir in seinem Testament vermacht. Ich möchte wissen, warum.«

Swindlers Blick glitt zu der Duchess, die er für einen langen Moment prüfend ansah, bevor er sich wieder Jack zuwandte. »Weiß Ihre Gnaden es denn nicht?«

»Sie war noch verblüffter als ich. Ich denke, dass der Notar, ein gewisser Mr. Beckwith, die Gründe kennt, aber er behauptet, es stünde ihm nicht frei, sie mir zu offenbaren. Ich möchte, dass du um Mitternacht zu seinem Haus gehst, ihn entführst und an einen dunklen, gefährlichen Ort bringst, um ihn an den Zehen aufzuhängen und zu verprügeln, bis er zu dem Schluss kommt, dass er es mir doch sagen kann.«

Die Duchess schnappte entsetzt nach Luft und schnellte in die Höhe. Eine Welle gerechtfertigter Empörung schlug Jack entgegen. »Das kann nicht Ihr Ernst sein! Das ist barbarisch. Ich werde nicht zulassen, dass Sie ...«

»Euer Gnaden.« Zu Jacks Enttäuschung unterbrach Swindler ihre grandiose Tirade. »Natürlich ist es *nicht* sein Ernst.«

Ihr leiser Aufschrei verstummte, als würde sie sich wieder daran erinnern, dass sie eine Dame von Rang und Namen war. »Sie sind abscheulich, Sir.«

»Ach, kommen Sie, Olivia, wo bleibt Ihr Sinn für Humor?«, fragte Jack.

»Der hat die Flucht ergriffen, als Sie in mein Leben getreten sind.«

Jack konnte sich ein Grinsen über ihre bissige Erwiderung nicht verkneifen. Verflucht noch eins, er begann doch tatsächlich, Gefallen an ihr zu finden! Sie nahm wieder Platz. Wie schaffte sie es nur, so lange derart steif und gerade dazusitzen?

»Siehst du, was sie von mir denkt?«, wollte Jack von Swindler wissen. »Als du angekündigt wurdest, dachte sie, du wolltest mich wegen irgendeines Verbrechens verhaften.«

»Das kann man ihr wohl kaum verübeln. Schließlich bist du bekannt dafür, das Gesetz nicht immer so zu achten, wie du es tun solltest.« Swindler hob die Hand, bevor Jack protestieren konnte. »Aber ich habe wenig Zeit, also lass uns bitte bei der Sache bleiben. Warst du mit Lovingdon bekannt?«

»Er kam hin und wieder in den Club.« Jack rieb sich mit dem Daumen über das Kinn. »Aber wir haben kaum ein Wort miteinander gewechselt.«

»Warum interessierst du dich dann so für seine Gründe?«, fragte Swindler. »Es hat dich noch nie gekümmert, wo dein Geld herkam. Warum also jetzt?«

Jacks Blick glitt zu der Duchess. Ihrer strengen Miene nach zu urteilen, hatte sie ihm seinen kleinen Scherz noch nicht verziehen. Eigentlich hatte er sogar gehofft, sie damit so sehr aufzubringen, dass sie ging. »Sollten Sie nicht nach dem Tee sehen, Duchess?«

»Oh, keine Sorge, Mr. Dodger. Er wird schon kommen, sobald er fertig ist«, erwiderte sie hoheitsvoll.

Verdammt! Er hatte nicht damit gerechnet, dass sie bei seinem Gespräch mit Swindler dabei sein würde. Er überlegte, ob er darauf bestehen sollte, dass sie ging, aber das würde ihr Misstrauen ihm gegenüber nur verstärken. Außerdem war es vielleicht sogar ganz gut, wenn sie dies alles hörte. »Na schön.« Er trommelte mit zwei Fingern auf den Schreibtisch und hoffte, jetzt nicht wie ein Panikmacher zu klingen. »Ich soll seinem Erben als Vormund dienen, und ich möchte sichergehen, dass diese Situation nicht mit Lukes vergleichbar ist.«

In Swindlers Augen sah Jack, dass er den Zusammenhang sofort erkannte. Lukes Vater war von Lukes Onkel ermordet worden, um den Grafentitel und alles, was dazugehörte, zu erlangen. Lukes Onkel hatte Jack damals einen Sixpence gegeben, um eine Familie – *Lukes* Familie – in eine dunkle Gasse zu locken. Dort warteten schon Männer, die er angeheuert hatte, um Lukes Familie zu überfallen. Seine Tat hatte ihrer aller Leben unwiderruflich verändert.

»Hast du einen Anlass …«

»Der Duke hatte keine Brüder, allerdings erwähnte Beckwith

zwei Cousins ...« Jack unterbrach sich, um Swindler einen Zettel zu überreichen. »Der erste Name ist der nächste in der Erbfolge, der andere kommt danach. Ich brauche deine Hilfe, um so viel wie möglich über die beiden herauszufinden.«

Mit einem knappen Nicken steckte Swindler den Zettel in seine Jackentasche.

Die Duchess erhob sich wieder. Konnte sie nicht im Sitzen sprechen? »Sie wollen Nachforschungen über die Familie meines Mannes anstellen lassen?«

»Irgendetwas stimmt hier nicht, Duchess«, erwiderte Jack ganz offen. »Der Duke sagte, ich müsse Henry beschützen. Ihn wovor beschützen? Vor einer überfürsorglichen Mutter? Das halte ich für eher unwahrscheinlich.«

Sie sah ihn an, als glaubte sie, er gehörte ins Bethlem Royal Hospital für psychisch Kranke. »Dann befürchten Sie also, die Cousins meines Mannes würden meinen Sohn ermorden, um den Titel zu erlangen? Ist es das, was Sie hier andeuten? Mein lieber Herr, das ist Stoff für Romane, aber nicht die Wirklichkeit.«

»Sagen Sie das dem Earl of Claybourne.«

»Ich habe gehört ...« Sie ließ sich blinzelnd wieder in ihren Sessel fallen, als hätten ihre Knie ihr den Dienst versagt. »Aber ich dachte, das sei nur Klatsch. Sie wissen ja, wie die Leute sind. Sie glauben doch nicht ernsthaft, dass Henry in Gefahr ist ...?«

»Ich weiß nicht, was ich anderes denken soll, Olivia.«

Sie war zu bestürzt, um seine vertrauliche Anrede zu bemerken, oder vielleicht fand sie es auch nicht mehr wichtig genug, um sich darüber aufzuregen. Swindler, der schlaue Fuchs, bemerkte es jedoch und rieb sich mit dem Zeigefinger einen Nasenflügel – ein Zeichen, das er in ihrer Jugend erfunden hatte, um jemanden darauf hinzuweisen, dass er zu viel von sich preisgab. Auch Swindler war eines von Feagans Diebeskindern gewesen, das beste im Aufstöbern von Informationen.

»Also was?«, fuhr Jack ihn an, verärgert darüber, dass Swindler vielleicht irrtümlicherweise glaubte, ihm läge mehr an Olivia, als der Fall war. »Worauf wartest du noch? Du weißt, was ich brauche.«

Wie alle von Feagans Jungen war Swindler es gewohnt, dass Jack die Befehle gab, und nahm es ihm daher nicht übel. Er stand auf, ging zu Olivia und hockte sich vor sie hin. »Haben Sie etwas von irgendwelchen Drohungen mitbekommen, Duchess?«

Gott, wie unerträglich mitfühlend, ja, irritierend fürsorglich er klang! Swindler war nie jemand gewesen, der sich scheute, seine Gefühle zu offenbaren, wenn er damit einen Vorteil zu gewinnen glaubte. Olivia würde ihn bestimmt für einen ganz wundervollen Mann halten. Gut so, dachte Jack. Denn dann könnte sie Swindler heiraten und er selbst diesen ganzen Schlamassel ihrem neuen Ehemann übergeben. Falls Ärger drohte, wäre Swindler auf jeden Fall der Beste, um herauszufinden, was los war, und damit umzugehen.

Olivia schüttelte langsam den Kopf, als könnte sie kaum glauben, dass die ganze Sache sich so entwickelt hatte. »Nein ... Nicht, dass ich wüsste.«

»Wie ist Ihr Ehemann gestorben?«

»Er ist auf der Treppe ausgerutscht und hat sich dabei den Kopf angeschlagen.«

»War er tollpatschig?«

»Natürlich nicht.«

»Gab es Zeugen für den Unfall?«

»Ich war dabei.«

»Hat ihn sonst noch jemand ausrutschen gesehen?«

Sie zögerte, und Jack hatte den Eindruck, dass sie im Geiste verschiedene Szenarien ablaufen ließ und abwog, welche die beste Antwort war. Sie hatte ihn fallen gesehen, wahrscheinlich als Einzige, und wenn ihr Wort angezweifelt wurde …

»Er ist ausgerutscht, Swindler«, sagte Jack. »Die Treppe ist aus Marmor und sehr glatt. Selbst ich hätte gestern Abend fast den Halt verloren. Ich glaube nicht, dass du etwas erfahren wirst, wenn du diesen Weg verfolgst.«

»Du hast recht.« Swindler richtete sich auf und straffte sich. »Ich werde sehen, was ich herausfinden kann.«

Es klopfte leise. Der draußen vor der Tür stehende Diener ließ eine Bedienstete mit einem Tablett, auf dem ein Teeservice stand, herein.

»Oh«, murmelte Olivia und erhob sich auf unsicheren Beinen. Wenn die gestrige Nacht ein Schock für sie gewesen war, konnte Jack nur mutmaßen, was die letzten paar Minuten gewesen sein mussten. Und dennoch blieb sie liebenswürdig. »Ihr Tee, Inspektor.«

»Vielen Dank, aber ich muss jetzt wirklich gehen. Ein andermal vielleicht.«

»Ich begleite dich hinaus«, meinte Jack und war froh, dass Olivia zu verstört zu sein schien, um sich ihnen anzuschließen. Er folgte Swindler auf den Gang hinaus, und sobald sie außer Hörweite des Dieners waren, fragte er leise: »Du denkst doch nicht etwa, *sie* hätte ihn zu Fall gebracht?«

»Nein. Aber sie war besorgt, dass ich das denken könnte. Er kann noch nicht sehr alt gewesen sein.«

»Er war sogar schon ziemlich alt. Etwa Anfang fünfzig, würde ich sagen.«

»In zwanzig Jahren wirst du fünfzig nicht mehr für so alt halten. Was glaubst du, warum sie ihn geheiratet hat?«, wollte Swindler wissen.

»Keine Ahnung. Muss ich das herausfinden?«

Swindler zuckte mit den Schultern. »Wahrscheinlich ist es gar nicht wichtig, falls wir nicht zu vermuten beginnen, dass er ermordet wurde.«

»Ich kann mir nicht vorstellen, dass sie jemanden ermorden könnte.«

»Du kennst sie gut, was?«

»Ich kenne sie fast überhaupt nicht«, gab Jack widerstrebend zu. »Was aber nicht heißt, dass meine Einschätzung falsch ist. Ich war nicht ohne Grund so geschickt darin zu entscheiden, welche Taschen die Mühe wert waren, geleert zu werden.«

»Und du hast mich aus gutem Grund gebeten, diese Angelegenheit für dich zu überprüfen.«

»Da hast du recht, aber ich möchte, dass du dich auch noch einer anderen Sache annimmst«, sagte Jack auf dem Weg zur Eingangshalle, in der sich keine Bediensteten aufhielten. »Zieh ein paar Erkundigungen ein und versuch herauszufinden, ob der Duke einen Hang zu Perversionen hatte.«

»Perversionen?«

»In Verbindung mit kleinen Jungen.«

Swindler blieb abrupt stehen und sah Jack scharf an. Er war sehr intelligent, vielleicht sogar der intelligenteste von Feagans Jungen. Jack wusste, dass Swindler, wenn er ihn auf diese Spur ansetzte, irgendwann die Aspekte von Jacks Vergangenheit, die er immer hatte geheim halten wollen, zutage fördern würde, aber er war bereit, das zu riskieren, um der Wahrheit auf den Grund zu gehen. Denn obschon er vermutete, dass Lovingdon *nicht* der Mann war, der ihn gekauft und missbraucht hatte, brauchte er doch eine Bestätigung, um den letzten Zweifel zu beseitigen.

Jack räusperte sich. »Ich weiß, dass ich nicht dein bester Freund unter Feagans Jungen war, aber tu mir diesen Gefallen, ja? Finde heraus, ob Olivias Sohn in Gefahr ist.«

»Ich werde Erkundigungen einziehen, aber nicht dir zuliebe, Jack, sondern weil Frannie es so wollen würde.«

»Du liebst sie, nicht?«

»Fahr zur Hölle, Dodger.«

Jack lachte. »Dieser Wunsch kommt etwas zu spät, mein Freund. In der Hölle bin ich schon, seit ich geboren wurde.«

Noch immer lachend ging er zurück. Für einen Mann, der urplötzlich mit unerwünschten Verpflichtungen belastet war, hatte sich seine Laune beträchtlich verbessert. Olivia würde die Aufsicht über seinen Haushalt führen, was ihm die Freiheit ließ, sich um die Angelegenheiten, die ihm wichtig waren, zu kümmern. Als er die Bibliothek betrat, sah er zu seiner Überraschung Olivia an seinem Schreibtisch sitzen und in seinem Bestandsbuch blättern. Er nahm es ihr weg und klappte es zu. »Sie sind noch hier?«

Sie erhob sich und kniff die Augen zu, als hätte sie entdeckt, dass die Seiten in seinem Buch alle unbeschrieben waren. »Ich bezweifle, dass dieser Mann wirklich von Scotland Yard war.«

Jack zog eine Augenbraue hoch. »Ach nein? Und wer war er dann?«

»Offensichtlich einer Ihrer Bekannten. Sie haben sich verraten, als Sie ihm Alkohol anboten. Aber ich glaube keine Sekunde lang, dass Sie mit einem Polizeiinspektor befreundet sind. Ich denke, dass dies alles nur ein raffinierter Schachzug war, um mich glauben zu machen, mein Sohn wäre in Gefahr, und Sie wichtiger erscheinen zu lassen, als Sie es sind.«

»Und zu welchem Zweck?«

Sie schien zu zögern, überlegte es sich dann aber anders. »Ich bin mir noch nicht sicher, was Sie damit erreichen wollen. Dass ich Sie in Ruhe lasse, vielleicht?«

»Das wäre allerdings erstrebenswert.«

Sie öffnete den Mund …

»Nein, vergessen Sie es. Ich lasse Sie nicht mit Ihrem Sohn aufs Land fahren.«

»Dann wenigstens zu meiner Schwägerin. Für ein paar Stunden nur.«

»Nein.«

»Sie können uns doch hier nicht gefangen halten!«

»Bis ich überzeugt bin, dass Sie sicher sind, kann ich das sehr wohl.«

»Was kümmert Sie das überhaupt?«

»Ich habe keinen blassen Schimmer«, knurrte er und ging zum Fenster. »Fahren Sie zu Ihrer Schwägerin. Aber nehmen Sie zwei Diener mit, die Sie und den Jungen unentwegt bewachen sollen.«

Er hörte ihr ärgerliches Seufzen hinter sich.

»Meine Welt ist sehr viel zivilisierter als die Ihre. Ich versichere Ihnen, dass wir nicht in Gefahr schweben«, erklärte sie mit absoluter Überzeugung in der Stimme.

»Warum dann ich?« Er fuhr herum und musste feststellen, dass sie völlig lautlos hinter ihn getreten war. Sie taumelte zurück, während er sich anstrengte, es nicht zu tun. Hol sie der Teufel! Wer hätte gedacht, dass sie die Fähigkeiten eines Einbrechers besaß? »Warum gerade ich?«, wiederholte er, ohne seinen Ärger zu verbergen und in der Hoffnung, dass sie nicht merken würde, wie sehr ihre Nähe ihn durcheinanderbrachte. Warum musste sie aber auch so verführerisch duften? Sie war in Trauer, Herrgott noch mal! Müsste sie da nicht wie eine Leiche auf Urlaub riechen? »Ich kenne mich mit der dunklen Seite Londons bestens aus. Warum glaubte Ihr Ehemann, Ihr Sohn bräuchte einen Beschützer mit diesem Wissen? Das Einzige, worin ich gut bin, ist, zu überleben. Ich habe auf den Straßen gelebt, seit ich fünf war. Ich weiß, was Gefahr ist, wenn ich sie spüre, und kann Menschen mit geradezu unheimlicher

Genauigkeit durchschauen. Wenn keine Gefahr bestünde, warum sollte er dann ausgerechnet mich zu Henrys Vormund bestimmen?«

Sie runzelte die zarte Haut an ihrer Stirn, und Jack verschränkte fest die Finger hinter seinem Rücken, um sich davon abzuhalten, mit sanfter Hand ihre Sorgenfalten zu glätten.

»Sie sagten, er sei hin und wieder in Ihrem Club gewesen. War es … der Frauen wegen?« Ihre Stimme stockte am Ende, als brächte sie die Worte nur äußerst mühsam über die Lippen.

»Er hatte Sie. Warum sollte er da bei anderen Trost suchen?« Die beruhigenden Worte fühlten sich seltsam an, aber nicht so seltsam wie das Ziehen in seinen Lenden, wenn er daran dachte, dass Lovingdon sie in seinem Bett gehabt hatte, an seinem Esstisch, in seiner Bibliothek, an seiner Seite.

»Vielleicht genügte ich ihm nicht«, sagte sie leise.

Zum Teufel mit ihr! Das Einzige, was Jack mit Sicherheit wusste, war, dass Lovingdon nicht gespielt hatte. Und auch das nur, weil er Buch darüber führte, wer Jetons kaufte und in welchen Mengen. »Es waren nicht die Frauen, Olivia.«

Sie lächelte ihn traurig an. »Man sollte meinen, Sie wären ein besserer Lügner.«

Warum sollte es ihn kümmern, ob sie unglücklich war? Aber aus irgendeinem Grund, den er sich nicht erklären konnte, tat es das. »Ich habe ihn nie mit irgendeinem meiner Mädchen gesehen. Das ist die reine Wahrheit. Er spielte nicht, und ich sah ihn nie mit Alkohol.«

»Wozu war er dann dort?«

»Er hat zugesehen.« Das klang sogar in seinen Ohren pervers.

»Wobei?«

Jack wollte es nicht sagen, wollte auf keinen Fall zugeben,

dass er es war, den Lovingdon beobachtet hatte. Wann immer er den Duke im Club entdeckte, hatte dieser ihn gemustert, als wäre er irgendeine rätselhafte Kreatur. Vielleicht war dies alles ja auch nur eine Art Experiment. Lass einen Mann gesellschaftlich aufsteigen und sieh, ob es ihn zu einem besseren Menschen macht. Nur war das Ironische daran natürlich, dass Lovingdon, da er tot war, das Ergebnis nie erfahren würde. »Er hat einfach nur das Geschehen beobachtet. Manche Leute sind so.«

»Aber warum?«

»Weil sie nicht den Mut haben, selbst etwas zu tun. Aus Furcht vor moralischer Verurteilung. Was weiß ich? Besuchen Sie Ihre Schwägerin und lassen Sie mich in Frieden. Aber *denken* Sie nicht mal daran, aufs Land zu fahren. Denn sollte ich den Jungen holen müssen, werde ich Ihnen das Leben zur Hölle machen.«

»Ich wage zu behaupten, Mr. Dodger, dass ich den Unterschied kaum bemerken würde, da Sie das jetzt schon tun.«

Ebenso wütend wie er fuhr sie auf dem Absatz herum und stolzierte aus dem Raum. Als Jack ihr nachschaute und den verführerischen Schwung ihrer Hüften sah, dachte er, dass er öfter mal Dinge sagen sollte, die sie zum Gehen zwangen.

Kapitel sieben

Olivia stellte fest, dass es ein Fehler gewesen war, die Duchess of Avendale zu besuchen, weil Henry jetzt unbedingt die *Great Exhibition* sehen wollte, nachdem sein Cousin ihm von all den wundersamen Dingen erzählt hatte, die es auf der Weltausstellung zu sehen gab. Zu allem Übel musste sie bei ihrer Heimkehr auch noch hören, dass ein Besucher sie im Salon erwartete. Während Helen den sehr müden Henry zu einem Nachmittagsschläfchen ins Kinderzimmer brachte, nahm Olivia ihren schwarzen, mit einem Schleier versehenen Hut ab, legte ihn auf einen Tisch in der Eingangshalle und ersetzte ihn durch die Witwenhaube, die sie vor ihrem Aufbruch dort zurückgelassen hatte. Sie fühlte sich, als ob sie bei etwas Verbotenem ertappt worden wäre und möglicherweise sogar eine Strafpredigt zu erwarten hatte.

Edmund Stanford, der Viscount Briarwood, hatte einen ungünstigen Moment für seinen Besuch gewählt. Der Cousin ihres Ehemannes hatte sich freundlicherweise um die Beerdigung gekümmert und Lovingdons letzte Reise zur Familiengruft auf dem Familiensitz organisiert. Er hatte Olivia in allem unterstützt und ihr eine starke Schulter zum Anlehnen geboten. Der Gedanke, dass er Henry ermorden würde, um dessen Titel zu erlangen, war absurd.

Nachdem Olivia schnell einige lose Haarsträhnen wieder festgesteckt hatte, betrat sie den Salon.

»Lord Briarwood! Wie freundlich von Ihnen, vorbeizukommen. Ich hoffe, Sie mussten nicht allzu lange warten.«

Briarwood verbeugte sich. Die Familienähnlichkeit ließ sich sehr gut an seinem eckigen Kinn erkennen. Er war nur ein paar

Jahre jünger, als Lovingdon es gewesen war, aber sein weizenblondes Haar begann bereits, weiß zu werden. Anders als viele seiner Verwandten war er nicht groß gewachsen, aber was ihm an körperlicher Größe fehlte, kompensierte er durch Breite, wodurch er recht einschüchternd wirkte.

»Nur ein paar Minuten, Duchess. Ehrlich gesagt war ich überrascht, dass Sie schon wieder unter Leute gehen.«

Olivia spürte, wie ihr die Röte bei seinem strafenden Tonfall in die Wangen stieg. »Ich habe bloß meine Schwägerin besucht. Auch sie ist erst seit Kurzem verwitwet, und ich dachte, sie könnte mir einen Rat geben, wie ich mit dieser schrecklichen Trauer fertig werden kann.«

»Natürlich. Verzeihen Sie mir meine Anmaßung. Ich kann nur vermuten, wie schwierig dies alles für Sie gewesen sein muss …«

Ja, wahrscheinlich haben Sie wirklich keine Ahnung.

»… und erlauben Sie mir, Ihnen noch einmal zu Ihrem Verlust zu kondolieren. Ihr Mann ruht jetzt in Frieden in der Familiengruft.«

»Ich danke Ihnen für alles, was Sie getan haben. Ich weiß nicht, wie ich mich je für Ihre Hilfsbereitschaft revanchieren kann.«

»Das habe ich doch gern getan. Ich hatte Lovingdon versprochen, auf Sie achtzugeben, wussten Sie das nicht?«

Olivia konnte nicht verhindern, dass sie ein leises Unbehagen beschlich. Es war das Los einer Frau, ihrem Ehemann Rede und Antwort stehen zu müssen, und auf einmal hatte sie viel zu viele Männer um sich herum, die Ansprüche stellten und Erwartungen zum Ausdruck brachten.

Ein Dienstmädchen brachte den Tee. Sobald sie wieder gegangen war, setzten sich Olivia und Briarwood an den schmalen Tisch in der kleinen Sitzecke. Briarwood war nicht so schlank, wie ihr Ehemann es gewesen war, und der Stuhl ächzte unter seiner massigen Gestalt, als er sich ihr gegenüber niederließ.

»Wann hat Lovingdon Sie gebeten, auf mich achtzugeben?«, fragte Olivia ruhig, während sie den Tee einschenkte.

»Ich kann mich nicht genau erinnern. Sie wissen ja, wie das ist. Männer bitten einander ständig um Gefälligkeiten, ohne je wirklich zu erwarten, sie einmal in Anspruch nehmen zu müssen. Ich bin gleich nach meiner Rückkehr nach London hergekommen, um mich zu vergewissern, dass alles in Ordnung ist. Die Testamentseröffnung war gestern Abend, nicht?«

Olivias Hand zitterte, was Tasse und Untertasse zum Klirren brachte, als sie abrupt den Blick zu Briarwood erhob. Sie konnte ihren Ehemann in seinen ausdrucksvollen grünen Augen sehen. Lovingdons Augen waren vom gleichen hellen Grün gewesen und hatten denselben kummervollen Blick gehabt. Selbst wenn Lovingdon gelächelt hatte, waren seine Augen ernst geblieben. Es war fast so, als wäre er sein Leben lang in Trauer gewesen. Olivia wünschte, er hätte sich ihr anvertraut, doch wie so viele Ehen zwischen Adligen war auch die ihre keine Liebesehe gewesen.

Sie wartete, bis Lord Briarwood ihr die Tasse abgenommen hatte, bevor sie antwortete: »Ja, ja, das war gestern.«

»Wen hat er zum Vormund Ihres Sohnes bestimmt?«

Sie nahm ihre Tasse und trank schnell einen Schluck. »An wen hätten Sie denn gedacht?«

Briarwood grinste, als hätten sie lange ein Geheimnis geteilt und könnten es jetzt endlich der ganzen Welt erzählen. »Nun ja, an mich natürlich. Wir haben nie über die Einzelheiten gesprochen, aber die logischste Wahl scheine doch ich zu sein, als naher Verwandter und Nächster in der Erbfolge. Sie sollten wissen, dass ich es als eine Ehre betrachten werde, den jungen Duke und Sie zu behüten und zu beschützen.«

Seine selbstverständliche Annahme hinterließ einen üblen Nachgeschmack bei Olivia, den sie sich nicht erklären konnte. Sie war sich sicher, dass er Henry nichts Böses wollte, und trotzdem störte es sie, dass er sich erdreistete, so viel als gegeben vorauszusetzen. Offenbar ließ sie sich schon von Dodger beeinflussen. Sie wäre nie misstrauisch geworden, wenn er keine Zweifel in ihr gesät hätte. »Mylord, ich weiß Ihre Haltung wirklich sehr zu schätzen, mehr, als Ihnen vielleicht sogar bewusst ist. Aber bedauerlicherweise hat mein Ehemann Jack Dodger zu Henrys Vormund ernannt.«

Briarwood sah aus, als hätte sie ihm einen Schürhaken in die Brust gestoßen. »*Den* Jack Dodger?«

»Ja, genau.«

Sichtlich ratlos über diese Wende der Ereignisse starrte er sie an, als trüge sie die Verantwortung dafür. »Was könnte Dodger dazu veranlassen, sich um den Sohn eines Lords zu kümmern?«

»Das kann ich mir nicht einmal ansatzweise vorstellen, aber Lovingdon sicherte sich sein Interesse, indem er ihm seinen gesamten nicht unverkäuflichen Besitz vermachte.« Da Briarwood der Nächste in der Erbfolge war, hielt sie es für sein gutes Recht, das zu erfahren. Wenn er sich nicht um die Bestattung ihres Ehemannes gekümmert hätte, wäre er gestern Abend mit Sicherheit anwesend gewesen.

Nun betrachtete er kopfschüttelnd seine Teetasse, als versuchte er, sich das Blumenmuster des feinen Porzellans einzuprägen. Dann sah er Olivia in die Augen. »Dodger muss ihn erpresst haben.«

»Was reden Sie denn da?«

»Er muss Lovingdon gedroht haben, ihn wegen eines Fehlverhaltens oder Ähnlichem bloßzustellen.«

Olivia überlegte, ob das möglich wäre. Aber sie konnte sich nicht vorstellen, dass Lovingdon sich je danebenbenommen hatte. Und nach Dodgers Ausbruch vorhin zu urteilen, war er offensichtlich genauso ratlos wie jeder andere hinsichtlich der Bedingungen des Testaments.

»Wir werden das Testament anfechten«, verkündete Briarwood plötzlich so entschieden, als ob man zu keinem anderen Schluss kommen könnte und Olivia ihm darin zustimmen würde. »Es könnte einen Skandal verursachen, aber ich sehe keine andere Möglichkeit. Dodger als Vormund zu akzeptieren hieße, auf direktem Wege einer Katastrophe entgegenzusteuern. Ich wage zu behaupten, dass Ihr Sohn dadurch beschmutzt und seine Ehrbarkeit infrage gestellt werden würde.«

»Mr. Beckwith sagte, der Letzte Wille meines Mannes könne nicht angefochten werden.«

»Natürlich hat er das gesagt. Weil es weniger Arbeit für ihn ist.«

»Und nicht so teuer für Sie«, fügte eine tiefe Stimme hinzu.

Olivia kreischte auf und fuhr zusammen, wobei sie ihre Teetasse umstieß und der heiße Tee ihre Röcke durchnässte. Zum Glück trug sie genügend Unterröcke, um sich nicht zu verbrühen. Mit zitternder Hand schob sie Tasse und Untertasse beiseite, griff nach einer Stoffserviette und tupfte den Tee vom Tisch und ihren Händen ab. Dieser Jack Dodger hatte die ärgerliche Angewohnheit, immer dann zu erscheinen, wenn er nicht erwartet wurde. »Ich erinnere mich nicht, Sie in den Salon gebeten zu haben, Mr. Dodger.«

In seiner irritierenden Manier, die meist nicht weniger irritierenden Worten voranging, wie Olivia mittlerweile wusste, streckte Jack Dodger die Hände aus. »Ich brauche keine Einladung in *meinen* Salon. Guten Tag, Mylord.«

Briarwood hatte sich erhoben und kniff die Augen zusammen, als traute er Dodger genauso wenig wie Olivia. »Dodger«, erwiderte er den Gruß schließlich.

»Sie kennen sich?«, erkundigte sich Olivia und hielt endlich inne in ihren hektischen Versuchen, mit einer Serviette ihren Rock zu trocknen.

Dodger grinste leicht boshaft. »Ich sagte Ihnen doch schon, Duchess, dass ich mit Londons Aristokratie bekannt bin.« Er ließ sich in einem Sessel nieder, lehnte sich bequem zurück und schlug ein Bein über das andere – aber so, dass sein Fußknöchel auf seinem Knie zu liegen kam. Olivia hatte noch nie einen Mann in solch ungehobelter Art und Weise sitzen sehen. »Nehmen Sie doch Platz, Briarwood. Dann können wir all die Gründe diskutieren, aus denen wir nicht tun wollen, was Sie vorschlagen.«

Zu Olivias Erstaunen setzte sich der Cousin ihres Mannes tatsächlich hin. Aber sein Rücken war kerzengerade, seine Haltung ausgezeichnet. Eine gute Erziehung war ja so wichtig. Olivia konnte sich die Schwierigkeiten vorstellen, denen Henry begegnen würde, wenn jemand wie Dodger ihn Benehmen lehrte. Ihr Sohn würde ausgelacht und verspottet von seinesgleichen, und niemand würde ihm Respekt zollen.

»Wie ich die Sache sehe«, begann Dodger gedehnt, »haben wir drei Gründe, nicht mit dieser Angelegenheit vor Gericht zu gehen: die Kosten, weil Sie sich einen Anwalt nehmen müssten, der fürchterliche Skandal, der dadurch ausgelöst würde, weil Klatsch bei so einer Sache unausweichlich ist, und die Tatsache, dass die Sache problemlos korrigiert werden kann, indem Sie die Duchess einfach heiraten.«

»H-heiraten?«, stammelte Briarwood, sichtlich schockiert von dem Gedanken.

»Ja, hat sie das denn nicht erwähnt? Ich verliere die Vormundschaft, wenn sie einen Mann heiratet, der bereit ist, diese Rolle zu übernehmen. Verstehen Sie jetzt? Sie brauchen sie nur zu heiraten ...«

»Ich bin in Trauer, Mr. Dodger«, wiederholte sie zum gefühlt tausendsten Mal gepresst. Wieso begriff dieser Mann das einfach nicht?

»Die Trauung selbst könnte mit einer Sondererlaubnis sehr diskret vollzogen werden. Genauso diskret, wie auch Lord Claybourne seine Eheschließung arrangierte, obwohl seine Braut noch den Verlust ihres Vaters betrauerte. Und gleich darauf ziehen Sie aufs Land, um in zwei Jahren mit Geschichten über Ihre grenzenlose Liebe nach London zurückzukehren. Damen entschuldigen alle möglichen Fehltritte, wenn der Anlass dazu wahre Liebe ist.«

»Ich werde nicht aufs Land ziehen ...«

»Ich dachte, das wäre es, was Sie wollen.«

»Ich will *Sie* loswerden.«

»Was Sie durch eine Heirat leicht erreichen könnten.«

»Ich habe nicht den Wunsch, Lord Briarwood zu heiraten.« Ihr Blick glitt zu dem Viscount. »Bitte entschuldigen Sie, Mylord. Ich bin mir sicher, dass Sie nicht an Heirat dachten, aber ich bin ja auch seit Kurzem erst verwitwet.« Und falls sie je wieder heiratete, hoffte sie, dass es nicht aus Pflichtbewusstsein geschah. Andererseits hatte Dodger recht. Eine Heirat würde sie von ihm befreien. Sie räusperte sich. »Ich hoffe, ich habe Sie nicht gekränkt, Lord Briarwood, falls Sie mit dem Gedanken spielten ...«

»Nein, nein, ich ... Das hatte ich wirklich nicht erwogen. Was allerdings nicht heißt, dass ich es nicht tun würde – ich hatte nur bis eben nicht daran gedacht.« Sein Blick glitt zu Dodger. »Ich glaube, Sie haben uns mit diesem Heiratsunsinn sehr geschickt abgelenkt. Wie haben Sie es nur geschafft, meinen Cousin dazu zu bringen, Sie zu Henrys Vormund zu ernennen?«

»Ich kann mir das nicht als Verdienst anrechnen und habe keine Ahnung, aus welchem Grund er mich dazu ernannt hat.

Aber ich habe schon einen Inspektor von Scotland Yard gebeten, Nachforschungen anzustellen. Wissen Sie von irgendwelchen Drohungen, die der Duke erhalten hat?«

Briarwood schien von diesen Neuigkeiten ebenso schockiert zu sein wie von der Idee, Olivia zu heiraten. »Drohungen? Was für Drohungen?«

»Wie zum Beispiel, den Jungen zu ermorden.«

»Warum sollte ihn jemand ermorden wollen?«

»Um seine Titel zu erlangen.«

»Da ich in der Erbfolge der Titel an erster Stelle stehe, bin ich wohl auch der Hauptverdächtige. Aber ist es Ihrer Aufmerksamkeit vielleicht entgangen, dass ich schon einen Titel habe?«

»Nein, nein, ich weiß, dass Sie ein Viscount sind. Aber das ist ja wohl kaum ein hochrangiger Titel. Und auch nur einer, während der junge Henry gleich drei Titel besitzt.«

»Mein Rang ist auf jeden Fall höher als der Ihre. Und ein Titel genügt mir.«

»Ich hätte Sie für einen ehrgeizigeren Mann gehalten.«

Briarwood sprang auf, insofern das bei seinem Körperbau möglich war. »Mir missfällt Ihre Andeutung, Sir, dass ich aus Gier noch mehr anstreben und zu illegalen Mitteln greifen könnte, um zu erlangen, was mir von Rechts wegen nicht zusteht.« Dann wandte er sich Olivia zu. »Noch einen schönen Tag, Euer Gnaden. Und sollten Sie mich brauchen, zögern Sie bitte nicht, mir eine Nachricht zukommen zu lassen.«

Olivia erhob sich ebenfalls. »Mylord, ich bitte um Entschuldigung für Mr. Dodgers …«

»Seien Sie nicht albern, Olivia«, unterbrach Dodger sie rüde. »Sie können sich nicht für etwas entschuldigen, das Sie nicht getan haben. Außerdem erfordert mein Verhalten keine Entschuldigung.«

»Darin sind wir definitiv geteilter Meinung. Und ich kann

mich sehr wohl entschuldigen, wenn ich will«, entgegnete sie, aber Lord Briarwood war schon auf dem Weg zur Tür.

Jack Dodger drehte sich auf seinem Stuhl um und rief ihm nach: »Und nebenbei bemerkt, Briarwood …«

Der Viscount blieb stehen und sah sich mit wutentbranntem Blick um.

»… haben Sie ganz recht«, fuhr Dodger fort. »Falls Henry irgendein Unglück widerfahren sollte, werden Sie der Erste sein, den Scotland Yard verhört.«

»Dann habe ich ja keinen Grund zur Sorge. Der Junge ist vor mir sicher. Ich weiß nur nicht, ob ich Ihnen versprechen kann, dass das auch für Sie gilt. Ich habe Sie noch nie gemocht.«

Dodger besaß die Dreistigkeit zu lächeln. »Dann bringen Sie heute Abend besser Geld mit, da Sie feststellen werden, dass Ihr Kredit in meinem Club gestrichen wurde.«

Briarwoods Gesicht lief rot an, und ihm quollen die Augen schier aus dem Schädel. »Hol Sie der Teufel, Dodger!«

Jack lachte auf eine Weise, als würde er sich ebenso über sich selbst wie über den Viscount amüsieren. »Das hat er schon vor langer Zeit getan, sodass er keine Gefahr mehr für mich ist. Und für Sie wohl auch nicht, denke ich.«

Briarwood fluchte und stürmte aus dem Raum.

Olivia zitterte vor Empörung. »Sie haben ihn mit voller Absicht provoziert!«

Jack saß noch immer auf seinem Stuhl und rieb sich mit einem Daumen nachdenklich das Kinn. »Warum sollte er Henrys Vormund werden wollen? Das war doch der Grund für seinen Besuch bei Ihnen, oder? Um herauszufinden, wem die große Ehre zuteilwurde, Ihren Sohn auf seiner Reise ins Mannesalter zu begleiten?«

Olivia unterdrückte ihren Impuls, ihn anzuschreien. »Er dachte, er wäre zum Vormund bestimmt worden.«

»Dachte oder hoffte er es?«

»Was für einen Unterschied macht das?«

»Was hätte er dadurch gewonnen?«

»Nicht jeder ist wie Sie, Mr. Dodger. Andere Leute tun Dinge, weil diese Dinge richtig sind, und nicht, weil sie einen persönlichen Vorteil daraus ziehen können.«

Dodger erhob sich und streckte langsam seine langen Glieder, in deren Bewegungen Olivia geballte Kraft erkennen konnte. Dann kam er mit undurchdringlicher Miene auf sie zu, und sie wünschte fast verzweifelt, seine Gedanken, seine Absichten durchschauen zu können. Sie wollte nicht vor ihm zurückweichen, aber ihre plötzlich schwachen Knie ließen ihr gar keine andere Wahl. Sie ließ sich in den Sessel fallen und drückte sich an die Rückenlehne wie am Vorabend in der Kutsche. Dodger legte seine Hände auf die Armlehnen und beugte sich vor, sodass sie buchstäblich gefangen war.

Es war ein ziemlich unpassender Moment, um festzustellen, dass er die längsten Wimpern hatte, die sie je bei einem Mann gesehen hatte. Sie waren dicht und voll, ohne auch nur einen Hauch von Zartheit, aber dennoch ungeheuer reizvoll. Unwillkürlich fragte sie sich, ob sie das Gesicht einer Frau wohl kitzelten, wenn er sie küsste.

»Wussten Sie, dass er hoch verschuldet ist? Und das nicht nur bei mir. Als Henrys Vormund wäre er nicht nur für das Wohlergehen Ihres Sohnes verantwortlich, sondern auch für seinen Besitz. Ein sehr verzweifelter Mann würde sich vielleicht nichts dabei denken, diesen Besitz zu seinem eigenen Nutzen zu verwenden.«

»Ein Mann wie Sie?«, konterte sie so atemlos, als hätte sie gerade Fangen mit Henry gespielt.

»Ich bin nicht verzweifelt, Duchess. Ich bin gierig, und ich möchte mit Goldstücken überschüttet sterben.« Er unterbrach sich und hob eine Hand, um sie das hässliche Brandmal darauf sehen zu lassen. »Und ja, früher habe ich auch gestohlen. Aber ich habe gelernt, dass ein Mann mit legitimen Mitteln sehr viel mehr Reichtum erwerben kann und sich dabei niemals ängstlich umschauen muss. Vielleicht war genau das ausschlaggebend für Ihren Mann, als er mich zu Henrys Vormund bestimmte. Wenn man jemanden sucht, um die Schatullen zu bewachen, will man jemanden, der nicht *braucht*, was die Schatullen enthalten.«

Abrupt trat er zurück und wandte sich zur Tür.

»Glauben Sie wirklich, dass dies der Grund war, aus dem er sich für Sie entschied?«, rief Olivia ihm nach.

Er blieb stehen und drehte sich zu ihr um. »Nein. Ich weiß nur, dass es der Grund war, aus dem er Briarwood nicht genommen hat.«

»Ihre Annahme würde nur dann zutreffen, wenn Lovingdon Geld genauso sehr geschätzt hätte wie Sie.«

»Im Endeffekt, Duchess, ist das Einzige, woran jedermann wirklich interessiert ist, das liebe Geld.«

Während sie ihn mit selbstbewusstem Gang hinausstolzieren sah, kämpfte sie gegen das Zittern an, das seine Nähe in ihr ausgelöst hatte. Für einen verrückten Moment hatte sie gedacht, er würde diese faszinierenden Lippen auf die ihren pressen …

Ja, einen beschämenden Moment lang hatte sie sogar *gehofft*, dass er es tun würde.

»Was zum Teufel hat sich Lovingdon dabei gedacht?«

Rupert Stanford beobachtete seinen Cousin, der sichtlich aufgebracht in der Bibliothek herumspazierte. Wie es seine Art war, hatte Edmund sich unangemeldet und unaufgefordert bei ihm zu Hause eingefunden. Er hatte die unschöne Angewohnheit, beim Sprechen Speichel in alle Richtungen zu verteilen, wenn er so aufgeregt war. Rupert wünschte, Edmund würde sich hinsetzen, damit sein Mädchen für alles es später leichter hätte mit dem Saubermachen. Rupert hatte eine starke Abneigung gegen jede Art von Schmutz.

»Jack Dodger, sagtest du?«

Edmund verhielt abrupt den Schritt. »Ja, Jack Dodger. *Der* Jack Dodger.«

»Ich kenne den Mann nicht.«

»Wie kann das sein? Er besitzt einen Spielclub namens *Dodger's Drawing Room*. Er bezeichnet ihn als exklusiven Herrenclub, aber jeder weiß, was darin vorgeht.«

Rupert trank seinen Brandy und kämpfte gegen das Bedürfnis an, hinauszugehen und sich die Hände zu waschen. In Gegenwart seines Cousins hatte er immer das Gefühl, sich gründlich abschrubben zu müssen. »Das Glücksspiel ist nichts für mich. Ich bin noch nie dort gewesen.«

»Und *ich* kann jetzt vielleicht nie wieder hin! Er hat mir den Kredit gekündigt, dieser Satan, bloß weil mein Temperament mit mir durchgegangen ist. Aber wie hätte ich sonst reagieren sollen, frag ich dich? Ich konnte die Anschuldigung doch nicht im Raum stehen lassen. Immerhin unterstellt er uns, wir würden den Jungen umbringen, um die Titel zu erlangen!«

»Es sind nicht die Titel, auf die du es abgesehen hast.«

»Nein, verdammt.« Endlich ließ sich Edmund in einen Sessel fallen. »Ich verließ mich darauf, dass Lovingdon mich zu Henrys Vormund ernennt, um …« Er beendete den Satz nicht, als widerstrebte es ihm, seine Absichten zuzugeben.

»Seine Finanzen zu verwalten«, schloss Rupert für ihn. »Damit ein Teil seines Vermögens auf wundersame Weise oder auch ganz zufällig zu deinem werden konnte.«

Edmund warf ihm einen bösen Blick zu. Sie mochten nichts gemeinsam haben und auch ganz unterschiedlichen Lastern frönen, aber sie kannten einander gut. Oder zumindest *Rupert* kannte Edmund so gut wie irgend möglich, hatte aber dafür gesorgt, dass sein Cousin Edmund nicht auch alles über ihn erfuhr. Edmund lebte gerne über seinem Stand, während Rupert das Leben unter seinem Stand vorzog.

»Ich hätte ihm nichts gestohlen, sondern mir höchstens etwas ausgeliehen«, sagte Edmund verdrossen.

»Du treibst dieses Spielchen schon so lange, dass du vergessen hast, dass *ausleihen* bedeutet, es irgendwann zurückgeben zu müssen.«

Edmund stürzte den Inhalt seines Glases in einem einzigen Zug hinunter. Was für eine Verschwendung guten Brandys – in so mancher Hinsicht.

Dennoch behielt Rupert seine gleichmütige Miene bei. »Wie alt ist Henry jetzt?«, fragte er. »Ich habe schon lange keinen Kontakt mehr zur Familie.«

»Fünf. Und du hast es nicht einmal für nötig gehalten, zur Beerdigung zu kommen. Das wirkte recht merkwürdig, selbst für dich.«

»Ich war nicht gerade Lovingdons Lieblingscousin. Diese Ehre fiel dir zu.«

»Aus diesem Grund glaubte ich auch, er würde mich zu Henrys Vormund ernennen. Was hat Lovingdon sich nur dabei gedacht?«, wiederholte er. »Jack Dodger wird den Jungen wahrscheinlich sogar in seinem Club arbeiten lassen.«

»Wenn er älter ist? Das kann ich mir nicht vorstellen.«

»Weil du blind bist, Mann. Du lebst in deiner kleinen Welt, über die du nicht hinausblickst. Der Mann beschäftigt Jungen für viele Dinge. Sie sammeln unsere Jetons ein oder holen uns einen Drink. Und dann hat er noch seine Stiefeljungen. Wie ich hörte, hat er ein Paar Stiefel für jeden Wochentag und für jedes Paar auch einen Jungen.«

»Das erscheint mir aber doch recht seltsam, so viele Jungen um sich zu haben. Das ist nicht normal.«

»An Jack Dodger ist nichts normal, das kann ich dir versichern. Wenn ich genauer darüber nachdenke, scheint er in der Tat ein merkwürdiges Interesse an Jungen zu haben. Natürlich ist das nichts, worüber man mit einer Dame spricht. Wahrscheinlich wäre es das Beste, den Anwalt darauf aufmerksam zu machen.«

»Hast du Beweise, dass Dodger irgendeinem dieser Jungen zu nahe getreten ist?«

Edmund erwiderte nichts, aber Rupert glaubte, all die Berechnungen sehen zu können, die ihm durch den kleinen Kopf gingen. Edmund neigte dazu, Menschen einzuschüchtern, während Ruperts Stärke in der Überredung lag. Er besaß die Zungenfertigkeit des Teufels.

»Ich wäre vorsichtig damit, ein Gerücht in die Welt zu setzen, das du nicht beweisen kannst«, warnte er seinen Cousin.

Edmund beugte sich zu ihm vor. »Ah, aber das ist ja gerade das Schöne. Mag sein, dass ich es nicht beweisen kann, aber er kann es auch nicht widerlegen. Und wem wird man wohl Glauben schenken? Einem Aristokraten oder dem Betreiber eines Sündenpfuhls?«

Kapitel acht

Der Wunsch, Olivia zu küssen, war derart intensiv gewesen, dass es Jack verblüfft. Als er sich im Salon über sie gebeugt hatte, hatte er vorübergehend vergessen, wieso er überhaupt aufgestanden und zu ihr hinübergegangen war. Briarwood war ihm vollkommen entfallen, und er hatte nichts anderes mehr tun können, als ihren Duft in sich aufzunehmen, sich in ihren goldenen Augen zu verlieren, sich zu fragen, womit ihre schnellen Atemzüge sich wohl noch beschleunigen ließen, und sich darauf zu freuen, den Geschmack ihres Mundes zu kosten, wenn er Besitz von ihm ergriff. Aber seinen Wünschen nachzugeben hätte ihr Anlass zu Erwartungen gegeben, die zu erfüllen er nicht bereit war. Die spröde und konventionelle Duchess war vermutlich keine Frau, die sich auf ein Getändel mit einem Mann einließ, den zu heiraten ihr mehr als widerstrebte.

Deshalb hatte er gesagt, was er zu sagen hatte, und war gegangen.

Aber sie war ihm für den Rest des Nachmittags im Kopf herumgespukt, während er in der Bibliothek saß und mit den Männern sprach, die für die Verwaltung verschiedener Güter zuständig waren, ob diese nun unverkäuflich waren oder nicht. Mit grimmigen Mienen übergaben sie ihm die Bücher. Jack versicherte ihnen jedoch, dass sie ihre Posten behalten würden, solange er keine Unregelmäßigkeiten in der Buchführung entdeckte.

Als die abendlichen Schatten in das Zimmer krochen, hatte er Kopfweh, sein Nacken und seine Schultern waren steif, und sein Magen knurrte. Er konnte es kaum erwarten, seine beste Flasche Bordeaux zu öffnen und sich zu einem guten Essen an den

Tisch zu setzen. Wenn man vom Frühstück ausgehen durfte, hatte der Duke eine hervorragende Köchin.

Die Tür öffnete sich, und Brittles kam auf seine irritierend lautlose Art herein. »Das Essen ist aufgetragen, Sir.«

»Ausgezeichnet.«

Er folgte dem Butler zu dem Raum, den er für das private Speisezimmer der Familie hielt. Bei seiner Ankunft musste er jedoch feststellen, dass zwar zwei Diener bereitstanden, der Tisch jedoch nur für eine Person gedeckt war. Jack war enttäuschter, als er es sich eingestehen wollte, als ihm klar wurde, dass er alleine speisen würde. »Wird die Duchess nicht zum Essen kommen?«

»Sie nimmt das Abendessen mit dem jungen Duke im Kinderzimmer ein, Sir.«

»Verstehe.« Jack nahm Platz, während ihm Wein eingeschenkt und ein Teller vor ihn gestellt wurde. »Isst der junge Duke immer so spät zu Abend?«, fragte er nach dem ersten Schluck Wein.

»Nein, Sir«, antwortete der in der Nähe stehende Brittles. »Normalerweise isst er früher.«

Die Duchess hatte vermutlich sichergehen wollen, dass sie zu Jacks Abendessenszeit mit anderen Dingen beschäftigt war. Aber er war diese Spielchen leid, daher stand er auf, ergriff sein Weinglas und die Flasche und machte sich auf den Weg zur Tür.

»Ist das Essen nicht zu Ihrer Zufriedenheit, Sir?«

»Es ist bestens«, antwortete Jack. Die Gesellschaft ließ allerdings zu wünschen übrig. Der Gedanke ließ ihn innehalten. Gesellschaft? Wann hatte er je Gesellschaft beim Essen gebraucht? Aber er erinnerte sich ja nicht einmal, wann er das letzte Mal an einem richtigen Tisch gegessen hatte. Für gewöhnlich nahm er seine Mahlzeiten an seinem Schreibtisch ein. Ein Stück Fleisch, eine Kartoffel – gerade genug, um seinen

Hunger zu stillen, während er sich Möglichkeiten überlegte, sein Einkommen zu erhöhen. Aber er konnte jetzt nicht an den Tisch zurückkehren, ohne wie ein Verrückter dazustehen. Außerdem hatten er und die Duchess einiges zu besprechen. Das konnten sie auch gleich im Kinderzimmer tun.

Immer gleich zwei Stufen auf einmal nehmend stürmte er so schnell die Treppe hinauf, dass der Wein über den Rand des Glases schwappte. Für einen Moment blieb er stehen, um das Glas zu leeren, bevor er weitereilte. Dann ging er zum Kinderzimmer und öffnete die Tür.

Alle schnappten nach Luft, als wäre Satan persönlich aufgetaucht. Jack hatte sich bisher immer an seinem zweifelhaften Ruf erfreut, doch plötzlich wurde er ihm eher lästig.

»Ich wusste nicht, dass wir hier oben zu Abend essen«, sagte er spöttisch, »sonst wäre ich schon früher gekommen.«

Der junge Duke saß am Kopf des Tischs, seine Mutter neben ihm und das Kindermädchen, das Jack einen koketten Blick zuwarf, am anderen Ende.

»*Wir* essen hier«, entgegnete die Duchess. »Sie nicht. Ihr Essen wird im kleinen Esszimmer serviert.«

»Ich fand es unhöflich, Ihnen meine Gesellschaft vorzuenthalten«, meinte er, während er sich an den Tisch setzte, der mehr für Kinder als für Erwachsene gedacht und so niedrig war, dass Jacks Knie an die Kante stießen. Trotzdem schenkte er sich Wein nach und sah die Nanny an. »Seien Sie so gut und holen Sie mir einen Teller.«

Sie stand auf und knickste. »Natürlich, Sir. Mit Vergnügen, Sir.«

Sie hinterließ bei ihm den Eindruck, dass sie zu weitaus mehr bereit wäre, wenn er es verlangte. Aber er hatte kein Interesse an ihr oder irgendeiner anderen Frau, die mehr erwartete als Geld.

Sowie das Hühnchen mit Gemüse vor ihm stand, aß er mit Genuss. »Es gibt da einige Angelegenheiten, die wir besprechen müssen.«

»Muss das hier und jetzt sein?«, entgegnete die Duchess steif.

Er nahm ein Stückchen Huhn und kaute nachdenklich. »Indem ich jetzt darüber spreche, nutze ich meine Zeit am besten. Ich kann essen und gleichzeitig klären, was geklärt werden muss.«

»Ich fürchte, dass ein weiterer Disput mit Ihnen meiner Verdauung nicht sehr förderlich sein wird.«

»Und Sie glauben, mich kümmerte Ihre Verdauung?«

»Ehrlich gesagt glaube ich nicht, dass irgendetwas anderes als Sie selbst Sie kümmert.«

»Ich gebe Ihnen zehn Minuten.«

»Zehn Minuten?«

»Um ohne Konversation zu essen. Danach ist mir Ihre Verdauung egal.«

»Sie sind durch und durch unkultiviert.«

»Neun Minuten.«

»Ach!«, rief sie empört und funkelte ihn böse an. Vielleicht würde er in Zukunft sogar darauf achten müssen, dass sie sein Essen nicht vergiftete. Aber warum setzte er sie auch derart unter Druck? Der Teufel sollte ihn holen, denn er wusste selbst nicht, warum er es tat.

»H-Hat das wehgetan?«

Jack wandte sich dem Jungen zu, der seine Hand und vermutlich die verfärbte Haut an der Innenseite seines Daumens anstarrte. Die Stelle sah ziemlich hässlich aus, obwohl Jack es immer als eine Art Ehrenabzeichen betrachtet hatte, als Dieb gebrandmarkt worden zu sein. Seine Vergangenheit hatte ihn zu dem Mann gemacht, der er war, und deswegen schämte er sich ihrer nicht. »Höllisch sogar.«

Der Junge schaute ihn aus großen Augen an, die den gleichen goldenen Farbton hatten wie die seiner Mutter. Das helle Haar hatte er von seinem Vater, soweit Jack sich an Lovingdon erinnern konnte.

Aus Gründen, die er selbst nicht ganz verstehen konnte, begann Jack, sich plötzlich doch seiner Vergangenheit zu schämen. »Aber das war vor langer Zeit, Henry.«

Der Junge senkte den Blick auf seinen Teller, um Jack gleich darauf zögernd wieder anzusehen.

»Was ist, mein Junge?«

»W-Waren Sie schon mal im Cr-Crystal P-Palace?«

»Nein. Du?«

Mit Augen, die wie die eines geprügelten Hundes aussahen, schüttelte der Kleine den Kopf und sah dann seine Mutter an.

»Henry, es tut mir leid, mein Liebling, aber ich habe dir erklärt, warum wir nicht dorthin gehen können.«

»Warum nicht?«, fragte Jack.

»Weil ich als trauernde Witwe nicht in der Stadt herumspazieren kann.«

»Wenn es Ihnen passt, tun Sie es aber doch. Heute Nachmittag sind Sie ausgegangen.«

»Das war ein sehr diskreter Besuch bei meiner Schwägerin, die ebenfalls verwitwet ist. Ich bin nicht in der ganzen Stadt herumspaziert.«

»Dann lassen Sie ihn doch mit seiner Nanny hingehen.«

Olivia zog eine Augenbraue hoch. »Man kann nicht beides haben. Entweder besteht Gefahr für uns oder nicht. Außerdem ist auch Henry in Trauer, und es wäre unpassend, ihn ausgehen zu lassen.«

»Sie halten sich scheinbar wirklich gerne an die Regeln.«

»Ob ich es gern tue oder nicht, spielt hier keine Rolle. Man stellt gewisse Erwartungen an mich, was das Benehmen angeht, und ich bin bestrebt, diesen Erwartungen zu entsprechen.«

»Wenn ich also erwarten würde, dass Sie sich schlecht benehmen, würden Sie alles in Ihrer Macht Stehende tun, um dem zu entsprechen?«

»Seien Sie nicht albern. Man ist nicht bestrebt, sich schlecht zu benehmen.« Dann seufzte sie. »Ich sehe keinen Grund, Ihre Anwesenheit hier zu verlängern. Worüber wollten Sie mit mir sprechen?«

»Über mein Schlafzimmer.«

Wenn sie gerade etwas gegessen hätte, wäre sie vermutlich daran erstickt, dachte Jack. Sie sprang so heftig auf, dass ihr schwarzer Crêpe raschelte und Jack staunte, weil sie dabei nicht den Tisch – oder zumindest ihren Stuhl – umstieß. »Kann ich Sie kurz draußen auf dem Flur sprechen?«

»Wenn Sie darauf bestehen.«

»Ja.«

Mit steifen Schritten, die er inzwischen als ihre selbstgerechte Gangart kannte, ging sie um den Tisch herum und auf die Tür zu. Jack drehte sich um, um sie zu beobachten, und fragte sich, was sie wohl alles unter diesen Röcken trug. Die Damen, mit denen er intim gewesen war, trugen nur sehr wenig – wenn ein Mann für Dienste bezahlte, wollte er sich nicht lange damit aufhalten, an das heranzukommen, wofür er zahlte. Bei der Duchess hingegen hatte er das Gefühl, dass es sehr viel Arbeit wäre – aber auch eine Beschäftigung, die die Mühe wert sein könnte.

An der Tür blieb sie stehen und blickte sich über ihre Schulter um. »Mr. Dodger.«

»Oh ja, richtig.« Er stand auf, schlenderte zur Tür hinüber und öffnete sie für sie.

Sie trat hindurch und fuhr schon zu ihm herum, bevor er die Tür noch ganz hinter sich zugezogen hatte.

»Gespräche über Ihr Schlafzimmer sind ja wohl kaum angebracht in Gegenwart eines fünfjährigen, leicht zu beeindruckenden Jungen«, sagte sie.

»Wieso? Weiß er denn nicht, dass ich in einem Schlafzimmer schlafe?«

Er hörte sie tatsächlich mit den Zähnen knirschen. Wie leicht sie in Harnisch zu bringen war. Was für einen Spaß Feagans Jungs mit ihr gehabt hätten!

»Ich nehme an, dass es nicht *Ihre* Schlafgewohnheiten waren, über die Sie sprechen wollten, sondern nach gestern Nacht eher meine.«

Jack lehnte sich an die Wand, verschränkte die Arme vor der Brust und fragte sich, was sie an Schlafzimmern so anstößig fand und was für Ausschweifungen in ihrem stattgefunden haben mochten. »Eigentlich wollte ich mit Ihnen über die Garderobe Ihres Mannes reden. Ich muss sie entfernen lassen. Geben Sie sie den Bediensteten. Ich glaube, das ist so üblich, nicht? Oh, und nur damit Sie es wissen: Ich habe ein gutes Gedächtnis und kann mich an die allerkleinste Einzelheit erinnern. Achten Sie also darauf, dass es nur die Kleidung ist, die aus dem Raum entfernt wird.«

»Dort sind auch einige persönliche Gegenstände, Dinge, die ein Vater wahrscheinlich gern seinem Sohn vererben würde.«

»Wenn sie auf der Liste Ihres Sohnes stehen, haben Sie meine Erlaubnis, sie zu nehmen.«

»Sie können doch nicht ernsthaft glauben, Lovingdon hätte jeden einzelnen Gegenstand aufgelistet, den er besaß? Oder es sei in der Tat sein Wunsch gewesen, dass alles innerhalb dieses Hauses in Ihren Besitz übergeht? Da sind Briefe, die ich ihm schrieb, Notizen, die ich ihm gab. Dinge, die Ihnen nichts bedeuten.«

»Das mag sein, aber Sie bedeuten Ihnen etwas, und deswegen

haben sie einen Wert.« Sie wurde wieder zornig, und so sagte er schnell, bevor sie protestieren konnte: »Schätzen Sie ihren Wert, dann werden wir verhandeln. Bis dahin gehe ich in meinen Club, aber ich habe vor, mich morgen ganz offiziell hier einzurichten.«

Sie riss leicht die Augen auf. »Aber Sie gedenken doch wohl nicht, das Schlafzimmer neben meinem zu bewohnen?«

»Es ist das Schlafzimmer des Hausherrn, oder etwa nicht? Und der bin ich.«

»Dann werde ich in ein anderes Zimmer umziehen.«

»Wozu die Mühe? Ich habe Ihnen doch gesagt, dass ich Ihr Bett nicht aufsuchen werde. Obwohl ich nichts dagegen habe, dass Sie in das meine kommen. Ist es das, was Sie befürchten? Dass es Ihnen unmöglich sein wird, meinem Charme zu widerstehen, wenn ich Ihnen so nahe bin?«

»Ich befürchte gar nichts und finde Sie keineswegs charmant. Außerdem würde ich niemals das Bett mit einem Mann teilen, mit dem ich nicht verheiratet bin, und *Sie* würde ich ganz bestimmt nie heiraten.«

Jack stieß sich von der Wand ab. Man musste ihr zugestehen, dass sie sich davon nicht beirren ließ. »Sie glauben, Ihre spitze Zunge würde mich in Schach halten«, erkannte er. »Aber sie veranlasst mich nur, mir vorzustellen, wie sie sich auf meiner Haut anfühlen würde.«

Sie öffnete leicht die Lippen und wurde puterrot. Das Schlimme war, dass seine Worte nur dazu bestimmt gewesen waren, sie zu entwaffnen, es aber irgendwie geschafft hatten, auch ihn durcheinanderzubringen. Er stellte sich jetzt tatsächlich vor, wie ihre Zunge über seine Brust glitt …

Bevor er die Kontrolle über die Situation oder sich selbst verlieren konnte, wandte er sich abrupt zum Gehen. Aber dann blieb er noch einmal stehen, drehte sich um und rang mit sich, um das jähe, unerwartete Zittern aus seiner Stimme fernzuhalten. »Übrigens ziehe ich es vor, nicht allein zu Abend zu essen, also seien Sie in Zukunft bitte so freundlich, mir dabei Gesellschaft zu leisten. Und bringen Sie Ihren Sohn mit, wenn Sie möchten.«

Mit einer ruckartigen Bewegung riss sie sich aus ihrer Erstarrung. »Es gehört sich, dass Kinder im Kinderzimmer essen.«

»Haben Sie noch immer nicht verstanden, dass ich darauf pfeife, was sich schickt?«

»Haben Sie noch immer nicht begriffen, dass ich es *nicht* tue?«

Jack dachte, dass sie jetzt vielleicht einen kleinen Sieg verdiente. »Wie Sie wünschen. Dann schließen wir einen Kompromiss. Ich werde eine Mahlzeit am Tag mit meinem Mündel einnehmen – das Frühstück oder das Abendessen, was immer Ihnen lieber ist.«

»Hören Sie denn gar nicht zu? Er sollte überhaupt keine Mahlzeiten mit Ihnen einnehmen.«

»Und wie soll ich ihn dann erziehen?«

»Dazu stellt man Lehrer ein.«

»Die können ihm nicht beibringen, was ich weiß.«

»Ich bin mir nicht sicher, ob er lernen sollte, was Sie wissen.«

»Eine Mahlzeit mit ihm, Duchess. Das ist mein letztes Wort.« Bevor sie wieder protestieren konnte, drehte er sich auf dem Absatz um und ging. Der Protest kam trotzdem, in Form eines Kreischens und eines Geräuschs, das sich wie das wütende Aufstampfen eines Fußes anhörte. Jack wusste selbst nicht, warum er so beharrlich darauf bestand, dass sie ihm beim Essen Gesellschaft leisteten. Vielleicht, weil sie gelächelt hatten, als er hereingekommen war, dieses Lächeln aber gleich nach seinem Eintreten wieder verschwunden war.

Der Junge hatte ihn argwöhnisch gemustert, und Jack gefiel diese Art von Misstrauen bei einem Kind nicht. Irgendetwas hatte es verursacht, und er glaubte nicht, dass er es gewesen war. Vielleicht hatte es damit zu tun, dass er dem Jungen heute Morgen einen Hund versprochen und bisher noch nichts deswegen unternommen hatte. Aber er hatte keine Ahnung, wo er einen finden sollte. Auf den Straßen höchstwahrscheinlich. Er würde sich Gedanken darüber machen müssen. Aber nicht heute Abend. Heute Abend hatte er dringendere Angelegenheiten zu erledigen.

Olivia fand keinen Schlaf. Sie sah vor ihrem inneren Auge immer wieder, wie ihre Zunge über Dodgers Haut glitt. Wie er sich wohl anfühlen oder schmecken würde?

Obwohl sie allein in ihrem Bett und ihrem Zimmer war, machte es sie verlegen, als sie eine Hand hob und mit der Zunge darüberfuhr. Nein, sie konnte sich nicht vorstellen, dass er so zarte Haut haben oder so sauber schmecken würde.

Würde er das Gleiche auch bei ihr tun? Sie konnte es sich zumindest sehr gut vorstellen. Wie etwa, dass er an ihren Zehenspitzen begann, langsam höherglitt und vielleicht an ihrer Kniekehle haltmachte, bevor er seine erotische kleine Reise an den Innenseiten ihrer Schenkel fortsetzte …

Jäh warf sie die Decken zurück, um sich ein wenig Erleichterung von der Hitze zu verschaffen.

Aber ihre Gedanken ließen sich nicht abkühlen. Sie stellte sich Jacks Lippen an ihrer Hüfte vor, von wo sie sehr gemächlich zu ihren Brüsten hinaufwanderten. Unwillkürlich umfasste sie sie mit den Händen, als genügte das schon, um dieser aufreizenden Fantasie ein Ende zu bereiten, aber in ihrem Kopf schenkte er ihr nur sein verwegenes Lächeln und schob ihre Hände beiseite. Seine Zunge umkreiste und reizte ihre Brustwarzen, bis er sie schließlich ganz leicht in die Schulter biss. Aber nicht einmal dann hörte er auf. Nachdem seine Lippen zärtlich über ihren Hals geglitten waren, setzte er die Reise in umgekehrter Richtung auf der anderen Seite fort.

Schwer atmend setzte sie sich auf. Oh Gott! Sie presste die Beine zusammen, um die süße Qual zu ersticken, die zwischen ihren Schenkeln pochte. Sie wollte die Hand ausstrecken und sich dort berühren ... Gott steh ihr bei! Sie wusste nicht, was sie wollte. Sie wusste nur, dass sie von einem Verlangen pulsierte, wie sie es noch nie zuvor erlebt hatte.

Das war Jack Dodgers Schuld. Weil er von intimen Dingen sprach. Sie dazu brachte, sich nach ungehörigen Berührungen zu sehnen ... und wenigstens einmal in ihrem Leben nach Erleichterung von der süßen Qual.

Sie krabbelte aus dem Bett, stolperte und fiel beinahe hin, da ihre Knie nachgaben. Langsam richtete sie sich auf, holte ein paar Mal tief Luft und starrte böse die Tür an, die zu ihrem Ankleidezimmer führte. Durch dieses Zimmer gelangte man ins große Schlafzimmer, in den Raum mit dem Bett, in dem Jack Dodger von nun an schlafen würde. Dort würde er sich entkleiden ... und ihr so nahe sein.

Das Beste wäre wirklich, in ein anderes Zimmer umzuziehen, aber das wäre ein Eingeständnis von Feigheit, derentwegen er sie zweifellos verspotten würde. Wenn sie sich auch nur die kleinste Hoffnung bewahren wollte, seinen Einfluss auf ihren Sohn einzuschränken, durfte sie sich weder vor ihm zurückziehen noch nachgeben. Sie musste sich behaupten und konnte ihn höchstens im Stillen verfluchen.

Aber jetzt musste sie wenigstens ein paar Stunden schlafen, um ausgeruht und gewappnet zu sein für das, was auch immer morgen kommen mochte. Ein bisschen warme Milch würde vielleicht helfen. Sie überlegte, nach ihrer Zofe zu läuten, aber da Dodger nicht im Haus war, ging sie eigentlich sogar lieber selbst hinunter. Zumindest während seiner Abwesenheit konnte sie so tun, als sei es ihr Haus, und sich einreden, dass Lovingdon sie genug geliebt hatte, um zu bemerken, wie wichtig ihr dieses Zuhause gewesen war. Aber bedauerlicherweise hatte Lovingdon kaum etwas bemerkt. Es erfüllte sie mit tiefer Traurigkeit, dass sie einander so gut wie nichts von sich gegeben hatten. Sie blinzelte, um die Tränen zu verdrängen, die hinter ihren Lidern brannten. Wie konnte sie einen Mann vermissen, der seit Beginn ihrer Schwangerschaft mehr ein Fremder als ein Ehemann für sie gewesen war?

Aber die Erinnerung an ihn lenkte sie zumindest von ihren Gedanken an Jack Dodger ab, und so zog sie ihren Morgenrock über und verließ ihr Zimmer.

Als sie schon halb die Treppe hinuntergegangen war, hörte sie das Lachen einer Frau, das aus der Eingangshalle hinaufdrang, gefolgt von einem tieferen Lachen, das sie als Jack Dodgers erkannte. Nachdem sie sich seiner Anspielungen wegen schlaflos und von erotischen Fantasien geplagt im Bett herumgewälzt hatte, war sie nicht in der Stimmung, sein Geschäker mit den Dienstmädchen zu tolerieren – und schon gar nicht, dass er sich seine Machtposition über sie zunutze machte. Wenn sie heute Nacht unbefriedigt bleiben musste, galt das auch für ihn.

Olivia beschleunigte ihre Schritte und erreichte die Halle im selben Moment, als Dodger Brittles wegschickte, der sich auch prompt empfahl. Eine Frau stand bei Dodger, deren Haar von einem solch lebhaften Rotton war, dass er alle anderen Farben in ihrer Nähe verblassen ließ. Olivia kannte sie nicht, aber sie hatte keinerlei Zweifel, was die Sorte Frau anging, die er zu solch vorgerückter Stunde mitbringen würde. Dieses Benehmen würde sie nicht dulden. Auf gar keinen Fall. Und schon gar nicht im Schlafzimmer neben ihrem.

Dodger und das Weibsbild wandten sich ihr zu. »Ah, Olivia. Sie sind heute aber noch spät auf, was?«, sagte er gedehnt.

Sie marschierte schnurstracks auf ihn zu. »Ich erlaube Ihnen nicht, fremde Frauen in dieses Haus zu bringen. Sie werden woanders mit ihr hingehen müssen, um Ihre Gelüste zu befriedigen.«

Er kniff die dunklen Augen zusammen, und ein Muskel an seiner Wange zuckte. »Es ist *mein* Haus, und sie ist hier, weil ich es will. Wir werden uns in der Bibliothek um unsere Geschäfte kümmern.« Er beugte sich ein wenig zu Olivia herüber. »Sie können sogar gerne zusehen, wenn Sie möchten. Ich bin sicher, dass Sie unsere … Beschäftigung recht unterhaltsam finden werden.«

Bevor Olivia ihm eine scharfe Antwort geben konnte, schlug die Frau ihm auf den Arm. »Was redest du da für einen Unsinn, Jack?«

»Halte dich da raus, Frannie«, knurrte er, ohne seinen Blick von Olivia abzuwenden.

Die wiederum rang mit sich, um nicht wegzusehen. Zwischen ihm und der Frau bestand ein offenbar recht ungezwungenes Verhältnis, und Olivia wollte nicht einmal daran denken, dass die Fremde möglicherweise mehr war als eine Dirne, die er für einen vergnüglichen Abend auf der Straße aufgelesen hatte – oder dass sie womöglich gar seine Geliebte war und ihm regelmäßig das Bett wärmte. Er besaß eine magnetische Anziehungskraft, eine Virilität, die ihr Ehemann nie gehabt hatte, und Olivia konnte sich gut vorstellen, dass er häufig Beischlaf brauchte, um seine Sinneslust unter Kontrolle zu halten. Bei diesem Gedanken stieg ihr die Röte in die Wagen, was Doger offenbar bemerkte, da sich in seinen Augen Genugtuung widerspiegelte.

Was dachte sie sich nur dabei, ihn zur Rede zu stellen? Sie spielte mit dem Teufel, was ungemein gefährlich war, da sie die Regeln des Spiels nicht kannte.

»Sie werden sich bei meinem Gast entschuldigen«, verlangte er.

»Jack …«

»Nicht jetzt, Frannie.«

»Jack!«

Dieses einzelne Wort hörte sich an wie ein Befehl, und zu Olivias Erstaunen befolgte ihr Erzfeind ihn sogar. Er trat zurück, und obwohl die Muskeln an seinem Kinn sich nicht entspannten, kühlte sein erhitzter Blick sich doch ein wenig ab. »Sie muss sich bei dir entschuldigen, Frannie.«

»Muss sie nicht. Was soll sie denn anderes denken, wenn du so spät in der Nacht eine Frau mitbringst?«

»Jedenfalls nicht, dass du eine Hure bist.«

»Aber dein Verhalten nach unserer Ankunft war ja auch nicht gerade hilfreich.« Frannie trat vor Olivia und knickste leicht. »Euer Gnaden, ich bin Frannie Darling, Jacks Buchhalterin. Er bat mich, mir die Bücher anzusehen.«

»Wozu du hier bist, Frannie, ist nicht ihre Sache.«

»Vielleicht nicht, aber du lässt den Eindruck entstehen, als wäre ich aus einem völlig anderen und sehr ungehörigen Grund hier. Das verdiene ich nicht, Jack.«

Er fluchte unterdrückt. »Du hast recht. Es tut mir leid, Frannie.«

Er wirkte aufrichtig zerknirscht, und Olivia fragte sich, ob die Frau ihm doch mehr bedeutete, als er jemals zugeben würde.

»Allerdings bin nicht ich derjenige, der dir unterstellt, etwas anderes zu sein, als du bist.«

»Nein, aber du hast auch nichts getan, um das Missverständnis aufzuklären«, beharrte Miss Darling und klang sehr gekränkt dabei.

»Ich muss mich ebenfalls entschuldigen«, sagte Olivia schnell. »Ich hatte das Schlimmste angenommen, und das tut mir aufrichtig leid.«

Frannie lächelte. »Das tun die meisten, wenn Jack mit im Spiel ist. Das liegt an seiner Reputation, die er sich so hart erarbeitet hat.«

»Frannie ...«, knurrte er.

»Ach, benimm dich, oder du kannst deine Bücher selber prüfen«, drohte sie ihm und wandte ihre Aufmerksamkeit wieder Olivia zu. »So unwahrscheinlich es auch erscheint, wenn man seinen geschäftlichen Erfolg bedenkt – der gute Jack kann einfach nicht mit Zahlen umgehen.«

»So schlecht bin ich auch wieder nicht«, brummte er.

Als Miss Darling ihm einen beredten Blick zuwarf, murmelte er: »Aber natürlich nicht so gut wie du. Können wir uns jetzt an die Arbeit machen?«

»Natürlich«, antwortete Miss Darling. »Es war mir ein Vergnügen, Sie kennenzulernen, Euer Gnaden. Und Jack hat recht. Sie können sich gerne zu uns setzen.«

Erst jetzt wurde Olivia bewusst, dass sie schon ihre Nachtkleidung trug, die wohl kaum angemessen war, um Gäste zu empfangen. »Ich werde Ihnen Erfrischungen bringen lassen.«

»Das wäre reizend, vielen Dank«, erwiderte Miss Darling.

Olivia sah ihnen nach, als sie den Gang hinuntergingen, wobei Dodger sehr bemüht zu sein schien, einen diskreten Abstand zwischen sich und Miss Darling zu lassen. Frannie Darling war offenbar etwas Besonderes für ihn, und Olivia fragte sich, wie es wohl wäre, wenn ein so junger, viriler, geheimnisvoll-gefährlicher Mann wie Jack Dodger an einem interessiert war.

Frannie Darling saß an dem mächtigen Mahagonischreibtisch in der großen Bibliothek und studierte die Rechnungs- und Bestandsbücher, die Jack ihr hingelegt hatte, fast ebenso konzentriert, wie sie hin und wieder ihn betrachtete. Er lag auf einer Couch am Fenster und blätterte in einem schwarzen Buch, als suche er nach einer Lösung für ein Rätsel, das ihm völlig unverständlich war.

Sie kannte Jack inzwischen schon seit vielen Jahren. Er war immer wie ein älterer Bruder für sie gewesen, hatte auf sie aufgepasst und stets dafür gesorgt, dass niemand ihr etwas zuleide tat oder sie kränkte. Das war einer der Gründe, warum sie heute Abend so überrascht gewesen war, als er die Duchess mit voller Absicht hatte glauben lassen, sie hätten etwas Unanständiges vor. Sie fragte sich außerdem, warum es ihn kümmerte, was die Duchess von ihm hielt, und warum er wollte, dass es nichts Schmeichelhaftes war. Obwohl Frannie noch nie erlebt hatte, dass er irgendetwas fürchtete, war ihr doch nur allzu gut bewusst, wie geflissentlich er allen Verwicklungen aus dem Weg ging, die mit Herzensangelegenheiten zu tun haben könnten.

Er sprach nie von seiner Vergangenheit, seiner Herkunft oder seiner Mutter, aber Feagan hatte Frannie einst erzählt, dass Jacks Mutter ihn verkauft hatte. »Stell dir vor, wie du dich fühlen würdest, wenn jemand, den du liebst, einen Preis für dich festlegt«, hatte Feagan gesagt. Aber Frannie konnte und wollte es sich gar nicht vorstellen.

Sie glaubte auch, dass Jack etwas Schreckliches zugestoßen war, als er mit Luke im Gefängnis saß. Vor dieser Zeit hatte Jack oft gelacht, und wann immer er es tat, stimmten Feagans Kinder in sein Lachen ein. Als er nach seiner Einkerkerung zu Feagan zurückgekehrt war, hatte sein Lachen sich jedoch sehr verändert und enthielt keinen Funken Freude mehr.

Sie hatte ihn einmal danach gefragt, aber er hatte sich geweigert, über das zu reden, was er *die dunklen Zeiten* nannte. Auch Luke schwieg zu diesen Dingen, doch wenn die beiden sich ansahen, wusste Frannie, dass jene Ereignisse beide getroffen, sie zusammengebracht, aber auch von allen anderen abgesondert hatten.

Jack hatte Mauern um sich errichtet, und in gewisser Weise war er wohl noch immer im Gefängnis – in einem selbst erbauten zwar, was es jedoch nicht besser machte.

Sie fragte sich auch, wie seine wahren Gefühle der Duchess gegenüber waren. Er hatte so unbekümmert auf der Couch gesessen, als habe er keinerlei Sorgen, aber als es an der Tür klopfte, hatte er aufgeblickt, und für einen winzigen Moment hatte sie einen Ausdruck der Erwartung auf seinem Gesicht gesehen, bevor es sich wieder verschloss. Nicht ganz so gut gelang es ihm, seine Enttäuschung zu verbergen, als nur ein Dienstmädchen mit Gebäck und Tee hereinkam. Nicht, dass er das je zugeben würde. Er gab niemals etwas preis, was ihn verwundbar erscheinen lassen könnte.

Frannie streckte gähnend die Arme aus und bog den Rücken durch, um sich zu lockern. Immerhin hatte sie jetzt schon seit mehr als zwei Stunden die Bücher durchgesehen.

Als schätzte Jack sehr richtig ein, dass sie für heute Schluss machte, stand er auf, ging zum Schreibtisch und hockte sich auf die Kante. »Was denkst du?«

»Es könnte schlimmer sein. Aber du hast recht. Das Geld wird nicht so sinnvoll angelegt, wie es möglich wäre.«

»Vielleicht sollte ich es ins *Dodger's* investieren. Was meinst du?«

»Ich glaube nicht, dass deine Duchess damit einverstanden wäre.«

»Sie ist nicht meine Duchess.«

Frannie war nicht ganz überzeugt von dieser Einschätzung. »Du bist nicht sehr nett zu ihr.«

»Ich bin so nett, wie sie es verdient.«

»Aber wäre es nicht besser, netter zu sein, als sie es verdient? Dann würde sie dich irgendwann vielleicht sogar mögen.«

»Es hat mich noch nie gekümmert, was andere Leute von mir denken. Das weißt du nur zu gut, Frannie.«

Ah, der Mann hatte also tatsächlich eine sture Ader. »Ihr Leben hat eine drastische Veränderung erfahren. Ich kann mir nicht vorstellen, welche Kraft man braucht, um nach dem Verlust eines Ehemannes weiterzuleben.«

Jack trommelte mit den Fingerspitzen auf den Schreibtisch, als verlöre er die Geduld mit ihr. »Ich habe versucht, liebenswürdig zu ihr zu sein.«

Frannie starrte ihn ungläubig an. »Dann kann ich nur hoffen, dass die Begegnung in der Halle kein Beispiel für deine *Liebenswürdigkeit* war.«

»Sie hat ständig etwas an mir herumzumeckern, und ich verübele ihr ihre Einstellung zu mir.«

»Jack ...«

»Frannie.« Er hob die Hand. »Ich werde mit der Duchess so umgehen, wie ich es für richtig halte.«

»Na schön. Dann bleibst du eben stur wie immer.« Sie schlug das vor ihr liegende Buch zu. »Ich bin müde, aber ich werde dieses Buch mitnehmen, weil ich es mir ein bisschen genauer ansehen möchte.«

Er glitt vom Schreibtischrand und ließ sich in den Sessel ihr gegenüber fallen. »Wir werden ihr ein Haus kaufen müssen.«

»Und was ist mit diesem hier?«

»Das ist meins.«

»Du brauchst es nicht. Du hast mir oft genug gesagt, dass du nie heiraten oder Kinder haben wirst.«

»Das hat nichts damit zu tun.«

»Warum wolltest du, dass sie dachte, wir hätten etwas Unanständiges vor?«

»Weil sie das Schlimmste von mir denkt. Da kann ich ihre Erwartungen ja genauso gut erfüllen.«

»Also kümmert es dich doch, was sie von dir hält.«

»Sei nicht albern, Frannie. Das steht dir nicht.«

»Und du bist heute unausstehlich.«

Er rieb sich über die Stirn. »Entschuldige bitte. Ich bin müde. Ich habe letzte Nacht kaum geschlafen, aber das ist die Sache wert. Was hältst du von dem Haus?«

»Ich finde es sehr schön.« Frannie beugte sich vor, stützte die Ellbogen auf den Schreibtisch und das Kinn auf ihre Hände. »Feagan hat immer gesagt, du würdest es weiter bringen als wir alle.«

Jack schaute sich um. »Aber da ich es mir nicht selbst erarbeitet habe, zählt es nicht als eigene Errungenschaft.«

»Die meisten würden sich einfach über ihr Glück freuen und ihrem Schicksal dankbar sein.«

»Ich traue keinem so mühelos daherkommenden Glück. Alles hat seinen Preis im Leben, Frannie. Immer.« Er schenkte ihr ein schiefes Grinsen. »Und ich will den Preis kennen, bevor ich ihn bezahlen muss.«

»Du hast ein hartes Leben hinter dir, Jack. Vielleicht bist du jetzt einfach mal an der Reihe, auch etwas Gutes zu erleben.«

»Wenn das Leben doch nur so fair wäre.« Er erhob sich brüsk. »Komm, lass uns zum Club zurückfahren. Für uns ist die Nacht noch jung.«

Kapitel neun

Am Morgen darauf war Jack ungewohnt müde und ihm wurde klar, dass es besser gewesen wäre, schlafen zu gehen, nachdem er und Frannie in den Club zurückgekehrt waren. Stattdessen hatte er sich mit einem Lord herumgeärgert, dem Falschspielen vorgeworfen worden war, und danach beträchtliche Zeit damit verbracht, einem seiner Mädchen zu erklären, dass er nicht einfach einen Mann ermorden konnte, nur weil der ihr keine Geschenke mehr mitbrachte. Dann hatte er ein kurzes Gespräch mit dem Earl of Chesney geführt, das die Lösung für eines seiner Probleme sein könnte. Swindler war vorbeigekommen, um Jack zu informieren, dass er bisher nicht mehr über Lovingdons Cousins herausgefunden hatte, als dass sie beide sehr zurückgezogen lebten – und gerade *das*, meinte er, sei ein Grund für ihn, sie noch genauer unter die Lupe zu nehmen. Swindler liebte gute Rätsel. Was auch immer die Cousins verbargen, er würde es zutage bringen. Aber den größten Teil der Nacht hatte Jack damit verbracht, Möglichkeiten zu prüfen, wie er seine Profite erhöhen konnte.

Wie er Frannie erzählt hatte, war er seit der Testamentsverlesung kaum zum Schlafen gekommen, und deshalb holte ihn jetzt die Erschöpfung ein, als er seinen neuen Wohnsitz betrat und von purem Chaos begrüßt wurde. Er hörte Poltern und Scharren, als würden Möbel herumgeschoben, und verschiedene Stimmen riefen: »Henry! Euer Gnaden! Junger Herr!«

Der Junge hatte zweifelsohne irgendeinen Unfug angestellt. Jack hätte ihm nicht zugetraut, dass er zu viel mehr imstande wäre, als still dazusitzen und artig zu sein. Gut für den Kleinen!

Es war das Natürlichste der Welt für einen Jungen, hin und wieder Unruhe zu stiften.

Jack stieg gerade die Treppe hinauf, als er die Duchess die Stufen hinuntereilen sah.

»Oh, Gott sei Dank, da sind Sie ja endlich!«, rief sie atemlos.

Er grinste sie an. »Also können Sie mich wohl doch langsam leiden, was?«

»Nein, Sie Narr. Henry ist weg.«

Jack wollte nur noch ins Bett, aber ganz bestimmt kein Versteckspiel mit einem kleinen Jungen spielen. »Was soll das heißen, er ist weg?«

»Dass er verschwunden ist. Als sein Kindermädchen ihn heute Morgen wecken wollte, war er nicht in seinem Bett. Niemand hat ihn gesehen. Wir dachten, Sie hätten ihn vielleicht mitgenommen. Haben Sie das?« Sie sprach schnell, als versuchte sie verzweifelt, ihm klarzumachen, was sie meinte, damit er ihr die Antwort geben konnte, die sie hören wollte. Aber jetzt konnte er sehen, wie sich ihre Augen vor Sorge umwölkten.

»Nein.«

»Wo ist er dann? Glauben Sie, er ist entführt worden? Ist es so, wie Sie vermuten? Ist er in Gefahr?«

Er griff nach ihren Schultern. »Beruhigen Sie sich, Olivia.«

Doch sie riss sich von ihm los, stolperte und fiel beinahe die Treppe hinunter. »Ich will mich nicht beruhigen! Ich will meinen Sohn finden! Was ist ... Was, wenn ihm etwas zuleide getan worden ist?«

»Wer sollte ihm etwas zuleide tun?«

»Sie schienen doch zu glauben, dass es jemand versuchen würde!«

Er rieb sich das Kinn. »Ja, ja, ja.« Er hatte in der Tat gedacht, dass Henry in Gefahr schweben könnte, aber wie hätte jemand den Jungen unter den wachsamen Augen seines Kindermädchens aus dem Haus entführen können? Anscheinend waren sie doch nicht so wachsam. Trotzdem hielt er es für unwahrscheinlich, dass irgendjemand ins Haus geschlichen war, sich Henry geschnappt hatte und mit ihm wieder verschwunden war. »Wo haben Sie schon nach ihm gesucht?«

»Überall. Ist das einer Ihrer kranken Scherze, eins der Mittel, von denen Sie glauben, sie könnten mich gefügig machen?«

»Ich war seit Stunden nicht mehr hier. Wie könnte das mein Werk sein?«

»Ich habe keinen blassen Schimmer, aber ich zweifle nicht daran, dass Sie dafür verantwortlich sein könnten.«

Er hatte endgültig genug von ihren Verdächtigungen und ging weiter die Treppe hinauf.

»Wo wollen Sie hin?«, rief sie ihm nach. Sie keuchte, als wäre sie herumgeirrt wie eine Irre und bekäme plötzlich keine Luft mehr. Dabei hatte sie sich doch sonst immer so gut unter Kontrolle. Es machte ihn ganz nervös, sie so in Panik zu erleben.

»In mein Zimmer, um mein Gesicht mit kaltem Wasser zu bespritzen und wieder zur Vernunft zu kommen, damit ich mit dieser Situation umgehen kann.«

Er erkannte das Echo ihrer schnellen Schritte, als sie ihm hinterhereilte. Erstaunlich, wie viel an ihr ihm schon vertraut war. Der Klang ihrer Schritte, ihr Duft ...

»Sie haben ihn also nicht mitgenommen, als Sie gingen?«

»Selbstverständlich nicht.« Er erreichte den Treppenabsatz. »Vielleicht hat er sich auf eigene Faust zur Weltausstellung aufgemacht. Dort wollte er doch hin, nicht wahr?«

»Er würde nicht allein losziehen. Er wüsste ja nicht einmal, wohin er gehen müsste.«

»Er ist ein Junge, Duchess. Er braucht den Weg zum Abenteuer nicht zu kennen. Er muss nur begreifen, dass es ihn erwartet.«

Jack öffnete die Tür zu seinem Schlafzimmer.

»Aber wenn er nun doch entführt worden ist?«, fragte Olivia mit einem Anflug von Hysterie in der Stimme. Der einzige Trost, für den sie jetzt noch empfänglich wäre, müsste schon mit dem Auffinden ihres Sohnes verbunden sein.

»Wir werden Swindler kommen lassen. Der Mann kann mit verbundenen Augen Spuren verfolgen.«

Jack betrat sein Zimmer und war überrascht, als sie ihm folgte. Offenbar hatte ihre Panik Vorrang vor geziemendem Verhalten. Wären nicht Wellen der Furcht und Beklommenheit von ihr ausgegangen, hätte er sie deswegen vielleicht sogar geneckt.

Er ging gerade zum Waschtisch mit der Porzellanschüssel, als er plötzlich ein dumpfes Geräusch in dem Schrank vernahm, an dem er vorbeikam. Hatten sie wirklich überall nachgesehen? Oder hatten sie nur an Stellen gesucht, an denen der Junge ihrer Ansicht nach sein könnte?

Jack riss die Schranktür auf, und der Junge sprang heraus wie ein in die Enge getriebenes wildes Tier.

»N-Nein! B-Bitte nicht! I-Ich w-wollte das nicht!«

Instinktiv hielt Jack ihn fest, schlang die Arme um ihn und versuchte, den wild um sich schlagenden Jungen zu beruhigen. Er war nur mit seiner Nachtwäsche bekleidet, aber er kämpfte wie ein Tiger. Und von intensivster Furcht ergriffen war der Kleine äußerst hartnäckig. »Beruhige dich, mein Junge.«

»Lassen Sie ihn los. Was haben Sie ihm angetan? Lassen Sie ihn gehen!«, schrie die Duchess.

Jack duckte sich. Womit zum Teufel schlug sie ihn? Er spürte, wie die Haut an seiner Wange aufriss, fluchte lautstark, als er einem weiteren Schlag auswich, und ließ den Jungen los, der ihm prompt gegen das Schienbein trat.

Na, das war ja großartig!

Schwer atmend trat Jack einen weiteren Schritt zurück, um sich vor Olivias Waffe – einem eisernen Schürhaken, wie er jetzt sehen konnte – und ihrem Zorn in Sicherheit zu bringen. Der Junge plärrte und jammerte, es täte ihm leid. Mit unverhohlenem Hass auf Jack in den Augen und dem Schürhaken noch in der erhobenen Hand hatte die Duchess beschützend einen Arm um ihren Sohn gelegt.

»Was haben Sie ihm getan?«, fuhr sie ihn an.

Jack legte einen Handrücken an seine schmerzende Wange, zog die Hand wieder zurück und starrte das Blut an.

»T-Tut mir leid«, wimmerte der Junge in Tränen aufgelöst. »I-Ich t-tu's nicht wieder. B-Bestimmt nicht.«

»Wovon redest du, Junge?«

Jack hörte ein Geräusch und sah das Kindermädchen in der Tür stehen. Sie sah sichtlich beunruhigt aus, aber er war sich nicht sicher, ob der Junge der Grund dafür war. Er hielt es für wahrscheinlicher, dass sie sich eher um sich selbst sorgte, weil sie den kleinen Henry aus den Augen verloren hatte. Wie war doch noch ihr Name? Hazel? Harriet? Helen? Ja, Helen hieß sie.

»Ich nehme ihn mit, Euer Gnaden«, sagte sie und streckte die Hände nach dem Jungen aus.

»Nein, das tun Sie nicht«, fuhr Jack scharf dazwischen, und alle starrten ihn verwundert an. Aber zumindest war jetzt Schluss mit dem Geschrei. »Nicht, solange ich nicht verstehe, was hier vorgeht.«

»Es ist ja wohl offensichtlich, dass er sich vor Ihnen fürchtet«, wies die Duchess ihn zurecht.

»Dass er sich fürchtet, kann ich auch sehen«, stellte Jack in ruhigem Ton fest, obwohl er alles andere als ruhig war. »Was hast du falsch gemacht, mein Junge?«

Henry schüttelte vehement den Kopf.

»Was glaubst du denn, was ich dir antun werde?«

Wieder schüttelte der Junge den Kopf.

»Lassen Sie ihn in Ruhe«, befahl seine Mutter und wandte sich mit dem Jungen im Arm zur Tür.

»Nein.« Man musste ihm die Drohung angehört haben, da die Duchess stehen blieb und sich zu ihm umsah. »Sie scheinen zu vergessen, dass ich sein Vormund bin. Ich werde Antworten auf meine Fragen bekommen, und wenn wir den ganzen Tag hier stehen müssen.«

Er erinnerte sich, dass Swindler sich am Tag zuvor vor die Duchess hingehockt hatte, und obwohl es Jack gegen den Strich ging, vor irgendjemandem zu kauern, tat er es, um sich auf Augenhöhe mit dem Jungen zu befinden und ihm so ungefährlich wie nur möglich zu erscheinen. »Hast du Angst vor mir?«

Der Junge nickte.

»Warum?«

Der kleine Duke blickte zu seiner Mutter auf und sah dann seine Nanny an.

»Such die Antwort nicht bei ihnen, Junge, sondern bei dir selbst. Was glaubst du, was ich dir antun werde?«

Der Junge starrte seine Zehen an.

»Weißt du noch, was ich dir gestern Morgen gesagt habe? Dass dein Vater mich bat, dich zu beschützen? Ich kannte deinen Vater nicht gut, Henry, aber ich weiß, dass er dich sehr lieb hatte, und deshalb nehme ich seine Bitte sehr ernst. Ich habe dir gesagt, ich würde niemals zuzulassen, dass dir jemand wehtut. Warum hast du also Angst vor mir?«

Er sah, wie der Junge schluckte. Seine Unterlippe zitterte. »W-Weil Sie m-meinen Daumen v-verbrennen werden.«

»Warum sollte ich das tun?«

»W-Weil ich v-vergessen habe, d-dass ich es nicht darf, und d-daran g-gelutscht habe, als ich schlief.«

Also hatte er beim Erwachen gemerkt, dass er seinen Daumen im Mund hatte, und sich versteckt. Langsam ergab das Ganze ein Bild. »Wer hat dir gesagt, ich würde dir den Daumen verbrennen, wenn du ihn in den Mund steckst?«

»Meine Nanny«, flüsterte der Junge, als trüge er die Last eines schwerwiegenden Geheimnisses.

Den Blick auf die Kinderfrau gerichtet, die kreidebleich geworden war, richtete Jack sich langsam auf. »Ich dulde nicht, dass Kinder in Angst und Schrecken versetzt werden, damit sie sich benehmen. Sie sind entlassen. Packen Sie Ihre Sachen, und verlassen Sie binnen einer Stunde dieses Haus.«

»Aber Sir, ich sah keine andere Möglichkeit. Er ist jetzt der junge Duke und sollte nicht mehr am Daumen lutschen.«

»Es ist *sein* Daumen. Ich pfeife darauf, ob er daran lutscht, bis er ein erwachsener Mann ist. Packen Sie Ihre Sachen.«

Helen sah die Duchess an. »Bitte haben Sie Mitleid, Euer Gnaden!«

Die Duchess setzte zu einer Erwiderung an …

»Wenn Sie anderer Meinung sind, können Sie ebenfalls Ihre Sachen packen«, erklärte Jack in einem Ton, der keinen Raum für Diskussionen ließ.

Sie sah ihn an, und zum ersten Mal spiegelten sich weder Wut noch Hass in ihren Augen wider. Nur Entsetzen und großer Kummer über das, was sie herausgefunden hatten. Sie wandte sich wieder der Nanny zu. »Er hat recht. Was Sie getan haben, war furchtbar falsch, sehr unfair Mr. Dodger und unerträglich grausam Henry gegenüber. Ich kann Ihnen weder verzeihen noch etwas zu Ihrer Verteidigung vorbringen. Ich fürchte, Mr. Dodger war noch zu großzügig, Ihnen eine Stunde Zeit zu geben. Ich will, dass Sie in einer halben Stunde das Haus verlassen haben.«

Die Nanny stieß ein jämmerliches Schluchzen aus, bevor sie sich abwandte und den Gang hinunterfloh.

Jack suchte Henrys Blick. »Ich werde dir *niemals* wehtun. Hast du das verstanden?«

Der Junge blinzelte und nickte.

»Gut.«

»Sie bluten«, bemerkte die Duchess.

»Nicht zum ersten Mal in meinem Leben. Und jetzt will ich baden, also machen Sie, dass Sie rauskommen.«

»Mr. Dod…«

»Raus«, stieß er zwischen zusammengebissenen Zähnen hervor, ohne die Duchess ausreden zu lassen. »Denn Ihnen, Duchess, könnte ich sehr wohl wehtun.«

Sie scheuchte den Jungen hinaus, griff nach dem Türgriff und hielt noch einmal inne. »Ich war nicht gegen Ihre Entscheidung, Helen zu entlassen – auch nicht vor Ihrer Drohung.«

Dachte sie etwa, dieses Geständnis würde ihn besänftigen? Bevor ihm jedoch eine passende Antwort einfallen wollte, zog sie leise die Tür hinter sich zu.

Jack zerrte an seiner Schalkrawatte. Aber das reichte nicht, und so ging er zu dem kleinen Tisch in der Sitzecke, ergriff eine Vase und schleuderte sie in den Kamin, wo sie in tausend Scherben zersprang. Aber auch danach fühlte er sich nicht besser.

Er hatte die schlechte Meinung von Männern jahrelang ertragen, ohne sich daran zu stören. Warum machte es ihm dann plötzlich so viel aus, dass eine dumme kleine Duchess ihm zutraute, er könnte ihrem Sohn wehtun? Ihre Meinung spielte keine Rolle. Diese Frau bedeutete ihm nichts. Was kümmerte es ihn schon, was sie dachte? Sie erwartete ohnehin stets nur das Schlimmste. Was hatte ihr Mann sich nur dabei gedacht, ihn zum Vormund seines Sohnes zu ernennen?

Jack starrte die zerbrochene Vase an und dachte an die Jungen, die für ihn arbeiteten, an die Nacht, in der er in seinem Club fast einen Mann getötet hatte, weil er einen der Jungen berührt hatte, wie kein Mann einen Jungen je berühren sollte. War Lovingdon in jener Nacht vielleicht dort gewesen? Hatte er gewusst, dass das Jacks wunder Punkt war?

»Könnte es so einfach sein?«, fragte er sich leise.

Die Tür zum Ankleidezimmer wurde geöffnet. Für eine Sekunde erwartete Jack, die Duchess aus dem Raum kommen zu sehen, und sehr zu seinem Missfallen stieg die Vorfreude in ihm auf. Aber es war nur Stiles, sein Kammerdiener, dem er bisher nur am Tag zuvor begegnet war. Er war nicht viel größer als die Duchess und schon im fortgeschrittenen Alter, aber er hielt sich immer noch sehr gerade.

»Ihre Gnaden sagte, Sie bräuchten eine Behandlung und ein Bad«, sagte er steif.

»Eine Behandlung?«

Stiles legte leicht den Kopf auf die Seite. »Sie sind verletzt, Sir.«

Jack berührte seine wunde Wange, aber es war kaum noch Blut an seinen Fingern, als er sie zurückzog. »Das ist nur ein Kratzer.«

»Ich könnte einen Arzt kommen lassen ...«

»Ich sagte, das ist nur ein Kratzer. Wenn Sie in meinen Diensten bleiben möchten, zwingen Sie mich niemals, mich zu wiederholen.«

»Ja, Sir. Dann lasse ich die Dienstmädchen jetzt das heiße Wasser heraufbringen. Das Bad müsste bald schon bereit sein.«

»Gut. Ich möchte übrigens, dass jeden Morgen nach meiner Rückkehr und jeden Abend, bevor ich gehe, ein Bad für mich bereitet wird.«

»Wie Sie wünschen, Sir.«

»Und wenn ich Kleider ablege, trage ich sie erst wieder, wenn sie gewaschen und gebügelt sind.«

»Ja, Sir.«

Jack hatte noch nie einen Kammerdiener gehabt und war sich auch gar nicht sicher, ob er jetzt einen haben wollte. »Ich bin kein Duke. Mir ist klar, dass es Ihrem Ruf schaden könnte, wenn Sie von jetzt an mir dienen. Falls Sie also lieber gehen möchten, werde ich Ihnen ein sehr gutes Zeugnis ausstellen.«

Der Mann hielt den Kopf etwas schief, während ein Lächeln seine Mundwinkel umspielte. »Danke, Sir, aber ich diente dem Duke schon, als er noch ein junger Mann war. Ich fühle mich wohl in diesem Haus und möchte mich nicht verändern. Daher würde ich gern bleiben, falls Sie nichts dagegen haben.«

»Von mir aus gern. Ich habe ein wenig Gepäck unten in der Kutsche. Lassen Sie es von einem Diener heraufbringen.«

»Ja, Sir. Kann ich sonst noch etwas für Sie tun?«

»Nachdem meine Kleidung heraufgebracht wurde, legen Sie etwas für mich heraus, und dann gehen Sie bitte. Ich möchte ein wenig schlafen, und ankleiden kann ich mich selbst.«

»Sehr wohl, Sir.«

»Sagen Sie, Stiles, sind Sie je anderer Meinung als der Duke gewesen?«

Die Falten in Stiles' Gesicht vertieften sich, als er lächelte. »Hin und wieder, Sir. Sein mangelndes Urteilsvermögen, was die Zusammenstellung von Farben anging, war einfach grauenhaft. Manchmal sah er wie ein Pfau aus.«

»Das wird bei mir kein Problem sein. Mit Ausnahme meiner Westen ist alles, was ich trage, entweder schwarz oder weiß.«

»Ja, Sir. Mir ist in der Tat schon aufgefallen, dass Sie im Hinblick auf Ihre Westen sehr viel Stil zu haben scheinen.«

Jack hörte keine Kritik in seiner Stimme und dachte, dass sie beide sich verstehen könnten. »Vermissen Sie ihn?«

»Sehr sogar, Sir.«

»Sagen Sie, Stiles, finden die anderen Bediensteten sich ebenso gut damit ab wie Sie, dass ich nun ihr neuer Herr bin?«

»Ich glaube, sie behalten sich ihr Urteil noch vor, Sir.«

»Schade, dass die Duchess das nicht auch tun konnte«, murmelte Jack. Dann entließ er Stiles mit einer Handbewegung. »Kümmern Sie sich um Ihre Aufgaben, während ich mein Bad nehme.«

»Ja, Sir.«

Stiles verließ den Raum, und Jack ging ins Ankleidezimmer. Sein Blick glitt sofort zu der anderen Tür, der Tür, die in Olivias Schlafzimmer führte. Sie würde jetzt nicht dort, sondern mit Henry in seinem Kinderzimmer sein. Vielleicht würde sie nun, da er kein Kindermädchen mehr hatte, sogar dort schlafen.

Während Jack sein Jackett ablegte, fragte er sich, ob auch sie in dieser Kupferwanne badete, und stellte sie sich darin vor – die Wangen erhitzt vom heißen Wasserdampf, der ihr Haar kräuselte. Er malte sich aus, wie das Wasser über ihre Brüste, ihren Bauch, ihre Hüften und ihre Schenkel rann. Oder wie sie mit angezogenen Knien dasaß, die zwei kleine Inseln im heißen Wasser bildeten ...

Er stöhnte auf, als sein Körper auf die erotischen Bilder reagierte, die auf ihn einstürmten. Nur gut, dass er seinen Kammerdiener fortgeschickt hatte! Er wollte hier niemanden herumstehen haben, wenn das Blut derart in seinen Lenden pochte, dass der Beweis seiner männlichen Erregung aus dem Wasser ragte!

Er legte den Rest seiner Kleider ab, stieg in die Wanne und ließ sich langsam in das heiße Wasser sinken. Es war herrlich. Einfach paradiesisch.

Den Kopf an den Wannenrand gelehnt schloss er die Augen und fragte sich, ob er wohl bei jeder morgendlichen Rückkehr in dieses Haus irgendeine Art von Krise vorfinden würde. Irgendwie würde er die Zeit finden müssen, sich ein wenig mit dem Jungen zu beschäftigen. Vielleicht sollte er mit Luke darüber reden, um herauszufinden, welche Art von Dingen ein adliger Junge wissen musste. Jack konnte ihm ja beibringen, sich zu verstecken …

Vor Stolz und Bewunderung lachte er auf. Der Junge hatte das schon gar nicht schlecht gemacht. Er war auch mutiger, als Jack ihm ursprünglich zugetraut hatte – sich ausgerechnet im Schlupfwinkel desjenigen zu verstecken, den er fürchtete! Ja, es steckte mehr in dem Jungen, als Jack anfangs erkannt hatte. Er musste noch viel lernen, um ein Mann zu werden, trotz seines Stotterns war es nicht hoffnungslos. Wenn seine Mutter ihn doch nur dazu ermutigen würde, nicht mehr andauernd an ihrem Rockzipfel zu hängen!

Seine Mutter. Gott, wenn sie wütend war, war sie ein wirklich sehenswerter Anblick! Jack rutschte noch tiefer ins Wasser. Seit seiner Kindheit hatte ihn niemand mehr gewaschen, aber er konnte sich sehr gut vorstellen, wie *sie* mit dem Waschlappen über seine Haut glitt. Aber da sie nicht hier war, würde er es wohl selbst tun müssen. Leider.

Er stieß einen tiefen Seufzer aus. Komischerweise schien er nicht lange ärgerlich auf sie sein zu können. Er bewunderte ihre Hartnäckigkeit, wenn es darum ging, ihren Sohn zu schützen. Wahrscheinlich war sie eine Frau, die zu großer Liebe fähig war. Aber er würde sich schon damit zufriedengeben, wenn sie ab und zu im Zweifelsfall zu seinen Gunsten entscheiden würde.

Olivia wollte überhaupt nicht daran denken, dass Jack Dodger in ihrem Ankleidezimmer war und badete. Wie sollte sie je wieder in diese Wanne steigen, wo sie jetzt doch wusste, dass seine *nackte* Haut das gleiche Kupfer berührt hatte wie die ihre? Eigentlich sollte sie sich ein Ankleidezimmer nur mit jemandem teilen, den sie sehr gut kannte. Obwohl sie natürlich nicht gleichzeitig in dieser Wanne sitzen würden, erschien es ihr trotzdem noch reichlich intim und dekadent, dass sie sie beide benutzten.

Und Jack Dodgers Nacktheit war wirklich nichts, womit sie sich gerade jetzt befassen sollte. Im Augenblick musste sie sich darauf konzentrieren, eine neue Kinderfrau für Henry zu finden.

Der Kleine saß an sie gekuschelt auf dem zweisitzigen Sofa neben dem Fenster im Spielzimmer. Er krümmte fest die Finger um einen Daumen, als sei er wild entschlossen, nicht daran zu lutschen. Dabei war dieser Morgen perfekt dafür geeignet.

Olivia war bewusst, dass er diese Angewohnheit ablegen musste, aber sie konnte fast nicht glauben, dass Helen zu einem solch grausamen Mittel gegriffen hatte, um ihn vom Daumenlutschen abzubringen. So verstört sie auch von Helens Handlungsweise war, war sie sogar noch viel verblüffter über Dodgers. Ihre Meinung von ihm hatte sich während jener angespannten Momente verändert, und zwar zu seinem Vorteil. Sie hatte einen hitzigen, wuterfüllten Blick von ihm einstecken müssen, der jedoch längst nicht so versengend heiß gewesen war wie der, mit dem er Helen angesehen hatte. Es war schon fast erstaunlich, dass die junge Frau nicht gleich in Flammen aufgegangen war.

Olivia hatte befürchtet, dass Dodger zu Henry genauso schroff sein würde wie zu ihr, und damit gerechnet, dass er keine Rücksicht auf die Gefühle ihres Sohnes nehmen und ebenso rigoros und unerbittlich mit ihm umgehen würde wie mit allem anderen. Aber er hatte sie überrascht.

Sie hatte Jack Dodger ausschließlich aufgrund der Gespräche mit anderen Frauen beurteilt. Sie hatten von Männern berichtet, die erst in den frühen Morgenstunden heimkamen und nach Alkohol und Frauen rochen – und Olivia hatte angenommen, dass auch Jack Dodger sehr viel trank und sich mit Huren abgab. Eine Dame hatte erwähnt, dass ihr Ehemann ihren Schmuck verkauft hatte, um an Geld für seine Spielsucht zu gelangen – und Olivia war davon ausgegangen, dass auch Dodger einen Großteil seiner Zeit an den Spieltischen verbrachte. Auf Sofas, Stühlen oder Sesseln flegelte er sich herum, statt Haltung zu bewahren – und sie hielt ihn für nachlässig und schluderig. Aber seine Kleidung war untadelig, und jetzt badete er sogar.

Sie hatte ihn für niederträchtig und aggressiv gehalten, und doch hatte er sich nicht einmal verteidigt, als sie ihn mit dem Schürhaken geschlagen hatte. Er hatte sich einfach nur aus ihrer Reichweite entfernt, obwohl sie keinen Zweifel daran hegte, dass er sie mühelos zu Boden ringen konnte. Und so energisch er auch mit Henry gesprochen hatte, um dem Problem auf den Grund zu gehen, hatte er es doch irgendwie geschafft, das Vertrauen des Kindes zu gewinnen, bis der Kleine alles zugab.

Sie hatte ihn unsympathisch gefunden, aber die Frau, mit der er gestern Abend da gewesen war – Frannie Darling –, hatte ihn geneckt, gerügt und ihm sogar einen spielerischen Klaps auf den Arm gegeben. Sie hatte ihm Vorhaltungen gemacht, und er hatte sich nicht einmal revanchiert, sondern ihren Tadel offensichtlich als verdient erachtet.

Olivia hatte ihn für einen Mann gehalten, der für Geld alles tun würde. Die Finanzen ihres Sohnes lagen jetzt in seinen Händen, und sie hatte gedacht, er würde ihm alles nehmen – andererseits hatte er ihr deutlich zu verstehen gegeben, dass er keineswegs die Absicht hatte, das zu tun. Vielleicht war das allerdings auch nur Taktik, um sie in Sicherheit zu wiegen. Denn wenn er ihr Vertrauen besäße, könnte er mit weitaus mehr durchkommen. Würde sie sich in seiner Gegenwart nicht auch wohler fühlen, wenn sie ihm vertraute? Nein, niemals. Ihre einzige Gemeinsamkeit war Henry, und sie waren sich in allem uneins, was den Jungen betraf.

Na ja, in fast allem zumindest. Was Helens Entlassung anging, stimmte Olivia mit Dodger überein. Es war abscheulich gewesen, Jack zu benutzen, um dem Jungen Angst zu machen und so vielleicht zu erreichen, dass er sich benahm. Wie hatte ihr nur entgehen können, dass Helen zu so etwas Abscheulichem fähig war? Hatte sie Henry womöglich noch durch andere Drohungen eingeschüchtert, von denen Olivia nichts ahnte?

Er war ein stiller, braver Junge. Auch schüchtern, aber Olivia hatte immer angenommen, dass es an seinem Stottern lag, dessen er sich schämte. Lovingdon war darüber nicht besorgt gewesen. »Das ist der Fluch der Lovingdons. Er wird ihm schon entwachsen. So war es bei mir auch.«

Also versuchte Olivia, sich auch keine Sorgen darüber zu machen, da Henry in vielen Dingen wie sein Vater war. Er hatte sein blondes Haar, aber ihre bernsteinfarbenen Augen. Seine langgliedrige Gestalt ließ den Schluss zu, dass er irgendwann genauso groß sein würde wie sein Vater. Aber sie konnte sich beim besten Willen nicht vorstellen, wie er mit Dodger als Vormund je die Würde und Noblesse seines Vaters erlangen sollte.

Die plötzlich aufspringende Tür erschreckte sie und Henry, und dann kam Dodger mit einem Selbstvertrauen hereingeschlendert, das vermutlich nicht mal Lovingdon besessen hatte.

»Gehen wir, Henry«, sagte er.

Henry löste sich von ihr, aber sie hielt ihn fest. »Wo wollen Sie mit ihm hin?«

»Als sein Vormund muss ich Ihnen nichts erklären, doch da Sie seine Mutter sind und sich zweifelsohne um sein Wohl sorgen, werde ich es Ihnen sagen. Ich nehme ihn zu einer Ausfahrt in meinem *Brougham* mit.«

»Ich dachte, Sie wollten schlafen?« Nachdem sie gehört hatte, wie etwas zerbrochen war, hatte sie kurz mit Stiles gesprochen, der aus Dodgers Zimmer kam, um sich zu vergewissern, dass alles in Ordnung war. Er würde die Scherben einer Vase entfernen lassen, sagte er, sobald Dodger erwachte.

»Das hatte ich vor«, erwiderte Dodger mit schmalen Augen, »aber dann beschloss ich, mich stattdessen um diese Angelegenheit zu kümmern.«

»Und welche Angelegenheit ist das?«

Sie hörte eine Art tiefes Knurren, ähnlich wie das einer Raubkatze, die ihr nächstes Opfer im Auge hatte. »Olivia, Sie strapazieren meine Geduld. Komm, mein Junge.«

Olivia konnte das Zittern spüren, das Henry durchlief, bevor er sich von ihr löste und sich erhob.

»Ich kann nicht zulassen, dass Sie ohne mich irgendwo hinfahren«, erklärte sie und stand auf. »Ich werde Sie begleiten.«

»Sollten Sie sich nicht besser um ein neues Kindermädchen bemühen?«

»Ich werde diese Aufgabe einer der Kammerzofen übergeben, bis ich einige Empfehlungen habe.«

Er warf ihr einen gereizten Blick zu. »Der Brougham steht bereits wartend vor der Tür. Ich habe heute viel zu tun und keine Zeit, auf die größere Kutsche zu warten – und wie Sie neulich so freundlich anmerkten, ist mein Fahrzeug eigentlich nur für zwei geeignet.«

»Henry kann auf meinem Schoß sitzen. Ich werde mich mit Händen und Füßen wehren, wenn es sein muss, aber ich lasse nicht zu, dass Sie ihn alleine mitnehmen.«

Irgendetwas veränderte sich in seinem Blick, als würde er die Herausforderung sogar begrüßen. Olivia war sich nicht ganz sicher, ob sie in Handgreiflichkeiten ausarten würde, aber die Vorstellung eines Gerangels …

»Na schön, dann lassen Sie uns fahren. Aber beeilen Sie sich. Ich habe nicht den ganzen Tag Zeit.«

Olivia nahm Henry an der Hand und fragte sich, worauf sie sich da eingelassen haben mochte.

Henry saß auf dem Schoß seiner Mutter. Er war schon immer gern mit seinem Vater im Einspänner gefahren, weil die geschlossene kleine Kutsche vorn ein Fenster hatte, durch das man alles sehen konnte. Er konnte die Welt beobachten, und dort draußen war alles sehr, sehr faszinierend.

Aber die Kutsche wirkte tatsächlich sehr klein, wenn Mr. Dodger darin saß. Henry fragte sich, ob seiner Mutter klar gewesen war, wie viel Platz Mr. Dodger in Anspruch nehmen und wie beengt sie alle sitzen würden. Er konnte die Angespanntheit seiner Mutter spüren. Sie atmete nur ganz flach. Genau das tat auch Henry, wenn er nachts Angst bekam – dann wagte er kaum zu atmen, als könnte ihn nichts Böses finden, wenn er die Luft anhielt.

Jetzt fragte er sich, ob seine Mutter vielleicht Angst vor Mr. Dodger hatte. Oder ob er selbst ihn fürchten sollte. Mr. Dodger hatte ihm fest versprochen, ihm nicht den Daumen zu verbrennen, und zu Miss Tuppin hatte er gesagt, es schere ihn nicht, ob Henry an seinem Daumen lutsche oder nicht. Das hatte Henry gefallen, aber es hatte auch den Wunsch in ihm geweckt, mit dem Daumenlutschen aufzuhören, und deshalb hielt er ihn jetzt in der geschlossenen Faust, um ihn nicht in den Mund zu stecken.

Mr. Dodger trug keinen Zylinder wie Henrys Vater, aber ein schönes schwarzes Jackett mit einem blütenweißen Hemd darunter. Und seine Weste war heute dunkelgrün mit goldenen Knöpfen statt dunkelrot wie die, die er gestern angehabt hatte.

Er sah müde aus. Einmal gähnte er sogar, ohne die Hand vor den Mund zu halten, was Henrys Mutter zu einem Naserümpfen veranlasste. Selbst Henry wusste, dass ein Gentleman seinen Mund bedeckte, wenn er gähnte. Nachdem seine Mutter also ihr Missfallen zum Ausdruck gebracht hatte, hatte Mr. Dodger ihm zugezwinkert, als hätten sie ein gemeinsames Geheimnis – was Henry auf den Gedanken brachte, dass Mr. Dodger die Regel, die fürs Gähnen galt, zwar auch kannte, es aber viel lustiger fand, Henrys Mutter zu ärgern. Obgleich er das Gefühl hatte, dass seine Mutter Mr. Dodger nicht leiden konnte, dachte er, dass Mr. Dodger sie vielleicht doch mochte.

Der Einspänner bog in eine mit Kopfsteinpflaster versehene Einfahrt ein, und Henry konnte ein großes Haus erkennen.

»Das ist Lord Chesneys Wohnsitz«, stellte seine Mutter fest. »Es ist noch viel zu früh für einen Besuch.«

»Wir sind auch nicht deswegen hier«, erklärte Mr. Dodger.

»Und wozu sind wir hier?«

»Weil der junge Duke ihn sehen muss.«

»Aber warum?«

Mr. Dodger blickte geradeaus, doch Henry erschien es so, als sei er plötzlich glücklich. Auf jeden Fall bemerkte er, wie er ganz leicht die Mundwinkel nach oben zog.

»Weil die Hündin des Earls Welpen bekommen hat.«

Henrys Herz klopfte so heftig, dass es seine Brust zu sprengen drohte. »Welpen?«

Mr. Dodger sah ihn an und zwinkerte ihm wieder zu. »Ich hatte dir doch einen Hund versprochen, nicht?«

Henry sah die Bewegung seiner Hand nicht, aber plötzlich hielt er ihm eine Karte hin. »Deine Karte.«

»Das ist eine des Dukes«, sagte seine Mutter.

»Ja, ich fand die Karten in einer Schreibtischschublade. Sie stehen jetzt rechtmäßig Ihrem Sohn zu, da er der Duke ist.«

Henrys Mutter blinzelte ein paar Mal, wie sie es tat, wenn sie nicht weinen wollte.

Der Wagen hielt, und der livrierte Diener sprang herab, um den Kutschenschlag zu öffnen und das Treppchen herabzulassen. Dann stieg Mr. Dodger aus, und Henry eilte ihm nach. Mr. Dodger warf noch einen Blick in das Kutscheninnere und streckte seine Hand aus. »Kommen Sie, Duchess?«

Sie sah erst Mr. Dodger und dann Henry an und lächelte bedauernd. »Ich bin in Trauer, da ziemt sich ein Besuch nicht. Und du benimm dich wie ein Gentleman, Henry.«

Henry nickte und blickte zu Mr. Dodger auf. Er fürchtete sich ein bisschen und hätte gern Mr. Dodgers Hand genommen, doch der sah gar nicht verängstigt aus. Er klopfte Henry auf die Schulter, was fast so beruhigend war, wie seine Hand zu nehmen. »Komm, mein Junge.«

Henry folgte Mr. Dodger die breite Treppe hinauf und in das Haus. Ein Butler trat zu ihnen.

»Gib ihm deine Karte«, forderte ihn Mr. Dodger auf.

Henry tat, wie geheißen. Der Butler legte die Karte auf ein kleines silbernes Tablett und ging. Henry gab sich die größte Mühe, genauso ruhig dazustehen wie Mr. Dodger, obwohl er am liebsten herumgehüpft wäre und in die Hände geklatscht hätte. Er bekam einen Hund!

Es schien ewig zu dauern, bis ein Mann mit einem großen, runden Bauch erschien. »Ah, guten Tag, Euer Gnaden. Mr. Dodger sagte mir, dass Sie an einem Welpen interessiert sind.«

»Ja, S-Sir.«

Der Mann lächelte. »Ich bin Chesney. Das mit Ihrem Vater tut mir leid. Guter Mann. Sehr guter Mann.«

Henry war sicher, dass er jetzt etwas erwidern müsste …

»Danke, Lord Chesney«, sagte Mr. Dodger schnell. »Der Duke weiß Ihre Worte zu schätzen.«

»Aber er interessiert sich mehr für meine Hunde, nicht wahr, mein Junge?«

Henry nickte rasch.

»Na, dann kommen Sie. Meine Collies haben einen eigenen Raum. Sie genießen eine geradezu fürstliche Behandlung ...«

Während Lord Chesney sie durch das Haus führte, redete er unaufhörlich weiter und erzählte Henry alles über die Geschichte der Hunde, doch Henry hörte ihm kaum zu. Das Einzige, was ihn interessierte, war die Tatsache, dass er einen eigenen Hund haben würde.

Schließlich erreichten sie einen kleinen Raum. In einer Ecke lag eine große, weiß-braune Hündin auf einem Berg von Kissen und Decken, um die drei Welpen herumtollten.

»Nur zu, Euer Gnaden. Spielen Sie mit ihnen, und schauen Sie, welcher Ihnen gefällt.«

Henry setzte sich auf den Boden, und die kleinen Hunde kamen zu ihm hinübergelaufen. Er lachte, und Lord Chesney hockte sich neben ihn. »Welchen möchten Sie?«

Fragend blickte Henry zu Mr. Dodger auf.

»Sieh nicht mich an, Junge. Das musst du selbst entscheiden.«

Henry betrachtete die Welpen prüfend. Die Entscheidung war nicht leicht. Wenn er nun einen Fehler machte?

»Hier gibt es keine falsche Entscheidung, Junge«, murmelte Mr. Dodger.

Und da hob Henry den ersten Welpen auf, der ihm auf den Schoß gesprungen war, und drückte ihn an sich. »Diesen hier!«

»Dann ist es dieser«, sagte Lord Chesney lachend, während er sich mit ächzenden Knien erhob.

Henry blickte sich zu Mr. Dodger um, der Lord Chesney einen kleinen Beutel überreichte, der klirrte, als er ihn entgegennahm. Auf dem Weg zurück zur Kutsche drückte Henry seinen Welpen an die Brust und sagte: »E-Er hat viel Geld g-gekostet.«

»Nicht wirklich. Ich schätze mal, dass ich letztendlich durch ihn noch Geld verdienen werde.«

»Wie?«

»Kannst du eine Konfidenz für dich behalten?«

Henry nickte, obwohl er nicht einmal wusste, was eine Konfidenz war.

Mr. Dodger grinste breit. »Wenn seine Taschen voll sind, sitzt Lord Chesney mit sehr lockerer Hand an den Spieltischen. Heute Nacht wird er verspielen, was ich ihm gerade gegeben habe, und noch einiges mehr, und so kehrt das Geld in meine Schatullen zurück.«

Henry war nicht ganz sicher, wovon Mr. Dodger sprach. »W-Wird er mir d-den Hund dann w-wegnehmen?«

»Aber nein. Der Hund gehört dir, Henry.«

»Danke, Sir.«

»Gern geschehen, mein Junge.«

Henry wusste, dass seine Mutter ihm nicht zustimmen würde, aber er fand, dass Mr. Dodger ein sehr guter Vormund war.

Kapitel zehn

Olivia stand draußen vor der Tür der Bibliothek und wartete darauf, dass ihr Mut zurückkehrte.

Henry vergötterte seinen Welpen, den er Pippin genannt hatte. Wie er auf diesen Namen kam, wusste sie nicht, aber er liebte das Tier schon so sehr – und Pippin ihn –, dass sie wie füreinander geschaffen zu sein schienen.

Sie ließ Henry von einer der Zofen beaufsichtigen, während sie Jack Dodger die Hand zur Versöhnung bot – oder in ihrem Fall ein Essen.

Gleich nach ihrer Heimkehr war Dodger in die Bibliothek gegangen, wahrscheinlich, um sich wieder in die Bücher zu vertiefen. Er hatte weder um Erfrischungen gebeten noch irgendeinen der Dienstboten kommen lassen.

Es war früher Nachmittag. Als Olivia an seine Spirituosensammlung dachte, versuchte sie, sich nicht zu fragen, ob er getrunken hatte und jetzt benommen auf dem Boden lag. Sie schien außerstande zu sein, an ihn zu denken, ohne das Schlimmste zu erwarten, und zu ihrer Schande musste sie sich eingestehen, dass ihre schlechte Meinung von ihm unbegründet war.

Ungeachtet ihrer Beklommenheit war es jedoch Zeit, ihm gegenüberzutreten und die Dinge zwischen ihnen ins Lot zu bringen. Sie nickte dem Diener zu, und er öffnete ihr die Tür. Nach einem tiefen Atemzug trat sie mit dem Tablett in den Händen ein. Ihr Herz schlug schneller, als die Tür hinter ihr zufiel. Sie hatte irgendeinen bissigen Kommentar von Dodger erwartet und war überrascht, dass er nicht an seinem Schreibtisch, sondern in einem Sessel am Fenster saß.

Obwohl Sitzen nicht das richtige Wort war. Er lag halb in dem Sessel, ein Bein ausgestreckt, das offene Bestandsbuch auf dem Schoß, aber mit geschlossenen Augen und den Kopf in einem sichtlich unbequemen Winkel. Doch selbst im Schlaf hatte er nichts Harmloses an sich.

So leise wie möglich ging Olivia über den Teppich und stellte das Tablett auf den Schreibtisch. Von Neugier übermannt, näherte sie sich vorsichtig dem Mann, den Lovingdon für würdig erachtet hatte, sich seines Sohnes anzunehmen. Was das anging, war sie zwar noch nicht so weit, Jack Dodger zur besten Wahl zu erklären, sie musste sich aber widerstrebend eingestehen, dass er auch nicht die schlechteste Wahl war.

Er braucht dringend einen Haarschnitt, dachte sie, während sie sich vorstellte, wie es wäre, mit den Fingern durch seine schwer zu bändigenden Locken zu fahren. Das wirre Haar hätte ihn wie ein Kind erscheinen lassen müssen – aber nichts an ihm spiegelte jugendliche Unschuld wider. Olivia hatte den Verdacht, dass er nicht einmal bei seiner Geburt unschuldig gewesen war.

Sein Gesicht hatte etwas Zerklüftetes, das sogar im Schlaf noch da war, als ließe die Härte seines Lebens ihn nie in Frieden. Am liebsten hätte Olivia die Hand ausgestreckt, um die Falte zwischen seinen Brauen zu glätten. Was für ein merkwürdiger Einfall, dachte sie.

Tatsächlich kam sie sich sogar schon ein bisschen ungebührlich dabei vor, einfach nur so dazustehen und ihn ohne sein Wissen zu betrachten.

Er bewegte eine Hand, und fast hätte Olivia vor Schreck aufgeschrien. Leicht gekrümmt lag die Hand auf einer Seite seines Bestandsbuches, sodass die hässliche Verbrennung an seinem Daumen sichtbar war. Olivia hatte sich nie Gedanken darüber gemacht, wie sehr das Brandmarken geschmerzt haben musste, sondern sich nur mit seiner Bedeutung beschäftigt. Sie konnte sich nicht vorstellen, dass er die Hand freiwillig hingehalten hatte. Er hatte sich bestimmt gewehrt, und sie hatten ihn festhalten müssen. Bei der Vorstellung drehte sich ihr der Magen um. Selbst wenn er gestohlen hatte, musste er wirklich mit einem heißen Eisen malträtiert werden? Hatte das überhaupt irgendjemand verdient?

Sie musterte den Striemen auf seiner Wange, der gerötet und entzündet war. Auch das hatte er nicht verdient. Genauso wenig, wie er ihre Wut oder ihr Misstrauen verdient hatte.

Was er verdiente, beschloss sie, war ungestörte Ruhe. Sie erinnerte sich daran, wie besorgt er gewesen war, dass sie mit steifen Gliedern erwachen würde, wenn er sie in Henrys Bett ließ. Ihm würde das Gleiche passieren, so wie er dalag, aber wie hätte sie ihn in sein Bett tragen sollen? Sie konnte es ihm höchstens ein bisschen bequemer machen. Wenn sie das Buch wegnahm …

Eine eiserne Faust schloss sich um ihr Handgelenk, riss sie nach vorn …

Mit einem erschrockenen Aufschrei drückte sie ihre Hand gegen etwas Hartes – Jack Dodgers Brust, wie sie sofort bemerkte. Ihr Gesicht war seinem unangenehm nahe, und für einen Moment wurde sie von nackter Angst erfasst, weil sich in seinen Augen eine Wildheit widerspiegelte, die man sonst wohl nur auf dem Schlachtfeld sah. Sein Atem ging schwer, und seine Brust hob und senkte sich unter ihren Fingern. Sie war mit den Knien gegen den Sessel gestoßen, und zu ihrer Beschämung musste sie feststellen, dass sie irgendwie zwischen seine Oberschenkel geraten und dort eingezwängt worden war.

Sie hatte Angst, sich zu bewegen, aber auch Angst, es nicht zu tun. Er schaute sie an, als ob er sie noch nie gesehen hätte und festzustellen versuchte, wie jeder einzelne ihrer Gesichtszüge entstanden war.

»Was tun Sie da?«, fragte er mit rauer Stimme.

Sie schluckte den Kloß, der urplötzlich in ihrer Kehle saß, herunter. »Sie ... Sie haben geschlafen. Ich wollte es Ihnen bequemer machen.«

Er sah ihren Mund an, wodurch ihr erst bewusst wurde, dass es sehr, sehr lange her war, dass sie einem Mann so nahe gewesen war – unendlich lange, dass ihre Lippen so kurz davor waren, geküsst zu werden. Sie erkannte die in seinen Augen aufflackernde Leidenschaft, und ihr Herz schlug schneller, aus ihren Knien wich alle Kraft, und sie glaubte, Gefahr zu laufen, sich jeden Augenblick auf seinem Schoß wiederzufinden. Sie rechnete wirklich voll und ganz damit, dass er sie an sich ziehen würde, um seinen schön geformten Mund, diese vollen Lippen auf ihre zu pressen ...

Stattdessen hob er die freie Hand und legte sie an ihre Wange. Seine Handfläche war viel rauer, als es Lovingdons gewesen war. Rauer und größer. Er strich mit dem Daumen über ihre Lippen, bevor er ihr wieder in die Augen sah. »Vorsicht, Duchess«, sagte er in schroffem Ton. »Ich bin kein Mann, der sich nur mit einem Kuss zufriedengibt.«

Sie fühlte sich so gedemütigt, dass sie errötete, und befürchtete, dass er in ihren Augen das Gleiche sah wie sie in seinen. Begehren. Glühendes Begehren, das unerfüllt bleiben und von selbst ausbrennen musste, wenn sie sich nicht in alle Ewigkeit nach ihm verzehren wollte. Sie besaß zu viel Stolz, um zuzugeben, dass er richtig erraten hatte, was sie wollte, und nur zu feige war, um danach zu greifen. Zu ihrem eigenen Schutz beschloss sie, streng zu sein. »Lassen Sie mich los, Sir.«

Das tat er – so abrupt, dass sie aus dem Gleichgewicht geriet, worauf er sie mit beiden Händen an der Taille festhielt. Nur mit Mühe und Not konnte sie Haltung wahren, als sie sich straffte und zurücktrat, um ihre Röcke glatt zu streichen.

Er legte neugierig den Kopf zur Seite. »Was tun Sie hier, Olivia? Wollten Sie mein Bestandsbuch stehlen?«

»Ich bin hier nicht der Dieb, Sir.«

»Nein, sind Sie nicht. Was wollten Sie dann?«

Wie schrecklich dumm sie sich vorkam! »Brittles sagte, Sie hätten noch nichts gegessen, deshalb habe ich Ihnen etwas gebracht.«

Er warf ihr einen Blick zu, der vermuten ließ, dass er mit dem Gedanken spielte, über *sie* herzufallen statt über das Essen. Sie machte auf dem Absatz kehrt und ging zum Schreibtisch, um das Tablett näher an seinen Sessel heranzuschieben. »Lamm mit Kartoffeln. Sie sollten wirklich etwas essen.«

»Sollte ich das?«

Sie räusperte sich. »Ich habe das Tablett selbst vorbereitet.«

»Habe ich keine Dienstboten für solche Aufgaben?«

»Sie machen es mir wirklich schwer.«

Jack musterte sie prüfend und versuchte, nicht daran zu denken, wie seine Hände ihre Taille umfasst hatten oder wie sie sich über ihn gebeugt hatte, als er erwachte. Wie nahe ihre Lippen den seinen gewesen waren und wie er mit der geringsten Bewegung einen kleinen Vorgeschmack hätte bekommen können. Er war es nicht gewohnt, sich Vergnügungen zu versagen, aber sie war auf eine Art und Weise gefährlich, die er nicht genauer ergründen wollte.

»Versuchen Sie, etwas wiedergutzumachen?«, fragte er.

Sie warf ihm einen Blick über die Schulter zu. »Ich versuche nur, ein bisschen freundlicher zu sein.«

»Freundlich?« Er erhob sich aus dem Sessel, ging zu dem Tisch in der Ecke und zog den Stöpsel aus einer Karaffe. »Möchten Sie mir Gesellschaft leisten?«

»Nein, danke. Sie haben wirklich eine Schwäche für alkoholische Getränke, nicht wahr?«

»Ich habe Gin getrunken, seit ich acht war, und sehe keinen Grund, jetzt damit aufzuhören.« Er ging zum Schreibtisch und hob die Servierglocke vom Teller. Köstliche Aromen stiegen zu ihm auf, und erst da merkte er, wie ausgehungert er war, und setzte sich wieder.

»Brittles sagte, Sie hätten gestern Nachmittag nichts gegessen. Arbeiten Sie oft, ohne sich die Zeit zum Essen zu nehmen?«, erkundigte sich Olivia.

»Ich kann herumstehende Frauen nicht ertragen. Setzen Sie sich oder gehen Sie.«

Zu seiner großen Überraschung und Freude setzte sie sich. »Sie haben meine Frage nicht beantwortet.«

Er schnitt ein Stückchen Lamm ab, steckte es in den Mund und genoss den würzigen Geschmack. »Ich arbeite während der meisten Mahlzeiten. Zeit, in der ich nicht arbeite, ist Zeit, in der ich kein Geld verdiene.«

»Geld ist offenbar sehr wichtig für Sie.«

»Geld ist das *einzig* Wichtige für mich.«

»Ist das der Grund, aus dem Sie den Bedingungen des Testaments zustimmten?«

Er kaute und schluckte. »Ja.« Dann klopfte er mit dem Messer an den Teller. »Warum sind Sie hier?«, wiederholte er und schwenkte die Hand über dem Teller. »Wozu das hier?«

Olivia senkte den Blick auf ihre im Schoß verschränkten Hände und verlagerte ihr Gewicht, bevor sie ihn wieder ansah. »Weil ich Sie vielleicht falsch beurteilt habe. In jeder Situation habe ich das Schlimmste angenommen. Ich dachte, der Inspektor sei hier, um Sie zu verhaften. Dann hielt ich Ihre Buchhalterin für eine Prostituierte. Und schließlich dachte ich sogar, Sie hätten Henry etwas angetan. Für all das versuche ich, mich zu entschuldigen, nur bin ich leider nicht sehr gut darin.«

»Sie entschuldigen sich wohl nicht oft?«

»Ich irre mich nicht oft.«

In einem Sekundenbruchteil wechselte sie von Gewissensbissen und Zerknirschtheit wieder zu Anmaßung und Hochmut. Jack war es sogar lieber, wenn sie ihre Härte statt ihrer Sanftheit zeigte. Doch selbst mit dieser Härte besaß sie eine ungewöhnliche Schönheit. Sie war nicht ganz so auffallend gewesen, als er ihr zum ersten Mal begegnet war, doch nun war es so, als entdeckte er jeden Moment mehr Dinge an ihr und als unterstrichen all diese Dinge ihre Schönheit noch. Sie hatte einige feine Sommersprossen an den Wangen, die in ihm die Vorstellung weckten, wie sie draußen ohne den Schutz eines Huts oder Sonnenschirms herumtollte. Dann stellte er sich ihre Einführung in die Gesellschaft vor und all die Herren, die sie umschwärmt haben mussten.

»Warum haben Sie Lovingdon geheiratet?«, wollte er wissen.

Sie blickte wieder auf ihre Hände, als hielte sie die Antwort dort versteckt. »Mein Vater wollte es so.«

»Lovingdon war beträchtlich älter als Sie.«

Sie nickte und sah ihm in die Augen. »Aber er war der Freund meines Vaters und brauchte einen Erben für seinen sehr angesehenen Titel. Und als pflichtbewusste Tochter tat ich natürlich, was mein Vater wollte. In meiner Welt, Mr. Dodger, pflegen Töchter, ihren Vätern zu gehorchen.«

»Waren Sie auch eine pflichtbewusste Ehefrau?« Bevor sie antworten konnte, fuhr er fort: »Entschuldigen Sie bitte. Diese Frage war unangebracht. Was die vornehme Gesellschaft anbelangt, fehlt es mir offenbar an Redegewandtheit.«

»Ihrem Ruf in Bezug auf Frauen nach zu urteilen, hätte ich gedacht, dass Sie eine außergewöhnlich gute Redegewandtheit besitzen müssen.«

»Wenn ich mit einer Frau zusammen bin, ist mein Mund gewöhnlich mit anderen Dingen als Reden beschäftigt.«

Olivia errötete. Jack wusste nicht, warum es ihm solchen Spaß machte, ihr das Blut in die Wangen zu treiben. Und er wollte es gern mit sehr viel mehr als nur Worten tun. Aber sie war eine Aristokratin, und er wusste, dass das bloße Berühren einer solchen Frau einen Mann in Gefahr brachte, den Gang zum Altar antreten zu müssen – einen Gang, den er nie im Leben zu tun gedachte. Außerdem wollte er keinen wie auch immer gearteten Anspruch auf sie. Sie sollte wieder heiraten, damit er die Verantwortung für die Erziehung ihres Sohnes abgeben konnte.

»Sie kamen mir sehr beharrlich vor in Ihrer Ablehnung, Briarwood zu heiraten.«

Wieder senkte sie den Blick auf ihre Hände. »Sollte ich je wieder heiraten, möchte ich selbst entscheiden, mit wem ich den Bund der Ehe schließe.«

Dummerweise würde diese Einstellung für Jack ein Problem darstellen. Sie ließ auf eine ihm sehr ungelegene Verzögerung schließen, und er wollte sie so bald wie möglich wieder verheiratet sehen. »Wenn Sie also beschließen sollten, jemanden zu heiraten, wie müsste er dann sein?«

Überrascht blickte sie auf. »Darüber hatte ich noch gar nicht nachgedacht.«

»Ach, kommen Sie. Im Laufe der Jahre muss Ihnen doch irgendwann einmal jemand gefallen haben. Bei einem Essen oder auf einem Ball. Vielleicht haben Sie mit ihm getanzt und gedacht, dass Sie gern ein wenig mehr tun würden.«

»Ich war verheiratet.«

»Ich spreche auch nicht von einer Affäre, denn Gott weiß, dass Sie niemals etwas so Unziemliches tun würden, aber daran zu denken ist nichts Schlimmes. Und Sie haben doch gewiss schon mal daran gedacht.«

»Habe ich nicht, Sir. Noch nie.«

Zu seinem eigenen Erstaunen wurde ihm klar, dass sie die Wahrheit sagte. Niemals von etwas Verbotenem fantasieren? Das konnte er sich fast nicht vorstellen.

»Also gut, ich gestehe Ihnen zu, dass Sie wahrscheinlich nie daran gedacht haben, einem anderen Mann näherzukommen, aber Sie mochten doch bestimmt jemanden oder fühlten sich wohl in seiner Nähe. Ich könnte in die Wege leiten, dass er Sie hier besucht, damit Sie ihn besser kennenlernen …«

»Ich bin in Trauer.«

»Daran erinnern Sie mich unnötigerweise immer wieder, Olivia, obwohl es an Ihrer Kleidung mehr als deutlich zu erkennen ist. Übrigens sehen Sie grässlich aus in Schwarz. Haben Sie nicht irgendetwas Violettes?«

Ihre Antwort war nur ein Gestammel, deshalb hob er schnell die Hand. »Macht nichts. Mit Ihrer Kleidung können wir uns später befassen. Die Sache ist die: Sie wollen mich nicht als Vormund Ihres Sohnes, und ich will kein Vormund sein. Die einfachste Lösung unser beider Problem ist also, dass Sie wieder heiraten. Und ich bin bereit zu helfen, so gut ich kann. Ich werde Ihnen die Bewerber bringen. Also, wer gefällt Ihnen?«

»Es wäre gänzlich unschicklich von mir, männliche Besucher zu empfangen.«

»Natürlich. Deswegen werden wir ja auch sehr diskret vorgehen.«

»Wenn eine Frau in Trauer ist, kann sie es sich nicht erlauben, Einladungen auszusprechen.«

»Das werden auch nicht Sie tun, sondern ich.«

Sie stand auf. »Ich weiß nicht, warum ich mich überhaupt bemüht habe, die Dinge zwischen uns ins Lot zu bringen.«

Er wusste nicht, warum er andauernd versuchte, sie *aus* der Fassung zu bringen. »Setzen Sie sich.«

Sie zögerte.

»Bitte.«

Schließlich nickte sie und setzte sich wieder. »Henry mag seinen Hund sehr.«

Der plötzliche Themawechsel überraschte und erfreute ihn. »Das sollte er auch. Der Hund hat mich ein Vermögen gekostet.«

»Das hat Henry mir erzählt.« Olivia lächelte, und wieder war Jack verblüfft darüber, wie umgänglich es sie erscheinen ließ. Wäre sie die Seine, würde er immer wieder versuchen, ihr ein Lächeln zu entlocken. »Er war sich nur nicht sicher in Bezug auf die Konfidenz, da Sie ihm nichts gegeben haben, das man wirklich *halten* kann.«

»Das muss ja ein interessantes Gespräch gewesen sein.«

»Nun ja, es war recht aufschlussreich, wenn ich so sagen darf.«

Jack stellte fest, dass er sich etwas mehr hätte bemühen müssen, um dem Jungen die Dinge zu erklären. Nicht weil es ihm sonderlich viel ausmachte, dass Henrys Mutter über die wahren Umstände des Hundekaufs im Bilde war. Er wollte bloß nicht, dass es Chesney zufällig zu Ohren kam.

»Woher wussten Sie es?«, fragte sie.

Er schluckte das Stückchen des bemerkenswert guten Lamms, das er gerade kaute, herunter. »Pardon?«

»Das mit Helen, Henrys Kindermädchen. Sie haben ihr von Anfang an misstraut. Henry erzählte mir, dass sie immer einen kleinen Stock in der Tasche hatte und ihm damit auf die Finger schlug, wenn er ihr Missfallen erregte. Das waren natürlich nicht seine genauen Worte, aber im Wesentlichen. Wie konnten Sie wissen, dass sie ihm Angst einjagte?«

Irgendetwas veränderte sich zwischen ihnen, irgendetwas, das ihm nicht ganz behagte. Aber auch er war den Zank leid. Bis er sie wieder unter die Haube bringen konnte, würden sie gemeinsam in diesem Haus wohnen, und da konnten sie es ebenso gut in freundschaftlicher Weise tun. »Als ich noch sehr jung war, lebte ich kurze Zeit bei jemandem, der mir wehtat. Wenn ich ängstlich war, kam ich ins Stottern. Ich bin mir sicher, dass Menschen aus allen möglichen Gründen stottern, also hatte das eine vielleicht nichts dem anderen zu tun. Außerdem ist Henry ein Junge, und Jungen sind schon von Natur aus nicht besonders artig.«

»Was Sie vorhin über Lovingdon sagten und darüber, wie ernst Sie Ihre Aufgabe als Vormund nehmen … Unser Umgang wäre deutlich erleichtert worden, wenn Sie mir das alles schon früher erklärt hätten.«

»Offen gestanden bin ich mir nicht mal sicher, ob es mir selbst klar war, bis ich es aussprach, Duchess. Ich bin genauso verblüfft wie Sie über die Wahl Ihres Ehemannes, aber mir gefällt dieses Haus und alles, was dazugehört. Und deshalb bin ich fest entschlossen, all das zu behalten.«

»Solange Sie gut zu Henry sind, werde ich mich bemühen, liebenswürdiger zu sein.«

Er war sich nicht ganz sicher, ob er sie liebenswürdiger erleben wollte. Eigentlich war sie ihm mit ein bisschen Feuer in sich lieber. »Sie sind die Schwester des verstorbenen Dukes of Avendale.«

Sie schien überrascht zu sein, dass er das wusste. »Ja. Mein Vater verstarb einen Monat, nachdem ich geheiratet hatte, und mein Bruder erbte den Titel. Auch er starb kürzlich und hinterließ den Titel seinem Sohn. Andere direkte Verwandte habe ich nicht mehr. Und Sie?«

In ganz ungewohnter Offenheit hatte sie ihm in einem Zug so viel Persönliches erzählt, dass er einen Moment brauchte, um ihre Frage zu begreifen, und als er es tat, lachte er, hob sein Glas und prostete ihr zu. »Nein. Nicht im traditionellen Sinne jedenfalls.«

Er stürzte den Gin hinunter, legte Messer und Gabel auf den Teller und setzte die Servierglocke wieder darauf. »Vielen Dank, dass Sie mir das Essen gebracht haben.«

»Freut mich, dass es Ihnen geschmeckt hat.« Olivia stand auf. »Ich hoffe doch, dass Sie Ihre Wange von einem Arzt behandeln lassen. Es wäre mir äußerst unangenehm, wenn sie sich entzünden würde.«

»Wahrscheinlich haben Sie recht. Eine Narbe würde mein gutes Aussehen ruinieren.«

»Sie gehen also davon aus, dass Sie gut aussehen.«

»Wollen Sie etwa das Gegenteil andeuten?«

»Ich mache Sie nur darauf aufmerksam, dass es anmaßend ist, sich selbst als gut aussehend zu bezeichnen.« Sie senkte kurz den Blick. »Es tut mir leid, dass ich Sie verletzt habe. Aber ich dachte …«

»… der Junge sei in Gefahr. Wenn schon Fehler gemacht werden, Duchess, ist es mir lieber, dass es so geschieht wie heute Morgen.«

»Sie sind besorgt um Henry.«

»Absolut nicht. Aber er ist mein Mündel. Falls ihm etwas zustößt, bedeutet es mehr Arbeit für mich.«

Sie beugte sich über seinen Schreibtisch, und ihr Lavendelduft kitzelte Jack in der Nase, während ihre Lippen den seinen verlockend nahe waren. »Ich bin mir nicht ganz sicher, ob ich Ihnen glaube, Mr. Dodger.«

Dann hob sie das Tablett auf und stieß ihm dabei fast gegen die Nase. Es war seine Schuld, weil er nicht einmal bemerkt hatte, dass er sich auf sie zubewegte.

»Glauben Sie mir ruhig, Duchess«, sagte er und kämpfte dagegen an, die Kontrolle zu verlieren.

»Ich weiß nicht, ob ich das tun sollte.«

Damit wandte sie sich ab und ging zur Tür. Mit wiegenden Hüften, wie Jack nicht zu bemerken umhinkonnte.

Irgendwas passierte hier, irgendetwas sehr Gefährliches. Er begann, unachtsam zu werden, und das war etwas, was er sich nicht leisten konnte. Weil es eine Katastrophe für ihn bedeuten könnte. Nachdem er sein Leben lang Mauern um sein Herz errichtet hatte, dachte er nicht einmal im Traum daran, sie von einer hübschen Witwe einreißen zu lassen.

Kapitel elf

An einen Berg von Kissen gelehnt, die Arme um ihre hochgezogenen Knie geschlungen, saß Olivia im Bett, starrte die mit kunstvollen Schnitzereien versehene Tür zum Ankleidezimmer an und spitzte die Ohren, um wenigstens einen winzigen Laut von dem nebenan zu Bett gehenden Jack zu hören. Hin und wieder wurde ihr schwindlig, und dann merkte sie, dass sie den Atem angehalten hatte.

Am späten Nachmittag hatte er ihr eine Nachricht überbringen lassen und ihr mitgeteilt, dass er zum Abendessen nicht da sein würde und es ihr daher freistehe, mit ihrem Sohn zu speisen. Es passte ihr nicht, dass er glaubte, ihren Zeitplan bestimmen zu können, aber sie fand es auch interessant, dass er nicht selbst gekommen war, um es ihr persönlich mitzuteilen. Ging er ihr aus dem Weg? War es ihm vielleicht sogar unangenehm, dass ihre Beziehung von dem bisher feindseligen Kurs abwich? Sie wusste kaum, was sie von dem Mann halten sollte, aber sie war sich einer Sache völlig sicher: dass er sie niemals hier belästigen würde. Denn trotz allem, was andere Damen über ihn gesagt hatten, war ihr klar geworden, dass er sehr wohl so etwas wie eine moralische Richtschnur besaß. Eine, die vielleicht ein bisschen schräg und seltsam war, aber gelegentlich durchaus in die richtige Richtung zeigte. Zumindest, was Henry anging.

Ja, Olivia war sicher, dass er sein Wort halten und nicht ihr Bett aufsuchen würde. Sie wehrte sich gegen den Anflug von Enttäuschung, der sie bei dem Gedanken erfasste. Nicht, dass sie etwa wünschte, er würde leise diese Tür öffnen und mit ruhigen, gelassenen Schritten …

Nein, das war Lovingdons Art gewesen. Jack Dodger würde

hereinstürmen, voller Leidenschaft und maskuliner Kraft, die von jedem Zentimeter seines Körpers ausgingen. Er würde ein fordernder Geliebter sein, dessen Hände gierig ihren Körper erforschten, während seine Zunge ihr ungeahnte Lust bereitete …

Mit einem leisen Aufstöhnen drückte sie die Stirn gegen die Knie. Er würde nicht durch diese Tür kommen. Es war absurd, sich solche erotische Bilder durch den Kopf schwirren zu lassen. Was machte es schon aus, ob er im Raum nebenan schlief oder nicht? Zwei Türen trennten sie. Sie würde ihn weder atmen noch sich im Bett herumdrehen hören. Oder seine nackten Füße sehen, während er in seinem Nachthemd durch das Zimmer schritt.

Olivia hob den Kopf und stützte ihr Kinn auf ihre Knie. Würde er überhaupt ein Nachthemd tragen? Natürlich. Alle Gentlemen trugen eins. Andererseits war Jack Dodger kein Gentleman …

Nein, sie konnte ihn sich nicht beim Überstreifen eines Nachthemds vorstellen. Aber sie musste endlich aufhören, an ihn zu denken. Der Blick auf die Uhr überraschte sie. Es war schon nach Mitternacht. Da er sein Zimmer noch nicht betreten hatte, war er wahrscheinlich in seinen Club gefahren. Wie dumm von ihr, etwas anderes zu denken und kostbare Zeit damit zu verschwenden, mit gespitzten Ohren auf etwas zu warten, das nicht passieren würde.

Sie brauchte etwas, um sich abzulenken. Am besten ging sie in die Bibliothek hinunter und suchte sich ein Buch aus. Was auch immer, Hauptsache, es brachte sie auf andere Gedanken.

Entschlossen stieg sie aus dem Bett und zog ihren Morgenmantel über. Mit der Lampe in der Hand trat sie auf den Gang hinaus, ging die Treppe hinunter und machte sich auf den Weg zur Bibliothek. Zu dieser späten Stunde war kein Dienstbote mehr zu sehen. Als sie jedoch die Tür zur Bibliothek öffnete, hielt sie erschrocken inne, als sie sah, dass Jack vor seinen Rechnungsbüchern am Schreibtisch saß. Wieso war er nicht im Club, und wie konnte sie sich unbemerkt wieder zurückziehen? Erschrocken stellte sie fest, dass sie es nicht konnte, weil er sie schon bemerkt hatte. »Ich dachte, Sie wären in Ihrem Club«, sagte sie betreten.

Kopfschüttelnd lehnte er sich zurück und streckte die Arme über dem Kopf aus. »Ich hatte hier einiges zu erledigen.«

Dann stand er auf, als würde er sich plötzlich an seine Manieren erinnern. »Warum schlafen Sie nicht längst?«

Weil ich nicht aufhören kann, an Sie zu denken, war wohl kaum ein ratsames Geständnis.

»Ich weiß es nicht. Ich dachte, ein Buch würde mir vielleicht beim Einschlafen helfen.«

»Ich habe festgestellt, dass das nur hilft, wenn es ein langweiliges Buch ist.«

Sie konnte sich nicht vorstellen, dass er Bücher zum Vergnügen las. Wahrscheinlich bezog er *sein* Vergnügen aus erotischeren Vergnügungen. Obwohl sie spürte, dass sie rote Wangen bekam, trat sie näher an den Schreibtisch heran. »Wann schlafen *Sie* eigentlich?«

»Ein paar Stunden hier und da. Ich habe nie viel Schlaf gebraucht.«

Sie betrachtete die diversen Rechnungsbücher auf dem Tisch. »Auf jeden Fall widmen Sie sehr viel Zeit Ihren Finanzen.«

»Eigentlich sind es *Ihre* Finanzen, die ich mir gerade ansehe.«

Überrascht hob sie den Kopf. »Warum sollten Sie sich für *meine* Finanzen interessieren?«

»Nun ja, vermutlich hat es etwas mit meinen bescheidenen Anfängen zu tun.«

Olivia lachte. »Ich kann absolut nichts Bescheidenes in Ihnen sehen.«

Er schien nicht gekränkt zu sein, denn er deutete auf die Couch am Fenster. »Setzen Sie sich, dann werde ich Ihnen erklären, was ich denke.«

Es war schon spät, sie war nur mit ihrem Morgenmantel bekleidet, und sie waren allein in der Bibliothek. Olivia konnte sich kaum etwas Unschicklicheres vorstellen – außer mit ihm allein in seinem Schlafzimmer zu sein. Trotzdem widerstrebte es ihr zu gehen. Sie war immer froh gewesen, wenn Lovingdon ein bisschen Zeit mit ihr verbrachte, sei es auch nur, weil seine Besuche eine Unterbrechung ihrer Einsamkeit bedeutet hatten. Jack bot ihr nicht mehr als das an, und sie konnte nicht länger leugnen, dass er ihre Neugier erregte. Er war überhaupt nicht so, wie sie ihn sich ursprünglich vorgestellt hatte, und sie wollte diese neu entdeckte Facette an ihm unbedingt erkunden.

So ungezwungen, wie es ihr möglich war, ging sie zu der Couch hinüber. Aber sie zitterte leicht und konnte nur hoffen, dass er nicht bemerkte, wie nervös sie war. Als sie saß, beobachtete sie, wie er mit geschmeidigen Schritten zu dem Tisch in der Ecke ging und etwas aus einer seiner Karaffen in zwei Gläser goss. Die beiden Kognakschwenker trug er dann zwischen den Fingern einer Hand, während er in der anderen die Karaffe hielt. Nachdem er Letztere auf einen Beistelltisch neben der Couch gestellt hatte, bot er ihr eins der Gläser an. Olivia zögerte …

»Mein feinster Brandy. Na, kommen Sie, was kann das schon schaden? Sie werden nicht gleich in die Hölle kommen, wenn Sie einmal sündigen.«

»Flüstert Gott Ihnen diese Argumente ein?«

»Wohl eher der Teufel«, erwiderte er mit einem aufreizenden Grinsen.

»Das wundert mich überhaupt nicht. Sie sind vermutlich sehr gute Freunde.«

»Die allerbesten. Und nun trinken Sie. Es wird Sie aufwärmen.«

»Mir ist nicht kalt.«

»Sie frösteln aber.«

»Entgeht Ihnen denn gar nichts?« Olivia nahm das Glas, das er ihr reichte, und trank einen Schluck. Die scharfe Flüssigkeit brannte in ihrer Kehle und ihrer Lunge und trieb ihr die Tränen in die Augen.

Jack klopfte ihr auf den Rücken, und die Hitze seiner Hand schien sich regelrecht durch den Stoff ihres Morgenrocks zu brennen. Wie es wohl wäre, seine Haut auf ihrer Haut zu spüren? Aber sie rang mit sich, um gar nicht erst über diese Möglichkeiten nachzudenken.

»Vorsicht! Einen solch erstklassigen Brandy genießt man Schluck für Schluck und stürzt ihn nicht hinunter.«

Sie holte tief Luft, als sich eine angenehme Wärme in ihrer Magengrube ausbreitete. Wahrscheinlich kam sie von dem Alkohol, aber möglicherweise war es auch nur Jacks Nähe. Seine Präsenz war schier überwältigend, als wäre er überlebensgroß. Vom ersten Abend an hatte sie bemerkt, dass er jeden Raum und jedes Fahrzeug beherrschte. Das war einer der Gründe, warum er sie derart durcheinanderbrachte. Er war ein Mann, der sich gar nicht oder nur schwerlich ignorieren ließ.

»Ich hätte nicht gedacht, dass Sie Dinge von erstklassiger Qualität zu schätzen wissen.« Die Worte kamen fast schon wie ein Röcheln über ihre Lippen, was ihn erneut zum Grinsen brachte.

»Ich schätze die exquisiten Dinge im Leben schon seit sehr, sehr langer Zeit. Was glauben Sie, warum ich so hart gearbeitet habe, um sie zu erlangen?«

Er setzte sich auf das andere Ende der Couch, streckte seine langen Beine vor sich aus und legte zwanglos einen Arm auf die

Rückenlehne, sodass seine langen Finger ihren Schultern verführerisch nahe kamen und das Sofa plötzlich unglaublich klein wirkte, als wäre es gerade mal für eine Person geeignet.

»Wenn die Damen von Ihnen sprachen, fand Ihre Vorliebe für harte Arbeit nie Erwähnung.«

»Die Damen?«

Olivia trank noch ein Schlückchen Brandy. Allein der Alkoholdunst brannte ihr schon in der Nase, aber es war ein Gefühl, das sie als durchaus angenehm empfand. Unwillkürlich fragte sie sich, welche Wonnen die anderen Flaschen enthalten mochten. »Beim Fünfuhrtee wird sehr häufig über Sie gesprochen.«

Er lachte, als sei er ganz unversehens amüsiert. »Und was sagen die Damen über mich?«

»Dass Sie auf sehr vertrautem Fuße mit dem Teufel stehen.«

»Das ist wohl wahr.« Er hob seinen Kognakschwenker und prostete ihr zu, bevor er trank.

Sie versuchte, sich nicht vom Spiel seines Adamsapfels faszinieren zu lassen. Er trug weder eine Schalkrawatte noch eine Weste oder ein Jackett und hatte die obersten Hemdknöpfe geöffnet. Da Olivia jedoch auf keinen Fall die zwischen ihnen entstehende Kameradschaft gefährden wollte, beschloss sie, über Jacks ungepflegte Erscheinung hinwegzusehen – zumal er bei genauerer Betrachtung eigentlich gar nicht ungepflegt, sondern derart nachlässig gekleidet geradezu sündhaft attraktiv aussah.

»Sie wollten mit mir über meine Finanzen sprechen«, rief sie ihm ins Gedächtnis.

»Ah ja, Ihre Finanzen. Sie erinnern sich vielleicht, dass Ihr verstorbener Ehemann ein Treuhandkonto für Sie einrichtete, das Ihnen zweitausend Pfund per annum einbringen wird.«

»Natürlich erinnere ich mich daran.«

»Mit ein paar sorgfältigen Investitionen könnte ich dafür sorgen, dass Sie fünftausend daraus beziehen.«

»Im Jahr?«, flüsterte Olivia ungläubig.

»Im Jahr.«

»Aber warum sollten Sie das tun?«

»Weil es so einfacher sein wird, Sie wieder zu verheiraten.« Jack griff nach der Karaffe auf dem Tisch und beugte sich zu Olivia herüber, um ihr nachzuschenken.

Sie trank einen Schluck und betrachtete Jack prüfend über den Rand des Glases hinweg. Der Geschmack des Brandys sagte ihr langsam zu. »Sie scheinen ziemlich besessen zu sein von der Idee, mich wieder zu verheiraten.«

»Weil das zahlreiche meiner Probleme lösen würde.«

»Wenn Sie nicht Henrys Vormund sein wollen, warum haben Sie dann zugesagt?«

»In der kurzen Zeit, die Sie mich kennen, werden Sie doch sicher schon bemerkt haben, dass ich keine Aufgabe als zu unangenehm betrachte, wenn sie mir mehr Geld einbringt.«

»Nachdem ich Sie heute mit Henry sah, hatte ich den Eindruck, dass Sie ihn mögen.«

»Das tue ich auch. Er ist ein reizender Junge. Aber das heißt nicht, dass ich meine Freiheit nicht vorziehe.«

Sie trank ein weiteres Schlückchen Brandy und dann noch eins. Als sie spürte, dass sie ein bisschen träge wurde, zog sie die Beine unter sich. Normalerweise war es ihr heimliches Vergnügen, so gar nicht damenhaft in ihrem Schlafzimmer zu sitzen, wenn sie vor dem Kamin las. Aber aufgrund des Brandys hatte sie den Eindruck, als wäre jetzt genau der richtige Moment für heimliche Vergnügungen.

»Ihre Freiheit können Sie sehr leicht wiedergewinnen, indem Sie einfach aus unserem Leben verschwinden«, erinnerte sie ihn.

»Es fällt mir schwer zu glauben, dass gerade *Sie*, die Sie so erpicht darauf sind, Verpflichtungen zu erfüllen, mir vorschlagen, mich vor meiner Verantwortung zu drücken.« Jack schenkte ihr noch ein wenig Brandy nach.

»Versuchen Sie, mich betrunken zu machen?«

Er stieß ein tiefes, raues Lachen aus, das ihre Haut zum Prickeln brachte. »Was wissen Sie schon von den Freuden des Alkohols?«

»Ich weiß, dass mein Bruder des Öfteren aus Ihrem Club heimkam und kaum noch laufen konnte. Vermutlich hätten Sie großen Spaß daran, mich in die Knie zu zwingen und Gerüchte über mein skandalöses Benehmen zu verbreiten.«

Seine Augen verdunkelten sich, und er verzog keine Miene, als er sie prüfend ansah. Irgendwie vermittelte er ihr den Eindruck, als hätte sie etwas gesagt, was er verblüffend oder sogar faszinierend fand. Er bewegte kaum den Arm, aber es genügte, um ihren Zopf zu ergreifen, und als seine Hand ihre Schulter streifte, durchrieselte sie ein angenehmer Schauer.

Er spielte mit dem Ende ihres Zopfes und strich mit dem Daumen darüber. »In meinem Geschäft, Duchess, habe ich gelernt, sehr diskret zu sein. Ich versichere Ihnen, dass nichts, was in diesem Haus geschieht, über diese Mauern hinausgehen wird. Im Gegensatz zu Ihren Damen finde ich nämlich keinen Gefallen an Klatsch. Also trinken Sie, bis Sie sternhagelvoll sind, und fallen Sie auf die Knie, so oft Sie wollen.«

Sie hatte nicht die Absicht, sich zu betrinken oder hinzufallen, aber sie protestierte auch nicht, als er ihr erneut Brandy nachschenkte. Entspannter als seit langer, langer Zeit drehte sie das Glas in den Händen und ließ die Flüssigkeit darin herumwirbeln. »Und wie würden Sie das tun?«

Er schien von ihrer Frage überrascht zu sein. »Was denn?«

Olivia hätte gern gewusst, wo er mit seinen Gedanken gewesen war. »Mein jährliches Einkommen erhöhen.«

»Ach ja, ich hatte schon fast vergessen, was uns hierher

geführt hat. Ich würde Ihr Einkommen erhöhen, indem ich Ihr Geld investiere.«

»In etwas Sittenwidriges, nehme ich an?«

Sie sah Respekt in seinen Augen aufblitzen und konnte nicht umhin, eine gewisse Genugtuung darüber zu empfinden, dass sie erraten hatte, was er mit ihrem Geld plante.

»Sagen wir einfach anstandshalber, dass Sie in die Unterhaltungsbranche investieren werden. Ich weiß nicht, ob Sie die Einzelheiten wissen müssen oder wissen wollen.«

Sie schüttelte den Kopf. »Das würde mich zu einer Pharisäerin machen.«

»Zu einer reichen Pharisäerin.«

Lächelnd trank sie einen weiteren Schluck Brandy. Er schmeckte einfach zu verführerisch. Alkoholische Getränke waren nicht annähernd so schlimm, wie sie ursprünglich gedacht hatte, stellte sie fest. Eigentlich waren sie sogar ganz köstlich. Und sie stimmten sie heiter. Heiterer, als sie es seit langer Zeit gewesen war. »Es gibt mehr im Leben als Besitz und Reichtum«, erklärte sie.

»Diejenigen, die solche unbedachten Äußerungen von sich geben, sind gewöhnlich reich.«

»Das sind Sie doch auch.«

»Weil ich erkannt habe, dass es das Einzige ist, was zählt, und all meine Anstrengungen darauf konzentriere, Reichtum zu erlangen und zu bewahren.«

»Das ist traurig. Furchtbar traurig. Haben Sie denn niemand Besonderen in Ihrem Leben? Jemanden, der Ihnen mehr bedeutet als Besitz und Geld?«

Als er sie ansah, hatte sie einen Moment lang das Gefühl, dass er ihr von jemandem erzählen würde, den er liebte.

Aber dann fragte er nur scharf: »Wollen Sie nun, dass ich Ihr Geld für Sie investiere, oder nicht?«

Prinzipiell erschien es ihr zwar falsch, ihr Geld in Dinge zu investieren, die sie nicht billigte, aber der Gedanke an fünftausend Pfund im Jahr, eine Summe, die sie gänzlich unabhängig machen würde, war zu verlockend, um der Versuchung zu widerstehen. Sie stürzte den Rest ihres Brandys hinunter, den sie aus irgendeinem Grund schon jetzt in größeren Mengen vertragen konnte, und nickte.

»Großartig.« Jack schenkte ihr nach. »Und nun zum nächsten Thema.«

»Und das wäre?«

»Ihr Ehemann.«

»Lovingdon?«

»Nein, Ihr zukünftiger Ehemann.« Er griff nach ihren bloßen Füßen, die sie halb unter sich gezogen hatte, und legte sie auf seinen Schoß.

»Was tun Sie da?«, fragte sie, beunruhigt von der Intimität der Geste, aber auch schon zu lethargisch vom Alkohol, um die Füße zurückzuziehen.

»Ihnen noch ein bisschen mehr Luxus zuteilwerden lassen.«

»Ich glaube, Sie wollen mich bestechen.«

»Mit ein bisschen Brandy und einer Fußmassage? Oh, was für ein Teufel ich doch bin!«

Über den Rand ihres Glases hinweg lächelte sie ihn an. »Das war es, was ich in der ersten Nacht dachte. Dass der Teufel zu Besuch gekommen wäre.«

»Und jetzt?«

»Jetzt bin ich nicht ganz sicher, was ich von Ihnen halten soll.« Aber sie dachte, dass sie sich plötzlich sehr wohl mit ihm fühlte, als ob all ihre Hemmungen verflogen wären und sie ihm vielleicht sogar ihre tiefsten, dunkelsten Geheimnisse anvertrauen könnte.

Jack knetete mit seinen großen, rauen Händen ihre Fußsohlen. Es war wie ein Geschenk des Himmels. Und er war ein sehr charmanter Mann, beschloss sie, während sie ihn durch einen Brandy-Dunstschleier betrachtete.

»Da Sie mir nicht sagen wollen, wer Ihnen gefällt, verraten Sie mir doch wenigstens, welche Eigenschaften Sie bei einem Mann bevorzugen. Dann werde ich Ausschau halten und sehen, wen ich für Sie finden kann«, meinte er.

Olivia konnte sich ein Kichern nicht verkneifen. »Bei Ihnen klingt das so einfach.«

»Ist es das denn nicht?« Er fuhr mit dem Daumen so fest über die Mitte ihrer Fußsohle, dass sie die Zehen krümmte. »Welche Eigenschaften wünschen Sie sich denn nun bei Ihrem nächsten Ehemann?«

Sie schüttelte den Kopf. Über diese Dinge wollte sie nicht reden. Er brauchte nicht zu wissen, was …

»Na, kommen Sie, Olivia«, sagte er mit dieser sanften, etwas rauen Stimme, die ganz merkwürdige Empfindungen tief in ihr entfachte. »Was wünschen Sie sich von Ihrem nächsten Mann?«

Sie schloss die Augen und ließ sich genüsslich noch mehr Brandy die Kehle hinunterrinnen, dessen Hitze ihr zu Kopf stieg und sie zu Geständnissen zu drängen schien. Der Alkohol gab ihr Mut, machte sie kühner und nahm ihr die Scham über das, was sie sich wünschte. Sie leckte sich die Lippen, um auch die letzten Tröpfchen des Brandys zu erhaschen. Als sie die Augen öffnete, stellte sie fest, dass Jack näher an sie herangerückt war, nahe genug, um ihr Haarsträhnen, die sich aus dem Zopf gelöst hatten, hinters Ohr zu streichen.

»Sagen Sie es mir, Olivia.«

»Ich will nicht, dass er mich beiseiteschiebt, sobald er seinen Erben hat.« Sie hielt ihr Glas zwischen den Händen und starrte hinein, als enthielte es Bilder aus ihrer Vergangenheit. »Lovingdon hat das gemacht. Er fasste mich nie wieder an, nachdem er erfahren hatte, dass ich ein Kind erwartete.«

Olivia musste ihren ganzen Mut zusammennehmen, um Dodger anzusehen. Von einem Mann wie ihm erwartete sie kein Mitgefühl, und was das anging, enttäuschte er sie auch nicht. Sie war sich nicht ganz sicher, was ihm durch den Kopf ging, seiner verhärteten Miene nach zu urteilen, war es vermutlich gut, dass Lovingdon schon tot war.

»Ich dachte, das sei so, *weil* ich schwanger war und er befürchtete, dass ich dadurch das Kind verlieren könnte«, versuchte sie, ihm zu erklären. »Ich glaubte, dass nach Henrys Geburt alles wieder so werden würde, wie es vorher gewesen war. Aber so war es nicht.«

Jack strich ihr mit einem Finger über die Wange. »Der Mann war ein Narr.«

»Der Narr war *ich*. Ich war dumm genug, ihn einmal in seinem Schlafzimmer aufzusuchen, um ihn zu verführen.« Sie war sich damals so schrecklich dumm vorgekommen, dass sie sich geschworen hatte, es nie jemandem zu erzählen, doch heute Nacht, dank des Brandys, der durch ihre Adern strömte, war ihre damalige Scham nur noch eine weit zurückliegende Erinnerung. »Er wies mich ab. Aber er versuchte, nett zu sein, und erzählte mir, dass es in seiner Jugend ein Mädchen gegeben habe, und als sie ihn verließ, sei sein Herz mit ihr gegangen. Er habe sie verraten, sagte er, und könne das nicht weiterhin tun. Ich wusste wirklich nicht, wovon er sprach. Ich war so beschämt und gekränkt, dass ich auch gar nicht richtig zugehört habe.«

Jacks Daumen glitt über die empfindsame Haut an ihrer Kehle. »Wer war sie?«

»Ich habe keine Ahnung. So etwas passiert häufig unter Adligen. Politische Bündnisse oder finanzielle Profite haben mehr

Gewicht als Herzensangelegenheiten.« Sie schüttelte den Kopf. »Ich war sechs Jahre mit Lovingdon verheiratet und kannte ihn fast überhaupt nicht. Vermutlich müsste ich ihn mehr vermissen, müsste er eine klaffende Lücke in meinem Leben hinterlassen haben. Aber das Einzige, was ich spüre, ist eine gewisse Leere, das Gefühl, dass etwas fehlt, aber ich glaube, das war schon lange vor seinem Tod nicht mehr da.«

Der Brandy machte sie wagemutig. Sie rückte ein wenig näher an Jack heran und flüsterte: »Ich bin mir nicht mal sicher, ob ich überhaupt schon mal richtig geküsst worden bin.«

Es war unheimlich, wie still er plötzlich wurde, wie angespannt, und wie sein Blick sich verschärfte, als er erwiderte: »Ich habe Ihnen schon einmal gesagt, dass ich kein Mann bin, der sich nur mit einem Kuss zufriedengibt.«

Und er hatte sie auch gewarnt, ihn nicht herauszufordern, weil das nur bewirken würde, dass er dann erst recht tat, was sie ihm verbot. Sie war fünfundzwanzig, und der einzige Kuss, den sie je bekommen hatte, war der vor dem Altar gewesen. Lovingdon war nicht grausam gewesen, aber auch nicht liebevoll oder leidenschaftlich. Er hatte sie immer freundlich behandelt, aber nie solch aufwühlende Gefühle in ihr geweckt wie Jack Dodger. Jack machte sie wütend. Er faszinierte sie. Er jagte ihr Angst ein, und er weckte ihre Neugierde.

Als Olivia sich den Rest des Brandys von den Lippen leckte, sah sie, wie seine Augen sich verdunkelten, und seine Reaktion befeuerte ihren Mut.

»Ich verbiete Ihnen, mich *nur* zu küssen«, sagte sie.

»Ich habe Sie davor gewarnt, mir etwas zu verbieten«, knurrte er.

Bevor sie wieder Luft holen konnte, hatte er eine Hand in ihren Nacken gelegt und hielt sie fest, während er ihren Mund mit einem Kuss verschloss. Er war weder galant noch sanft, sondern fast schon wild und schonungslos, als er ihr gab, was sie verlangt hatte. Trotzdem entspannte Olivia sich in seinen Armen und leistete keinen Widerstand, als seine Zunge ihre Lippen drängte, sich zu öffnen, und in ihren warmen Mund eindrang. Auf einmal wurde ihr ganz heiß, als drohten ihre Knochen zu zerschmelzen wie Talg. Jack berührte sie mit nichts anderem als einer Hand und seinem Mund, aber ihr kam es so vor, als streichelte er sie überall, innen wie außen, ihre Haut und ihr Innerstes. Wie konnte ein Kuss so machtvoll sein und solche Sehnsüchte hervorrufen?

Seine Hand umfasste ihren Hinterkopf, als wollte er sie so für immer festhalten, während er sie leidenschaftlich küsste. Sie fragte sich, ob er den Geschmack des Brandys auf ihrer Zunge genauso wahrnehmen konnte, wie sie ihn auf seiner schmeckte, denn er war plötzlich noch viel intensiver, aromatischer und exquisiter. So köstlich, dass sie ihn für immer in sich aufnehmen und sich daran berauschen wollte.

Sie hatte es ihr Leben lang so gut verstanden, ein untadeliges Benehmen an den Tag zu legen, und mit einem Mal genoss sie das Verbotene und begriff langsam, was so reizvoll daran war. Jacks Bartstoppeln schürften ihr die Haut auf, aber das erhöhte das sinnliche Vergnügen nur noch. Unbeschreiblich lustvolle Gefühle durchströmten sie. Oh, so etwas hatte sie noch nie zuvor empfunden! Sie wollte Jack umschlingen, ihn ganz fest an sich drücken und ganz und gar Besitz von ihm ergreifen. Mit den Fingernägeln fuhr sie über seine Kopfhaut, erstaunt und entzückt von der Weichheit seines dichten Haars.

Sie hörte ein leises Stöhnen und bemerkte kaum, dass es über ihre Lippen kam. Ihr ganzer Körper schien erweckt zu werden, als wäre sie sich in all diesen Jahren nicht einmal bewusst gewesen, dass er geschlafen hatte. Sofern das überhaupt noch möglich war, vertiefte Jack den Kuss, als könnte er nicht genug von ihr bekommen. Als würde er sie begehren …

Der berüchtigte Jack Dodger begehrte *sie?* Dieser Gedanke war fast schon zu berauschend. Ihr Ehemann hatte sie am Altar geküsst, weil es die Pflicht erforderte. Bei Jack dagegen spürte sie keinerlei Pflichtgefühl in seiner Reaktion auf sie, obwohl sie ihn herausgefordert hatte. Sie spürte nur eine überwältigende, mühsam unterdrückte Leidenschaft – und ihre eigene Reaktion auf sein drängendes Begehren schockierte sie. Sie wollte nicht, dass er aufhörte, wollte, dass er nie wieder ...

Plötzlich beendete er den Kuss und stand auf, worauf sie sich ganz verlassen fühlte und die Hand nach ihm ausstreckte, bevor sie überhaupt bemerkte, was sie tat.

Schwer atmend und mit dem Rücken zu ihr sagte er: »Ich werde einen Anlageplan für dich aufstellen, um in groben Zügen darzulegen, was ich mit deinem Geld zu tun gedenke. Du kannst es mit Beckwith besprechen, um sicherzugehen, dass es deinen besten Interessen dienen wird.«

Mit ungläubig aufgerissenen Augen und sprachlos vor Bestürzung starrte Olivia ihn an. Der Kuss, der sie von Kopf bis Fuß hatte erzittern lassen, bedeutete ihm nichts. Er konnte sie küssen, als gäbe es kein Morgen mehr, und dann aufstehen und in völliger Gelassenheit über ihre Finanzen sprechen? Wie dumm sie doch gewesen war, der Versuchung nachzugeben! Tränen brannten in ihren Augen, als sie verzweifelt um Haltung rang und nach einem Vorwand suchte, um sich möglichst würdevoll aus seiner Gegenwart zurückzuziehen.

Doch da fuhr er abrupt herum, beugte sich über sie und stützte die Arme auf die Couch, sodass sie ihm nicht entkommen konnte. Seine Augen glühten nahezu von einer fast nicht mehr zu bändigenden Leidenschaft. »Ich hatte dich gewarnt, dass ich kein Mann bin, der sich mit einem bloßen Kuss zufriedengibt, also sei vorgewarnt, dass ich mir holen werde, was mir zusteht. Ich werde mein Versprechen halten und dein Bett nicht aufsuchen, aber bei Gott, du wirst in meines kommen! Die Wahl des Moments werde ich dir überlassen, aber wählen *wirst* du einen, darauf kannst du dich verlassen.«

So kraftvoll, dass er fast die Couch umwarf, stieß er sich ab und machte sich auf den Weg zur Tür. »Ich fahre in meinen Club«, rief er ihr noch über die Schulter zu, als hätte sie nach seinen Absichten gefragt.

Aber Olivia hatte gar nicht mehr die Kraft, um etwas zu sagen. Sie konnte kaum noch aufrecht sitzen bleiben. Ihr ganzer Körper fühlte sich geschwächt an, und sie zitterte heftig, während sie nach Atem rang. Sie hatte nichts als einen Kuss gewollt, und er hatte ihr sehr viel mehr als das gegeben.

Sie kniff die Augen zu und hörte im Geiste wieder seine in Samt verpackte Drohung. Oh, was für ein arroganter Flegel! Natürlich würde sie *nicht* in sein Bett steigen. *Nie im Leben!*

Doch bevor sie den Gedanken zu Ende gedacht hatte, befürchtete sie schon, dass er nichts als eine Lüge war.

Jack stürmte in seinen Club wie ein Gehetzter. Er hatte gedacht, die Duchess allein zu lassen würde genügen, um sein Begehren zu verringern, aber er hatte sich geirrt. Selbst jetzt noch durchtoste es ihn in gewaltigen heißen Wogen und ließ sich nicht ignorieren.

Zum ersten Mal in seinem Leben wollte er mehr, als er je gehabt hatte. Er wollte die lustvollen Seufzer einer Frau hören, wenn sie sich ihrer Ekstase überließ. Und er wollte derjenige sein, der ihr diese lustvollen kleinen Laute entlockte. Er wollte sie auf jede nur denkbare Art berühren, die ihr Vergnügen bereitete. Er wollte ihren Geschmack und ihre Süße kosten … angefangen bei ihrem Mund, um sich dann bis zu ihren Zehen nach unten zu arbeiten.

Doch zunächst ging er in den Raum, in dem die Mädchen arbeiteten. Als er in der Tür stand, ließ er den Blick über die Menge gleiten, bis er Prudence entdeckte, die auf dem Schoß eines Mannes saß.

Er wusste, wie eindringlich sein Blick sein konnte und dass er einen Menschen praktisch dazu zwingen konnte, ihn zu spüren und sich ihm zuzuwenden. Daher dauerte es auch nicht lange, bis Pru zu ihm hinüberblickte und er ihr mit einer Kopfbewegung zu verstehen gab, dass sie in sein Büro kommen sollte. Sie nickte ihm rasch zu, bevor sie sich wieder ihrem Kunden zuwandte, um die Wogen zu glätten, falls er über ihr unerwartetes Weggehen verärgert sein sollte.

Jack drängte sich durch sein Lokal, ohne die Anwesenden zu beachten. Irgendetwas in seinem Gesicht schien zum Ausdruck zu bringen, dass auch er von ihnen ignoriert werden wollte, da sich ihm niemand näherte oder seine Aufmerksamkeit zu erlangen suchte.

Schließlich stieß er die Tür zu den Büros auf, marschierte an Frannies vorbei, ohne einen Blick hineinzuwerfen, und betrat sein eigenes, wo er die Tür hinter sich zuzog und sie sogar noch verschloss. Er ging zur Wand, an der das Gemälde einer unter einem Baum sitzenden Frau hing, nahm das Bild herunter und zog einen Schlüssel aus der Westentasche, mit dem er den Tresor aufschloss. Schnell nahm er die nötigen Geldstücke heraus und ließ sie in einen samtenen Beutel fallen. Nachdem er den Tresor wieder verschlossen und den Schlüssel abgezogen hatte, hängte er das Bild an seinen Platz zurück und schloss die Bürotür wieder auf.

Den Beutel warf er auf eine Ecke des Schreibtischs, wo er leicht erreichbar war. Dann setzte er sich, öffnete eine Schublade, nahm ein Kondom heraus und steckte es in die Tasche. Heute Nacht brauchte er nur eine schnelle Nummer, für die sein Schreibtisch reichen würde. Pru würde wieder bei ihrem Kunden sein, bevor er sie wirklich vermisste. Er griff hinter sich nach einer Flasche Whisky, goss etwas davon in ein Glas und leerte es in einem Zug.

Noch nie hatte er ein solch quälendes Begehren gespürt. Es war schon fast barbarisch. Er schien Olivias Bild einfach nicht aus dem Kopf zu bekommen. Ihr Bild und die Naivität ihrer Feststellung: *Ich verbiete Ihnen, mich nur zu küssen.*

Und doch war ihre Reaktion ganz und gar nicht unschuldig gewesen.

Was war nur in ihn gefahren, ihre Herausforderung anzunehmen? Es wäre viel besser gewesen, sie abzuweisen und zu gehen, sie nicht zu küssen und nicht ihre süßen kleinen Seufzer und ihr leises Stöhnen zu hören, als die Lust von ihr Besitz ergriff. Es hatte seine ganze Willenskraft erfordert, nicht weiterzugehen und es bei einem Kuss zu belassen. Er hatte sich geradezu verzweifelt gegen den Wunsch gewehrt, ihr dieses scheußliche Nachthemd aufzuknöpfen und auszuziehen. Er hatte ihre Haut für seine Hände und seinen Mund entblößen wollen. Er hatte sie unter sich ziehen wollen, sich an sie pressen …

Es war Lust – nur Lust und weiter nichts. Doch während er das dachte, befürchtete er jedoch schon, dass er sich selbst belog.

Jack stand auf, nahm den Beutel und trat auf den Gang, um zu der Tür zu gehen, die nach draußen führte. Er würde mit Pru in sein Zimmer gehen, in sein Bett, damit es eine längere, befriedigendere Angelegenheit wurde. Er würde sich so tief in ihr verlieren …

Die Schritte, die er hörte, waren nicht die, die sein Herz neuerdings schneller schlagen ließen. Er sah Pru entgegen, als sie sich in ihrer aufreizenden Bekleidung näherte. Aber sie verlockte ihn nicht, wie Olivia es sogar in ihrer schauderhaften schwarzen Kleidung tat.

Pru hakte sich bei ihm unter und drückte ihre Brüste – die viel größer waren als Olivias – verführerisch gegen seinen Arm. »Hallo, mein Lieber. Es ist lange her. Gehen wir auf dein Zimmer?«

Er hatte nie etwas bei ihr empfunden. Bei keiner Frau, die er bezahlte, hatte er außer Sinneslust je etwas anderes gespürt. Er hatte immer gedacht, er sei unfähig, mehr zu fühlen, dass irgendetwas in ihm zerbrochen war und seine Emotionen für immer unter sich begraben hatte. Aber auf einmal genügte ihm das nicht mehr, was Pru ihm geben konnte.

»Jack?«

Er berührte bedauernd ihre Wange. »Tut mir leid, Pru. Aber offensichtlich bin ich doch nicht in der Stimmung.«

Dann reichte er ihr den Beutel. »Das ist für die Mühe.«

»Ich kann dein Geld nicht nehmen, ohne was dafür zu tun.«

»Du bist zu mir gekommen. Das war genug.«

»Ist alles in Ordnung, Jack? Du scheinst nicht du selbst zu sein.«

»Alles bestens. Geh und kümmere dich um deine Kunden, Pru.«

Sie zuckte freudlos mit den Schultern. »Na gut.«

Aber sie war keineswegs untröstlich, dass er sie abgewiesen hatte. Wie Jacks Beziehung zu Prudence war auch ihre zu ihm rein geschäftlicher Natur. Mehr nicht.

In seinem ganzen Leben hatte es nie mehr als das gegeben.

Kapitel zwölf

Olivia drehte sich in ihrem Bett um und schirmte die Augen vor dem Sonnenlicht ab, das durch einen Spalt zwischen den Vorhängen fiel. Sie erinnerte sich noch gut daran, wie elend ihr Bruder sich gefühlt hatte, wenn er nach einer Nacht im *Dodger's* endlich aus dem Bett herausfand. War das der Fluch des Brandys? Ihr quälendes Kopfweh zu bescheren, einen rauen Hals und Gedanken, die ihr wie Nebelschwaden durch den Kopf waberten?

Sehr mühsam drehte sie den Kopf zur Seite und schaute auf die Uhr auf ihrem Nachttisch. Die kleinen Putten, die sie schmückten, begrüßten sie wie jeden Morgen und entlockten ihr ein Lächeln. Sie hatte verschlafen; es war schon fast neun Uhr. Komisch, dass Jack nicht an ihre Tür geklopft hatte, um nicht allein frühstücken zu müssen. Aber vielleicht war er ja noch gar nicht von seinen nächtlichen Streifzügen zurück?

Jack. Die Erinnerung an seinen Mund, an seine Küsse überfiel sie wieder. Wie sollte sie ihm gegenübertreten? Aber sie würde es tun. Die gestrige Nacht war eine Entgleisung gewesen, der Brandy hatte ihre Moralvorstellungen gelockert. In Zukunft würde sie den Alkohol meiden, und sie hatte deutlich genug klargestellt, dass sie sich auch von Jacks Bett fernhalten würde. Sie schuldete ihm nichts. Er hatte die Herausforderung angenommen, nichts weiter als einen Kuss zu bekommen, und damit würde er halt leben müssen. Sie war sich sicher, dass er keine Schwierigkeiten haben würde, woanders Trost zu finden. Aber warum versetzte ihr dieser Gedanke einen Stich ins Herz?

Würde er zu Frannie gehen? Und würde Frannie ihn mit offenen Armen empfangen und ihm geben, wozu Olivia den

Mut nicht aufbrachte? Würde Frannie das Vergnügen haben, den neuen Tag in seinen Armen zu begrüßen?

Mit einem müden Seufzer ob ihrer Dummheit, weil sie sich derart quälte, glitt Olivia aus dem Bett. Der Boden fühlte sich angenehm kühl an unter ihren Füßen. Vielleicht würde sie heute nicht mal Schuhe anziehen. Die Vorstellung einer Duchess ohne Schuhe brachte sie zum Kichern. Oder zumindest glaubte sie zu kichern, denn eigentlich hatte sie keinen einzigen Laut gehört. Was war nur los mit ihr?

Schwankend ging sie auf die Tür des Ankleidezimmers zu. Irgendjemand hatte das verflixte Ding verrückt, denn es schien auf einmal furchtbar weit entfernt zu sein. Auf halbem Weg dorthin bemerkte sie, dass sie vergessen hatte, nach ihrer Zofe zu läuten. Wie sollte sie sich ohne Maggie für den Tag zurechtmachen? Vielleicht wäre es das Beste, sich einfach wieder hinzulegen, noch ein bisschen zu schlafen und den Tag noch einmal von vorn zu beginnen.

Doch stattdessen öffnete sie die Tür zum Ankleidezimmer – aus dem ihr eine dunstig feuchte Wärme entgegenschlug, die sie als angenehm empfand, obwohl ihr eigentlich auch so schon heiß genug war …

… und ihr vor jäher Einsicht, Verlegenheit und Scham noch heißer wurde.

Denn vor dem Spiegel stand ein Mann mit eingeseiftem Gesicht und einem Rasiermesser in der Hand. Eine Flut von Bildern schoss ihr durch den Kopf: schlanker Rücken, breite Schultern. Ein blasser, runder und sehr fester Po. Lange Beine. Kräftige Schenkel. Fasziniert beobachtete sie das Spiel der Muskeln bei seinen Bewegungen, bevor er wieder innehielt. Einen solch exquisiten Körper hatte sie noch nie gesehen.

Denn er war nackt – splitterfasernackt. Auf seinem Rücken entdeckte sie ein paar Tropfen, als hätte er sich zwar abgetrocknet, aber diese Stelle nicht erreichen können. Und sie wurde plötzlich von dem verrückten Impuls erfasst, ein Handtuch zu nehmen und damit über seine Haut zu fahren, um die letzten Überbleibsel seines Bads zu entfernen.

»Du hast *gestern* erst gebadet«, meinte sie mit rauer Stimme, die sich für sie selbst so anhörte, als ob sie aus großer Entfernung käme.

Jack, der ihren Blick völlig unbefangen im Spiegel erwiderte, sagte: »Ich bade jeden Morgen.«

Offenbar hatte der Mann überhaupt kein Schamgefühl. Und wieso überraschte sie das nicht? Mit einer stummen Herausforderung in den dunklen Augen und einem breiten Grinsen drehte er sich zu ihr um. Sie war vertraut mit der Anatomie eines Mannes, auch wenn ihr Ehemann ihr immer nur mit Anstand beigewohnt hatte. Lovingdon hatte stets ein Nachthemd angehabt, wenn er zu ihr kam, sodass sie ihn gefühlt, aber nie gesehen hatte. Und selbst wenn sie ihn gesehen hätte, glaubte sie nicht, dass ihr Ehemann auch nur annähernd so … maskulin gewesen war. Das war das einzige Wort, das ihr einfiel, um zu beschreiben, was Jack Dodger so stolz zur Schau stellte. Jede Facette seines Seins war wie eine Einladung, der Lasterhaftigkeit zu frönen.

»Oh Gott!«, entschlüpfte es ihr mit einem unsicheren Atemzug.

Plötzlich drehte sich der Raum, schwarze Ränder zogen sich um ihre Pupillen zusammen und trübten ihr immer mehr die Sicht, bis sie überhaupt nichts mehr erkennen konnte.

»Verflucht noch mal!«

Jacks Rasiermesser fiel klirrend in die Schale, als er zu Olivia stürzte und es irgendwie noch schaffte, sie aufzufangen, bevor sie auf dem Boden aufschlug. Wie war es möglich, dass eine Frau, die schon einmal verheiratet gewesen war, so überempfindlich auf den Anblick eines nackten Mannes reagierte?

Als er sie jedoch hochhob und ihr Kopf kraftlos an seine nackte Schulter sank, erkannte er, dass sie aus ganz anderem Grund in Ohnmacht gefallen war. »Du liebe Güte, du brennst ja regelrecht!«

Mit nichts anderem als ihrem leichten Baumwollnachthemd am Leib war sie sogar noch leichter als beim ersten Mal, als er sie getragen hatte.

Er legte sie auf ihr Bett, doch als er nach dem Klingelzug griff, zögerte er. Wie sollte er seine Nacktheit erklären, falls ihre Zofe dem Ruf schneller als erwartet folgte?

Er schnappte sich ein Handtuch, als er durch den Ankleideraum ging, und wischte sich auf dem Weg zu seinem Zimmer die Rasierseife aus dem Gesicht. Während er eine Hose und ein Hemd anzog, fragte er sich, ob Olivia vielleicht schon länger gegen eine Erkrankung angekämpft haben mochte. Er wollte gar nicht daran denken, dass er möglicherweise einer kranken Frau das Leben schwer gemacht – oder die Krankheit sogar selbst verursacht hatte. Gestern Nacht war sie ihm nur fiebrig und von Leidenschaft erhitzt erschienen; er hätte es doch sicherlich bemerkt, wenn sie da schon krank gewesen wäre?

In Hemd und Hose, beides ordentlich zugeknöpft, beschloss er, dass der Rest noch warten konnte. Eine unvollständige Bekleidung würde sich viel leichter erklären lassen, als im Adamskostüm in Olivias Schlafzimmer zu stehen.

Mit großen Schritten kehrte er in ihr Zimmer zurück und zerrte am Klingelzug. Sie war noch immer bewusstlos, aber nicht tot. Jack tätschelte ihr die Wange. »Livy? Komm zu dir, Liebes.«

»Tut mir leid«, murmelte sie. »So leid.«

»Das sollte es auch, einfach so hereinzuplatzen.« Einen wundervollen Moment hatte er gedacht, sie habe den Entschluss gefasst, zu ihm ins Bett zu kommen. Sein Körper – verdammt sei seine Schwäche – hatte jedenfalls sofort auf ihr Erscheinen reagiert.

Seine sanften Berührungen brachten Olivia nicht zur Besinnung. War da ein Rasseln in ihrer Brust? Als er ein Ohr an ihren Oberkörper legte, hörte er ein kratzendes Geräusch, das jedoch nicht gefährlich klang. Viel beunruhigender war, dass er sich durch den dünnen Stoff plötzlich nur allzu gut der Weichheit ihrer Brüste an seiner Wange bewusst wurde und die Intimität der Berührung seinen Mund ganz trocken werden ließ. Ihre Brüste waren kleiner als Prus, aber sie stachelten sein Begehren auf eine Weise an, die seine Selbstbeherrschung fast zunichtemachte.

Die Tür ging auf, und Jack fuhr schuldbewusst zurück und setzte eine möglichst gleichmütige Miene auf.

Die Zofe sog scharf den Atem ein, als sie ihn sah. »Was tun Sie hier, Mr. Dodger?«

»Die Duchess ist ohnmächtig geworden. Ich habe versucht, ihr zu helfen, aber wir müssen meinen Arzt rufen.«

»Sie hat ihren eigenen.« Das Mädchen eilte zu Olivias Bett und klopfte mit den Fingern an ihre Wange.

»Das habe ich schon versucht«, sagte Jack.

»Sie glüht ja richtig!« Als die Zofe erschrocken zu ihm aufblickte, merkte er, dass sie offenbar bis jetzt geglaubt hatte, *er* habe etwas getan, was ihre Herrin in diesen Zustand versetzt hatte. Vielleicht gab sie ihm ja auch die Schuld an Olivias Fieber. Aber er war schon für so viele Dinge verantwortlich gemacht worden, da machte das auch nichts mehr aus.

»Bleiben Sie bei ihr«, ordnete er an und ging zur Tür. »Ich rufe einen Arzt.«

Sie mochte ihren eigenen haben, aber den würde er nicht holen lassen. Jack wollte einen Arzt, dem er vertrauen konnte. Mit der jähen Panik, die ihn bei dem Gedanken erfasste, dass sie vielleicht sogar sterben konnte, wollte er sich gar nicht erst befassen.

* * *

Als Olivia erwachte, sah sie einen Engel über ihrem Bett, dessen blondes Haar eine Art Glorienschein um sein Gesicht bildete. Im hintersten Winkel ihres Bewusstseins war ihr klar, dass sie über einen Fremden in ihrem Schlafzimmer erschrocken sein müsste, aber sein Lächeln war so freundlich und beruhigend, dass sie gar nicht anders konnte, als es zu erwidern.

»Hallo«, sagte er mit sanfter Stimme.

»Wer ...«

»Ich bin Dr. Graves. Mr. Dodger hat mich gerufen. Wie fühlen Sie sich?«

Sie erinnerte sich nun plötzlich wieder an das, was sie gesehen hatte. »Er war nackt.«

»War er das?«

Sie hörte ein Geräusch im Hintergrund, das wie ein Räuspern klang.

»Ich nehme an, dass Sie das nur geträumt haben«, meinte der Arzt.

Es kostete Olivia große Mühe, aber sie schüttelte den Kopf. »Nein. Nicht einmal in meinen Träumen würde er *so* ... bemerkenswert aussehen.«

Der Arzt machte ein Gesicht, als hätte er große Mühe, sich ein Lachen zu verkneifen.

»Das mag ja sein, aber ich denke, wir haben andere Sorgen. Haben Sie Schmerzen?«

»Überall. Und ich bin furchtbar müde.«

»Das nehme ich an. Wie lange fühlen Sie sich schon unwohl?«

»Seit einer Ewigkeit. Aber mir war noch nie so heiß.«

»Also haben Sie vielleicht erst seit heute Fieber.«

Sie nickte – oder glaubte es zumindest.

»Warum versuchen Sie nicht, noch ein wenig zu schlafen?«, schlug er vor.

Seufzend schloss Olivia die Augen. »Aber Henry …«

»Ist gut versorgt.«

Der Mann war wundervoll. Er kannte die Antworten auf ihre Fragen, bevor sie sie ihm stellte. Und seine Hände waren unglaublich sanft, als er sie abtastete. Herrlich sanft.

Lovingdon war nie wirklich zärtlich gewesen, sondern hatte das Ganze eher wie ein notwendiges Übel betrachtet. Er hatte ihr weder vorher noch hinterher im Dunkeln liebevolle Worte zugeflüstert. Manchmal hatte sie den Eindruck gehabt, als würde er sich am liebsten dafür entschuldigen, sie zu »belästigen«. Er war immer im Dunkeln in ihr Zimmer gekommen und zu ihr ins Bett gestiegen, hatte sie genommen und war dann ebenso wortlos wieder aus dem Bett und Raum geschlüpft. Und sie war jedes Mal mit einem schmerzlichen Gefühl der Einsamkeit zurückgeblieben. Sie war immer so allein gewesen …

»Also?«, fragte Jack, als Graves seine Untersuchung beendet hatte.

»Ich vermute, dass es eine Art Influenza ist.«

Jack spürte, wie sich sein Magen zusammenzog, während die Zofe scharf den Atem einzog. Der Schicklichkeit wegen saß sie in der Nähe in einem Sessel, um jederzeit bestätigen zu können, dass nichts Ungehöriges geschah. Ursprünglich hatte sie Einwände gegen Jacks Anwesenheit erhoben, aber es hatte nur einer kleinen Erinnerung bedurft, dass er es jetzt war, der ihren Lohn zahlte, um sie verstummen zu lassen. Oh ja, das Hinblättern von Geld ging mit Macht einher und einer Tendenz anderer, über sehr vieles hinwegzusehen.

»Wird sie sterben?«, wollte Jack wissen.

Graves sah ihn an. »Sie ist noch jung. Ihre Widerstandskraft kann ich nicht beurteilen, weil sie so dünn ist. Adlige Frauen neigen dazu, wenig zu essen. Sie können sich die Lebensmittel kaufen, tun es aber nicht, weil sie einen gesunden Appetit als vulgär empfinden.«

»Also müssen wir sie füttern?«

»Ich bezweifle, dass sie Hunger haben wird, wenn sie aufwacht, aber sie muss auf jeden Fall etwas essen. Ich werde ihr Laudanum geben, damit sie eine Weile ruhig schläft. Mithilfe von Umschlägen könnt ihr das Fieber senken. Ein kaltes Bad wäre ebenfalls hilfreich, aber sie sollte darin auch nicht frieren.«

»Wie soll sie in einem kalten Bad *nicht* frieren?«

»Das ist das Problem. Das Beste wird vermutlich sein, die Krankheit ihren Lauf nehmen zu lassen.«

Jack spürte, wie Wut und Enttäuschung in ihm aufstiegen. »Ich habe dich kommen lassen, weil du angeblich ein so verdammt guter Arzt bist – und du hast nicht mehr zu bieten als: ›Wir müssen abwarten‹?«

»So sehr ich es mir auch wünschte, gibt es leider noch kein Heilmittel gegen das, womit wir es hier zu tun haben. Tut mir leid.«

»Wir haben Sommer, Herrgott noch mal! Ich dachte, die Leute würden eher im Winter krank.«

»Natürlich erkranken mehr Menschen im Winter, aber Krankheiten treten das ganze Jahr über auf. Unter bestimmten Voraussetzungen erkranken Menschen nun mal. Sie ist in Trauer. Wahrscheinlich isst und schläft sie nicht genug. Die Trauer fordert ihren Tribut.«

Aber nur, wenn Liebe mit im Spiel war. Hieß das, dass sie ihren Mann geliebt hatte, diesen Ehemann, der ihr nur jämmerliche zweitausend Pfund im Jahr hinterlassen hatte? Ihren Mann, der sie nie richtig geküsst hatte? Was brachte Menschen überhaupt dazu, zu lieben? Wie kam dieses Gefühl zustande? Jack hatte seine Mutter geliebt, aber er konnte nicht behaupten, dass er seither jemanden geliebt hatte. Frannie brachte er liebevolle Zuneigung entgegen, aber Liebe war das nicht.

»Ich werde sie pflegen«, erbot sich ihre Zofe.

»Sie können keine vierundzwanzig Stunden am Tag hier sein«, knurrte Jack. »Wir werden eine Krankenschwester einstellen.«

»Die gute Nachricht ist, dass es ein relativ schneller Krankheitsverlauf sein dürfte. Das Fieber müsste in zwei, drei Tagen sinken«, sagte Graves.

Falls es überhaupt sinkt, versäumte er hinzuzufügen.

»Ich komme morgen wieder, um nach ihr zu sehen.« Graves hob seine ominöse schwarze Tasche auf.

»Lieber heute Abend«, bat ihn Jack.

»Ich habe viele Patienten ...«

»Ich werde dir ein verdammtes Krankenhaus bauen, Mann!«

»Weil du eine Wette verloren hast. Dafür schulde ich dir nichts.«

Das Dumme war, dass Graves nicht nur abends wiederkommen, sondern während Olivias Krankheit komplett hierbleiben würde, wenn Luke ihn darum bäte. Das wusste Jack genau. Feagans Kinder waren Luke gegenüber viel loyaler, weil alle immer neidisch auf Jacks Beziehung zu Feagan gewesen waren. Er war der Sohn, den der alte Fuchs nie gehabt hatte, der Einzige, dem er sich anvertraute – und aus diesem Grund befürchteten natürlich alle, dass Jack über ihre intimsten, dunkelsten Geheimnisse im Bilde war.

Fatalerweise war er das tatsächlich. Aber er prahlte weder mit seinem Wissen noch drohte er ihnen je mit der Enthüllung dessen, was sie geheim halten wollten. Und so sehr er auch versucht war, es zu tun, würde er sich sein Wissen auch jetzt nicht zunutze machen. Dem kleinen Henry zuliebe, der schon seinen Vater verloren hatte, schluckte er jedoch seinen Stolz herunter. »Bitte, Graves.«

»Ich werde es versuchen. Mehr kann ich nicht versprechen. Für sie kann ich wirklich nicht viel tun, aber sehr viel mehr für andere.«

Jack nickte, während er Olivias reglose Gestalt betrachtete und sich wünschte, sie würde wie immer durch das Haus marschieren und ihn für alles Mögliche kritisieren. »Hast du nicht manchmal das Gefühl, Gott zu spielen, wenn du dir Patienten herauspickst und entscheidest, wer deine Aufmerksamkeit verdient oder nicht?«

»Diese Frage werde ich nicht mal einer Antwort würdigen.«

»Entschuldige. Ich weiß, dass ich gerade ein bisschen schwierig bin.«

»Das sind die meisten Leute, wenn jemand krank ist, der ihnen am Herzen liegt.«

Jack sah Graves irritiert an und wollte schon Protest erheben, aber Graves musterte ihn durchdringend. Es war fast so, als besäße er die unheimliche Fähigkeit, ins tiefste Innere eines Menschen hineinzublicken – ohne irgendwelche medizinische Instrumente.

»Ich kenne sie kaum«, brummte Jack.

»Was nicht heißt, dass sie dir gleichgültig ist.« Graves hob eine

Hand. »Ich weiß, ich weiß. Dich kümmert nur Jack Dodger. Ich werde eine Möglichkeit finden, heute Abend noch vorbeizukommen.« Auf dem Weg zur Tür blieb er neben Jack stehen und flüsterte ihm zu: »Du solltest vielleicht deine Hose zumachen.«

Mit einem erstickten Aufstöhnen ging Jack schnell in sein Schlafzimmer. Er musste sich ohnehin noch fertig ankleiden. Außerdem war er nicht sicher, ob die Zofe ihm die Geschichte abgenommen hatte, dass er gerade dabei gewesen war, als er ein dumpfes Poltern aus dem Zimmer der Duchess hörte. Allerdings war es im Grunde nicht von Bedeutung, was die Leute dachten. Das einzig Wichtige war, dass Olivia sich erholte.

Als Jack später an seinem Schreibtisch in der Bibliothek saß, blickte er sehr zufrieden auf sein Tagwerk. Um nicht unentwegt an Olivia denken zu müssen, hatte er sehr viele Aufgaben in Angriff genommen. Zunächst einmal hatte er eine Krankenschwester eingestellt, eine Frau namens Colleen, die nachts bei Olivia wachen würde. Ihre Zofe hatte darauf bestanden, die Pflege tagsüber zu übernehmen. Da er ohnehin Einstellungsgespräche mit Krankenschwestern führte, hatte er auch gleich mit potenziellen Kindermädchen für Henry gesprochen. Die junge Dame, die er eingestellt hatte, hieß Ida. Sie war so klein, dass ihr Kopf ihm höchstens bis zur Brust reichte – und das auch nur mit Schuhen. Ihr schwarzes Haar war zu einem praktischen Dutt gebunden, aber ihre blauen Augen funkelten fröhlich, selbst als sie Jacks strenge Fragen bezüglich ihrer Einstellung zu Bestrafungen beantwortete. Wie sich herausstellte, hielt sie gar nichts davon, Kinder zu schlagen.

»Und wie wollen Sie den Jungen dazu bringen, sich zu benehmen?«

»Mit Freundlichkeit.«

Das war mit Sicherheit keine konventionelle Methode, aber Jack hatte noch nie viel davon gehalten, herkömmliche Wege zu beschreiten. Mit gerade mal zwanzig Jahren beschränkte sich Idas Erfahrung auf die Beaufsichtigung ihrer jüngeren Brüder, aber Jack sah die Sanftheit in ihren Augen, und es gefiel ihm, wie sie mit Henry umging und wie der Junge auf Ida reagierte. Henry schien sich bei ihr wohlzufühlen, und inzwischen schien er auch zu wissen, dass er jederzeit zu Jack gehen und mit ihm reden konnte, falls ihn irgendetwas störte.

Da das Kindermädchenproblem damit gelöst war, konnte Jack sich jetzt auf finanzielle Angelegenheiten konzentrieren. Aber irgendwie wollte plötzlich nichts mehr einen Sinn ergeben, was vermutlich weniger mit den Zahlen in den Büchern zu tun hatte, sondern weitaus mehr mit seiner Sorge um Olivia.

Gegen Mitternacht, als er zum Club hätte fahren sollen, um dort nach dem Rechten zu sehen, ging er stattdessen zu Olivia. Stets in dem Bewusstsein, welch großen Wert sie auf Schicklichkeit legte, ließ er die Tür zu ihrem Zimmer offen. Drinnen war es dunkel bis auf eine Lampe mit sehr kleiner Flamme, die auf dem Nachtschrank stand. Die Krankenschwester erhob sich bei seinem Eintreten.

»Wie geht es ihr?«, fragte er leise.

»Ihre Gnaden hat noch immer Fieber. Und sie murmelt sehr viel vor sich hin. Aber ich glaube nicht, dass sie sich schlechter fühlt. Ich werde mich dort drüben in die Ecke setzen, falls Sie ein Weilchen ungestört mit ihr sein wollen.«

Er hätte fast gefragt, wieso sie glaubte, dass er das tun wollte. Er hatte erfahren, was er wissen musste, und konnte jetzt wieder gehen. Aber dann merkte er, dass er nickte, bevor er mit sich zurate gehen konnte. »Danke.«

Er trug die samtbezogene Bank, die vor ihrem Frisiertisch

stand, zum Bett hinüber und setzte sich darauf. Seine Sorge um Olivia war so groß gewesen, dass er dem Zimmer – ihrem Schlafzimmer, dem fernzubleiben sie ihn gebeten hatte –, bisher kaum einen Blick gewidmet hatte. Als er sich jetzt umsah, konnte er nichts Ungewöhnliches entdecken, nichts, was sie in Verlegenheit bringen könnte oder was sie vielleicht geheim halten wollte. Vielleicht war dieses Zimmer ja auch einfach nur ihr ganz privater Zufluchtsort und sie wollte nicht, dass jemand wie Jack Dodger ihn betrat. Aber dann hätte sie nicht krank werden sollen.

Er war versucht, ihre Hand zu nehmen, aber irgendwie erschien ihm das sogar noch intimer als der Kuss. Er wusste ja nicht einmal, warum er hier war. Im Übrigen konnte er so gut wie gar nichts für sie tun – obwohl er das Bedürfnis dazu hatte. Er hasste das Gefühl, keine Kontrolle über die Situation zu haben, und es half auch nicht, dass er das Ticken dieser infernalischen Uhren hören konnte …

Er blickte zum Nachttisch hinüber, auf dem eine Uhr mit geflügelten Engelchen stand. Diese eine Uhr genügte jedoch nicht, um einen derartigen Radau zu machen. Als er sich umdrehte, entdeckte er auf einem kleinen, mit einem Spitzentuch bedeckten Tisch die Uhren, die er aus der Bibliothek entfernt hatte. Warum bedeuteten sie Olivia so viel?

Kopfschüttelnd drehte er sich wieder zu ihr um und betrachtete sie. Da sie ruhig zu schlafen schien, musterte er unauffällig die Krankenschwester. Sie saß mit dem Profil zu ihm am Kamin und schien völlig auf ihr Strickzeug konzentriert zu sein. Er nahm an, dass sie es bemerken würde, wenn er etwas Ungehöriges tat, aber sie war weit genug entfernt, um keine geflüsterten Worte hören zu können. Auch wenn er keineswegs die Absicht hatte, der Duchess irgendetwas zuzuflüstern.

Im Gegenteil. Es gab so einige Dinge, derentwegen er sie am

liebsten *angeschrien* hätte. Sie bereitete ihm große Unannehmlichkeiten, was verdammt ärgerlich und lästig war. Sie musste wieder gesund werden, und zwar schnell. Er war eigentlich viel zu beschäftigt, um bei ihr hereinzuschauen, und ihr Sohn war sehr beunruhigt, sodass er auch für Henry ein wenig Zeit abzweigen musste – Zeit, die er nicht hatte –, um den Kleinen zu beruhigen. Letztendlich musste er sich hier *und* in seinem Geschäft um alles kümmern. Dieser Unsinn brachte seinen Zeitplan gerade mächtig durcheinander.

Trotzdem stützte er die Ellbogen auf die Knie und beugte sich ein wenig vor. »Du brauchst dich nicht um deinen Sohn zu sorgen«, sagte er mit leiser Stimme. »Er hat jetzt ein vernünftiges Kindermädchen. Die Countess of Claybourne hat mir bei der Suche geholfen.«

Auch Catherine um Hilfe bitten zu müssen war ärgerlich gewesen. Jack war es gewohnt, die Dinge selbst in die Hand zu nehmen, aber er war nicht so vertraut mit dieser Welt, wie er es mit seiner war. Und er hatte Olivia nicht durch eine schlechte Wahl enttäuschen wollen. Auch das war ärgerlich: wie *bemüht* er war, ihr alles recht zu machen.

»Sie wird dir gefallen, die neue Nanny. Sie heißt Ida, und Henry mag sie schon recht gern.«

Olivias Lider zuckten, und sie schlug die Augen auf. Nun ja, er konnte immerhin behaupten, er habe nicht vorgehabt, sie aufzuwecken. Schließlich war er ein geschickter Lügner. Aber er *hatte* gewollt, dass sie erwachte. Um sich selbst davon zu überzeugen, dass noch Leben in ihren schönen goldenen Augen war – und ihr wieder in diese Augen schauen zu können.

»Wie fühlst du dich?«, fragte er.

Sie schloss kurz die Augen, als würde es sie ihre ganze Kraft kosten, die Frage zu beantworten. »Müde.«

Er wollte ihre Stirn berühren, um zu fühlen, ob das Fieber gesunken war, aber ihre stark geröteten Wangen und der Schweiß auf ihrer Haut verrieten ihm auch so, dass sie noch immer hohes Fieber hatte.

»Henry?«, krächzte sie.

»Ihm geht es gut. Er schläft jetzt.«

»Wie spät?«

»Kurz nach Mitternacht. Aber ich kann dir auch die genaue Zeit sagen. Schließlich hast du all diese verdammten Uhren hier drinnen.«

Sie zog einen Mundwinkel zu einem schwachen Lächeln hoch. »Hab sie ... ihm geschenkt.«

»Du hast Lovingdon all diese Uhren geschenkt?«

Sie nickte kaum merklich. Kein Wunder, dass sie verärgert gewesen war, weil Jack so wenig von ihrer kostbaren Sammlung gehalten hatte.

»Er sagte immer, die Zeit sei sein Feind.« Ihr traten Tränen in die Augen. »Ich wollte ihm zeigen, dass es nicht so war. Aber er behauptete, es gäbe Dinge, die er noch zu tun habe. Dinge, die er ins Reine bringen müsse.«

»Was für Dinge?«

Sie schüttelte langsam den Kopf, schloss die Augen und öffnete sie wieder. »Wollte er nicht sagen. Seine Geheimnisse.«

Jack fragte sich unwillkürlich, ob irgendwelche dieser Geheimnisse vielleicht sogar ihn betrafen. Wieder blickte er sich in dem Zimmer um. Nichts kam ihm bekannt vor, aber es könnte sich genauso sehr verändert haben, wie ganz London sich verändert hatte. Der Mann, der ihn aufgenommen hatte, hatte ihm ein Zimmer neben seinem gegeben, aber Jack glaubte nicht, dass es dieses war.

»Tut mir so leid«, sagte sie heiser.

Er sah sie wieder an, und für einen winzigen Moment befürchtete er, dass sie seine Gedanken lesen konnte und wusste, welche dunklen Wege diese eingeschlagen hatten. Deshalb war sein Ton ein wenig schärfer als beabsichtigt, als er schließlich wieder sprach. »Wofür entschuldigst du dich andauernd? Was hast du getan, das dieses ewige Entschuldigen erfordert?«

»Lovingdon. Ich hab ihn … umgebracht.«

Kapitel dreizehn

Jack starrte Olivia an. Sie hatte die Augen geschlossen, sowie die Worte ausgesprochen waren, als hätte ihr das Geständnis die letzte Kraft geraubt. Dachte sie etwa, sie läge im Sterben und müsste auf dem Totenbett noch eine letzte Beichte ablegen? Oder warum hatte sie das gesagt? Wäre sie plötzlich aufgestanden, hätte ihre Kleider abgelegt und wäre splitternackt durch die Londoner Straßen gelaufen, hätte Jack nicht überraschter sein können.

Ein Geräusch erschreckte ihn, und zu seinem Ärger zuckte er sogar zusammen. Die Krankenschwester stand am Fußende des Betts. Mussten sie hier alle so herumschleichen? Er würde darauf bestehen, dass jedermann in diesem Haus Glöckchen an seine Kleidung nähte, damit er ihr Herannahen bemerkte!

»War sie wach?«, fragte Colleen.

»Für eine Minute.«

»Haben Sie ihr etwas zu trinken gegeben?«

»Nein.«

Die Schwester sah ihn so finster an, als hätte er ihr damit verraten, dass er Olivia lieber ausziehen wollte, als sich um ihr Wohlergehen zu kümmern. Colleen ging auf die andere Bettseite und legte eine Hand auf Olivias Stirn, während diese unzusammenhängende Worte vor sich hin murmelte.

»Großer Gott, sie brennt ja förmlich!«

Was bedeutete, dass ihr Geständnis wahrscheinlich nur das Ergebnis ihres Fiebers war. Es konnte durch einen Traum ausgelöst worden sein, einen Albtraum oder den geheimen Wunsch, ihr viel älterer Mann möge sterben, damit sie einen jüngeren heiraten konnte.

Lächerlich, dachte Jack. Letzteres war unwahrscheinlich, denn jetzt, wo sie einen jüngeren Mann heiraten konnte, wenn sie wollte, wehrte sie Jacks Versuche, sie mit einem zusammenzubringen, ab. Natürlich bedeutete die Tatsache, dass sie nicht an einer Heirat interessiert zu sein schien, keineswegs, dass sie nicht von ihrem Ehemann befreit sein wollte. Aber ihn umbringen? Sie schien ihm nicht der blutrünstige Typ zu sein.

Colleen griff nach dem Klingelzug.

»Was tun Sie?«, fragte Jack.

»Ich werde sie in kaltes Wasser setzen lassen, damit das Fieber sinkt.«

Er nickte. »Bereiten Sie alles vor. Ich hebe sie in die Wanne.«

»Das wäre unschicklich.«

»Ich pfeife auf Schicklichkeit! Sie ist nicht in der Verfassung, auf eigenen Beinen zu stehen, und Sie sind nicht stark genug, um sie zu tragen. Und ich werde ganz bestimmt nicht zulassen, dass einer der männlichen Bediensteten es tut. Ich zahle Ihr Gehalt, also werden Sie tun, was ich Ihnen sage. Bereiten Sie das Bad vor.«

»Ja, Sir.«

Ein paar Minuten später herrschte hektische Betriebsamkeit, als Dienstmädchen herumeilten und unter Brittles' wachsamen Augen die Wanne mit Eis und Wasser füllten. Jack fragte sich, ob der Butler in seinen Kleidern schlief, da er stets bereit zu sein schien, sich um jedes auftretende Problem zu kümmern. Vielleicht war es aber auch nur so, dass sie alle sehr besorgt um die Duchess waren und sich in ihren Unterkünften innerhalb des Hauses bereithielten.

Jack legte sein Jackett ab und wollte es gerade auf einen Stuhl werfen, als er einen blonden Lockenkopf in der offenen Tür bemerkte. Während er im Gehen seine Ärmel aufkrempelte, trat er auf den Flur hinaus. Der kleine Henry kauerte neben der Tür, mit dem Rücken an der Wand und seinem Hündchen in den Armen und hatte die Augen vor Furcht weit aufgerissen.

Offensichtlich hatte er den Tumult gehört und rechnete mit dem Schlimmsten. Jack nahm an, dass es in der Nacht, in der der Duke gestorben war, ähnlich unruhig gewesen sein musste.

Jack hockte sich vor den Jungen. »Sie wird wieder gesund, mein Junge.«

»D-Darf ich sie sehen?«

»Lieber nicht, oder zumindest nicht im Augenblick. Sie würde es mir nie verzeihen, wenn du auch noch krank wirst.« Jack blieb kaum eine Sekunde, um darüber nachzudenken, wieso er so besorgt war, dass er etwas tun könnte, was sie ihm nie verzeihen würde.

»U-Und w-wenn sie stirbt?«

»Das wird sie nicht, mein Junge. Das verspreche ich dir, und Jack Dodger ist ein Mann, der seine Versprechen hält. Das kannst du jeden fragen.«

»Wen?«

Jack grinste. »Glücklicherweise niemanden, den du kennst.« Er klopfte dem Jungen auf die Schulter. »Und nun geh wieder zu Bett, damit ich mich um deine Mutter kümmern kann.«

Henry nickte stumm, stand auf und schlurfte widerstrebend zurück zu seinem Zimmer, wo seine Nanny ihn schon an der Tür erwartete. Als Henry sie erreichte, umarmte sie ihn, was Jack noch mehr davon überzeugte, dass er das richtige Kindermädchen für den Jungen eingestellt hatte. Er richtete sich auf und ging zurück ins Schlafzimmer der Duchess.

»Das Bad ist bereit«, berichtete Colleen.

Schnell knöpfte er seine Weste auf und warf sie auf das Jackett. Seine Schalkrawatte folgte. Dann ging er zum Bett und schlug die Decken zurück. Olivia war sittsam bekleidet, aber ihr

Nachthemd war bis zu den Knien raufgerutscht. Jack hob sie hoch und trug sie in das Ankleidezimmer. Hier zögerte er. Kein einladender Dampf stieg aus der Wanne auf, und es schwamm sogar Eis auf dem Wasser. Er wusste, wie unerfreulich kalte Bäder waren. Es war zwar Jahre her, dass er im Gefängnis in kaltes Wasser getaucht und gnadenlos abgeschrubbt worden war, aber es war keine leicht zu vergessende Erfahrung.

»Sir, es ist zu ihrem Besten«, sagte Colleen sanft.

Als wäre er ein Mann, der sich um die Bequemlichkeit anderer sorgte, was er ganz gewiss nicht tat.

»Richtig.« Er ging zu der Wanne, holte tief Luft, als wäre er es, den das eisige Bad erwartete, und ließ Olivia langsam in das Wasser herab.

Olivia erwachte jäh. Gerade war sie noch von Wärme, Behaglichkeit und Sicherheit umgeben gewesen, und plötzlich wurde sie in eisiges Wasser herabgelassen! Es war kalt, schrecklich kalt. Eisstücke schwammen in dem Wasser und stießen gegeneinander. Olivia kreischte, schlug um sich, kratzte und versuchte, sich mit allen Mitteln zu befreien, selbst als sie schon im Wasser saß und ihr durchnässtes Nachthemd an die Oberfläche stieg.

»Olivia.«

Eine Hand schloss sich mit eisernem Griff um ihre Handgelenke und hielt sie fest, während die andere ihren Hinterkopf umfasste. »Olivia. *Olivia!* Willst du Henry Angst machen?«

Sofort beruhigte sie sich und starrte Jack an, den sie in diesem Augenblick aus tiefstem Herzen hasste. »E-E-Es ist kalt.«

Er ließ ihre Handgelenke los und legte eine Hand an ihr Gesicht. Gott, wie herrlich warm sie war, die Hand! Am liebsten hätte Olivia sich mit ihrem ganzen Körper hineingeschmiegt.

»Ich weiß, aber wir müssen dein Fieber senken, Liebes«, erklärte er.

Sie nickte fröstelnd. Er ließ sich neben der Wanne auf dem Boden nieder, als wäre es überhaupt nichts Ungehöriges, dass er sich im Ankleideraum aufhielt, während sie in der Badewanne saß. Aber das war es, und deshalb wollte sie auch, dass er ging – nur wünschte sie sich noch viel mehr, dass er blieb.

»Denk an etwas anderes«, befahl er ihr.

»A-An was?«

»An die Uhren. Magst du Uhren?«

Sie nickte zähneklappernd.

»Für jede Minute, die du im Wasser bleibst, kaufe ich dir eine Uhr.«

»S-So sehr m-mag ich sie gar nicht.«

Er lachte schallend.

»Schön, d-dass wenigstens einer Spaß hat«, knurrte sie verstimmt.

»Den habe ich keineswegs.«

Sie sah sich im Zimmer um. Nur die Krankenschwester war noch anwesend. Wie war doch gleich ihr Name? Er wollte ihr einfach nicht einfallen.

Die Schwester hockte sich auf der anderen Seite der Wanne hin. »Nur ein paar Minuten, Euer Gnaden.«

Olivia nickte tapfer, obwohl sie sich ganz furchtbar elend fühlte.

»Denk daran, wie wunderbar es sein wird, wenn du aus dem Wasser kommst«, meinte Jack.

Wieder nickte sie. »Aber kannst du mich bitte wieder festhalten? Du bist so stark und warm.« Dann lachte sie leise. »Wie dumm von mir, es warm haben zu wollen, wo ich doch wegen des Fiebers in der Wanne sitze.«

»Wenn du hier heraus bist, bekommst du etwas warme Suppe«, sagte Jack. »Du isst nicht genug.«

»Woher willst du das wissen?«

»Weil ich dich jetzt schon dreimal getragen habe und du leicht wie ein Strich in der Landschaft bist.«

Irgendwie klang das wie eine Beleidigung, aber es war ihr vollkommen egal.

»E-Es tut weh«, murmelte sie und umklammerte den Wannenrand.

»Hier.« Er schob seine Hand unter ihre. »Drück zu, so fest du kannst.«

»D-Dann breche ich dir vielleicht die Knochen.«

»Pah! Die heilen wieder. Komm, drück zu.«

Sie drückte seine Hand, kniff die Augen zu und drückte, drückte, drückte. »S-Sprich mit mir.«

»Worüber?«, fragte er.

»Deine K-Kindheit. Erzähl mir eine G-Geschichte. Ü-über deinen Daumen.«

»Warum sind bloß alle so fasziniert von meinem Daumen?«

»W-Was hattest du g-gestohlen?«

Zärtlich strich er ihr das feuchte Haar aus dem Gesicht. »Nichts.«

»Du warst unschuldig?«

»An diesem Verbrechen schon. Aber ich hatte genug andere Dinge getan, um die Strafe zu verdienen.«

»Hier, Euer Gnaden«, sagte die Krankenschwester und drückte ein zusammengerolltes Tuch an Olivias Mund. »Nehmen Sie das zwischen die Zähne, damit Sie sich nicht auf die Zunge beißen.«

Olivia tat wie geheißen, bevor sie ein gedämpftes »Erzähl weiter!« ausstieß.

Jack seufzte, als wäre seine Geduld erschöpft, fuhr dann aber fort. »Es war Claybourne. Er versuchte, einen ganzen Käse zu stehlen. Normalerweise stiehlt man immer etwas Kleines, das man in die Tasche stecken oder unbemerkt jemand anderem übergeben kann. Aber dummerweise wollte er diesen Käselaib. Ich ging zurück und versuchte, ihn aus dem Griff des Händlers zu befreien, wodurch ich dann ebenfalls gefasst wurde. Das war übrigens das einzige Mal, dass man mich erwischt hat.«

Wie stolz er auf diese Leistung zu sein schien! Olivia nickte und ermutigte ihn fortzufahren. Wenn er sprach, konnte sie sich auf seine tiefe Stimme konzentrieren und fast ihre Qualen vergessen.

»Ich war damals zehn. Wir wurden zu drei Monaten Gefängnis verurteilt. Nach unserer Freilassung kehrten wir zu unserem Leben auf der Straße zurück und waren ein bisschen weiser und ein bisschen vorsichtiger. Frannie war unsere kleine Mutter. Sie ist jünger als die meisten von uns, aber sie versorgte unsere Schrammen. Ich glaube, du hast jetzt lange genug in der Wanne gesessen.«

»Noch eine Minute«, bat die Krankenschwester.

Olivia hasste sie und hasste Jack dafür, sie eingestellt zu haben.

»Sie läuft schon ganz blau an«, sagte er. »Das genügt jetzt.«

»Nein, Sir.«

»Das genügt jetzt«, wiederholte er in diesem aufreizend gebieterischen Ton, der signalisierte, dass er sich für den Herrn des Hauses hielt. Olivia verabscheute das.

Aber es gefiel ihr, als er einen Arm unter ihre Knie und den anderen um ihre Schultern legte und sie ächzend aus der Wanne hob. Vielleicht war sie ja doch nicht so leicht, wie er behauptete.

Dann setzte er sie auf einen Stuhl. »Nimm dir ein Handtuch.«

»Ich kümmere mich darum, Sir«, meinte die Krankenschwester.

Jack trat zurück, und Olivia sah, dass sein Hemd fast ebenso durchnässt war wie sie.

»Und jetzt fahre ich in meinen Club«, erklärte er. »Rufen Sie mich, falls ich hier gebraucht werde.«

Fast hätte Olivia ihn daran erinnert, dass sie ihn brauchte, um sie festzuhalten und zu wärmen, aber das Tuch steckte noch in ihrem Mund, und sie hatte Angst, dass sie sich die Zunge abbeißen würde, wenn sie es herausnahm. Schwester Colleen half ihr aus dem nassen Nachthemd, und Olivia war ziemlich sicher, dass ihr bald wieder warm sein würde. Trotzdem ließ sich nicht bestreiten, wie sehr es sie enttäuschte, dass nicht Jack sie wärmen würde ...

Als Jack seine nassen Kleider auszog, war er fest entschlossen, das Haus so schnell wie möglich zu verlassen. Er hatte Olivia nicht versprochen, dass er sie im Arm halten würde, aber ihre Bitte ging ihm trotzdem nicht mehr aus dem Kopf. Doch er rief sich ins Gedächtnis, dass sie krank war, delirierte und möglicherweise nicht mal wusste, was sie sagte. Von ihm gehalten zu werden war vermutlich sogar das Allerletzte, was sie wollte.

Während er schnell in trockene Kleider schlüpfte, konnte er sie vor seinem inneren Auge noch immer zitternd in der Wanne sehen. Sie zu zwingen, in dem eisigen Wasser zu bleiben, war das Schwerste, was er je getan hatte. Sie hatte eine Gänsehaut bekommen, und ihre dunklen Brustwarzen hatten sich verhärtet. Dass sie dunkel waren, wusste er, weil sie durch das nasse Nachthemd gut zu erkennen gewesen waren. Zum Glück war sie zu krank, um zu bemerken, dass er sich ihres durchnässten Körpers überdeutlich bewusst gewesen war.

Sowie sie begonnen hatte, um sich zu schlagen, hatte er sie wieder ins Bett bringen wollen. Aber er hatte Henry versprochen, dass sie nicht sterben würde, und wenn die Krankenschwester ein kaltes Bad für hilfreich hielt, dann musste Olivia eben kalt baden. Müde rieb er sich die Stirn. Was hatte er sich nur dabei gedacht, dem Jungen so etwas zu versprechen?

Er riss die Tür auf und stürmte auf den Korridor hinaus …

»I-Ist sie tot?«

Jack fuhr herum. Henry stand in seinem Nachthemd da und sah sehr klein und furchtsam aus, als er mit großen Augen zu ihm aufblickte.

»Nein, mein Junge.« Jack ging zu ihm hinüber und hockte sich vor ihn hin. »Sie wird wieder gesund. Wo ist deine Nanny?«

»Sie schläft.« Henry blickte zur Tür, um dann einen flehenden Blick auf Jack zu richten.

»Nein, du kannst sie noch nicht sehen, Henry. Aber vielleicht möchtest du ein Weilchen draußen vor ihrem Zimmer sitzen?«

Der Kleine nickte.

Jack setzte sich mit dem Rücken an die Wand auf den Boden, und Henry krabbelte auf seinen Schoß und drückte sein Gesicht an seine Brust. »Sie wird wieder gesund, mein Junge. Bald geht es ihr wieder besser.«

Einen Moment lang saßen sie schweigend da, dann sagte Jack: »Du kannst ruhig an deinem Daumen lutschen, wenn du willst.«

Henry schüttelte den Kopf.

»Hier.« Jack griff in seine Jackentasche, nahm sein Medaillon heraus und drückte es Henry in die Hand. »Nimm du es. Es bringt Glück.«

Henrys kleine Faust schloss sich darum.

»Kennst du Lord Claybourne?«, fragte Jack.

Henry blickte zu ihm auf. »Nein.«

Er sprach leise, als wollte er seine Mutter nicht stören, sodass Jack ihn fast nicht hören konnte. »Eines Tages wirst du ihn bestimmt kennenlernen. Ich habe eine Zeit lang bei dem vorigen Lord Claybourne gelebt. Eines Tages überlegte ich, ob ich weglaufen soll oder nicht, und dabei stand ich am hinteren Tor und betrachtete mein Medaillon, als dein Vater auf mich zukam.«

Henry riss die goldfarbenen Augen auf.

»Das war vor vielen Jahren«, fuhr Jack fort. »Bevor du geboren wurdest. Er dachte, ich hätte das Medaillon gestohlen, aber ich erzählte ihm, dass meine Mum es mir geschenkt hatte ...«

Jack erinnerte sich an jenen Tag, als ob es gestern gewesen wäre.

»Ich gebe dir einen Schilling, wenn ich es mir ansehen darf«, sagte Lovingdon.

»Was interessiert es Sie?«

»Ein Mädchen, das ich einmal kannte, trug ein Medaillon, das diesem hier sehr ähnlich war.«

Jack mochte ihn nicht. Er traute niemandem mit grünen Augen. Sie erinnerten ihn an den Mann, der ihn vor so langer Zeit missbraucht hatte. Aber was konnte es schon schaden, ihn für Geld einen Blick darauf werfen zu lassen? »Eine Krone.«

Der Mann lächelte. »Du kannst gut feilschen. Aber abgemacht.«

Er gab Jack die Krone, und sobald er sie in der Hand hielt, wollte er davonlaufen. Das Geld nehmen und das Weite suchen. Aber stattdessen – und obwohl sich seine Kehle so zuschnürte, dass er zu ersticken glaubte – überreichte er dem Mann seinen kostbarsten Besitz.

Sehr langsam öffnete der Duke das Medaillon und betrachtete die Miniatur so lange, dass es Jack wie eine Ewigkeit vorkam.

Dann klappte er es zu und gab es Jack zurück. »Es ist ein sehr hübsches Medaillon, aber nicht das, an das ich mich erinnert habe.«

Jack steckte das Medaillon wieder ein und grinste den Duke an. »Danke für die Krone.«

»Denkst du darüber nach, wegzulaufen?«

»Ich wüsste nicht, was Sie das angeht.«

»Der Earl bietet dir hier eine Chance, die wenigen wie dir geboten wird. Wenn du von ihm nichts lernen willst, dann ja vielleicht von mir.«

»Sie bieten mir nichts an, was ich haben will. Außerdem irren Sie sich. Ich hatte nicht vor, hier wegzugehen. Meine Freunde sind hier, und deshalb bleibe ich.«

»Das ist gut für dich, mein Junge. Sehr gut.«

Bis Jack seine Geschichte zu Ende erzählt hatte, war Henry eingeschlafen. Jack nahm ihm das Medaillon vorsichtig ab, öffnete es und betrachtete die Miniatur seiner Mutter. Sie hatte dunkles Haar und dunkle Augen wie er selbst, und er hatte sie immer sehr schön gefunden.

Seine Gedanken kehrten immer wieder zu dem Mann zurück, der ihn damals gekauft hatte. War es womöglich Lovingdon gewesen? Das würde erklären, warum das Medaillon ihm bekannt vorgekommen war. Der Mann, der ihn gekauft hatte, war in der Nähe gewesen, als Jacks Mutter es ihm beim Abschied gegeben hatte.

Nein, Jack weigerte sich zu glauben, dass Lovingdon dieser Mann gewesen war. Die Vorstellung, dass er Livy angerührt hatte und Henrys Vater war, würde ihn in den Wahnsinn treiben.

Es musste einen anderen Grund für das Testament geben. Aber wie zum Teufel sollte Jack den herausfinden? Und warum hatte er das Gefühl, dass es so wichtig war, es zu erfahren? Er sollte es besser dabei bewenden lassen, aber er wurde den Verdacht nicht los, dass nicht alles mit rechten Dingen zuging und er etwas sehr, sehr Wichtiges übersah.

Lovingdon hatte Olivia gesagt, er habe etwas wiedergutzumachen. Jack fragte sich, ob er auch diese Aufgabe geerbt hatte und nur noch nicht wusste, worin sie bestand.

Die Zeit kroch dahin. Manchmal fröstelte Olivia vor Kälte, und dann gab es wieder Momente, in denen ihr so heiß war, dass sie zu verbrennen glaubte.

Jack kam nie wieder, um sich nach ihrem Befinden zu erkundigen. Sie nahm an, dass er das Interesse verloren hatte, seitdem er wusste, dass sie überleben und ihm erhalten bleiben würde, um seinen Haushalt zu führen. Henry nicht bei sich haben zu können war furchtbar schwer für sie, aber sie wusste, dass es ihn ängstigen würde, sie so schwach zu sehen, und wollte ihm das nicht zumuten.

Jeden Morgen und jeden Abend kam der engelsgleiche Arzt, um zu sehen, wie es ihr ging. Sein Kommen und Gehen halfen ihr, den Überblick über die verstreichenden Tage zu behalten. In der dritten Nacht nach Ausbruch ihrer Krankheit sank das Fieber endlich, und der Arzt schien höchst erfreut zu sein, als er am nächsten Morgen kam und sie aufrecht im Bett sitzen sah.

»Sie sind nicht der Arzt, den ich normalerweise konsultiere«, meinte Olivia, die erschöpft war, sich aber schon weitaus besser fühlte. Sie war frisch gebadet und trug ein sauberes Nachthemd. Das Bettzeug war gewechselt worden, die Fenster standen offen und ließen das Sonnenlicht herein, und der Geruch nach Krankheit verflog allmählich.

»Nein, der bin ich nicht. Ich bin ein Freund von Jack Dodger«, erklärte Dr. Graves.

»Sie wirken viel zu anständig, um sein Freund zu sein.«

Dr. Graves lächelte. »Ich kannte ihn schon, als ich ein Junge war.«

»Sind Sie auch auf der Straße aufgewachsen?«

»Ja.«

»Und wie kommt es, dass Sie Mitgefühl gelernt haben?«

Er sah sie aus schmalen Augen an. »Ist Ihre eigentliche Frage, wie es kommt, dass Mr. Dodger es *nicht* gelernt hat?«

»Sie scheinen mir ein sehr ungleiches Paar abzugeben.«

»Kindern wird nur selten die Chance geboten, sich ihre Kindheit auszusuchen, aber ich kann mich nicht über die Freundschaften beklagen, die ich in meiner schloss. Sie haben mir gute Dienste geleistet.«

Olivia zupfte ein Fädchen von der Decke. »Es ist nur so, dass er sich nicht einmal die Mühe macht, vorbeizukommen und sich nach meinem Gesundheitszustand zu erkundigen.«

»Oh, er macht sich genug Mühe, Duchess«, erwiderte er grinsend, als wüsste er etwas sehr Amüsantes. »Jedes Mal, wenn ich Sie verlassen, werde ich danach einem zermürbenden Verhör über Ihren Gesundheitszustand unterzogen.«

Als wollte sie die Wahrheit seiner Behauptung widerlegen, sagte sie: »Er hat mich kein einziges Mal besucht«, und dachte, dass sie sich sogar in ihren eigenen Ohren bockig und gar nicht wie sie selbst anhörte.

»Das wäre ja auch nicht schicklich, oder?«

Als hätte Schicklichkeit Dodger je von irgendetwas abgehalten! Und sie auch nicht immer, um ganz aufrichtig zu sein.

»Ich möchte, dass Sie noch zwei Tage im Bett bleiben, um zu Kräften zu kommen«, sagte Dr. Graves.

»Und was ist mit Henry?«

»Ihm geht es bestens. In zwei Tagen können Sie ihn sehen.«

»Ich würde ihn lieber jetzt sehen.«

»In zwei Tagen«, wiederholte er in einem Ton, der keinen Widerspruch erlaubte.

»Sind Straßenjungen alle so tyrannisch?«

»Das sind wir in der Tat, Mylady.« Bei diesen Worten hob er seine schwarze Tasche auf. »Und jetzt muss ich gehen und dem Großinquisitor Rede und Antwort stehen.«

Olivia sah ihm nach, als er hinausging. Dann blickte sie zu Colleen hinüber. »Glauben Sie, ich könnte ein Weilchen am Fenster sitzen?«

»Der Doktor hat Ihnen befohlen, im Bett zu bleiben.«

»Aber still am Fenster zu sitzen wäre doch gewiss kein großer Unterschied?«

Colleen legte ihr Strickzeug beiseite. »Nun ja, ich denke, es wird schon nicht schaden.«

Aber es war sehr viel strapaziöser, als Olivia erwartet hatte. Ihre Muskeln schmerzten, ihre Knochen knackten, und wenn sie es nicht besser gewusst hätte, hätte sie geglaubt, sie wäre um hundert Jahre gealtert. Obwohl sie sich auf Colleen stützte, war sie völlig außer Atem, als sie endlich in ihrem Sessel saß. »Oh Gott. Ich weiß nicht, ob ich es wieder zurückschaffe.«

»Wenn nicht, rufen wir Mr. Dodger und lassen Sie von ihm hintragen.«

Olivia spürte, wie sie puterrot wurde, und obwohl sie sich beklagt hatte, dass er seit jener ersten Nacht nicht mehr erschienen war, konnte sie nicht darüber hinwegsehen, dass seine Anwesenheit auch damals gegen jede Regel verstoßen hatte. Sie wollte den Leuten keinen Stoff zum Tratschen bieten. »Er hätte nicht einmal in jener ersten Nacht hier sein dürfen«, stellte sie fest. »Das war schon unschicklich genug.«

»Er hat sich wie ein perfekter Gentleman verhalten.«

Da war etwas in Colleens Stimme, das sich so anhörte, als ob sie gekränkt wäre. »Wie gut kennen Sie ihn?«

»So gut wie gar nicht. Ich hatte natürlich von ihm gehört, war ihm aber nie begegnet, bis ich herkam, um für ihn zu arbeiten. Und zu meiner eigenen Überraschung muss ich zugeben, dass ich ihn sehr sympathisch finde.«

Olivia lehnte sich zurück und blickte aus dem Fenster. Sie war zu müde, um zu widersprechen, zu müde, um noch weitere Fragen zu stellen. Aber im Stillen fragte sie sich, ob Jack Colleen auch sehr mochte und sein Aufenthalt in ihrem Zimmer vielleicht mehr mit der Krankenschwester als mit ihr selbst zu tun gehabt hatte. War er ihrer schon müde geworden, nachdem er sie geküsst hatte? Es war seltsam, sich den Kopf darüber zu zerbrechen, zumal sie Jacks Aufmerksamkeit doch eigentlich gar nicht wollte.

Sie sah Dr. Graves zu seiner Kutsche gehen, die recht hübsch und elegant aussah. Das hatte Olivia nicht erwartet, und sie fragte sich unwillkürlich, wie er dazu gekommen war.

Da es leichter war, im Sitzen zu essen, aß sie hier einen Teller Suppe. Erst beim Essen merkte sie, wie ausgehungert sie war.

Sie blieb allerdings nicht lange sitzen. Nach etwa einer Stunde kehrte sie auf wackligen Beinen zu ihrem Bett zurück und schlief auch augenblicklich ein. Als sie das nächste Mal erwachte, war es schon Abend, und die Nachttischlampe neben ihrem Bett verbreitete ein sanftes Licht. Auf Colleens Drängen hin aß sie noch einen Teller von dem kräftigen Eintopf und fiel danach gleich wieder in einen tiefen Schlaf.

Als sie erneut aufwachte, brannte die Lampe noch, aber Colleen hatte sich auf einem schmalen Bett zusammengerollt und schnarchte leise. Olivia sah auf die Uhr. Es war fast neun. Henry würde inzwischen schlafen. Sie befürchtete, dass der Arme in diesen vielen Nächten zu Bett gegangen war, ohne dass man ihm etwas vorgelesen hatte. Er hatte ja noch immer kein richtiges Kindermädchen.

Olivia runzelte die Stirn. Hatte ihr nicht jemand erzählt, er *habe* eine neue Nanny? Sie erinnerte sich vage daran ... Aber nein, da brachte sie vermutlich etwas durcheinander. Und wenn, mochte sie sich gar nicht vorstellen, welche Art von Frau Jack einstellen würde. Dr. Graves wollte, dass sie noch einen Tag im Bett verbrachte, aber sie hielt es nicht mehr aus. Jetzt *musste* sie Henry sehen. Außerdem war es der perfekte Zeitpunkt, weil er jetzt vermutlich schlief und sie nicht befürchten musste, dass er sie überanstrengen würde. Morgen würde sie mehr Zeit mit ihm verbringen und ihm vorlesen. Es machte ihm solche Freude, etwas vorgelesen zu bekommen.

Allein schon das Zurückschlagen der Decken erschöpfte sie, und sie fragte sich, wie lange es dauern würde, bis sie ihre Kraft zurückgewann und wieder ganz gesund war. Ihr Morgenrock lag am Fußende des Betts. Sie zog ihn über und schlich auf bloßen Füßen wie ein Kind, das etwas tat, das es nicht durfte, zur Tür. Olivia war sich ziemlich sicher, dass Colleen, falls sie erwachte, sie schelten und verlangen würde, dass sie sich wieder hinlegte. Aber das würde sie ohnehin tun, sobald sie sich vergewissert hatte, dass es Henry gut ging und jemand auf ihn aufpasste.

Leise öffnete sie die Tür und schlüpfte auf den Gang hinaus. Dort war es so still, wie sie erwartet hatte. Die Tür zum Kinderzimmer stand offen, und als Olivia sich ihr näherte, hörte sie eine tiefe Stimme. Verblüfft blieb sie stehen und warf einen Blick ins Zimmer. Wahrscheinlich hatte sie noch Fieber und fantasierte, denn Jack Dodger saß auf einem Stuhl, hatte die Ellbogen auf die Knie gestützt und ein Buch in den Händen und las ihrem Sohn vor.

Sie hatte Henry noch nie so fasziniert gesehen. Er saß im Bett, und neben ihm unter der Decke war eine seltsame Wölbung zu sehen. Olivia wollte nicht einmal in Betracht ziehen, dass er mit seinem Hund im Bett schlief.

Jack kam zu einem neuen Kapitel, und Henry unterbrach ihn. »Dodger. Das ist doch Ihr Name, nicht?«

Jack blickte von dem Buch auf. »Ja.«

Henry betrachtete ihn einen Moment lang stirnrunzelnd. »Sind Sie *Artful Dodger*, das listige Schlitzohr in dem Buch?«

»Was für ein Unsinn, Junge. Es gibt viele Schlitzohren auf der Straße. Weißt du überhaupt, was ein Schlitzohr ist?«

Henry schüttelte den Kopf. Olivia hatte ihren Jungen noch nie so lebhaft und furchtlos gesehen.

»Ein Schlitzohr ist jemand, der sehr geschickt darin ist, andere auszutricksen.« Jack bewegte seinen Oberkörper von rechts nach links und dann vor und zurück, als versuchte er, jemandem auszuweichen. »Wenn du etwas stiehlst und sie nach dir greifen, weichst du aus. Es ist eine Ehre, ›Schlitzohr‹ genannt zu werden. Ich denke, Mr. Dickens wusste das, als er die Geschichte schrieb.«

»Waren Sie gut darin, andere auszutricksen?«

»Der Allerbeste.«

Was für eine Unverfrorenheit! Aber Olivia schwieg, um sie nicht auf sich aufmerksam zu machen, weil es ergreifend war, sie zu beobachten. Henry war nicht ein einziges Mal ins Stottern geraten.

»Werden Sie es mir beibringen?«, fragte er.

Jack schien darüber nachzudenken. »Ich glaube nicht, dass ein Lord das können muss, aber schaden kann es nicht.«

»Jetzt?«

»Nein«, erwiderte Jack lachend. »Wenn deine Mutter wieder kräftig genug ist, um im Garten zu sitzen. Jetzt solltest du lieber schlafen. Wenn deine Mum herausfindet, dass ich dich so lange aufbleiben ließ, wird sie mir das ewig vorwerfen.«

Henry lachte. Olivia konnte sich nicht entsinnen, wann sie das letzte Mal solch einen süßen Ton gehört hatte. Henry zappelte noch eine Weile herum, bevor er sich hinlegte – wobei auch die Wölbung unter der Decke in Bewegung kam und die Nase des Hundes sichtbar wurde, der seinen Kopf an Henry schmiegte.

»Schließ die Augen, dann lese ich dir noch ein bisschen vor, bis du einschläfst«, schlug Jack vor.

Henry gehorchte, aber das tat er ja eigentlich immer. Trotzdem war da etwas anders an der Art, wie er Jack ansah, an seinem schnellen Gehorsam und der Kameradschaft, die sich zwischen ihnen entwickelt zu haben schien ... Die Reaktion ihres Sohnes ließ schon fast den Schluss zu, dass er ihn mit einer Art Heldenverehrung betrachtete.

Was war geschehen, während sie krank gewesen war?

Sie hörte, dass Jack mit der Geschichte fortfuhr, während sie dankbar dafür, nicht entdeckt worden zu sein, zu ihrem Zimmer zurückschlich und sich fragte, was sie von alldem halten sollte.

Einerseits fand sie es schrecklich ungerecht, dass Jack sich ihrer Position bemächtigte und Henry so viel Aufmerksamkeit widmete ... während es ihr andererseits völlig richtig vorkam.

Kapitel vierzehn

Am nächsten Morgen erwachte Olivia von Geräuschen, die aus dem angrenzenden Ankleidezimmer kamen. Wahrscheinlich bereiteten die Dienstmädchen dort ein Bad für Jack. Ein Bild schoss ihr durch den Kopf, das sie eigentlich vergessen wollte: Jack Dodger nackt, wie Gott ihn schuf. Sie hätte sich keinen passenderen Moment aussuchen können, um ohnmächtig zu werden, weil ihr dadurch merkwürdigerweise ein bisschen Würde geblieben war. Hätte sie sich auf dem Absatz umgedreht und den Raum verlassen, hätte Jack sie ausgelacht. Wäre sie hingegen geblieben und hätte ihn vernichtend angestarrt, um ihn dazu zu bringen, dass er sich schämte und ging, würden sie wahrscheinlich noch immer so da stehen. Oder schlimmer noch – womöglich hätte sie ihn gar in ihr Bett eingeladen.

Im Ankleidezimmer wurde es still, und sie stellte sich Jack in der Kupferwanne vor, dessen nackter Leib vom warmen Wasser umspielt wurde. Ein gänzlich ungewohnter Wunsch erfasste sie, ins Nebenzimmer zu gehen, sich die Hände einzuseifen und damit langsam über seine Brust und seine Schultern zu streichen, über seinen Rücken und an seinen Armen hinunter. Er reizte sie auf eine Art und Weise, die falsch war und ihr Verlangen frivol wirken ließ. Sie war immer wohlerzogen und gesittet gewesen, und plötzlich ertappte sie sich bei der Frage, was dabei herauskommen würde, wenn sie ausnahmsweise mal unartig war.

»Sie sind ja wach.«

Olivia schrak aus ihren unangebrachten Überlegungen auf. Die Krankenschwester hatte sie ganz vergessen.

Colleen lächelte freundlich und legte eine Hand an Olivias

Stirn. »Das Fieber ist zurückgegangen. Sobald Mr. Dodger sein Bad beendet hat, werde ich eins für Sie bereiten lassen.«

Olivia konnte kaum mehr tun, als zu nicken, während sie sich vorstellte, in die Wanne zu steigen, nachdem Jack sie benutzt hatte.

»Ich glaube nicht, dass meine Dienste hier noch länger benötigt werden«, meinte Colleen und griff nach dem Klingelzug.

»Ich weiß es sehr zu schätzen, dass Sie mich gesund gepflegt haben. Es muss sehr viel Mut erfordern, die eigene Gesundheit aufs Spiel zu setzen, um anderen beizustehen.«

»Ich helfe gern. Und ich hatte Gelegenheit, Dr. Graves kennenzulernen. Es geht das Gerücht, dass Mr. Dodger ihm ein Krankenhaus bauen lässt. Ich hoffe sehr, dort arbeiten zu können.«

Jack ließ ein Krankenhaus bauen? Der Mann war ein Quell immer neuer Entdeckungen. »Ich weiß nicht, ob es etwas nutzen wird, aber ich werde ein gutes Wort für Sie einlegen.«

Colleen knickste. »Vielen Dank, Euer Gnaden. Sie sind sehr freundlich.«

Olivia war ganz und gar nicht freundlich gestimmt, sondern sogar sehr verärgert, darauf warten zu müssen, dass Jack sein Bad beendete. Andererseits hatte er *so viel* zu baden, dass es wahrscheinlich nur verständlich war, wenn er eine Weile dafür brauchte. Obwohl er etwa die gleiche Größe wie Lovingdon hatte, war er beträchtlich breiter, auch wenn er kein Gramm Fett am Leibe hatte, sondern muskulös und schlank war. Zuvor hatte Olivia einen gänzlich nackten Mann nur als Statue gesehen, und selbst da hatte die Sittsamkeit sie davon abgehalten, den Blick zu lange auf der Statue verweilen zu lassen. Bei Jack war es ihr hingegen ungeheuer schwergefallen, den Blick von ihm zu lösen.

Bald darauf kam ihre Zofe, und Colleen ging. Olivia hatte

keine Ahnung, woher Maggie wusste, dass das Ankleidezimmer endlich frei war, aber sein Badewasser wurde ausgeleert, die Wanne gesäubert und ihr Bad vorbereitet. Es war himmlisch, im warmen Wasser zu sitzen, das den Restschmerz in ihren Muskeln linderte. Sie war noch sehr geschwächt, bezweifelte aber, dass sie ihre Kraft durch Herumsitzen zurückerlangen würde.

Sie fühlte sich schon ein bisschen mehr wie die alte Olivia, als sie angezogen war. Dann betrachtete sie sich in ihrem schwarzen Kleid im Spiegel und wünschte sich zum ersten Mal, seit sie verwitwet war, sie könnte etwas mit ein bisschen Farbe tragen. Schwarz stand ihr nicht, darin hatte Jack ganz recht, aber es tat weh, dass er es für nötig gehalten hatte, es ihr zu sagen.

»Soll ich Ihnen etwas zu essen bringen?«, fragte Maggie.

Olivia schüttelte den Kopf. »Nein. Ich werde unten frühstücken. Ich bin wie ausgehungert und fürchte, dass Sie mir den ganzen Morgen lang Tabletts bringen müssten, wenn ich hier oben bliebe.«

Außerdem war es Zeit, dem Teufel gegenüberzutreten, und sie konnte nur hoffen, dass sie in der Lage war, es zu tun, ohne ihn sich unbekleidet vorzustellen.

Obwohl ihr übliches Ritual am Morgen einen Besuch bei Henry beinhaltete, beschloss sie, dass sie heute als Erstes etwas essen musste. Die zu erwartende Begeisterung ihres Sohnes würde sie vermutlich umwerfen, wenn sie sich nicht vorher stärkte. Auf dem Weg die Treppe hinunter hielt sie sich am Geländer fest, weil jeder Schritt ihr den Atem raubte Als sie endlich die Eingangshalle erreichte, wollte sie nur noch ins Bett zurück. Aber sie nahm sich einen Moment Zeit, um Kraft zu sammeln, straffte dann die Schultern und ging so aufrecht wie nur möglich zum Frühstückszimmer.

Der Anblick, der sich ihr bot, nahm ihr die letzte Kraft. Am oberen Tischende saß Jack, tadellos gekleidet, mit einer tiefblauen Weste unter seinem Jackett und wieder mal in sein schwarzes Buch vertieft, das sein bevorzugtes Lesematerial zu sein schien. Aber nicht das war es, was Olivia veranlasste, wie angewurzelt stehen zu bleiben.

Es war der Anblick ihres Sohnes, der neben ihm saß. Auch Henry hatte ein schwarzes Buch neben seinem Teller liegen, was eigenartig war, da er doch noch gar nicht lesen konnte. Wann immer Jack in seinem Buch eine Seite umblätterte, tat Henry es ihm nach. Olivia fand das sowohl bezaubernd als auch irritierend. Wenn ihr Sohn so eifrig und bereitwillig etwas derart Harmloses nachahmte, würde er es dann nicht auch bei Dingen tun, die nicht so harmlos waren? Olivia war sich nicht einmal mehr sicher, ob sie selbst ein gutes Beispiel für anständiges Benehmen abgab.

Hin und wieder war ein dumpfes Geräusch zu hören. Da Henrys Beine zu kurz waren, um mit den Füßen den Boden zu erreichen, schwang er sie hin und her und trat dabei des Öfteren gegen die Unterseite seines Stuhls. Olivia war erstaunt, dass das Geräusch Jack nicht zu stören schien – besonders nach seinem ständigen Herumnörgeln wegen ihrer tickenden Uhren. Sie hatte ihn für einen Mann gehalten, der wenig Geduld für Kinder aufbrachte, aber das Gegenteil schien der Fall zu sein – zumindest, was Henry anbelangte.

Ihr war nicht bewusst, dass sie ein Geräusch verursacht hatte, aber plötzlich hob Jack den Kopf und schenkte ihr das dreiste Lächeln, das stets irgendeiner Bemerkung voranging, die sie verärgern würde, wie sie inzwischen wusste.

Dann erhob er sich. »Olivia! Was für eine erfreuliche Überraschung, dich hier zu sehen.«

Nach der Intimität seines Kusses, ganz abgesehen davon, dass sie ihn völlig hüllenlos gesehen hatte, war sie überrascht über seine höfliche Begrüßung. Würde er jetzt so tun, als wäre nichts Ungehöriges zwischen ihnen vorgefallen?

Bevor sie entscheiden konnte, was sie von dieser unerwarteten Wendung halten sollte, sprang Henry auf. »Mummy!«

Er rannte durch das Speisezimmer und warf sich gegen ihre Beine. Hätte er nicht auch seine Arme um sie geschlungen, wäre Olivia vielleicht sogar gefallen, aber so schaffte er es, ihr ein bisschen Halt zu geben. Sie kniete sich vor ihn hin und nahm ihn in die Arme. Er roch wie frisch gebadet und fühlte sich erstaunlich kräftig an – oder vielleicht kam es ihr auch nur so vor, weil sie selbst so unsicher auf den Beinen war. Sie hielt ihn auf Armeslänge von sich weg und sah ihn prüfend an. »Ich könnte schwören, dass du gewachsen bist, Henry!«

Wenn auch nicht so sehr an Größe wie an Selbstvertrauen.

Er hob den Daumen hoch. »Ich l-lutsche nicht mehr dran.«

»Dann bist du ja jetzt ein großer Junge, nicht?«

Er nickte.

»Na komm, Junge. Deine Mum muss etwas essen, und so viel wie möglich, hoffe ich.«

Sie hatte Jack nicht kommen hören, aber seine Hand lag plötzlich unter ihrem Ellbogen und half ihr wieder auf die Beine.

Seine dunklen Augen musterten sie prüfend, und sie war nicht sicher, ob er mit dem, was er sah, zufrieden war. »Warum setzt du dich nicht an den Tisch? Ich werde dir etwas auftun.«

»Setz dich zu mir, Mummy«, rief Henry strahlend.

Bevor sie einwenden konnte, dass der ihr gebührende Platz am anderen Ende des Tischs war, sagte Jack: »Das kümmert niemanden in diesem Raum.«

Sie aber schon. Sie kümmerte es, was er dachte. Hatte er noch immer das Gefühl, sie würde ihm etwas schulden? Oder hatte er angesichts ihrer Krankheit beschlossen, ihr einen Aufschub zu gewähren?

Henry nahm ihre Hand und führte sie zum Stuhl, als ob Jacks Kommentar die Angelegenheit geregelt hätte. Als sie Platz genommen hatten, sagte der Junge: »W-Wir waren b-besorgt um dich.«

Henry vielleicht, aber Jack? Das bezweifelte sie. Trotzdem sah sie wenig Sinn darin, den Kleinen mit der Wahrheit zu enttäuschen. »Warst du das, Henry?«

Er nickte. »Wir haben s-stundenlang vor deinem Zimmer g-gesessen. Sogar nachts.«

»Wir? Du meinst, du und Mr. Dodger?«

Wieder nickte Henry, lächelte und flüsterte: »Es ist unser G-Geheimnis.«

Ein Teller tauchte so unerwartet vor Olivia auf, dass sie leicht zusammenzuckte.

»Offenbar muss ich ihm noch erklären, was ein Geheimnis ist«, murmelte Jack so dicht an ihrem Ohr, dass sie erschauerte. Dann nahm er seinen Platz am oberen Ende des Tischs wieder ein. »Du hättest mir schon vor deinem Zusammenbruch sagen sollen, dass du dich nicht wohlfühlst.«

Aha. Anscheinend würde er also wirklich so tun, als wären der Brandy, der Kuss und ihre Begegnung im Ankleidezimmer nie geschehen. Olivia beschloss, es ihm nachzutun, weil eine Fülle verwirrender Emotionen plötzlich auf sie einstürmte. Wollte sie nun seine Achtung oder nicht? Im Moment wusste sie es wirklich nicht. »Ich dachte, es sei nur der Kummer. Und ich danke dir für all die Mühe, die du dir gemacht hast, um dafür zu sorgen, dass ich überlebe.«

»Das war reiner Egoismus, kann ich dir versichern.«

»Weil du mich brauchst, um deinen Haushalt zu führen?«

»Nein, aber um dich zu verheiraten. Männer sind normalerweise nicht gewillt, jemanden zu heiraten, der nicht mehr atmet.«

Er klang sehr überlastet. Da er aber noch immer vorhatte, sie zu verheiraten, war sie sich zumindest sicher, dass er das Interesse daran verloren hatte, sie in sein Bett zu locken. Sie war hin-

und hergerissen zwischen Erleichterung und Enttäuschung. »Wie ich dir schon einmal sagte, ist das, was *du* brauchst, nicht zwangsläufig auch das, was *ich* will.«

»Habe ich dir schon mal gesagt, dass ich Herausforderungen liebe?«

Sie blickte zu ihm hinüber und sah einen unverkennbar warnenden Glanz in seinen dunklen Augen. »Vielleicht werde ich mir ja die Mühe machen, dir zu zeigen, dass das, was ich *brauche*, genau das ist, was du *willst*.«

Olivia spürte ein erwartungsvolles Prickeln. Vielleicht hatte er ja doch nicht das Interesse verloren.

Olivia saß auf einer Chaiselongue auf der Gartenterrasse und sah zu, wie Henry seinem Hund beibrachte, Stöckchen zu apportieren, obwohl es seine Nanny war, die sie holte, da der Hund Henrys Anweisungen ignorierte und einfach nur im Gras herumstöberte. Es war ein ungewöhnlich warmer Nachmittag, und Olivia genoss die Sonne auf ihrem Gesicht.

Jack hatte das Haus vor einer Weile verlassen, und während sie seine Abwesenheit normalerweise dazu nutzte, so zu tun, als gehörte das Haus ihr, war es längst nicht mehr so reizvoll wie früher, sich ein Leben ohne ihn vorzustellen. Wollte er sie wirklich noch verheiraten? Oder waren viele seiner so lieblos klingenden Bemerkungen nichts als Selbstschutz, gerade *weil* ihm etwas an ihr lag?

Er war ihr ein Rätsel, und sie glaubte langsam, dass es eine sehr schöne und unterhaltsame Aufgabe sein könnte, dieses Rätsel zu lösen.

Henry kam herübergerannt und ließ sich stirnrunzelnd und mit ernster Miene neben sie auf einen Stuhl fallen. »Er tut es einfach nicht!«

Während sie ihm liebevoll die blonden Haare aus der Stirn strich, sagte sie: »Wahrscheinlich ist er noch zu jung, Henry. Im Grunde ist er ja noch ein Baby. Vielleicht wird er gewillter sein zu lernen, wenn er älter wird.«

»Mr. Dodger könnte ihm etwas beibringen. Er kann alles, was er will.«

»Aber er ist ein sehr beschäftigter Mann. Ich glaube nicht, dass er Zeit für deinen Pippin haben wird.«

Henry nickte bedächtig, als gäbe er ihr recht. Aber dann riss er vor Freude die Augen auf und sprang auf. »Er ist wieder zurück!«

Olivia blickte über die Schulter und sah Jack zu ihnen herüberkommen. Er hatte etwas in der Hand, das wie drei kleine Holzkästen aussah.

»Was haben Sie da?«, fragte Henry.

»Henry, es schickt sich nicht, so etwas zu fragen«, tadelte Olivia ihn.

Für ein paar Sekunden setzte er eine zerknirschte Miene auf, bevor sein strahlendes Lächeln wieder sein Gesicht erhellte.

»Da deine Mutter wieder gesund ist, sollten wir feiern, finde ich«, sagte Jack, während er neben ihr in die Hocke ging.

Sie gab sich alle Mühe, ihre Freude über seine Worte – und seine Nähe – zu dämpfen. Sie war sich jedoch nur allzu gut seines vertrauten maskulinen Dufts bewusst und ballte die Hände im Schoß, um nicht mit den Fingern durch seine Locken zu fahren, die zerzaust wie Henrys waren, aber ganz und gar nicht jungenhaft wirkten. Nein, Jack Dodger hatte nicht einmal im Entferntesten etwas Jungenhaftes an sich.

Er stellte die Kästchen auf ihren Schoß und grinste sie an. »Es macht dir doch nichts aus?«

»Natürlich nicht.« Wie armselig von ihr, sich über die kleinste Aufmerksamkeit, die er ihr zuteilwerden ließ, so zu freuen!

Er rief das Kindermädchen zu sich. »Sie werden das sehen wollen.«

Ida setzte sich auf den Boden, als kümmerten sie die Grasflecken nicht.

Olivia wollte nicht einmal daran denken, dass Jack ein Interesse an Ida entwickelt haben könnte, während sie selbst so krank gewesen war. Er war es wahrscheinlich gewohnt, die Frauen zu wechseln wie andere Männer ihre Hemden. Warum wollte sie ihm mehr bedeuten, als es ihr möglich war? Weil er begonnen hatte, mehr für sie zu sein als nur der Vormund ihres Sohnes?

»Wisst ihr, was ein Kaleidoskop ist?«, fragte Jack, als er das erste kleine Kästchen öffnete.

»Nein, Sir«, antwortete Henry, und auch Ida schüttelte den Kopf.

Mit hochgezogener Augenbraue sah er Olivia an, die nickte. »Ja, auch wenn ich noch nie eins gesehen habe.«

»Dann wirst du staunen.« Er bat Henry, sich mit dem Rücken zu ihm vor ihn hinzusetzen. Aber Henry war zu neugierig, und sobald er saß, drehte er sich um, weil er sehen wollte, was hinter ihm vorging. Mit einem amüsierten Lachen nahm Jack das fernrohrartige Gerät heraus. »Also gut. Hier schaust du hindurch«, erklärte er und deutete auf die Linse, »und wenn du an dem anderen Ende drehst, wird das, was du dir ansiehst, völlig anders aussehen.«

Er führte Henrys Hand und zeigte ihm, wie er das Gerät halten und es drehen musste. Henry lachte vor Entzücken und sprang auf. »Ich will mir Pippin damit ansehen.«

Schmunzelnd vor Zufriedenheit über Henrys Begeisterung überreichte Jack auch Ida eins der Kästchen. »Für Sie, Ida.«

Sie lächelte erfreut. »Oh, vielen Dank, Sir. Aber ich sollte besser schnell nach Master Henry sehen.« Sie stand auf und eilte

Henry nach, der zu den Blumen hinübergegangen war, da er Pippin nicht zum Stillsitzen bewegen konnte.

»Ich mag sie«, sagte Olivia leise.

Jack wandte sich ihr wieder zu. »Verdammt«, sagte er mit funkelnden Augen. »Das bedeutet, dass es in der Hölle kalt sein wird, wenn ich dort ankomme. Und ich mag doch keine Kälte.«

»Du bist vermutlich davon ausgegangen, dass dieser fürchterliche Ort eher zufrieren würde, als dass wir jemals einer Meinung wären.«

»Genau.«

»Machst du dir Sorgen, dass du dort enden könntest?«

»Mich um Dinge zu sorgen, die ich nicht ändern kann, ist reine Zeitverschwendung.«

»Es ist noch nicht zu spät, weißt du. Wenn du in Zukunft sehr, sehr artig wärst ...«

Er lachte, und sie merkte, dass dieses raue Lachen ihr zu gefallen begann und auch irgendetwas tief in ihrem Innersten bewegte. »Sehr, sehr artig zu sein würde mich zu Tode langweilen.« Er zwinkerte ihr zu und klopfte auf das letzte Kästchen. »Öffne deins.«

Sie war so erfreut über das Geschenk, dass ihre Hände ein wenig zitterten. Jetzt wusste sie, wie Henry sich gefühlt hatte, als er vor Spannung einfach nicht mehr still sitzen konnte. Sein frohes Lachen schallte durch den Garten, und Olivia fragte sich, welche Wunder er entdeckt haben mochte.

»Deins ist ein bisschen anders«, erläuterte Jack, während er mit seinen schlanken Fingern über das schöne dunkle Holz des Zylinders strich. »Darin sind bunte Glasstückchen, die größtenteils rot und purpur sind. Wenn du es drehst, siehst du andere Bilder.«

Als sie es anhob, um hindurchzusehen, legte er einen Arm um ihre Schultern und eine Hand an der Stelle, an der sich der

Drehmechanismus befand, auf ihre, als bräuchte sie Hilfe bei einer solch simplen Aufgabe. Vor einer Woche hätte sie ihn weggeschubst, aber jetzt begrüßte sie seine Nähe, als wäre sie eine warme Decke in einer verschneiten Winternacht.

Seine Wange berührte schon fast die ihre, als könnte auch er sehen, was sie sah. »Gefällt es dir?«, fragte er leise.

Sie war nicht sicher, ob er das Kaleidoskop meinte oder die Art, wie er sie berührte. In beiden Fällen war die Antwort jedoch die gleiche. »Sehr.«

Als sie den Kopf drehte, fiel ihr auf, dass sich ihre Lippen fast berührten. Angesichts des schier überwältigenden Verlangens, das sie während des Kusses beherrscht hatte, hielt sie es für klüger, auf Abstand zu bleiben. »Möchtest du hindurchsehen?«

Er musterte ihren Mund, bevor er sich leicht zum Kaleidoskop vorbeugte und es vor sein Auge hielt, ohne sie loszulassen. »Die Farben erinnern mich an dich«, murmelte er. »Feurig, leidenschaftlich. Bei jeder Drehung zeigt sich eine andere Facette.«

»Ich bezweifle, dass ich so interessant bin.«

Er lehnte sich zurück. »Dann bist du dir deiner eigenen Ausstrahlung nicht bewusst. Wie fühlst du dich? Stark genug für einen Spaziergang durch den Garten?«

»Mit dir?«

Jack sah sie prüfend an und war unsicher, ob sie seine Gesellschaft wollte, aber er hatte einige Fragen und hielt den Garten für einen besseren Ort, um Antworten zu erhalten. Er hatte gehofft, dass die mitgebrachten Spielzeuge Olivias Wachsamkeit ein wenig verringern würden. »Ja, und ich verspreche dir auch, mich gut zu benehmen.«

»Möglicherweise gelingt es dir aber nicht.«

Das war durchaus möglich. Er hatte sehr bedauert, dass sie krank geworden war, und sich anfangs sogar gefragt, ob sich sein Verhalten in der Nacht vor ihrem Zusammenbruch – ihr Brandy aufzudrängen und sie dann zu küssen, was, wenn er daran zurückdachte, seinen Körper noch immer in Wallung brachte – auf ihren Gesundheitszustand ausgewirkt haben könnte. Mit Graves konnte er nicht darüber reden, ohne ihm zu erzählen, was er getan hatte. Nicht, dass er sich deswegen schämte, aber er war es einfach nicht gewohnt, anderen intime Details anzuvertrauen.

»Aus Respekt vor deiner gerade erst überstandenen Krankheit werde ich mir große Mühe geben. Ich dachte nur, ich sollte bei dir sein für den Fall, dass du wieder in Ohnmacht fällst.«

»Das ist sehr unwahrscheinlich. Trotzdem würde ich mich über deine Gesellschaft freuen.«

Worte, die er nie von ihr erwartet hatte. Er war nicht sicher, was er von ihrer neu gewonnenen Kameradschaft halten sollte; er wusste nur, dass sich die Dinge zwischen ihnen geändert hatten. Ob das von diesem Kuss herrührte, ihrer Krankheit oder einfach die Einsicht war, dass sie es vorerst miteinander aushalten mussten, wusste er nicht. Er wollte sie noch immer verheiraten, aber er verspürte auch nach wie vor das nahezu unkontrollierbare Verlangen, sie in sein Bett zu bekommen.

Während sie das Kaleidoskop einpackte, richtete er sich langsam auf. Als Olivia bereit war, half er ihr auf die Beine, ließ ihre Hand jedoch sofort wieder los, sobald sie sicher stand. Sie in die Arme zu nehmen wäre für ihn nicht von Vorteil, um das zu erreichen, was er im Augenblick benötigte.

»Hast du deinen Garten überhaupt schon ganz gesehen?«, erkundigte sich Olivia.

Es war das erste Mal, dass sie von irgendetwas sprach, als gehörte es tatsächlich ihm. Irgendwie verlieh es dem Umstand, dass ihm hier alles gehörte, Glaubwürdigkeit, und Jack hätte zu gern gewusst, ob Olivia sich vielleicht endlich mit den Bedingungen des Testaments abgefunden hatte.

»Ja, stell dir vor, das habe ich«, antwortete er. »Ich liebe Gärten.«

»Und ich hätte gedacht, dass du sie eher frivol finden würdest.«

Er begleitete sie zu dem schmalen, kurvigen Kopfsteinpflasterpfad, der von Henry und Ida wegführte, die noch dabei waren, ihre neuen Spielzeuge auszuprobieren. Die Hecken und Blumen waren hier sehr üppig und boten eine gewisse Abgeschiedenheit. »Ich bin in den Armenvierteln aufgewachsen. Sie sind schmutzig, überfüllt und dort findet man kaum grünes Gras, lebhafte Farben oder angenehme Düfte. Deshalb liebe ich Gärten. Und da meine Mutter Blumenverkäuferin war, werde ich so immer an sie erinnert.«

»Komisch, aber ich hätte nicht gedacht, dass du eine Mutter hattest.«

»So unwahrscheinlich es auch scheint, muss sogar die Brut des Satans eine Mutter haben.«

Sie fuhr zu ihm herum. »Manchmal hast du eine erstaunlich geringe Meinung von dir selbst, Jack Dodger.«

Er grinste sie an. »Wieso denkst du, ich hielte es für einen Nachteil, ein Spross des Teufels zu sein?«

Sie verdrehte die Augen. »Vermutlich tust du das nicht. Gott segne deine Mutter, dass sie dich ertragen hat.«

»Im Grunde hat sie das nicht. Nicht lange jedenfalls. Als ich gerade mal fünf war, hat sie mich verkauft.«

Mitleid und Bestürzung spiegelten sich in Olivias Augen wider, und Jack verfluchte sich dafür, diese persönliche Information preisgegeben zu haben. Er wusste nicht, was ihn dazu getrieben hatte. Der Einzige, dem er es je erzählt hatte, war Luke. Und natürlich hatte Feagan es gewusst. Feagan wusste immer alles.

»Mach nicht so ein entsetztes Gesicht, Olivia. Das ist sehr lange her.«

»Aber warum hat sie das getan?«

»Ich weiß es nicht. Weil ich irgendetwas getan hatte, was ihr missfiel, vermute ich.«

»Ich kann mir nicht vorstellen, dass du irgendetwas getan haben könntest, das sie dazu veranlasst hat, so herzlos zu sein und dich zu verkaufen.«

»Na ja, es gibt vermutlich vieles, das du dir nicht vorstellen kannst. Das ist eine ganz andere Welt da draußen in den Armenvierteln.«

»An wen hat sie dich verkauft?«

»Das spielt jetzt keine Rolle mehr.«

»Du hast ihre Absichten bestimmt nur missverstanden.«

»Es dürfte ein bisschen schwierig sein, etwas falsch zu verstehen, wenn vor deinen Augen ein Beutel Geld den Besitzer wechselt.« Er klang, als würde er sich verteidigen. »Aber lass uns über etwas anderes reden, ja?«

»Ja, natürlich. Ich wollte auch nicht in deiner schmerzlichen Vergangenheit herumwühlen.«

Innerlich verwünschte er sich wieder dafür, ihr schon derart viel erzählt zu haben. Welcher Teufel hatte ihn geritten, ein solch miserables Urteilsvermögen an den Tag zu legen?

»Ich hörte, dass du ein Krankenhaus für Dr. Graves bauen lässt. Du bist viel karitativer, als mir bewusst war«, sagte sie.

»Nein, das bin ich nicht. Ich habe nur eine Wette verloren.«

Sie riss die Augen auf. »Du hast gewettet, dass du ihm ein Krankenhaus bauen würdest?«

Er zuckte mit den Schultern.

»Und was sollte er für dich bauen?«

»Ein Wirtshaus.«

Olivia lachte. »Natürlich. Worum ging es bei der Wette?«

»Luke Claybourne war lange verliebt in Frannie, und ich wusste, dass er die Absicht hatte, sie zu heiraten. Eines Nachts erwähnte Graves jedoch, er sei überzeugt davon, dass Luke stattdessen Lady Catherine Mabry heiraten würde. Und ich, immer auf der Jagd nach leicht verdientem Geld, sagte: ›Die Wette nehme ich an.‹ Luke heiratete drei Wochen später Catherine. Und jetzt muss ich dieses Krankenhaus bauen.«

»Woher wusste Graves das?«

Wieder zuckte Jack mit den Schultern. »Wer unter Feagans Anleitung aufwuchs, ist sehr geschickt darin, die Wahrheit zu erkennen. In jenem Moment war Graves dummerweise noch geschickter als ich.«

»Das tut mir leid. Wer ist Feagan?«

»Der alte Gauner, der unsere Bande aus Kinderdieben leitete.«

»Claybourne war eines dieser Kinder?«, hakte sie nach.

Jack nickte. »Ebenso wie Graves, Swindler und Frannie.«

»In jener ersten Nacht hast du gesagt, du würdest nur wenige Menschen respektieren ...«

»Diese wenigen sind sie, denn trotz ihrer schlechten Anfangschancen haben sie etwas aus sich gemacht.«

»Wie du.«

»Ja, ich habe auch nicht schlecht abgeschnitten.«

Sie gingen um einen Teil des Gartens, dessen Außenmauer von blühenden Kletterrosen überwuchert war. Die verschwenderische Fülle der Rosen ließ ihren Duft schon fast penetrant wirken, und er war so intensiv, dass Jack Olivias Parfum nicht länger riechen konnte. Außerdem befanden sie sich hier außerhalb der Hörweite von jedem, der sich im Haus oder im Garten aufhielt.

Während sie gemächlich dahinschlenderten, beobachtete Jack Olivia verstohlen aus den Augenwinkeln und wartete geduldig, bis er merkte, dass ihre Gedanken abschweiften. Die kleine Falte zwischen ihren Augenbrauen glättete sich, ihre Augen nahmen einen sanften Schimmer an, und sie lächelte, als sie sich im Anblick der prachtvollen Lilien verlor, die sie an der Wegbiegung begrüßten.

»Worüber ich mit dir reden möchte, Olivia . . . Warum hast du deinen Mann getötet?«

Olivia verhielt abrupt den Schritt und starrte Jack mit großen Augen an. Sie konnte unmöglich richtig gehört haben!

Er schenkte ihr ein nachsichtiges Lächeln. »Du hast etwas Derartiges erwähnt, als du hohes Fieber hattest.«

Ihr wurde plötzlich übel. »Wer hat das gehört?«

»Nur ich.«

Der Garten drehte sich um sie, und obwohl sie wie angewurzelt dastand, geriet sie irgendwie ins Stolpern. Jack ergriff schnell ihren Ellbogen und stützte sie.

»Komm, setz dich dort drüben hin«, riet er ihr und führte sie zu der schmiedeeisernen Bank, die sie in diesem Bereich des Gartens hatte aufstellen lassen, weil sie hier gewöhnlich ein gewisses Maß an Ruhe und Zufriedenheit fand.

Kraftlos sank sie auf die schmale Bank. Verrückterweise wollte Olivia, dass Jack sich neben sie setzte und sie im Arm hielt. Stattdessen kauerte er sich vor sie hin, wie Inspektor Swindler es getan hatte, als könne diese spezielle Haltung ihr ein Geständnis entlocken.

»Hast du das im Delirium gesagt?«, fragte Jack.

Er bot ihr einen leichten Ausweg aus ihrem Dilemma an, und wäre das Ganze nicht so belastend gewesen, hätte sie ihn vielleicht angenommen. Aber sie hatte es noch nie jemandem erzählt, und es war so schwer, so furchtbar schwer, damit zu leben. Sie blinzelte, um die Tränen zurückzuhalten, und schüttelte den Kopf.

»Erzähl es mir«, bat Jack sie leise.

»Du wirst mich für abscheulich halten.«

Er griff in sein Jackett, zog ein Taschentuch heraus und reichte es ihr. »Ich bin sehr vieles, Livy, aber ganz gewiss kein Heuchler. Ich habe weitaus schlimmere Dinge getan, als du je tun könntest.«

Sie nahm das Taschentuch, trocknete ihre Tränen und putzte sich die Nase. »Aber du hast mich eine Heuchlerin genannt, als ich krank war.«

»Weil es da zu passen schien.«

Sie schluckte heftig. »Alle haben mich immer nur Olivia genannt – zumindest, wenn sie meinen Vornamen benutzten. Sie haben ›Euer Gnaden‹ und natürlich ›Duchess‹ gesagt, aber niemals ›Livy‹. Das gefällt mir irgendwie – und jetzt rede ich dummes Zeug.«

Jacks Blick war so durchdringend, dass sie das Gefühl hatte, als könnte er ihr geradewegs ins Herz hineinschauen.

»Falls es dir die Sache leichter macht – ich habe keine Sekunde lang geglaubt, dass du ihn umgebracht hast, oder zumindest nicht vorsätzlich und aus Bosheit«, sagte er.

»Aber ich bin schuld an seinem Tod.«

»Wieso das?«

Nervös zerknüllte sie sein Taschentuch und zog es wieder glatt. »Wir waren zu einem Dinner eingeladen. Da Henry besonders betrübt zu sein schien, weil wir aufbrechen wollten, nahm ich mir etwas mehr Zeit, um ihn zu beruhigen. Infolgedessen waren wir spät dran. Lovingdon machte eine Bemerkung, wie ich denn die Zeit vergessen konnte, wo ich doch ständig neue Uhren kaufe. Es war so untypisch für ihn, etwas Unfreundliches zu sagen, dass seine Worte mir in der Seele wehtaten.«

Selbst die Erinnerung daran schmerzte noch. Die Uhren waren immer nur für ihn gewesen. Er hatte stets gelächelt, wenn sie ihm eine neue schenkte, und gesagt: »Oh, jetzt habe ich noch mehr Zeit.«

Leider hatte er am Ende nicht einmal annähernd genug Zeit gehabt.

»Ich kann auf jeden Fall verstehen, warum du ihn umgebracht hast.«

Olivia bedachte ihn mit einem ärgerlichen Blick. »Du verharmlost meinen Schmerz.«

Er verlagerte das Gewicht. »Weil er mir Unbehagen bereitet und ich dich nicht leiden sehen will.«

»Wer hätte gedacht, dass dich das kümmert? Ich glaube, du hast noch eine ganz andere Seite, die du nur wenigen zeigst.«

»Ich zeige sie niemandem.«

Er verschränkte so fest die Hände vor sich, dass Olivia seine weiß hervortretenden Knöchel sehen konnte und sich fragte, ob er mit sich kämpfte, um nicht die Hand nach ihr auszustrecken und sie zu berühren. Wenn die Situation es erforderte, konnten sie beide anscheinend äußerst stark sein. Im Moment wollte sie nichts mehr, als ihm in die Arme zu fallen, und trotzdem bewahrte sie Distanz.

»Also hattet ihr euch verspätet ...«, nahm er den Faden wieder auf.

Olivia nickte. »Wir eilten die Treppe hinunter, und ich glaubte, Henry weinen zu hören. Als ich mich umdrehte, um zurückzugehen und nach ihm zu sehen, hielt Lovingdon mich fest und sagte, ich solle Henry in Ruhe lassen. Dem Jungen ginge es gut. Aber ich war noch immer verärgert wegen der dummen Bemerkung über die Uhren, und so riss ich mich los – und als ich es tat ...«

Oh Gott, sie konnte alles noch so deutlich vor sich sehen, jede Sekunde, die eine Ewigkeit zu dauern schien. Den verblüfften

Ausdruck auf Lovingdons Gesicht. Seine wild herumfuchtelnden Arme. Seinen Fuß, der zurücktrat und nach der Stufe tastete, die er vergeblich dort zu finden hoffte, seinen Versuch, die Balance zu halten, der ebenfalls misslang.

»... taumelte er nach hinten. Ich griff nach ihm, aber er fiel bereits, und ich hörte dieses grauenvolle Geräusch, das sich so anhörte, als würde ein riesiges Ei zerspringen ... und dann lag er nur noch reglos da.«

Jack verschwamm plötzlich vor ihren Augen, und sie merkte, dass sie ihn durch einen Tränenschleier ansah. »Du siehst also, dass es meine Schuld war.«

Er nahm ihr das Taschentuch ab, das sie umklammerte, und tupfte ihr sehr sanft, behutsamer, als sie ihm jemals zugetraut hätte, die Tränen ab.

»Nein, das war es nicht«, sagte er ruhig. »Es war ein Unfall.«

»Es war alles so dumm, Jack. Er wollte nicht einmal zu der Abendgesellschaft gehen, aber sie fand bei der Königin statt. Sie und der Prinz hatten zu einem festlichen Dinner eingeladen, um den Erfolg der Weltausstellung zu feiern. Du weißt das wahrscheinlich nicht, aber eine Einladung der Königin lehnt man nicht ab.«

Durch ihre Tränen, die nicht versiegen wollten, sah sie, dass er einen Mundwinkel hochzog. »Und sehr wahrscheinlich werde ich die mit dem Königshof verbundene Etikette auch niemals kennen müssen.«

Olivia lachte leise, aber eigentlich war es mehr ein Hicksen. »Wahrscheinlich nicht.« Wieder hickste sie. »Möchtest du etwas vollkommen Absurdes hören?«

»Etwas Lustiges wäre mir jetzt ganz recht.«

Da er aufgehört hatte, ihr die Tränen abzutupfen, griff sie nach dem Taschentuch in seiner Hand und tat es selbst. »Heute klingt es albern, aber als das Testament verlesen wurde, kam es mir so vor, als wärst du meine Strafe. Ich dachte, Lovingdon habe vielleicht irgendwie geahnt, dass ich für seinen Tod verantwortlich sein würde, und diesen lächerlichen Letzten Willen aufgesetzt, um mich zu bestrafen.«

»Ich kann mir gut vorstellen, dass es sich in dem Augenblick so angefühlt haben muss.«

»Es kam so unerwartet. Ich will in Bezug auf meinen Erbteil nicht undankbar klingen, aber ich hatte gehofft, dass er mir das Haus vermachen würde. Ich weiß, dass es viel zu groß ist für einen Witwensitz, aber als ich einzog, war hier alles so düster. Er ließ nie das Licht herein. Seine Dienerschaft hätte eigentlich viermal so groß sein müssen, und der Großteil des Hauses wurde sehr vernachlässigt. All das habe ich geändert. Und wenn ich ganz ehrlich sein soll, fühlte ich mich von ihm verraten, weil er es dir vermacht hat, und dann auch noch dich, einen stadtbekannten Wüstling, zum Vormund unseres geliebten Henrys ernannte ... Das war einfach zu viel, das konnte ich nicht ertragen. Und dann habe ich all meinen Ärger und meine Enttäuschung an dir ausgelassen, fürchte ich. Das tut mir leid.«

»Du entschuldigst dich viel zu viel, Livy. Es war dein gutes Recht, verärgert zu sein. Und meine Reaktion war ja auch nicht gerade die liebenswürdigste.«

»Ich weiß einfach nicht, was er sich dabei gedacht hat. Aber das werden wir wohl nie erfahren.« Olivia seufzte. »Er fehlt mir, aber nicht so sehr, wie es vermutlich sein sollte. Ich war sehr einsam während der Zeit mit ihm. Manchmal wünschte ich, ich wäre keine gute Tochter gewesen, sondern hätte mich gegen meinen Vater aufgelehnt und wäre mit jemandem meiner Wahl durchgebrannt. Beispielsweise mit dem Gärtner.«

»Du warst in den Gärtner verliebt?«

Sie lachte leise, weil er so schockiert klang und sie nie gedacht hätte, dass irgendetwas Jack schockieren könnte. »Das war nur ein dummes Beispiel. Es gab eigentlich gar keinen anderen.« Sie verschränkte ihre Hände und betrachtete sie. »Du hattest übrigens recht. Lovingdon war in allen Angelegenheiten sehr penibel. Und trotzdem bereue ich nicht, ihn geheiratet zu haben. Wenn ich Henry ansehe, bin ich dankbar. Ich wünschte nur, ich hätte ihn nicht umgebracht.«

»Das hast du auch nicht getan, Olivia. Wenn überhaupt, war es seine eigene Ungeschicklichkeit.«

Sie schüttelte den Kopf. »Trotzdem werde ich mich immer schuldig fühlen. Wenn ich ihn mehr geliebt oder Henry nicht so verwöhnt hätte ... Ich weiß, dass ich das tue, aber irgendwie muss ich meine Liebe zu ihm doch zum Ausdruck bringen.«

»Falls es dich ein wenig beruhigt«, sagte Jack, »so kann ich mir nach allem, was wir heute über Helen wissen, sehr gut vorstellen, dass Henry wirklich geweint und geschrien hat.«

Falls er glaubte, sie damit beruhigen zu können ...

»Du versuchst, mich von meiner Schuld freizusprechen, wofür ich dir auch wirklich dankbar bin, aber leider zeigt das nur, dass ich nicht nur eine schlechte Ehefrau, sondern auch eine ebenso schlechte Mutter war.«

»Du darfst dir keine Vorwürfe machen, weil du Helens wahren Charakter nicht durchschaut hast. Menschen, die sich ein Vergnügen daraus machen, Kindern wehzutun, verstehen das sehr gut zu verbergen.«

»Hat dieser Mensch, der dir wehgetan hat, es auch so gut verborgen?«

»Ja, ich denke schon.«

Sie bedrängte ihn nicht, ihr Genaueres zu erzählen, auch wenn sie liebend gern noch viel mehr über ihn erfahren hätte. Aber sie schwieg und wischte sich nur noch einmal über die Augen, bevor sie ihm sein Taschentuch zurückgab. »Wirst du es deinem Freund von Scotland Yard erzählen?«

»Du hast deinen Mann nicht getötet, Livy. Wir können Swindler nach seiner Meinung fragen, wenn du willst, aber er wird dir das Gleiche sagen wie ich.«

Sie erhob sich langsam. »Es heißt, Beichten tue der Seele gut, und ich fühle mich tatsächlich schon viel besser. Danke, Jack.«

»Gern geschehen, Livy.«

Er machte jedoch keine Anstalten, zum Haus zurückzukehren, sondern musterte ihre Lippen, woraufhin sie sich fragte, woran er gerade dachte.

»An dem Morgen, an dem du ins Ankleidezimmer gekommen bist . . .«, begann er.

»War mir nicht bewusst, dass du dort warst«, unterbrach sie ihn schnell, bevor er mehr sagen konnte.

»Und ich dachte, du wärst vielleicht gekommen, um mir zu geben, was du mir schuldest«, fuhr er trotzdem fort.

»Ich glaube nicht, dass ich dir irgendetwas schuldig bin.« Eine seltsame Atemlosigkeit ergriff von ihr Besitz, und ihr war auch plötzlich wieder sehr warm. »Du hast die Herausforderung angenommen, aber sie war nicht uneingeschränkt.«

»Dann sind wir uns also wieder mal uneins.«

»Offensichtlich.«

Er schenkte ihr ein verführerisches Lächeln. »Komisch, dass es mir gar nicht so vorkommt.«

Bevor sie seiner Behauptung widersprechen konnte, reichte er ihr den Arm. Als eine Art Waffenstillstand, nahm sie an.

Während sie zum Haus zurückgingen, kam ihr der Gedanke, dass er zu einer immer größeren Gefahr für ihr Herz zu werden drohte, je mehr Zeit sie mit ihm verbrachte.

Kapitel fünfzehn

Er war von Natur aus ein geduldiger Mann und auch ein vorsichtiger, aber in letzter Zeit langweilte er sich immer öfter.

Sich in der Spielhölle aufzuhalten, obwohl er wusste, dass er dort nicht willkommen wäre, wenn seine wahren Absichten bekannt würden, war jedoch ziemlich aufregend.

Die Glücksspieltische interessierten ihn nicht. Genauso wenig die Tische, an denen Kartenspiele angeboten wurden. Der Raum, in dem sich die Frauen aufhielten, war langweilig, und dem Alkohol hatte er noch nie etwas abgewinnen können.

Aber die Jungen! Sie waren eine völlig andere Sache.

Niemand merkte, wenn in den Armenvierteln ein Kind verschwand.

Aber hier könnte es auffallen.

Besonders, wenn dieser verdammte Inspektor Swindler hier herumschnüffelte.

Der Trick war, sich Zeit zu lassen, in aller Ruhe zu entscheiden, welches der richtige Junge war, und erst dann zu handeln.

Olivia wusste, dass sie aufstehen und ihren Tag beginnen musste. Stattdessen gönnte sie sich den Luxus, im Bett zu bleiben und zuzuhören, wie Jack nebenan sein morgendliches Bad nahm. In den vier Tagen seit ihrer Krankheit war ihr allzu gut bewusst geworden, wie eingehend Jack sie beobachtete, fast so, als versuchte er, ihre Bereitschaft einzuschätzen, sich mit etwas auseinanderzusetzen. Sie hatte ein etwas mulmiges Gefühl dabei. Vielleicht hatte er Swindler von ihrer Beichte erzählt, und bevor sie wusste, was geschah, würde sie sich bei Scotland Yard in einer Zelle wiederfinden. Jack erkundigte sich jeden Morgen nach ihrem Gesundheitszustand, wollte wissen, wie stark sie sich schon wieder fühlte, und unterzog sie einem ähnlichen Verhör, wie Graves es vermutlich über sich hatte ergehen lassen müssen. Der Mann tat ihr jetzt richtig leid. Um herauszufinden, warum Jack so interessiert an ihrem Befinden war, hatte sie gestern Morgen geantwortet: »Ich fühle mich wieder genauso gut wie vor meiner Erkrankung.«

Das Einzige, was er dazu sagte, war: »Freut mich, das zu hören.«

Woraufhin sie sich fragte, ob sie sich damit empfänglicher gezeigt hatte für seine Versuche, sie in sein Bett zu locken. Seit ihrem Spaziergang im Park hatte er ein besonders gutes Benehmen an den Tag gelegt. Ihre Beziehung war deutlich angenehmer geworden, sodass sie sich heute kaum noch daran erinnern konnte, warum sie dagegen gewesen war, dass er Henrys Vormund wurde.

Als es still wurde im Ankleidezimmer, blieb sie noch ein wenig länger im Bett und versuchte, sich Jack nicht beim Bekleiden seines hinreißenden Körpers vorzustellen. Doch je angestrengter sie sich bemühte, es nicht zu tun, desto mehr tat sie es natürlich.

Als es an ihrer Tür klopfte, zuckte sie zusammen. Kaum hatte sie sich aufgesetzt, schwang die Tür zum Ankleidezimmer auch schon auf, und Jack kam in ihr Zimmer. Entrüstet schnappte sie nach Luft und zog die Decken bis ans Kinn. »Was tust du hier?«

»Ich hatte es aufgeschoben, bis du dich wieder erholt hast, damit du uns begleiten kannst. Henry möchte die Weltausstellung sehen.«

»Ich weiß, aber …«

»Wir gehen heute hin und würden uns freuen, wenn du mitkommst. Heute ist Schilling-Tag, ein Tag, der speziell für die Unterschicht gedacht ist, damit die versnobte Oberschicht – was ich ihr aber ausnahmsweise mal vergebe, da es uns zugutekommt – nicht dieselbe Luft atmen muss wie das Proletariat. Da die Leute, die heute dort sein werden, keine sind, mit denen du Umgang pflegst, ist es also höchst unwahrscheinlich, dass du erkannt wirst.« Er warf ein Bündel auf das Bett. »Und um deine letzten Befürchtungen auszuschließen, habe ich dir diese Kleider mitgebracht. Sie werden dafür sorgen, dass du nicht auffällst. In einer halben Stunde fahren wir los, Olivia.«

Bevor sie weitere Einwände erheben konnte, schloss er die Tür. Sie griff nach dem Bündel, löste die verknotete Kordel und entfaltete die schäbig aussehenden Kleider: eine Jacke, ein Hemd und eine Hose, Schuhe und eine Mütze. Wollte er ihr etwa zu verstehen geben, dass sie sich wie ein Junge kleiden sollte?

Mit der Hose in der Hand kroch sie aus dem Bett und ging zur Tür, um ihn zur Rede zu stellen. Es war völlig unangebracht ...

Aber nicht so unangebracht, wie ihn zu küssen.

Doch entschuldigte eine kleine Ungezogenheit eine weitere? Sie verhielt abrupt den Schritt und umklammerte das Kleidungsstück. Es war sauber, nur eben ein bisschen schäbig. Jack, der zweimal am Tag badete und – wie sie von ihrer Wäscherin erfahren hatte –, seine Kleider öfter waschen ließ, als ein normaler Mann es tun sollte, hatte ihr natürlich tadellos saubere Kleidung mitgebracht. Sie hielt die Hose an ihre Taille und ließ die Beine bis zu ihren Füßen hinunterfallen. Sie war lang und anscheinend auch weit genug.

Olivia wollte nicht einmal daran denken, wie genau er sie betrachtet haben musste, um so gut einschätzen zu können, dass diese Sachen ihr passen würden. Sie wusste nicht, ob sie beunruhigt sein oder sich geschmeichelt fühlen, ihm danken oder ihm die Leviten lesen sollte. Sie war sich ziemlich sicher, dass er Letzteres erwartete und womöglich schon auf der anderen Seite der Tür stand und sich seine Argumente zurechtlegte.

Zögernd trat sie einen Schritt zurück, um ihre Möglichkeiten abzuwägen. Die Wahrheit war, dass sie die Weltausstellung genauso gerne sehen wollte wie ihr Sohn. Aber sich dazu wie ein Junge zu kleiden …

Sie lachte auf und schlug die Hand vor den Mund. Allein die Vorstellung bewirkte, dass sie sich unbekümmert, jung und abenteuerlustig fühlte. Was konnte es schon schaden? Wer würde es erfahren?

Sie ließ sich das Für und Wider durch den Kopf gehen. Das Problem würde ihr Haar sein. Aber es könnte gehen, wenn sie es zu einem festen Zopf flocht, ihn hochsteckte, die Mütze daraufsetzte und sie so weit wie möglich herunterzog.

»Nein, ausgeschlossen«, flüsterte sie. »Das kann ich nicht.«

»Warum nicht?«, fragte eine leise Stimme, die nicht wirklich wie ihre klang. Weil sie irgendwo tief in ihrem Kopf war, wahrscheinlich. Vielleicht verlor sie ja auch den Verstand. Es war schlimm genug, Selbstgespräche zu führen, aber sich auch noch zu widersprechen war total verrückt.

Es klopfte an der Tür zum Ankleidezimmer. »Bist du so weit?«, fragte eine tiefe Stimme.

»Nein.«

»Aber hast du was an?«

»Nein.«

»Dann zieh dich an. Ich komme rein.«

»Nein.«

Der Schuft öffnete jedoch einen Spalt weit die Tür, warf

einen Blick ins Zimmer und musterte sie. »Komm schon, Livy, du weißt, dass du es willst.«

Da sie sich ungewöhnlich verwundbar fühlte mit ihm in ihrem Schlafzimmer, stellte sie nervös einen nackten Fuß auf den anderen.

»Wem wird es etwas ausmachen, wenn du hingehst?«, fragte Jack, während er hinter der Tür hervortrat, sich an die Wand lehnte und herausfordernd seine Arme vor der Brust verschränkte.

Heute trug er nicht seine übliche maßgeschneiderte Kleidung, sondern ein Jackett aus braunem Tweed, das ihm nicht richtig passte. Es war etwas zu groß und ließ ihn irgendwie … gewöhnlich erscheinen. Olivia hatte bisher noch nie bemerkt, dass er normalerweise alles andere als gewöhnlich aussah. Aber jetzt kam ihr der Gedanke, dass sie, wenn sie nicht gewusst hätte, wo er herkam, ihn vielleicht sogar für einen Adligen gehalten hätte. Er hatte etwas Distinguiertes an sich, das nicht einmal durch seine jetzige triste Kleidung wirklich verborgen war. Und es war auch etwas ungewohnt, ihn ohne eine farbige Weste unter seinen eleganten Jacketts zu sehen.

»Wen wird es interessieren, wenn du *nicht* hingehst?«, fragte er, als wäre er es leid, auf die Antwort auf seine erste Frage zu warten.

Olivia blickte zu den auf dem Bett liegenden Kleidern hinüber.

»Noch in vielen Jahren wird Henry von seinen Erinnerungen an die Weltausstellung sprechen. Möchtest du denn nicht ein Teil davon sein?«, wollte Jack wissen.

»Das ist unfair, Jack. Was ist, wenn mich *doch* jemand erkennt?«

»Niemand sieht den Armen ins Gesicht. Und in diesen Kleidern wirst du wie ein Habenichts aussehen.«

»Und wie bin ich dann an das Geld für den Eintritt gekommen?«

Jack seufzte. »Danach wird dich niemand fragen. Komm schon, Livy, tu einmal in deinem Leben etwas, das du nicht tun solltest.«

Fast hätte sie ihn an den Kuss erinnert, aber da er seit ihrem Spaziergang im Garten kein einziges Mal auf diesen Vorfall angespielt hatte, vermutete sie, dass er ihn entweder vergessen wollte oder beschlossen hatte, dass er absolut nichts zu bedeuten hatte. Und sie gab sich die größte Mühe, nicht enttäuscht zu sein.

Er führte sie in Versuchung und ließ es so einfach erscheinen, von ihre hohen Moralvorstellungen abzulassen. Aber was er von ihr verlangte, war gar nicht so schrecklich. Es wäre so schön, das Haus zu verlassen und etwas mit Henry zu unternehmen. »Ich denke, es gibt Schlimmeres«, gestand sie.

»Wenn man bedenkt, dass du nur ein Nachthemd trägst und ein Mann in deinem Schlafzimmer steht«, meinte Jack augenzwinkernd, »kann man das, was ich vorschlage, wohl kaum als schlimm bezeichnen.«

Bevor er sie geküsst hatte, hätte sie seine Worte vielleicht für beleidigend gehalten, doch nun dachte sie, dass er sie bloß aufzog und zum Lachen bringen wollte, um ihr zu zeigen, wie albern ihr vermeintliches Dilemma war.

»Wenn ich dafür in die Hölle komme ...«

»... werde ich auch dort sein und mit dir tanzen«, unterbrach er sie.

Irgendetwas in seinem Tonfall und seinem Blick brachte sie auf den Gedanken, dass er dieses Mal nicht scherzte, und sie hatte auf einmal das absurde Bedürfnis zu weinen. Das konnten nur die Nachwirkungen ihrer Krankheit sein, vielleicht hatte er aber auch einfach ihre Furcht vor dem Alleinsein erkannt.

Wenn sie zu genau über Jacks Ansinnen nachdachte, würde sie vielleicht den Ausweg eines Feiglings wählen. Da sie das jedoch nicht wollte, schob sie das Kinn vor und wedelte mit einer Hand in der Luft herum. »Dann raus mit dir! Ich muss mich fertig machen.«

Er schenkte ihr ein erfreutes Lächeln, bevor er die Tür hinter sich zuzog. Oh, hatte er ihr seine Freude so unverhohlen zeigen müssen? Ihr Herz klopfte auf einmal noch viel schneller. Es war ein wunderbares Gefühl, einem Mann Freude zu bereiten und zu wissen, dass er mit ihr Zeit verbringen wollte.

Freude ... Das Glück, das sie empfand, war größer als alles, was sie in dieser Hinsicht je zuvor erlebt hatte.

Als sie nach dem Klingelzug griff, konnte sie sich an keinen einzigen Moment in ihrem Leben erinnern, in dem sie je so aufgeregt gewesen war.

Die Männerkleidung war ein Fehler, ein schrecklicher Fehler, dachte Jack, weil er nun gezwungen war, die entzückende Rundung von Olivias Po zu bewundern, als sie wartend in der Schlange vor dem eigens für die Weltausstellung erbauten Crystal Palace standen. Olivia hatte sich von ihrer Zofe offenbar die Brüste umwickeln lassen, da ihr Oberkörper in dem Männerhemd flach wie ein Brett war. Vielleicht sah es aber auch nur aufgrund der Jacke darüber so aus. Diese viel zu kurze Jacke, die den Blick auf ihren wohlgeformten Po in der ziemlich engen Hose freigab.

Sie sahen aus wie drei Freunde, die auf Abenteuersuche waren. Zumindest sie und Henry sahen aus wie junge Burschen, während Jack mehr wie der Vater wirkte – und sich auch so fühlte. Alt und verbittert. Seine zynische Einstellung zum Leben hatte ihn bisher noch nie gestört, aber nun kam er sich alt vor, während

Olivia und Henry von geradezu kindlichem Staunen erfüllt waren, obwohl sie das Gebäude noch nicht einmal betreten hatten.

Noch nie hatte er Olivias Augen so voller Fröhlichkeit gesehen. Hin und wieder beugte sie sich zu Henry herab und sprach mit ihm, während sie ihm irgendetwas zeigte. Obwohl Jack wusste, dass er so nicht denken sollte, wünschte er, sie würde bei ihm das Gleiche tun, seinen Arm berühren oder sich auf die Zehenspitzen stellen, um ihm etwas ins Ohr zu flüstern.

Selbst in ihren schlecht sitzenden Kleidern sah sie hinreißend aus. Trotzdem wirkte sie immer noch wie eine Person von hohem Rang. Er könnte ihre Wangen mit Schmutz einreiben und die Spitze ihrer hübschen kleinen Nase mit Lehm bestreichen, trotzdem würde sie nicht so aussehen, als gehörte sie in den Sumpf, der Jacks Leben gewesen war. Würde jemand sie so anrempeln, wie es Jack gerade passiert war, würde sie sich entweder entschuldigen oder ein wenig die Nase kräuseln, wie sie es tat, wenn ihr etwas missfiel. Sie würde niemanden wegschubsen …

Verdammt noch mal!

Während Jack in die Taschen seines Rocks griff, blickte er sich schnell um.

Nirgendwo ein Dieb in Sicht. »Verdammter Mist!«

»He, he, Freundchen! Pass auf, was du sagst! Ich bin mit ’ner Dame hier.«

Jack fuhr zu dem Mann herum, der ihn so angeraunzt hatte. Er war beträchtlich älter als er und seine Frau recht unscheinbar – aber es sah ganz so aus, als hätte er sie gern und als wären sie ein echtes Paar.

»Was ist los?«, krächzte jemand.

Langsam drehte Jack sich zu Olivia um.

»Was ist los?«, wiederholte sie in einer Stimme, die sie wahrscheinlich für eine gute Nachahmung einer Jungenstimme hielt, obwohl sie ihr in Wirklichkeit nicht einmal nahe kam. Wären sie nicht bemüht gewesen, nicht aufzufallen, hätte er sie bestimmt deswegen aufgezogen.

»Jemand hat mir in die Tasche gegriffen.« Wie peinlich für ihn, gerade das zugeben zu müssen!

»Was war drin?« Aufgrund ihrer Besorgnis sprach sie wieder mit normaler Stimme, was ihr ein Stirnrunzeln von dem Herrn hinter ihnen und seiner Dame einbrachte.

»Ein Medaillon mit einem Miniaturbild meiner Mutter.«

»Warum trägst du aber auch so etwas Wertvolles ...«

»Ich habe es immer bei mir«, unterbrach er sie, weil er nicht in der Stimmung war, auch noch auf seine Dummheit aufmerksam gemacht zu werden. »Im Laufe der Jahre ist es mir bestimmt ein halbes Dutzend Mal geklaut worden, aber ich war immer schnell genug, um den Dieb zu schnappen.« Er war erneut versucht zu fluchen, wollte aber nicht mit dem Mann hinter sich in Streit geraten. Obwohl er älter war als Jack, wirkte er stämmiger und hatte Fäuste, mit denen Jack nicht unbedingt in Kontakt kommen wollte. Wäre er allein gewesen, hätte er leicht davonflitzen können, aber er befürchtete, dass Olivia oder der Junge dann einen für ihn bestimmten Hieb einstecken würden.

»Also hat es jemand gestohlen, der ebenso geschickt ist wie du«, stellte sie fest und versuchte nicht einmal, es wie eine Frage klingen zu lassen.

Fast hätte er ihr die Wahrheit gesagt, dass Geschicklichkeit nichts damit zu tun hatte, sondern er vielmehr so abgelenkt von ihr gewesen war, dass er nicht aufgepasst hatte, und der Dieb hatte die Gelegenheit sofort ergriffen. Aber Jack wusste, dass dieses Eingeständnis ihnen beiden Unbehagen bereiten würde.

»Für ihn ist es wertlos. Er wird es verpfänden müssen, und dann werde ich es wiederfinden.«

Sie ging um Henry herum, der zwischen ihnen stand und gewissermaßen als Puffer diente, um Jacks Arm zu berühren, und obwohl er eine Jacke und ein Hemd trug, spürte er die Wärme ihrer Hand. Hätte er es nicht besser gewusst, wäre er zu dem Schluss gekommen, dass sie wieder Fieber hatte. Vielleicht war er es aber auch, der fieberte. Jedenfalls wollte er ihr den Arm entziehen und gleichzeitig näher treten.

»Tut mir leid«, sagte sie mit leiser, tröstender Stimme, die aber die Macht besaß, seine so sorgfältig errichtete Mauer zu durchdringen.

»Es war nicht deine Schuld, sondern meine eigene Dummheit.« Seine Kehle war seltsam rau und seine Stimme kratzig. Was zum Teufel hatte ihn glauben lassen, dass ein Ausflug mit ihr ein guter Einfall war? *Hatte er jetzt völlig den Verstand verloren?* Er begehrte sie nur noch mehr als in der Nacht, in der er sie geküsst hatte, und ihre Unschuld sowie ihre Unkenntnis seines Verlangens nach ihr quälten ihn.

»Hast du noch ein anderes Bild von ihr?«, fragte sie.

»Nein. Aber das macht nichts. Es ist nicht wichtig, Livy.« Obwohl sie die Hand nicht bewegte, kam es ihm so vor, als streichelte sie seine Schulter und seine Brust. Aber er bildete es sich ein und wünschte es sich mit einer Heftigkeit, die ihm fast zum Verhängnis wurde.

»Warum öffnen sie die Türen nicht?«, fragte er ärgerlich.

Ihre Hand glitt von seinem Arm herab, als sie sich zu dem gläsernen Gebäude umdrehte. Er wollte die Hand wieder ergreifen, sie festhalten und nie wieder loslassen. *Er hatte den Verstand verloren.* Daran bestand für ihn kein Zweifel mehr.

»Sieht so aus, als wären sie dabei«, sagte sie. »Ich kann eine Bewegung am Eingang sehen.«

Sie wandte sich ihm wieder zu und schaute ihm in die Augen, und für einen erschreckenden Moment lang kam es ihm so vor, als könnte sie den inneren Aufruhr sehen, den sie in ihm hervorrief. Er wollte plötzlich mehr, als er haben konnte – sehr viel mehr. Er wollte an einem Tag mit ihr hierherkommen, wenn die Crème de la Crème die Ausstellung besuchte. Er wollte seine maßgeschneiderte Kleidung tragen und sie in einem anderen Kleid als ihren schwarzen sehen. Er wollte Arm in Arm mit ihr durch die Ausstellung spazieren und darum beneidet werden, eine Frau wie sie an seiner Seite zu haben.

»Kommt schon! Schnell!«, schrie Henry.

Erst jetzt bemerkte Jack, dass die Schlange sich in Bewegung gesetzt hatte und ihm das vollkommen entgangen war. »Wir sollten ein bisschen besser aufpassen«, sagte er.

Olivia lächelte sanft, als würde sie merken, wie er mit sich rang. Sie nahm Henry an der Hand. »Bleib in der Nähe.«

Jack wusste nicht, ob damit ihr Sohn gemeint war oder er – ob sie womöglich sogar spürte, dass er plötzlich am liebsten das Weite gesucht hätte. Aber er blieb, obwohl er der festen Überzeugung war, dass nichts in diesem Gebäude aus Metall und Glas ihn derart faszinieren würde wie die als Junge verkleidete Frau, die neben ihm ging.

Sofort wurde er sich der neugierigen Blicke und der Aufmerksamkeit bewusst, die sie erregten, was zweifelsohne daran lag, dass Olivia wie eine Mutter sprach und sich auch so verhielt, statt wie ein junger Bursche. Als sei auch sie sich der interessierten Blicke bewusst geworden, blickte sie sich um.

Sie wandte sich wieder Jack zu, und er konnte ihr ansehen, dass sie der Panik nahe war, weil die Leute sie nicht nur bemerkten, sondern auch begriffen, dass sie gar kein Junge war. Bevor er ihr versichern konnte, dass das völlig unerheblich war, sagte sie in diesem rauen, etwas heiseren Tonfall, den sie für den eines jungen Mannes zu halten schien: »Verdammter Mist!«

»Verdammter Mist!«, wiederholte Henry.

Olivia hätte nicht entsetzter aussehen können, wenn Jack sie hochgehoben und in aller Öffentlichkeit geküsst hätte. Und dann kicherte sie plötzlich, bedeckte mit der Hand den Mund und schüttelte den Kopf.

»Na, na, Junge! Das ist doch keine Ausdrucksweise!«, sagte der Mann hinter ihnen.

Seine Frau riss schockiert die Augen auf. »Ich glaube nicht, dass das ein Junge ist, Jonah. Was geht hier vor?«

Jack griff nach Henrys Hand. »Komm!«

Auch sie nahm Henry an der Hand, und Jack führte sie von der Schlange vor dem Eingang weg.

»Wir werden unseren Platz in der Schlange verlieren«, protestierte Olivia, aber sie klang nicht verärgert, sondern als wäre ihr noch immer zum Lachen zumute.

»Wir werden einen besseren bekommen«, sagte Jack, während er mit ihnen auf den Eingang zumarschierte.

»Du hast doch wohl nicht vor, einen Platz zu stehlen.«

»Ich habe dir doch gesagt, dass ich das nicht mehr tue.« Er blickte sich zu ihr um und grinste. »Stehlen, meine ich.«

Er wollte nicht zum Anfang der Schlange, weil das zu offensichtlich wäre, aber doch näher an den Eingang heran. Er entdeckte einen Mann, eine Frau und ein junges Mädchen, und mit Olivia und Henry hinter sich näherte Jack sich ihnen.

»Wie groß ist Ihre Gruppe?«, fragte er den Mann.

»Was geht Sie das an?«

»Ich bezahle Ihnen Ihren Platz hier gut, wenn Sie mit Ihrer Familie zum Ende der Schlange gehen«, sagte Jack.

»Sie spinnen wohl. Wir stehen hier seit fünf Uhr mor…«

Er stockte, als er das Geld sah, das Jack ihm in die Hand

gedrückt hatte. Verblüfft starrte er Jack an und lüftete ein wenig seine Mütze. »Wiederschauen, der Herr.« Dann wandte er sich an seine Frau und Tochter. »Gehen wir.«

»Ich werde nicht ...«

»Zurück zum Ende der Schlange, Liebes«, murmelte er und schob die Frau ein wenig von der Menge weg, bevor er ihr zeigte, was er in der Hand hielt.

Ihre Augen weiteten sich vor Staunen, bevor sie sich bei ihrem Mann unterhakte und zufrieden mit ihm wegging.

»Ich dachte, wir wollten uns bemühen, nicht aufzufallen«, bemerkte Olivia, als Jack sie in die Schlange zog.

»Diese Möglichkeit haben wir verloren, als du versucht hast, die Aufmerksamkeit von dir abzulenken.«

»Was hätte ich denn tun sollen?«

»Genau das, was du getan hast. Aber *ich* hätte schon früher auf diese Idee kommen sollen.«

»Wir sind fast da!«, schrie Henry, der schon ganz zappelig war vor Aufregung, und zerrte an Jacks Hand.

Ja, das waren sie, und Jack wünschte jetzt schon, dass dieser Tag niemals zu Ende gehen möge.

Olivia hatte der breiten Masse nie viel Beachtung geschenkt, weil sie nicht zu ihrer Welt gehörte. Doch nun, inmitten all dieser Menschen, konnte sie sich des Eindrucks nicht erwehren, dass sie gar nicht *so* anders zu sein schienen. Jack fügte sich sehr gut ein, was allerdings auch kein Wunder war, da er es sich zur Aufgabe gemacht hatte, sich überall anzupassen. Olivia hatte ihn für jemanden gehalten, der aus dem Abschaum der Gesellschaft aufgestiegen war, aber inzwischen wusste sie, dass er dort eigentlich nicht hingehörte, sondern an seinen jetzigen Platz.

Es geziemte sich nicht für sie, sich eines anderen Mannes so stark bewusst zu sein, und doch erschien es ihr ganz natürlich. Sie wusste beispielsweise, wann Jack grinsen würde, bevor er es tat, weil zunächst etwas Durchtriebenes in seinem Blick erschien, aus dem dann nach und nach ein langsames, gedehntes Lächeln wurde. Er grinste nicht oft, aber wenn er es tat, konnte er ihr damit den Atem rauben. Wenn er sich seiner nicht ganz sicher war oder ein Problem durchdachte, rieb er sich die Unterseite seines Kinns. Er klang immer souverän und selbstbewusst, aber Olivia hegte allmählich den Verdacht, dass es auch Momente gab, in denen er es nicht war, und seine kleinen Eigenarten – wie das Grinsen – schienen sein Selbstvertrauen irgendwie zu stärken. Sie war sich nicht ganz sicher, wieso sie diese Schwäche in ihm bemerkte, aber sie tat es.

Und sie war entzückt zu sehen, wie er Henry dieses und jenes erklärte und ihn hochhob, damit der Kleine mehr erkennen konnte, oder wie er ihn auf seine Schultern setzte, wenn er müde wurde. Sie vermutete, dass all das nicht so gewesen wäre, wenn sie an einem anderen Tag hergekommen wären, weil dann von Henry erwartet worden wäre, sich seines hohen Rangs und Titels gemäß zu benehmen. Oder vielleicht wäre es doch nicht anders gewesen ... Vielleicht hätte Jack ihm beigebracht, sich nicht darum zu scheren, was die Leute dachten.

Ja, das war wahrscheinlicher. Wenn sie nicht wieder heiratete und somit keinen Ehemann hätte, der Jacks Rolle als Vormund übernahm, würde Henry zweifellos mit weniger Furcht vor freier Meinungsäußerung aufwachsen. Olivia war sich nicht so sicher, ob das etwas Schlechtes war.

Von all den Kunstwerken, Erfindungen und anderen Wundern, die es auf der Weltausstellung zu sehen gab, faszinierte die riesige Lokomotive Henry am meisten.

»Bist du denn noch nie mit der Eisenbahn gefahren, Junge?«, fragte Jack.

Mit großen Augen schüttelte Henry den Kopf.

»Viele dieser Leute sind mit dem Zug hergekommen. Früher hätten sie viele Tage gebraucht, um London zu erreichen. Stell dir nur mal vor, was sie verpasst hätten!«

»Bist du schon einmal damit gefahren?«, erkundigte sich Olivia, die auch weiterhin versuchte, mit tieferer Stimme zu sprechen, aber so beeindruckt von allem war, was sie umgab, dass sie es die meiste Zeit vergaß. Die Leute schenkten ihnen jedoch keine Beachtung mehr. Zu viele wunderbare Dinge erregten ihr Interesse, um noch das merkwürdig gekleidete Trio zu beachten.

Jack schüttelte den Kopf. »Ich bin noch nie außerhalb von London gewesen.«

»Noch nie im Leben?«

Er zog gleichgültig die Schultern hoch. »Warum sollte ich?«

»Weil es auf dem Land ganz anders ist als hier. Ich wage zu behaupten, dass du staunen wirst, wenn wir unsere Landsitze besuchen.«

Er rieb sich das Kinn. »Falls wir es tun, bestimmt.«

»Du hast doch wohl keine Angst ...«

»Natürlich nicht«, schnitt er ihr das Wort ab. »Aber ich bin sehr gerne hier in London und hatte noch nie das Bedürfnis, woanders hinzufahren.«

»Wie kannst du das wissen, wenn du noch nie woanders warst?«

»Ich weiß es eben.«

»Ich weiß nicht, wie du dir so sicher sein kannst.«

»Und woher weißt *du*, dass dir eine kleine Sünde keinen Spaß bereiten würde?«, entgegnete er scharf. Angesichts ihres Schweigens zog er eine Augenbraue hoch, und dieses durchtriebene kleine Lächeln, das immer in seinen Augen begann, zeichnete sich auf seinem Gesicht ab.

Sie wusste ganz genau, was dieser Blick besagte. Wie konnte sie sein Urteil über Dinge infrage stellen, die er noch nie erlebt hatte, wenn sie das ebenfalls tat? Sie hatte noch nie »gesündigt« und begriff erst jetzt, dass sie ihren Ehemann nie wirklich begehrt hatte. Anfangs hatte sie an ihn gedacht, wenn sie schlafen ging, hatte ihn vermisst und sich einsam gefühlt, nachdem er ihr Bett verlassen hatte. Sie hatte sich nicht darauf gefreut, ihn morgens am Frühstückstisch zu sehen, und weder die Nachmittage ohne ihn als zu lang noch die Abende in seiner Gesellschaft als zu kurz empfunden.

Sie hatte sich nicht nach ihm gesehnt, während sie bei Jack das Gefühl hatte, dass sie, wenn sie nicht sehr, sehr vorsichtig war, sich weit mehr als nur einen Kuss von ihm wünschen würde ...

Sie griff nach Henrys Hand. »Ich denke, wir haben hier lange genug herumgetrödelt.«

Henry warf einen Blick zurück. »K-Können wir mit der E-Eisenbahn fahren?«

»Eines Tages, Henry.«

Aber es war ein Versprechen, das Olivia in Jacks Stimme hörte.

Die Sonne war schon untergegangen, als die Kutsche vor dem Stadthaus anhielt. Da sie mit Henry an einigen der vielen Imbissstände Köstlichkeiten aus aller Herren Länder gegessen hatten, glaubte Olivia nicht, dass irgendeiner von ihnen noch Appetit auf ein richtiges Abendessen hatte, was auch besser war, da Henry schon eingeschlafen war.

Mit dem Jungen wie einem Äffchen auf seinem Rücken – die Arme um Jacks Nacken und die Beine um seine Taille geschlungen – stieg er aus der Kutsche aus. Als sie auf das Haus zugingen, kamen Olivia fast die Tränen beim Anblick des großen, kräftigen Mannes neben sich und des kleinen Jungen, der ihm so blind vertraute. Sie konnte nicht mehr verleugnen, dass die Gefühle, die sie für Jack entwickelte, erstaunlich stark und geradezu erschreckend intensiv waren.

Sie wollte auf eine Art und Weise mit ihm zusammen sein, von der sie wusste, dass sie nicht nur unangebracht und skandalös, sondern sogar richtig sündhaft war. Nichts durfte an ihrer Entschlossenheit rütteln, allem zu widerstehen, da das nur zu einer Katastrophe führen konnte. Ihre Erziehung und Prinzipien für eine leidenschaftliche Nacht im Bett eines Mannes aufzugeben, der nicht ihr Ehemann war, sondern sogar die Absicht hatte, sie mit einem anderen zu verheiraten … Eine Frau müsste schon sehr, sehr dumm sein, um einen solch fatalen Weg zu beschreiten.

Henry rührte sich nicht einmal, als sie das Haus betraten und die Treppe hinaufstiegen. Er war vollkommen erschöpft. Olivia konnte sehr gut verstehen, wie er sich fühlen musste. Auch sie würde ein heißes Bad und frühes Zubettgehen sehr begrüßen.

Ida erwartete sie schon im Kinderzimmer. »Wie geht es dem jungen Duke?«

»Er schläft schon tief und fest«, antwortete Jack, während er Henry mit erstaunlicher Sanftheit in sein Bett legte. Nach all dieser Zeit war Olivia immer noch erstaunt darüber, zu welch enormer Rücksichtnahme er in Bezug auf Henry fähig war.

»Ich werde ihn ausziehen«, flüsterte Ida. »Sie können ruhig schon gehen.«

Olivia beugte sich vor, um Henry auf die Stirn zu küssen. »Gute Nacht, Liebling.«

Dann folgte sie Jack auf den Korridor hinaus. »Ich habe nicht mehr die Kraft zum Abendessen.«

Seine Augen verdunkelten sich vor Sorge. »War das heute zu viel für dich?«

»Es war wunderbar. Ich bin nur müde. Wenn es dir nichts ausmacht, würde ich gern zuerst das Ankleidezimmer benutzen.«

»Ich muss ohnehin noch einmal weg, und da, wo ich hingehe, wird mir mein momentanes Äußeres sehr dienlich sein.«

»Wo willst du denn hin?«

»Mein Medaillon suchen.«

»Glaubst du, dass es dir gelingen wird?«

»Da ich weiß, wo es vermutlich verpfändet wurde, bin ich mir sicher, dass ich es finden werde.«

Was für ein enormes Selbstvertrauen er hatte! Er glaubte, dass alles, was er sich vornahm, auch gelang.

Olivia legte eine Hand auf seinen Arm. »Vielen, vielen Dank für heute.«

Er legte seine gespreizten Finger unter ihr Kinn und halb um ihren Nacken. Olivia stockte der Atem bei dem Gedanken, er könnte sie an sich ziehen und ihr einen heißen Kuss geben, bevor er sich auf den Weg machte, um sich um seine Geschäfte zu kümmern.

Sein Blick glitt langsam an ihrem Körper hinunter bis zu ihren Zehen und wieder nach oben. »Ich muss gestehen, dass ich nicht damit gerechnet hatte, wie reizvoll du in einer Hose aussiehst.«

Olivia wurde fast ein wenig schwindlig vor Freude über das Kompliment.

»Ich will verdammt sein, aber bei dir wünsche ich mir fast, ein Mann zu sein, der sich mit einem bloßen Kuss zufriedengibt.«

»Ich könnte es dir auch verbieten, schätze ich.«

Er zog einen Mundwinkel hoch, als sei er leicht belustigt über ihre beschämende Begierde.

»Was könnte es momentan schon schaden?«, fragte er mit dieser rauen Stimme, die ganz seltsame Dinge tief in ihrem Innersten bewirkte. »Es würde deine Schulden nur erhöhen.«

Sie bemühte sich erst gar nicht, ihn zu korrigieren und darüber aufzuklären, dass sie ihm niemals geben würde, was sie ihm seiner Meinung nach noch schuldig war. Sie würde ganz gewiss nicht sein Bett aufsuchen! So reizvoll der Gedanke ihr auch langsam erschien, sie würde an ihrer moralischen Überlegenheit festhalten – selbst als er seinen Mund auf ihren drückte und sie sich auf die Zehenspitzen stellte, um ihm entgegenzukommen.

Denn schließlich war es nur ein Kuss.

Der sich jedoch nach sehr viel mehr anfühlte … Von dem Moment an, als sein Mund den ihren berührte, verlor sie sich in den Empfindungen, die seine erstaunlich sanften Lippen in ihr weckten. Sie konnte spüren, dass Jack sein Verlangen zügelte und sich beherrschte, als befürchtete er, dass er diesmal nicht die Kraft haben würde, sich mit weniger zufriedenzugeben, als sie unter sich in seinem Bett zu haben.

Aber dieser Kuss war genauso wundervoll wie schon der erste. Irgendein weit entfernter Teil von ihr bemerkte vage, wie ihr die Mütze vom Kopf fiel. Als sie mit den Händen über Jacks Schultern strich, schlang er seine Arme um sie und zog sie an sich, und dann löste sich ihr Haar und fiel ihr wie ein seidener Schleier auf die Schultern. Er war ein Mann mit geschickten Fingern und einem noch viel geschickteren Mund. Er konnte sie so mühelos ablenken, dass sie alles um sich herum vergaß und es nur noch ihn, Jack Dodger, für sie gab.

Nein, nein, so schwach durfte sie nicht sein. Sie musste sich mit diesem Kuss begnügen, auch wenn er ein nie gekanntes Verlangen in ihr weckte, und es dabei belassen. Sie beide mussten damit auskommen.

Doch plötzlich vertiefte er den Kuss, glitt mit der Zunge zwischen ihre Lippen, um ihren Mund zu erforschen, raubte ihr den Atem und den Willen und verleitete sie dazu, es ihm nachzutun. Als er sie noch fester an sich zog, behinderten sie ausnahmsweise keine mehrschichtigen Röcke. Tatsächlich waren es kaum mehr als ein paar dünne Stoffe, die ihre Haut von seiner trennten. Sein Körper reagierte mit einer Heftigkeit, die keine Fantasie erforderte, um sie sich bildlich vorzustellen. Sie wusste genau, wie er aussah – Bilder von ihm im Ankleidezimmer bestürmten sie und entfachten in ihr ein Feuer, das sich tief in ihrem Innersten zu bündeln schien.

Sie hörte eine leise, raue Bitte und befürchtete, dass sie aus ihrem Munde gekommen war.

Nach Atem ringend beendete Jack den Kuss. Erst da merkte Olivia, wie fest sie ihn umschlungen hatte. Sofort ließ sie die Arme fallen und trat zurück.

»Du verhext mich«, warnte er sie mit heiserer Stimme. »Fairerweise muss ich dich warnen, Duchess, denn ich befürchte, dass dies das letzte Mal war, dass ich mich nur mit einem Kuss begnügen konnte.«

Damit drehte er sich auf dem Absatz um und ging zur Treppe. Olivia schloss die Augen, statt ihm zu folgen, und sank kraftlos gegen die Wand.

Seine Warnung war ganz und gar nicht fair. Das Einzige, was sie bewirkte, war, dass Olivia ihre nächste Begegnung kaum erwarten konnte.

Kaum stieg Jack aus seiner Kutsche, schlug ihm schon der widerliche Gestank entgegen, der ihn einen Großteil seiner Jugend umgeben hatte. Er kehrte nicht oft in die Slums zurück, doch es war immer mit einem Gefühl des Heimkehrens verbunden.

Was sagte das über sein Leben aus, wenn es dieser Dreck war, in dem er sich am wohlsten fühlte? Er zog den Jutesack aus dem Brougham und warf ihn sich über die Schulter, da er wusste, dass nichts von seinem Einspänner übrig bleiben würde, wenn er ihn hier zurückließ. »Fahren Sie woandershin und kommen Sie in einer Stunde zurück«, befahl er seinem Kutscher.

»Jawohl, Sir.«

Jack konnte dem Kutscher seine unverhohlene Erleichterung ansehen, als dieser die Kutsche in Bewegung setzte. Niemand wollte hier sein, nicht einmal die, die in den heruntergekommenen Gebäuden lebten. Es war schon später Abend, aber noch immer wieselten Kinder überall herum. Wenn sie zu neugierig wurden und ihm zu nahe kamen, griff er in die Tasche und warf ein paar Münzen in den Schmutz, um die sie sich dann balgten und ihn vorübergehend in Ruhe ließen.

Schließlich erreichte er das Haus, zu dem er wollte. Schon die Tür zu öffnen, war eine Herausforderung, da sie längst nicht mehr an allen Angeln und Scharnieren befestigt war. Drinnen war es dunkel und trist, und der Gestank nach Fäulnis und Verfall war sogar noch stärker. Jack ging die Treppe hinauf, wohl wissend, welche Stufen zerbrochen waren, welche knarrten oder welche man besser ganz vermied. Nichts verbesserte sich je in diesem Teil von London. Er entdeckte ein neues Loch, das in einer der Stufen entstanden war, als er mit dem Fuß hineintappte. Fluchend zog er seinen Stiefel heraus und ging weiter, jetzt allerdings noch vorsichtiger. Im oberen Stock marschierte er den altersgeschwärzten Flur hinunter und stieg vorsichtig über Hindernisse, die er nicht sehen konnte, von denen er jedoch wusste, dass es Müll und Abfallhaufen waren.

Sobald er diesen Ort wieder verlassen hatte, würde er die Kleidung, die er trug, verbrennen. Nur so konnte er sichergehen, keine Krankheiten oder Schädlinge wie Läuse, Flöhe und anderes krabbelndes Ungeziefer mit zurückzunehmen. Er hatte das Gefühl dieser winzigen Krabbeltierchen auf der Haut immer gehasst.

Als er die Tür am Ende des Gangs erreichte, klopfte er dreimal an, wartete eine Sekunde, klopfte zweimal, wartete und klopfte erneut dreimal. Ein schlurfendes Geräusch war auf der anderen Seite der Tür zu hören, die sich dann langsam und knarrend öffnete. Er sah ein schmutziges, von Falten überzogenes Gesicht. Haar, das einst so leuchtend rot gewesen war wie Frannies, jetzt jedoch fast zu Weiß verblasst war. Auch der lange, ungepflegte Bart war weiß. Die aufgeplatzten, blutenden Lippen verzogen sich zu einem Lächeln, das hässliche, faulende Zähne zum Vorschein brachte.

»Na, wenn das nicht mein Schlawiner Dodger ist!« Mit gichtgekrümmten Fingern zog er Jack hinein. »Komm rein, Junge, und lass sehen, was du für den alten Feagan hast.«

Jack betrat die elende Behausung und fühlte sich augenblicklich in eine Zeit zurückversetzt, in der er wie ein Hund auf dem Boden geschlafen und sich fest an denjenigen geschmiegt hatte, der neben ihm lag, damit sie einander wärmen konnten. Hungrig war er allerdings nur selten zu Bett gegangen. Feagan hatte immer sehr darauf geachtet, seine Bande gut zu ernähren. Ein kränkliches Kind nützte ihm nicht viel.

»Was haste, Junge? Was haste mir mitgebracht?«, fragte Feagan auf dem Weg zu einem altersschwachen Sessel neben dem zerkratzten Tisch, auf dem eine einzelne brennende Kerze stand, die in einer alten braunen Flasche steckte und die einzige Lichtquelle im Raum darstellte.

Jack konnte den milchig-weißen Film über Feagans Augen erkennen, der seine Sicht verschlechterte. Nachdem Jack den Sack von seiner Schulter genommen und auf den Tisch gestellt hatte, nahm er vier Flaschen heraus: zwei, die Whisky enthielten, und zwei mit Rum.

Feagan lachte gackernd. »Oh, mein Dodger! Du warst schon immer gut zu Feagan.«

Jacks Mentor hatte schon immer die Angewohnheit gehabt, in der dritten Person von sich zu reden. Das war einer der Gründe, aus denen Jack vermutete, dass Feagan nicht sein wahrer Name war – weil es so schien, als müsste er sich und anderen ständig in Erinnerung rufen, wer er zu sein vorgab. Es war nichts Ungewöhnliches für Leute aus den Armenvierteln, die einmal verhaftet worden waren, in einen anderen Stadtteil zu ziehen und sich einen neuen Namen zuzulegen. Nur einmal hatte Feagan von seiner Vergangenheit erzählt, und das war eine Geschichte, die Jack mit ins Grab zu nehmen gedachte.

Jack öffnete eine Flasche Whisky und goss etwas davon in den verbeulten Zinnbecher, den Feagan ihm mit zitternder Hand hinhielt – einer einst so geschickten Hand, die so vielen beigebracht hatte, wie man sie in enge Taschen steckte, ohne dabei erwischt zu werden. »Du solltest dich von mir in einer der Wohnungen im *Dodger's* unterbringen lassen.«

Feagan trank einen großen Schluck Whisky und leckte sich dann die Lippen, um keinen einzigen Tropfen zu vergeuden. »Was würd' das Feagan nützen, frag ich dich?«

Jack setzte sich auf den Stuhl ihm gegenüber. »Du würdest zu essen, Wärme und Gesellschaft haben. Ich würde dir sogar ein Taschengeld zum Spielen geben.«

»Mein Dodger war schon immer netter, als die anderen dir zutrauten.«

»Nettigkeit hat nichts damit zu tun. Ich laufe nur nicht gerne durch den Dreck, um dich zu sehen, wenn ich dich brauche.«

»Du bist der Einzige, der mich besuchen kommt.« Er beugte sich vor. »Wie geht's denn meiner lieben Frannie?«

»Bestens.«

»Is' sie endlich verheiratet?«

»Nein.«

Er schüttelte betrübt den Kopf. »Ich hätt' mich besser um sie kümmern müssen.«

»Das hätten wir alle tun sollen.« Sie war mit zwölf Jahren von einem Mädchenhändler zur Prostitution gezwungen worden. Luke hatte es auf sich genommen, den dafür verantwortlichen Mann zu töten. Für Olivia mochte er damit ein Mörder sein, aber nicht für Jack. Manche Hunde mussten einfach eingeschläfert werden.

»Aber du bist nicht wegen Frannie hier.«

»Nein.« Jack seufzte schwer. »Mir wurde mein Medaillon gestohlen.«

Feagan lachte brüllend, hustete und klang fast so, als würde er vor Heiterkeit ersticken. »Dir? Du warst mein Bester.«

»Ich war abgelenkt.«

Feagan warf ihm einen schlauen Blick zu. »Das passt nicht zu dir. Sie muss ein hübsches Ding sein.«

Jack hatte nicht vor, einen Kommentar zu Olivia abzugeben. Sie war eine viel zu feine Dame, um auch nur an sie zu *denken*, während er sich in diesem Sumpf aufhielt. »Ich weiß, dass du keine Jungs mehr für dich arbeiten lässt, aber du weißt, wer es tut, und ich nehme an, dass du immer noch die Finger im Hehlereigeschäft hast. Ich zahle dir hundert Pfund, wenn du das Medaillon ausfindig machst.«

Es war eine unerhörte Summe, aber das Medaillon war Jacks kostbarster Besitz, vielleicht sogar das Einzige in seinem Leben, das ihm mehr bedeutete als Geld.

Feagan rieb sich mit der Hand über den Mund. »Das is' 'ne Menge Gin. Ich werd' mal die Fühler ausstrecken.« Er kniff die Augen zusammen. »Bei jedem anderen würd' ich die Hälfte im Voraus nehmen.«

Jack tippte gegen eine der Flaschen. »Ich hab dir was mitgebracht, das dir lieber ist.«

»Da haste recht, Junge.«

Jack schob seinen Stuhl zurück und erhob sich. »Ich komme wieder.«

»Das wirste, Junge, das wirste.«

Jack blickte sich ein letztes Mal in dem trostlosen Zimmer um und dachte an eine Zeit zurück, als sein größtes Ziel im Leben gewesen war, ein erfolgreicherer Anführer einer Kinderdiebesbande zu werden als Feagan. Es ärgerte ihn, nicht zu wissen, wer sein anonymer Gönner war. Denn wäre er nicht gewesen, wäre er trotz der Lehren von Lukes Großvater in diesen Sumpf zurückgekehrt und hätte ein nur geringfügig besseres Leben geführt als Feagans.

Kapitel sechzehn

Jack brachte Henry bei, wendig, flink und schnell ... im Wesentlichen also ein »dodger« oder schlauer Fuchs zu sein.

Olivia, die auf der Terrasse saß und ihren Sohn über den Rasen flitzen sah, wusste nicht recht, was sie von dieser Entwicklung halten sollte. Schaden würde es ihm vermutlich nicht, solange Jack Henry nicht beibrachte, wie man die Hände in anderer Leute Taschen steckte, ohne dabei erwischt zu werden.

Ein Ball gehörte zu dem Spiel, das sie gerade spielten, aber Olivia konnte weder erkennen, worum es ging, noch wie die Regeln des Spiels waren. Sie war sich nicht mal sicher, dass die Spieler es wussten. Sie schienen sich damit zu begnügen, den Ball zu schnappen, mit ihm wegzulaufen und sich nicht einfangen zu lassen. Es war ein ziemlich würdeloses Spiel für erwachsene Männer, besonders wenn einer von ihnen ein Earl war. Der Teufels-Earl, um genau zu sein.

Olivia war ihm heute Nachmittag zum ersten Mal begegnet. Mit seinem dunklen Haar und den silbergrauen Augen war er ein fast ebenso teuflisch gut aussehender Mann wie Jack.

»Das müssen sie früher auf der Straße gespielt haben«, sinnierte Catherine, die Countess of Claybourne. Ganz in Schwarz gekleidet, da sie noch immer ihren Vater betrauerte, saß sie bei Olivia am Tisch. Sie und ihr Ehemann waren angekommen, kurz nachdem Jack mit Henry zu ihrem schon fast alltäglichen Ritual in den Garten hinausgegangen war. Innerhalb von Minuten war Claybourne Jacks Beispiel gefolgt und hatte Jackett, Krawatte und Weste abgelegt und die Ärmel aufgekrempelt, um unbehindert über den Rasen rennen und Henry verfolgen zu können, der mit dem Ball von einem Ende zum anderen flitzte, um sich nicht einfangen zu lassen.

Irgendwann hielt er an und hüpfte triumphierend auf und ab, während er den Ball hochhielt und schrie: »Gewonnen! Ich hab gewonnen!«

Und dann begannen sie wieder von vorn. Auch der Hund spielte mit, rannte Henry hinterher und brachte die Männer oft zum Stolpern, wenn er ihnen zwischen den Beinen hindurchflitzte, worüber sie jedoch nur lachten. Olivia konnte sich nicht erinnern, jemals so viel Heiterkeit in ihrem Garten erlebt zu haben.

»Glaubst du, dass sie auf diese Weise gelernt haben, beim Stehlen nicht erwischt zu werden?«, fragte Olivia, die vermutete, dass der Ball einen Laib Brot oder eine Melone darstellen sollte.

»Möglich«, erwiderte die Countess leise lachend, um dann ein wenig ernster hinzuzufügen: »Höchstwahrscheinlich.«

Sie klang überhaupt nicht so, als störte der Gedanke sie, sondern sogar ein bisschen wehmütig, als dächte sie an das frühere Leben ihres Ehemannes und wünschte, es sei anders gewesen. Es hatte eine Zeit gegeben, in der viele Angehörige der Aristokratie nicht davon überzeugt waren, dass er der wahre Erbe des Earls of Claybourne war, doch irgendetwas war geschehen, das sie umgestimmt hatte, auch wenn Olivia die genauen Umstände nicht kannte. »Ich habe nie auch nur einen Moment daran gezweifelt«, hatte Lovingdon einmal beiläufig bemerkt. »Er ähnelt seinem Vater viel zu sehr, um nicht sein Sohn zu sein.«

»Wir waren vor ein paar Tagen schon einmal hier, um euch zu besuchen, erfuhren aber leider, dass du krank warst«, sagte Catherine jetzt ruhig. »Ich bin froh, dass du es gut überstanden hast, Olivia.«

»Danke. Es geht mir schon viel besser.« Sie war mit Catherine bekannt, aber Freundinnen waren sie nie gewesen, daher würde sie ihr auf keinen Fall erzählen, dass es ihr schon wieder gut genug ging, um die Weltausstellung zu besuchen.

»Ich könnte mir vorstellen, dass deine Erkrankung teilweise auf den Schock zurückzuführen war, weil Mr. Dodger zum Vormund deines Sohnes bestimmt wurde.«

Olivia musterte Catherine, sah in deren Augen aber keine Kritik, sondern nur den Wunsch, sie zu beruhigen. Vor zwei Wochen hätte Olivia das vielleicht noch begrüßt, aber inzwischen brauchte sie keine Bestätigung mehr. Jack bewies seine Eignung als Vormund ihres Sohnes ganz vortrefflich.

»Falls es dir ein Trost sein sollte«, fuhr Catherine fort, »kann ich dir verraten, dass er auch der Vormund unserer Kinder sein wird, falls uns etwas zustößt.«

Olivia fehlten für einen Moment die Worte. »Nicht dein Bruder?« *Nicht der Duke of Greystone?*

Catherine schüttelte den Kopf. »Sterling war eine Zeit lang weg. Seit er zurück ist, wirkt er sehr verändert. Ich kann es mir nicht erklären. Und da Claybourne ihn überhaupt nicht kennt, ist ihm nicht wohl bei dem Gedanken, Sterling zum Vormund unserer Kinder zu bestimmen. Jack Dodger vertraut er. Mr. Dodger hat ihm mehr als einmal das Leben gerettet.«

Olivia trank ihren Tee und fragte sich, wie es dazu gekommen sein mochte. War es im Gefängnis geschehen? Warum hatte Jack ihr nichts davon erzählt? Sie wollte Catherine nicht um eine Erklärung bitten. Komisch, wie unwohl Olivia sich plötzlich fühlte bei der Erinnerung an all die Nachmittagstees und Mutmaßungen, die die Damen über Jack angestellt hatten, und wie begierig sie alle gewesen waren, das neueste bisschen hässlichen Klatsch, das sie aufgeschnappt hatten, mit den anderen zu teilen. Sie hatten Jack als Kuriosität und nicht als Mann behandelt.

Im Nachhinein betrachtet war das ziemlich unverschämt gewesen.

Jetzt wollte Olivia keinen Klatsch mehr hören, sondern die Wahrheit über sein Leben erfahren, und zwar aus seinem eigenen Munde. Sie hatten in letzter Zeit eine ungezwungenere Kameradschaft entwickelt. Morgens frühstückten sie mit Henry, aber abends aß Olivia mit Jack allein. Er stellte ihr Fragen: was sie gerne las, welche Theaterstücke sie am meisten liebte, wie ihr Tag gewesen war. Von sich selbst gab er jedoch nur wenig preis. Eines Abends kam ihr der Gedanke, dass er vielleicht versuchte, sich ein besseres Bild von ihr zu machen, um entscheiden zu können, wer als Heiratskandidat für sie infrage käme.

»Was hältst *du* von Mr. Dodger?«, fragte Olivia.

Catherine blickte wieder zu den Männern und dem Jungen hinüber, die ausgelassen auf dem Rasen herumtollten. »Wenn ich ganz ehrlich sein soll – als ich ihn kennenlernte, mochte ich ihn nicht. Er war anmaßend und hält absolut nichts von Aristokraten. Aber ich vertraue Claybourne und seinem Urteil. Aber ich glaube auch nicht wirklich, dass irgendjemand anderes als er je seine Kinder aufziehen wird, möglicherweise mache ich mir deshalb keine Sorgen. Außerdem bin ich der Meinung, dass ein Mensch, der in seiner Jugend ein so hartes Leben hatte, später nichts als Nettigkeit und Zuwendung erfahren sollte.«

Catherine hatte die unverwechselbare Ausstrahlung einer bis über beide Ohren in ihren Ehemann verliebten Frau.

Olivia verspürte einen Funken Neid. Sie konnte sich nichts Schöneres vorstellen, als mit einem Mann verheiratet zu sein, den sie liebte – es sei denn, sie wäre mit einem Mann verheiratet, der sie ebenfalls liebte.

Sie beobachtete Jack, der über die Wiese rannte. Er war sportlich, was sie nicht überraschte. Es faszinierte sie, ihn zu beobachten, und sie hoffte nur, dass Catherine nicht bemerkte, wie sehr er ihre Aufmerksamkeit fesselte.

Er fing Henry ein und hob ihn fröhlich lachend über seinen Kopf. Henry kreischte vor Vergnügen, und Olivia lächelte. Sie war in einer sehr konservativen Familie aufgewachsen und hatte in eine nicht weniger kleingeistige eingeheiratet. Die Stille, die Distanziertheit, das ständige »schickliche« Benehmen – nichts von alldem hatte sie je infrage gestellt. Erst jetzt begann sie zu erkennen, dass Lachen ebenso berauschend sein konnte wie Brandy.

Und sie begriff auch, dass sich ihr hier eine Gelegenheit bot, mehr über Jack zu erfahren, ohne ihn mit Fragen zu bestürmen, deren Beantwortung er bisher sehr geschickt vermieden hatte.

»Ich weiß, dass es völlig unangebracht ist, da ich in Trauer bin und keine Einladungen aussprechen sollte«, sagte sie mit einem verlegenen Blick zu Catherine. »Aber würdet ihr vielleicht gern zum Abendessen bleiben?«

»Da ich auch in Trauer bin, wäre es völlig unangebracht, die Einladung anzunehmen.«

»Natürlich. Entschuldige bitte …«

Mit einem schalkhaften Funkeln in ihren blauen Augen griff Catherine über den Tisch und nahm Olivias Hand. »Ich wäre hocherfreut, Olivia. Ehrlich gesagt finde ich all unsere Regeln bezüglich der Trauerzeit überaus albern.«

Olivia brach in ein entzücktes Lachen aus. Wie es schien, hatte Claybourne einen ebenso schlechten Einfluss auf Catherine wie Jack auf sie.

»Ich habe sogar eine noch viel unpassendere Idee. Da wir alle Freunde sind und das Abendessen im kleinen Kreis und ganz privat sein wird, könnten wir doch auf die Trauerkleidung verzichten, oder?«, schlug Catherine vor.

»Bist du dir da sicher?«

»Wer wird das schon erfahren? Und ehrlich gesagt bin ich dieses ewige Schwarz sowieso ganz furchtbar leid.«

Olivia lächelte. »Na gut, dann machen wir es so.«

* * *

Jack konnte kaum glauben, dass Olivia Luke und Catherine eingeladen hatte, mit ihnen zu Abend zu essen.

»Es ist ja nicht so, als hätte ich eine mit Goldrand versehene Einladung geschickt«, fauchte sie gereizt, als er sie mit einem seiner prüfenden Blicke maß.

Die kleine Duchess schien also gar nicht mal so abgeneigt zu sein, auf die Etikette zu verzichten, solange es ihre eigene Idee war. Nun, da sie wieder ganz gesund war, würde er sich die größte Mühe geben, sie davon zu überzeugen, dass es *ihre* Idee war, in sein Bett zu kommen. Er freute sich schon auf die Herausforderung, obwohl seine Geduld auf eine harte Probe gestellt worden war, als er darauf wartete, dass sie ihre Kraft zurückgewann. Angesichts der Nachsicht, die er geübt hatte, hätte er zur Heiligsprechung vorgeschlagen werden müssen!

»Was trinkst du?«, fragte Jack Luke.

Claybourne und Catherine waren soeben zurückgekehrt, nachdem sie kurz nach Hause gefahren waren, um sich für den Abend umzuziehen. Jack fühlte sich längst nicht elegant genug neben Luke in seiner Abendgarderobe. Aber er hatte sich bisher keine formelle Abendkleidung zugelegt, weil er ohnehin weder zu Bällen noch Soirees eingeladen wurde, was ihm jedoch sehr zupasskam. Er war eine Kuriosität, aber eine, die man lieber nur aus der Entfernung betrachtete.

Catherine trug ein smaragdgrünes Kleid. Olivia würde wahrscheinlich einen Anfall bekommen, wenn sie hereinkam und

Catherine ohne Trauerkleidung sah. Er grinste bei dem Gedanken, endlich einmal nicht der Einzige zu sein, der Livys bissige Bemerkungen abbekam.

»Das, was du auch trinkst«, sagte Luke. »Ich weiß ja, dass man bei dir nur das Feinste bekommt.«

Jack sah Catherine an. »Countess?«

»Nein, danke.«

Luke ergriff ihre Hand und zog sie an seine Lippen, um ihre Fingerspitzen zu küssen. Gott, der Mann sah so was von vernarrt aus, dass es schon zum Lachen war! Jack würde niemals zulassen, dass eine Frau eine solche Macht über ihn gewann.

»Sie verträgt in letzter Zeit nicht alles«, erklärte Luke.

Jack schenkte Portwein in zwei Gläser. »Du solltest sie von Graves untersuchen lassen, um sicherzugehen, dass sie sich nicht das Gleiche eingefangen hat wie Olivia. Was immer es auch war, es war eine verdammt unschöne Sache.«

»Hast du es ihm denn nicht gesagt?«, wollte Catherine erstaunt wissen.

»Ich wusste, dass es noch niemand wissen sollte, zumindest jetzt noch nicht.«

»Was denn? Was habe ich hier verpasst?«, fragte Jack.

»Sie ist schwanger«, antwortete Luke, und Jack war überrascht, dass die Knöpfe nicht von Lukes Weste absprangen, da er auf einmal vor Stolz beinahe zu platzen schien.

»Wie kannst du das schon wissen? Ihr habt doch gerade erst geheiratet … Ah.« Das erklärte die stille, schnelle Heirat noch vor dem Ende ihrer Trauerzeit. Jack hob sein Glas. »Meinen herzlichsten Glückwunsch!«

»Was feiern wir?«

Jack wandte sich Olivia zu und erstarrte.

Sie kam mit einem etwas schüchternen Lächeln und in einem violetten Kleid ins Zimmer, und wie er vorausgesagt hatte, sah sie einfach hinreißend aus. Das Kleid ließ ihren Hals und ihre Schultern frei und einen Anflug ihres wohlgeformten Pos erkennen. Ihr Haar war zu einer kunstvollen Frisur mit entzückenden Ringellöckchen auf der einen Seite aufgesteckt.

Als würde ihr plötzlich unbehaglich zumute, wandte sie den Blick ab. »Schau nicht so schockiert, Jack. Catherine und ich fanden, dass es nichts ausmacht, für einen Abend unter Freunden unsere Trauerkleidung abzulegen.«

»Nein ...« Jack räusperte sich, um sich nicht anzuhören, als würde er ersticken. »Das macht gar nichts. Du siehst sehr hübsch aus.« Das Kompliment war völlig unzulänglich. Er besaß nun mal nicht Lukes gesellschaftlichen Schliff. Die Frauen, mit denen Jack Umgang pflegte, brauchten keine schönen Worte, aber Olivia ... Gott, ja, Olivia verdiente sie. Jedes einzelne, das sein lahmer Geist hervorbringen konnte.

Sie errötete bezaubernd. »Danke. Mir fiel ein, dass wir über Violett gesprochen hatten. Aber wie es scheint, haben wir ohnehin etwas zu feiern.«

»Ja.« Jack reichte ihr sein Glas und schenkte sich ein neues ein. Dann nickte er Luke zu. »Würdest du uns die Ehre erweisen ...?«

Luke lächelte zufrieden. »Catherine erwartet eine Tochter.«

»Deinen Erben«, berichtigte sie ihn.

»Was auch immer, ich bin unendlich froh darüber.«

»Oh, wie wunderbar«, rief Olivia, und Jack konnte die aufrichtige Freude in ihren Augen sehen. War sie auch so entzückt gewesen, als sie festgestellt hatte, dass sie schwanger war? Wenn er sie verheiratete, würde sie dann überglücklich sein, wenn sie herausfand, dass sie ein Kind von ihrem zweiten Ehemann erwartete? Und wieso wollte er plötzlich etwas an die Wand werfen und zerschmettern?

»Ich bin erstaunt, dass du es bereits weißt«, fuhr Olivia fort.

»Dr. Graves hat es bestätigt«, sagte Catherine und errötete.

»Ist er auch euer Arzt?«, fragte Olivia. »Er ist wunderbar. Er hat mich behandelt, als ich krank war.«

»Es ist erstaunlich, dass er noch die Zeit dazu hatte, da er jetzt jederzeit der Königin zur Verfügung stehen muss«, meinte Luke.

Olivia machte große Augen. »Er ist der Leibarzt der Königin?«

»Einer von mehreren.« Jack schenkte sich Portwein nach. »Laut Graves ist sie eine Hypochonderin.«

»So darfst du nicht von ihr sprechen«, tadelte Olivia ihn.

Sie würde nie aufhören, sein Benehmen zu kritisieren. Aus irgendeinem Grund störte es ihn heute Abend sehr. Konnte sie ihn nicht einfach so akzeptieren, wie er war, mit all seinen Fehlern und Unzulänglichkeiten?

»Keine Bange. Wenn die Königin mir das nächste Mal eine Audienz gewährt, werde ich es nicht erwähnen.« Jack klang selbst in seinen eigenen Ohren verdrossen, aber ihm war nur allzu gut bewusst, dass diese drei im Buckingham Palast willkommen sein würden, während man ihn dort niemals empfangen würde.

Ein unbehagliches Schweigen legte sich über den Raum. Jack wollte Olivia dieses Abendessen nicht verderben, aber er wünschte sich auch, dass Luke und Catherine gingen, damit er Olivia für sich allein haben konnte.

»Was hältst du denn nun von Henry, Luke? Ist er nicht ein schlauer Fuchs, der Kleine?«, fragte Jack, um das Gespräch wieder in Gang zu bringen.

»In der Tat. Ich war sehr beeindruckt. Ich hätte nicht gedacht, dass ich je wieder einen Jungen treffen würde, der so geschickt ist wie du.«

»Als Nächstes werde ich ihn die Fingerfertigkeit lehren.«

»Du wirst keinen Taschendieb aus ihm machen«, sagte Olivia streng.

»Das würde mir nicht einmal im Traum einfallen. Aber für geschickte Finger gibt es auch noch andere Verwendungsmöglichkeiten.«

Bevor noch etwas gesagt werden konnte, kam Brittles herein und verkündete, dass das Essen aufgetragen war.

Als Jack Olivia seinen Arm reichte, beugte er sich vor und flüsterte: »Mit etwas Glück kann ich dir diese anderen Verwendungsmöglichkeiten für geschickte Finger zeigen, bevor die Nacht vorüber ist.«

Sie schnappte entrüstet nach Luft, und Jack lachte. »Schau nicht so schockiert, Livy. Früher oder später musst du dem Teufel geben, was des Teufels ist, und ich bin geneigt, die Schuld eher früher als später einzutreiben.«

* * *

Es schien, als näherte sich ihr Aufschub seinem Ende. Zu ihrer eigenen Überraschung stellte Olivia jedoch fest, dass sie nicht halb so enttäuscht war, wie sie es wahrscheinlich hätte sein sollen.

Die Bewunderung, die in Jacks Augen aufgeblitzt war, als sie die Bibliothek betreten hatte, war ungemein schmeichelhaft gewesen. Er hatte den Eindruck gemacht, als würde er am liebsten durch das Zimmer stürmen, sie in die Arme nehmen und ihr einen Kuss geben, der sie höchstwahrscheinlich in sein Schlafzimmer geführt hätte.

Selbst jetzt noch löste Jack nur selten seinen Blick von ihr. Er war ein miserabler Gastgeber, der seine Gäste ignorierte und sich nicht einmal die Mühe machte, zumindest zu *versuchen*, ein Gespräch in Gang zu bringen. Sein ungeteiltes Interesse zu besitzen war aufregend, auch wenn Olivia sich Sorgen machte, ihn vielleicht nicht mehr unter Kontrolle zu haben, wenn ihre Gäste gegangen waren. Noch beängstigender jedoch war die Erkenntnis, dass sie nicht sicher war, ob sie ihn überhaupt unter Kontrolle halten *wollte*.

Obwohl niemand die stockende Unterhaltung zu stören schien – tatsächlich schienen Claybourne und Catherine sogar darüber amüsiert zu sein –, war Olivia sich sehr wohl bewusst, dass eine gute Gastgeberin kein Schweigen am Tisch zuließ.

»Ich habe vor Kurzem Frannie kennengelernt. Sie scheint sehr nett zu sein«, begann Olivia. Als sie dann jedoch Jacks Grinsen sah, wünschte sie sich, sie hätte nicht mit diesem Thema angefangen.

»Ich mag sie auch«, sagte Catherine schnell, als sei sie sich der jähen Anspannung bewusst. »Sie hat ein Waisenhaus gebaut und hofft, es schon sehr bald eröffnen zu können.«

»Sie wartet nur noch auf die Möbel«, fügte Claybourne hinzu. »Ich vermute, dass du dann all deine Jungs verlieren wirst, Jack.«

Olivia stockte der Atem, so schockiert war sie. War Frannie einmal seine Geliebte gewesen? Hatte er uneheliche Kinder? Sie schluckte schwer, um den Kloß zu lösen, der sich in ihrer Kehle bildete. »Was für Jungs?«

Jack warf Claybourne einen bösen Blick zu, als hätte er irgendein dunkles Geheimnis preisgegeben. »Einfach nur Jungs.«

»Deine Söhne?« Hatte sie das wirklich gefragt? Die Stimme klang nicht wie die ihre.

Er lächelte sie schief an. »Nein, ich gebe mir die größte Mühe, London nicht noch mehr zu bevölkern. Die Jungen sind Straßenjungen. Waisen.«

»Du hast Waisen in deinem Club?« Sie wusste nicht, ob sie

ihn für seine Güte loben oder empört sein sollte, dass er Kinder in eine solche Umgebung brachte.

»Ich *habe* keine Waisen, als wären sie Besitztümer. Sie verdienen sich ihren Platz bei mir. Wie du dich vielleicht erinnerst, bin ich der festen Überzeugung, dass ein Mensch sich das Dach über seinem Kopf oder das Essen in seinem Bauch verdienen muss. Deshalb nehme ich sie auf und gebe ihnen Arbeit. Das bewahrt sie davor, von Kriminellen rekrutiert zu werden und im Gefängnis zu landen. Es ist eigentlich nichts Besonderes. Ich habe Aufgaben, die erledigt werden müssen, und sie können sie übernehmen.«

Er klang, als würde ihm diese Erklärung schwerfallen, aber Olivia war dankbar dafür, weil es ihr half, ihn wieder einmal in einem anderen Licht zu sehen. Er war immer für eine Überraschung gut. Und das, was er tat, war sehr wohl etwas Besonderes, denn es erforderte weit mehr persönliches Engagement, als sie selbst jemals für Waisen aufgebracht hatte. Er beschämte sie geradezu, sodass sie sich neben ihm ganz klein vorkam. Außerdem dachte sie, dass gerade seine Fürsorge für andere Jungen seine gute Beziehung zu Henry erklären könnte und ihn vielleicht auch so gut auf seine Rolle als Vormund vorbereitet hatte.

»Dann hattest du die Kleidung von den Waisen?«, erkundigte sie sich.

Er erhob das Glas, um ihr zuzuprosten. »So ist es.«

Olivia bemerkte, dass sie ihre Gäste schon wieder aus der Unterhaltung ausschloss. Was für eine miserable Gastgeberin sie geworden war! »Jack hat für Henry einige Sachen mitgebracht, die er beim Spielen anzieht.«

»Du auch«, fügte er hinzu und schien sehr zufrieden mit sich zu sein. Er sah seine Gäste an. »Wir wollten uns die Weltausstellung ansehen, und Livy und Henry hatten sich als arme Jungen verkleidet.«

»Wirklich?« Catherine sah gar nicht schockiert aus. »Wie war es, in der Öffentlichkeit eine Hose zu tragen?«

»Ziemlich ... befreiend, würde ich sagen.«

»Ja, ich finde auch, wir tragen wirklich viel zu viele Lagen Stoff mit uns herum.«

»Ganz meiner Meinung«, warfen beide Männer wie aus einem Munde ein.

Olivia und Catherine kicherten wie junge Mädchen.

»Weißt du«, sagte Claybourne nachdenklich, während er sein Glas hob, um dessen dunkelroten Inhalt zu betrachten, »es wäre durchaus möglich, dass Lovingdon dich zum Vormund bestimmt hat, weil du all diese Jungen beschützt, die für dich arbeiten.«

Olivia war überrascht von seinen Worten, weil auch ihr dieser Gedanke schon gekommen war.

»Ich habe das schon in Betracht gezogen, aber es scheint mir doch ein etwas dürftiger Grund zu sein. Außerdem bin ich mir nicht sicher, ob das überhaupt noch eine Rolle spielt.«

Olivia fragte sich jedoch, ob es das nicht doch tat, aber darüber wollte sie später nachdenken. Im Moment war sie froh, Jacks ungeteilte Aufmerksamkeit zu besitzen. Er hob erneut sein Glas zu einem stillen Toast und einem Versprechen, das ihr Herz zum Rasen brachte.

Obwohl sie geglaubt hatte, sie wolle Gesellschaft und würde eine Ablenkung von ihrer Isolation während der Trauerzeit begrüßen, konnte sie es plötzlich kaum erwarten, ihre Gäste zu verabschieden. Sie wollte noch ein bisschen mit Jack allein sein, bevor er zum Club aufbrach – was er wie jeden Abend unweigerlich tun würde.

Außerdem fühlte Olivia sich derzeit gänzlich ungeeignet dazu, Gäste zu bewirten. Aufgrund der Isolation während der Trauerzeit hatte sie nicht einmal ein bisschen Klatsch zu erzählen. Trotz allem freute sie sich über die Gesellschaft und fand es schön, zur Abwechslung wieder einmal mit anderen Menschen zusammen zu sein.

Sie war müder, als sie erwartet hatte, als Claybourne und Catherine schließlich gingen. Jack stand mit Olivia auf den Eingangsstufen und sah ihnen nach, als sie in ihrer Kutsche davonfuhren.

»Ich kann es fast nicht glauben, dass ich den Teufels-Earl zu Gast hatte«, sagte Olivia, als Jack die Tür schloss. Claybourne war sowohl im Haus ihres Vaters als auch in dem ihres Bruders nie willkommen gewesen.

»Als Nächstes wirst du wohl noch Feagans ganze Brut zum Abendessen einladen.«

Das bezweifelte sie, aber sie wollte nicht so unhöflich sein, es zuzugeben. Immerhin waren diese Leute Jacks Freunde.

»Keiner von euch erweckt wirklich den Anschein, als wäre er auf der Straße aufgewachsen.«

»Claybournes Großvater hat Hauslehrer für uns eingestellt. Er war fest entschlossen, dafür zu sorgen, dass keinem von uns seine Herkunft anzumerken war. Schließlich sollten wir seinen Enkel nicht beschämen.«

»Du hattest eine ziemlich ungewöhnliche Erziehung«, bemerkte Olivia, als sie die Treppe erreichten. Noch nicht wirklich bereit, sich zurückzuziehen, warf sie einen Blick hinauf.

»Lass uns noch einen Brandy trinken«, schlug Jack vor. »Dann kannst du besser einschlafen.«

»Als ich das letzte Mal Brandy trank, war ich am Tag darauf krank.«

»Dann schenke ich dir ein bisschen Whisky ein.«

Olivias Atemzüge wurden flacher, da sie das Gefühl hatte, dass sie vielleicht auch einen weiteren Kuss bekommen würde. Sie wollte es, wollte es sogar so sehr, dass sie nur zustimmend nicken konnte.

Ohne sich zu berühren, gingen sie nebeneinander zur Bibliothek. Kaum hatte der Diener jedoch die Tür hinter ihnen geschlossen, zog Jack sie in seine Arme und drückte sie an sich, während sein Mund sich leidenschaftlich auf den ihren presste. Fast hätte Olivia gelacht vor Freude über seine Ungeduld. Sie hatte sich noch nie begehrt gefühlt, und er schien sich förmlich nach ihr zu verzehren.

Sein Mund hinterließ eine heiße Spur an ihrer Kehle, als er tiefer glitt. »Ich war kurz davor, verrückt zu werden, als ich an diesem Tisch saß, höfliche – und ungeheuer langweilige – Konversation machte und nur daran denken konnte, wie viel lieber ich dich als das Hühnchen kosten würde.«

Es war vielleicht nicht das poetischste Kompliment, aber Olivia stöhnte und legte den Kopf in den Nacken, um Jacks Lippen noch besseren Zugang zu verschaffen.

»Komm in mein Bett, Livy.«

»Nein.«

»Ich werde dich von Kopf bis Fuß mit Küssen bedecken und dich an Stellen küssen, wo Lovingdon es bestimmt niemals getan hat.«

Hitze durchflutete sie und schien ihre Knochen aufzulösen, bis sie erstaunt war, dass sie überhaupt noch stehen konnte. *Ja. Ja. Ja.* »Nein.«

Sie stieß das Wort aus tiefster Seele hervor, aus einer Seele, die sich nicht gefährden lassen wollte. Abrupt löste sie sich von Jack, trat zurück und schüttelte den Kopf, weil sie glaubte, dass es mehr erforderte als dieses eine Wort, um sie beide zu überzeugen. »Nein. Ich kann das nicht, Jack. Ich kann es nicht.«

Sein Blick wanderte langsam über ihren Körper. »Und ich kann dich nicht mehr küssen, ohne mehr zu wollen.«

»Tut mir leid.«

Er streckte die Hand aus und berührte ihre Wange. »Entschuldige dich nicht, Livy. Wenn ich ein richtiger Gentleman wäre …« Ein Anflug von Bedauern trat in seine Augen. »Aber das bin ich nun mal nicht. Würdest du dann wenigstens einen Spaziergang durch den Garten mit mir machen?«

»Das wäre schön.« Vielleicht würde sie dann den Mut aufbringen, ihm wieder einmal zu verbieten, ihr nur einen Kuss zu geben …

Olivia stand still und regungslos auf der Terrasse, während Jack einen Diener die Laternen im Garten anzünden ließ, die ihnen den Weg weisen würden. In gewisser Weise bereute Olivia es schon, ihn in der Bibliothek abgewiesen zu haben. Sie war versucht gewesen, ihrem Verlangen nachzugeben, nur ließen sich lebenslange moralische Prinzipien eben nicht einfach so beiseiteschieben. Sie musste ein gutes Beispiel für Henry sein und vielleicht in gewisser Weise auch für Jack. Er schien zu glauben, ein Mensch könne tun, was er wolle, aber Olivia wusste, dass sie seinen Respekt verlieren würde, wenn sie nachgab. Außerdem hatte sie den Verdacht, dass er ohnehin nur mit ihr spielte, um sie seiner langen Liste von Eroberungen hinzuzufügen.

Erst als der Diener alle Laternen angezündet und sich ins Haus zurückgezogen hatte, reichte Jack ihr seinen Arm. Es war eine schöne Nacht. Der Nebel musste noch aufziehen. Nicht einmal die kühle Luft störte Olivia, weil ihr in Jacks Nähe immer so unglaublich warm wurde, als schwelten Leidenschaft und glühendes Verlangen dicht unter ihrer Haut.

»In letzter Zeit hast du mir viele Fragen hinsichtlich des Typs von Mann gestellt, den ich mir als Ehemann wünschen würde«, begann sie vorsichtig.

»Hast du dich endlich entschieden, was du willst? Oder besser gesagt, welchen Lord du vorziehen würdest?«

Sie kämpfte gegen die Enttäuschung darüber an, dass er sie

noch immer loswerden wollte. Auch wenn er behauptete, er wolle sie in seinem Bett haben, bestätigten ihr seine Worte, dass er nur an einer Tändelei interessiert war.

»Nein, aber mich würde interessieren, was für eine Art von Ehefrau du dir wünschen würdest.«

»Ich habe nicht die Absicht, je zu heiraten.«

»Niemals?«

»Warum schockiert dich das? Gerade du müsstest doch wissen, welche Schwierigkeiten ich hätte, eine Frau zu finden, die mich zum Ehemann nähme.«

»Wenn du dich ändern würdest ...«

Sein leises, düsteres Lachen schnitt ihr das Wort ab, schien in der kühlen Nachtluft zwischen ihnen zu flimmern und mit dem Schatten am Wegesrand zu verschmelzen.

»Ich habe kein Interesse daran, mich zu ändern.«

»Und ich kann nicht einmal ansatzweise nachvollziehen, warum du ein einsames und dekadentes Leben einem mit einer Ehefrau und einer Familie vorziehen würdest.«

»Dann erlaube mir, es dir zu zeigen.«

Schon schlang er einen Arm um sie und zog sie an sich, während er sie gleichzeitig vom Pfad führte. Sein Mund presste sich mit einem hemmungslosen Verlangen, das Olivia erschreckte, auf den ihren. Sofern dies überhaupt möglich schien, war dieser Kuss noch intimer, fordernder und überzeugender als der letzte. Er war von einer alles verzehrenden, allumfassenden Leidenschaft, die jede Faser ihres Seins ergriff und sie alles andere vergessen ließ. Er legte ihr eine großen Hand in den Nacken, und seine Finger spielten ein verführerisches Lied auf ihrem Rückgrat, das ihre Knie weich werden ließ, sodass sie seine Schultern umklammerte und sich unwillkürlich an ihn presste, um Halt zu finden. Mit einem Aufstöhnen und ohne den Kuss zu unterbrechen, drängte er sie noch tiefer in die Schatten, bis die Ziegelsteine der Mauer ihr den Rücken kühlten, jedoch nicht das Fieber, das wieder in ihr toste.

Olivia war rasend vor Verlangen, als sie mit beiden Händen sein Gesicht umfasste. Aber das genügte ihr nicht. Sie wollte mehr von seiner Haut unter ihren Fingern spüren, konnte sich aber nicht dazu überwinden, um mehr zu bitten – oder sich zu nehmen, wonach es sie so sehr verlangte. Er musste doch das Verlangen spüren, das in ihr schwelte, so wie sie das seine in seinen angespannten Muskeln fühlte, als er ein Knie zwischen ihre Schenkel schob.

Seine körperliche Erregung zu spüren war ein unbeschreibliches Gefühl, das die Flammen ihrer Leidenschaft entfachte. Noch nie hatte sie ein solch intensives Verlangen empfunden, noch nie ein solch köstliches Prickeln auf ihrer Haut, das nach mehr verlangte, nach etwas schwer zu Bestimmendem, das sie nicht ganz verstand – aber sie wusste, dass es wartete, wusste, dass er das Wissen und die Fähigkeiten besaß, es noch zu steigern, bis es seinen Höhepunkt erreichte.

Sie stöhnte, als seine Lippen sich von ihren lösten, um einen feurigen Pfad über die Unterseite ihres Kinns zu ziehen. Verzückt warf sie den Kopf in den Nacken, damit er damit ungehindert fortfahren konnte.

»Komm in mein Bett«, flüsterte er rau.

»Ich kann nicht«, erwiderte sie mit tief empfundener Enttäuschung in der Stimme.

Sie rechnete damit, dass er aufhören und sie von ihrer süßen Qual erlösen würde, doch sein Mund wanderte noch tiefer, seine Lippen und seine Zunge glitten an ihrem Schlüsselbein entlang und verweilten in der kleinen Mulde am Halsansatz. Wie konnte eine so kleine Berührung ihre Gliedmaßen erschlaffen lassen und derart intensive Empfindungen auslösen?

Als Jack langsam das Oberteil ihres Kleids herunterschob,

erfüllte sein leises, triumphierendes Aufstöhnen sie mit solch grenzenloser Zufriedenheit, dass sie sich nicht dazu durchringen konnte, ihn wegen der Freiheiten, die er sich herausnahm, zurechtzuweisen. Dann schlossen seine Lippen sich um eine harte kleine Brustwarze, und plötzlich war der Druck seines Schenkels an ihrer intimsten Stelle nicht mehr genug. Sie hörte ihren lustvollen kleinen Seufzer und war sich vage bewusst, dass ihre Finger unter sein Jackett glitten und sich in seine Schultern bohrten, während ihre Hüften sich ihm aufreizend entgegenbogen.

»Beruhige dich, Süße. Alles zur richtigen Zeit«, murmelte er beschwichtigend.

Aber nichts war richtig an dem, was sie hier taten. Es war dekadent und sündig, aber sie hatte sich noch nie im Leben weiblicher gefühlt. Sie hatte völlig die Kontrolle verloren und konnte keinen klaren Gedanken mehr fassen.

Für die Dauer eines Herzschlags war sie sich des Raschelns ihrer Röcke bewusst, bevor sie Jacks warme Finger an den Innenseiten ihrer Schenkel spürte. Mit einem erstickten Aufstöhnen umfasste sie sein Kinn, um ihn erneut zu küssen, und stieß ihre Zunge zwischen seine Lippen, um sein leises Lachen zu ersticken. Glaubte er etwa, sie besiegt zu haben? Oder war er einfach nur froh, dass sie die Initiative ergriffen hatte – und er etwas zum Leben erweckte, das sie nicht kontrollieren konnte?

Er arbeitete sich mit geschickten Finger durch ihre Kleidungsschichten, bis er das Nest weicher, dunkler Locken zwischen ihren Schenkeln fand und sie sehr geschickt dazu verlockte, seinem Drängen nachzugeben. Er war ein Dieb, dem sie nicht widerstehen konnte. Alles in ihr pochte und zog sich sehnsuchtsvoll zusammen. Eine nie gekannte Lust erfasste sie und schien die Vorahnung auf noch viel mehr in sich zu tragen.

»Komm in mein Bett«, knurrte Jack.

»Nein.« Sie war den Tränen nahe vor Sehnsucht nach dem, was er ihr geben könnte, und verfluchte ihre Willensstärke und Entschlossenheit.

Dann bemerkte sie eine Bewegung an ihrer Hüfte, obwohl seine Finger nicht aufhörten, ihre empfindsamste Stelle zu liebkosen. Er verschränkte die Finger seiner freien Hand mit ihren, die sich in seine Schulter bohrten, zog sie langsam nach unten und legte sie um seinen heißen, harten Penis. Mit seiner Hand auf der ihren führte er sie und sie streichelten sich, bis Olivia auch die allerletzte Kontrolle zu entgleiten drohte.

Ein leiser Aufschrei entrang sich ihr, als er zuerst mit einem Finger und dann mit einem zweiten in sie eindrang, während sein Daumen mit rhythmischen Bewegungen über die empfindsame kleine Knospe am Eingang ihrer Weiblichkeit strich und unglaublich lustvolle Empfindungen in ihr hervorrief ...

Als der Höhepunkt sie erbeben ließ, legte er den Kopf an ihre Schulter und presste den Mund an ihren Hals. Auch sein Körper wurde von heftigen Zuckungen erfasst, und während sein raues Aufstöhnen die Stille der Nacht zerriss, ergoss sich sein heißer Samen in und über ihre Hand. Noch immer heftig keuchend sank er ermattet gegen sie.

Die letzten wohligen Schauer durchliefen Olivia, während sie sich ihrer Umgebung langsam wieder bewusst wurde. Doch mit der Erkenntnis, was hier in dem Garten vorgefallen war, stellten sich auch Scham und Wut ein. Scham über ihre eigene Unbeherrschtheit, Wut auf Jack, weil er das mit ihr gemacht hatte, und auf sich selbst, weil sie es zugelassen, ihn sogar ermutigt und sich an ihn gedrückt hatte, statt sich ihm zu entziehen.

»Oh Gott!« Endlich fand sie die nötige Willenskraft, ihn fortzustoßen.

So hart, dass er ins Taumeln kam. »Livy ...«

»Nein, nein.« Dann rannte sie auch schon auf das Haus zu,

zog mit einer Hand ihr Mieder hoch, ohne die letzten köstlichen Empfindungen zu beachten, und wischte sich mit der anderen die Tränen ab, die ihre Sicht verschwimmen ließen.

Beinahe hätte sie ihr Gram überwältigt. Während ihrer Ehe hatte sie nie etwas Vergleichbares erlebt, nichts, das auch nur ansatzweise den schwindelerregenden Höhen der Ekstase glich, auf die Jack sie geführt hatte. Ja, Mr. Dodger hatte seinen Ruf verdient! Er war der Teufel, aber heute hatte er sie in den Himmel geführt.

Und nun würde sie dafür in der Hölle schmoren.

Kapitel siebzehn

Jack saß auf der Gartenbank und dachte, dass er ihr hätte nachgehen sollen. Da sie sich wieder so weit gefangen hatte, um laufen zu können, während er kaum einen Schritt tun konnte, war ihm das jedoch nicht möglich gewesen. Er hatte überlegt, zu ihr zu gehen, wenn er sich wieder besser unter Kontrolle hatte, aber was würde das schon nützen? Er hatte ihr Schluchzen gehört. Erwartete sie jetzt eine Entschuldigung von ihm? Er bereute nichts. Wenn er ehrlich war, traf das nicht ganz zu. Es machte ihm zu schaffen, dass sie so durcheinander war. Außerdem jagte ihm das Ganze eine Heidenangst ein.

Noch nie zuvor hatte er auf eine Frau so reagiert oder ihr Lust bereiten wollen, ohne an seine zu denken. Und jetzt fühlte er sich so verdammt verletzlich, dass er in ihr Bett kriechen, sie umschlingen und sich von ihr halten lassen wollte.

Was zum Teufel war nur mit ihm los?

Sex war sein Geschäft. Alles ging nur darum, körperliche Bedürfnisse zu befriedigen und sich dann nach der nächsten Quelle des Vergnügens umzusehen.

Aber Olivia war nicht sein *Geschäft*, und das, was zwischen ihnen vorgefallen war, war nicht nur Sex gewesen.

Das Beste wäre, zu seinem Club zu fahren, erst am Morgen wiederzukommen und so zu tun, als wäre nichts geschehen.

Oder er könnte sich betrinken, zu Bett gehen, morgen früh mit einem mächtigen Brummschädel aufstehen und so tun, als wäre nichts geschehen.

Aber es *war* geschehen, und es war unwahrscheinlich, dass er es je vergessen würde.

Als Olivia erwachte, lag ihr Kopf unter dem Kissen, ihre Augen brannten, ihre Nase war verstopft und ihr Kopf schon wieder wie benebelt. Wenn sie es nicht besser gewusst hätte, wäre sie davon ausgegangen, erkrankt zu sein. Aber sie *wusste* es besser. Sie hatte sich in den Schlaf geweint, wie in ihrer Kindheit, nachdem ihr Hund gestorben war. Wieso hatte sie zugelassen, dass Jack sich solche Freiheiten bei ihr herausnahm? Aber eine noch viel wichtigere Frage quälte sie: Wie hatte sie das *wollen* können? Denn sie *hatte* es gewollt. Er hatte ihr offenbar ihre Willenskraft geraubt. Und jetzt musste sie zum Frühstück hinuntergehen und ihm gegenübertreten. Wie konnte sie ihn ansehen, ohne sich an all die sündhaft schönen Dinge zu erinnern, die er mit ihr angestellt hatte?

Sie drehte sich auf die andere Seite – und kreischte auf, als sie Jack am Fußende des Bettes stehen sah. Schnell setzte sie sich auf und lehnte sich an den Berg von Kissen. »Du hast versprochen, niemals in mein Bett zu kommen!«

»Und das Versprechen habe ich gehalten. Ich bin mindestens fünf Zentimeter vom Bett entfernt.«

Seiner Stimme haftete nichts von ihrem üblichen schalkhaften Tonfall an. Er war vollständig bekleidet, und dennoch verunsicherte er sie. Vielleicht lag es daran, dass er ihren Blick erwiderte, als gäbe es nichts, dessen er sich schämen müsste, oder auch an der Tatsache, dass er jetzt nicht nur mit ihrem Körper vertraut war, sondern auch mit dessen Reaktion auf seine Zärtlichkeiten. Olivia senkte den Blick und begann, an einem Fädchen an der Bettdecke zu zupfen. »Was willst du hier?«

»Sieh mich an, Livy.«

Das fiel ihr sehr schwer, aber sie ließ sich auch nicht einschüchtern. Also erwiderte sie trotzig seinen Blick und stellte zu ihrer Überraschung fest, dass seine Augen nicht einmal einen Anflug von Triumph enthielten. Sie hatte eigentlich erwartet, dass er sie ob ihres schamlosen Verhaltens herablassend behandeln würde. Stattdessen – durfte sie das auch nur zu denken wagen? – wirkte der arrogante, selbstsichere, souveräne Jack Dodger sogar reumütig auf sie.

»Normalerweise verliere ich bei einer Frau nicht die Kontrolle.«

Sie musterte diesen wundervollen Mund, den er an ihren Hals gedrückt hatte, und erinnerte sich daran, wie sie seinen heißen Atem gespürt hatte, als er …

»Ich begehre dich, Livy, mit einer Leidenschaft, mit der ich noch nie zuvor eine andere Frau begehrt habe. Und es fällt mir nicht leicht, das zuzugeben. Außerdem entspricht mein Benehmen vermutlich nicht dem, das du gewohnt bist.«

Olivia dachte, dass das die Untertreibung des Jahrhunderts war.

»Aber ich werde mich nicht dafür entschuldigen«, setzte er hinzu. »Ich kann dir nur versprechen, dass es nicht wieder vorkommen wird.«

Damit drehte er sich auf dem Absatz um und verließ das Zimmer. Olivia sah ihm nach und war sich nicht ganz sicher, ob sie wollte, dass er dieses Versprechen hielt.

In den nächsten beiden Tagen gingen sie sich geflissentlich aus dem Weg – oder vielleicht war es auch nur Olivia, die so viele Vorwände fand, sich in anderen Teilen des Hauses aufzuhalten, wann immer sie den Eindruck hatte, dass Jack anwesend war. Das gemeinsame Frühstück war nicht allzu heikel, da Henry immer da war und als Puffer diente. Olivia pflegte am Ende des Tischs zu sitzen und Jack unauffällig zu beobachten, während er geduldig Henrys unzählige Fragen beantwortete – die alle mit dem Wort *Warum* begannen.

Das Abendessen war schon eine etwas größere Herausforderung. Am Abend zuvor hatten sie doch tatsächlich über das Wetter gesprochen, was Olivia fast zum Weinen gebracht hatte. Gott, was für höfliche Fremde sie geworden waren! Jack zog sie nicht mehr auf, provozierte sie nicht mehr und flirtete nicht mehr mit ihr.

Und sie vermisste den alten Jack so sehr.

Durch das Fenster eines der oberen Schlafzimmer sah sie Jack und Henry bei ihrem täglichen Nachmittagsspiel zu. Wie üblich krähte Henry vor Vergnügen, als Jack lachend über den Rasen sprintete und den Jungen einzufangen versuchte. Es war erstaunlich, wie gut die beiden sich verstanden. Es war fast so, wie zwei kleinen Jungen beim Spielen zuzusehen …

Aber Jack war kein kleiner Junge. Obgleich sie den Eindruck hatte, dass sein Leben heute erheblich sorgloser war als damals auf der Straße, trug er heute sehr viel mehr Verantwortung.

Sie kannte nur sein Leben hier im Haus. Aber er hatte noch ein zweites, das ganz anders war. Und dieses andere Leben wollte sie gern sehen.

Jack ließ seine Kutsche früher als gewöhnlich vorfahren. Er hielt es kaum noch aus im Haus. Das gemeinsame Abendessen mit Livy war unerträglich geworden.

Sie hatte sich wieder angewöhnt, ihn so eingehend zu mustern, als sei er eine Kuriosität, die irgendwo ausgestellt werden müsste. Wenn sie überhaupt miteinander sprachen, was nur selten vorkam, dann über das Wetter oder das ausgezeichnete Essen. Die meiste Zeit vermied er es jedoch, sie anzuschauen, weil sie nicht sehen sollte, wie sehr er sich nach ihr verzehrte.

Nach dem Abendessen zog sie sich in ihr Zimmer zurück, und er ging in die Bibliothek. Er saß gerade am Schreibtisch und ertränkte seine Wünsche und Begierden in Whisky, als Brittles in das Zimmer kam.

»Ihre Kutsche ist bereit, Sir.«

Jack nickte und leerte sein Glas, bevor er sich erhob. Als er an der Treppe vorbeikam, zog er für einen Moment lang in Erwägung, zu Livys Zimmer hinaufzugehen, sein Versprechen zu brechen und zu ihr ins Bett zu steigen. Aber wenn er sein Wort gab, hielt er es auch. Das war die einzige ehrenhafte Eigenschaft, derer er sich noch rühmen konnte.

Ein Diener öffnete ihm die Haustür. Jack ging weiter, fest entschlossen zu tun, was immer nötig war, um nicht mehr an Olivia zu denken. Notfalls konnte er immer noch Pru kommen lassen, aber schon allein die Vorstellung behagte ihm nicht. Als er die Eingangsstufen hinuntereilte, ärgerte er sich nicht einmal über den aufkommenden Nebel, weil er so großartig zu seiner Stimmung passte.

Ein weiterer Diener öffnete ihm den Kutschenschlag. »Sir.«

Jack dankte ihm mit einem Nicken, setzte einen Fuß auf die Stufe, beugte sich vor und wurde sich eines ihm vertrauten Dufts bewusst …

»Fährst du in deinen Club?«

Angesichts der unerwarteten Frauenstimme – dieser Stimme, die ihn Tag und Nacht verfolgte –, richtete er sich zu schnell auf und schlug sich den Kopf an. »Verdammt!«

Dann stieg er ein und ließ sich auf die Bank fallen. »Was zum Teufel tust du hier?«

Olivia hatte nicht damit gerechnet, ihn dermaßen zu überrumpeln. Es geschah ihm jedoch nur recht nach dem Schreck, den er ihr in jener ersten Nacht eingejagt hatte. »Ich möchte dich begleiten.«

»Sei nicht albern. Die einzigen Frauen, die sich in meinem Club aufhalten dürfen, sind die, die bereit sind, den Männern ihre Dienste anzubieten. Ist es, was du im Sinn hast? Wenn ja, kann ich dir auch hier gefällig sein.«

Sie hätte wissen müssen, dass er es ihr nicht leicht machen würde, aber sie würde sich trotzdem nicht davon abbringen lassen.

»Da du der Besitzer bist, kannst du doch sicher eine Ausnahme machen.«

Er lehnte sich in seiner Ecke der Bank zurück, und Olivia spürte seinen durchdringenden Blick. »Warum?«

»Ich weiß, dass du ein guter Vormund für Henry und auch sehr klug in finanziellen Dingen bist. Ich würde nur gern mal dein Geschäft mit eigenen Augen sehen.«

Im düsteren Inneren der Kutsche konnte sie seine Hand nicht sehen, aber plötzlich merkte sie, dass sie unter ihren Schleier glitt, und spürte, wie er mit dem Daumen ihre Wange streichelte.

»Warum, Livy?«

»Weil ich keine Geheimnisse zwischen uns will, Jack.«

»Und wenn dir nicht gefällt, was du siehst?«

Dann könnten ihre Gefühle für ihn sich verflüchtigen wie Nebel in der Morgensonne. »Du sagtest, du würdest dich deiner Geschäfte nicht schämen.«

Er rückte näher und hielt seinen Mund an ihre Wange. »Was für eine Rolle spielt das, Livy?«

Sie schluckte hörbar. »Ich empfinde mehr für dich, als ich sollte. Viel zu oft denke ich stundenlang darüber nach, mit dir ins Bett zu gehen. Aber ich kann es nicht. Ich kann es einfach nicht, nicht ohne ein klareres Bild von dem Mann zu haben, der du bist.« Sie legte eine Hand auf seine Brust und fühlte das schnelle Pochen seines Herzens unter ihren Fingern. »Dein Geschäft ist ein großer Bestandteil deines Lebens. Ich kenne nur den Klatsch und möchte die Wahrheit wissen.«

»Die Wahrheit habe ich dir erzählt.«

»Ich möchte sie aber *sehen*. Ich nehme an, dass der Club nur schwach beleuchtet ist. Ich bin von Kopf bis Fuß in Schwarz gekleidet, und mein Hut hat zudem einen schwarzen Schleier. Meiner Meinung nach würde es ein sehr scharfes Auge erfordern, um herauszufinden, wer ich bin, und wenn all deine Gäste dem Alkohol so sehr zusprechen, wie es mein Bruder tat, halte ich es für äußerst unwahrscheinlich, dass sie sich auch daran erinnern werden, mich gesehen zu haben.«

Sie hörte ihn seufzen. »Ich kann dich nicht durch die Vordertür reinlassen. Du würdest zu sehr auffallen, und dein Ruf wäre ruiniert, falls irgendjemand dich erkennt.«

»Du wirst doch auch eine Hintertür haben, nehme ich an?«

Er betrachtete sie für einen Moment. »Du darfst nichts von dem, was du im *Dodger's* siehst, deinen Freundinnen beim Tee erzählen. Und du darfst auch nie den Namen irgendeines Gasts verraten.«

»Ich werde schweigen wie ein Grab.«

»Ich meine es todernst, Livy. Meine Gäste zahlen außerordentlich gut dafür, dass ihre Geheimnisse gewahrt werden, und ihr Vertrauen ist unentbehrlich für meinen geschäftlichen Erfolg.«

»Ich schwöre, dass ich keiner Menschenseele etwas erzählen werde.«

»Und ich werde es zweifellos bereuen«, murmelte er, obwohl er seinem Kutscher schon das Zeichen zum Losfahren gab.

Olivia fühlte sich ungemein abenteuerlustig. Sie würde gegen sämtliche Regeln verstoßen und etwas tun, das absolut und unwiderruflich falsch war, nur um an ihrem Glauben festzuhalten, dass sie einen Mann zuerst gut kennen musste, bevor sie der Versuchung nachgab. Es war eine lächerliche Begründung, aber sie konnte nicht leugnen, dass er nie gekannte intensive Gefühle in ihr weckte.

Sie verbrachten die Fahrt in absolutem Schweigen, obwohl Olivia selbst im Dunkeln Jacks durchdringenden Blick spüren konnte.

»Da wären wir«, sagte er schließlich, und sie spähte aus dem Fenster, um einen ersten Blick auf seinen Herrenclub zu werfen.

Er sah nicht schäbig aus, wie sie erwartet hatte, sondern sehr gepflegt. Die weißen Eingangssäulen und livrierten Türsteher verliehen ihm sogar einen Hauch von Luxus, den sie nicht erwartet hatte.

»Ist das nicht Greystone, der da gerade hineingeht?«

»Nein.«

»Er sah aber auf jeden Fall so …«

»Du hast niemanden hineingehen sehen. Das ist das Spiel, das wir hier spielen, Livy. Du siehst nichts, du hörst nichts – und sprichst vor allem über nichts!«

»Die Herren müssen dir wirklich sehr vertrauen.«

»Sie vertrauen mir auch viele ihrer Geheimnisse an. Ich mag zwar nicht so angesehen sein wie Beckwith, aber ich weiß, wie man Stillschweigen bewahrt. Außerdem zahlen sie mir einen außergewöhnlich hohen Mitgliedsbeitrag, und ich wiederum bezahle meine Angestellten gut, um sicherzugehen, dass die Leichen meiner Gäste im Keller bleiben.«

Die Kutsche fuhr zur Rückseite des Gebäudes. Nachdem Jack ausgestiegen war, reichte er Olivia eine Hand. »Bist du sicher, dass du das willst?«

»Völlig sicher.«

Er lachte leise. »Du bist wie ein Kind, dem etwas Süßes angeboten wird.«

Als sie ausstieg, zog er sie an sich und legte einen Arm um sie. »Bleib dicht bei mir, bis wir drinnen sind.«

Sie konnte Leute reden und schief singen hören. *Betrunkene*, dachte sie. Und auch Geräusche von Leuten, die mit schnellen Schritten durch die Gasse eilten. Olivias Herz schlug schneller. Über der Hintertür hing eine Laterne, und Jack steckte einen Schlüssel ins Schloss und schob Olivia dann schnell durch die Tür.

Ihr erster Eindruck war, dass es auf dem Gang sehr sauber roch. Die Türen zu mehreren Zimmern waren geschlossen, aber eine stand offen.

»Hier sind die Büros.« Jack nickte zu der offenen Tür hinüber. »In diesem dort arbeitet Frannie.«

»Ist sie da?«

»Wahrscheinlich.«

»Dann möchte ich kurz vorbeischauen und Hallo sagen.«

»Das hier ist kein Höflichkeitsbesuch.«

»Trotzdem wäre es unhöflich, es nicht zu tun.«

Er verdrehte die Augen. »Na schön«, sagte er und führte sie zu der offenen Tür. Wieder war Olivia überrascht, denn obwohl die Einrichtung von guter Qualität zu sein schien, war sie doch recht spärlich. Frannie nahm gerade Eintragungen in einem Rechnungsbuch vor. Sie blickte auf und riss vor Erstaunen die grünen Augen auf. »Duchess! Na, das ist aber eine Überraschung. Guten Abend!«

»Sie wollte eine Spielhölle sehen«, erklärte Jack verdrossen.

»Und du hast sie mitgebracht? Das ist ja interessant«, erwiderte Frannie, als sie sich erhob.

Olivia winkte verlegen ab. »Ich will nicht stören. Ich wollte mich nur einmal umsehen. Und ich muss gestehen, dass ich überrascht bin, wie sauber alles ist. Sie haben den Laden fest im Griff.«

»Das ist Jacks Verdienst. Er hasst es, wenn nicht alles ordentlich ist. Was wahrscheinlich daran liegt, dass er als Kind so schmutzig war.«

Olivia dachte daran, wie häufig er badete und dass er nichts anziehen wollte, das nicht frisch gewaschen und gebügelt war.

»Ich werde ihr nur schnell einen kurzen Überblick verschaffen«, meinte er und nahm wieder Olivias Arm.

Nachdem sie sich von Frannie verabschiedet hatte, ließ sie sich von Jack eine Treppe hinaufführen, zu der seinen Worten zufolge nur Angestellte Zugang hatten. »Hat Frannie einen Verehrer?«

»Du liebe Güte, nein. Sie hat wenig Interesse an Männern.«

»Aber sie möchte doch bestimmt gern heiraten.«

»Das glaube ich nicht, und das ist auch schon alles, was ich dazu sage. Frannies Geheimnisse sind ganz allein die ihren.«

Am Kopf der Treppe führte Jack Olivia durch einen schmalen Gang, an dessen Ende er einen Vorhang öffnete. Sie traten auf einen im Dunkeln liegenden Balkon hinaus. Olivia war vollkommen verblüfft, wie elegant alles aussah. Die dunkelgrünen Wände des Balkons, die von reich geschnitztem Gebälk eingerahmt waren. Aber es waren die Aktivitäten im Erdgeschoss unter ihnen, die sie wirklich faszinierten. Spieltische, zu viele, um sie zählen zu können, füllten den Raum. Einige Männer spielten mit Karten, andere mit Würfeln. Zwei der Herren hatten Damen auf dem Schoß, aber sogar sie waren hübsch gekleidet.

Der Zigarrenrauch erzeugte einen Dunstschleier, aber Olivia konnte trotzdem sehen, dass alle Gläser mit Getränken in verschiedenen Bernsteintönen gefüllt waren oder mit einer klaren Flüssigkeit, die mit Sicherheit kein Wasser war. Purpurrot livrierte Jungen, die alle einen sehr selbstbewussten Eindruck machten, brachten den Herren Bestellungen an den Tisch. Es war gar nicht so laut, wie Olivia erwartet hatte. An einigen Spieltischen war es sogar beunruhigend still.

Sie erkannte sehr viele Herren. Warum waren sie nicht daheim bei ihren Ehefrauen?

»Ich dachte, es gäbe hier mehr ... Mädchen«, sagte sie schließlich.

»Es gibt einen anderen Raum, in dem sich die meisten aufhalten. Von dort drüben kannst du einen Blick hineinwerfen.«

Jack führte sie noch weiter den Gang hinunter und dann wieder durch einen Vorhang auf einen abgelegenen Balkon. Olivia hatte gezögert, weil sie nicht sicher war, ob sie die zu erwartende Lasterhaftigkeit sehen wollte, aber ihre Neugierde gewann die Oberhand. Sie wurde allerdings ein wenig enttäuscht, denn wie es schien, plauderten die meisten Mädchen nur mit den Herren. Natürlich konnte sie auch einige sehen, die sich küssten, und auch die eine oder andere Berührung, aber es war keineswegs die Orgie, die sie erwartet hatte.

»Du siehst enttäuscht aus«, murmelte Jack an ihrem Ohr.

»Nein, ich ... doch, ja. Ich dachte, sie wären ... unanständiger.«

Jack lachte leise. »Das sind sie auch. Aber nur in den Zimmern, in die man nicht hineinschauen kann – nur auf Einladung.«

»Auf Einladung?«

Er zuckte mit den Schultern. »Einige der Männer mögen es, beobachtet zu werden, und deshalb haben wir einen Zuschauerraum.«

»Warum sollten sie sich gern beobachten lassen?«

»Weil sie wahrscheinlich glauben, sie könnten angeben.«

»Oh.« Olivia schüttelte den Kopf. »Ich wollte nur herkommen und nicht urteilen, aber es gefällt mir nicht, dass du Mädchen benutzt und sie zwingst ...«

»Ich zwinge sie zu gar nichts, was sie nicht tun wollen. Ich bezahle sie dafür, den Herren Gesellschaft zu leisten, mit ein bisschen Konversation, einem Tanz oder vielleicht sogar einem Kuss. Was sie in den Hinterzimmern tun, ist ihre Sache und ihr Geld.«

»Aber du billigst diese Tätigkeit.«

»Sie würden es so oder so tun, Livy. In einer Gasse oder in einem Zimmer, das weder sauber noch sicher ist. Hier brauchen sich weder die Herren noch die Mädchen Sorgen zu machen.«

»Aber warum beschäftigst du sie überhaupt?«

»Weil Männer sich manchmal einsam fühlen und ein zufriedener Mann mehr Geld ausgibt. Hast du genug gesehen?«

Olivia sah ein, dass sie diese Debatte jetzt nicht gewinnen würde, aber mit der Zeit vielleicht schon ...

Sie nickte. »Ich denke schon.«

Erst als sie wieder in der Kutsche und auf dem Heimweg waren, fragte Olivia: »Wie konntest du es dir überhaupt leisten, den Club zu eröffnen?«

»Als ich neunzehn war, erhielt ich Besuch von Beckwith, der mir mitteilte, dass ich einen anonymen Gönner hatte. Dieser Gönner schenkte mir zehntausend Pfund, mit denen ich das Gebäude kaufen konnte.«

»Und wer war er?«

»Keine Ahnung. Er wollte anonym bleiben.«

»Aber du musst doch irgendeine Ahnung haben. Könnte es dieser Feagan gewesen sein?«

»Nein, Taschendiebe anzuführen macht einen nicht reich.«

»Wer dann?«

»Ich habe immer angenommen, dass es Lukes Großvater war. Da wir uns nicht sehr gut verstanden, dachte ich, er hielte es vielleicht für den schnellsten Weg, mich loszuwerden. Für eine Investition, die sich auszahlen würde.«

»Du warst ihm wohl zu eigensinnig.«

»Ich dachte wirklich immer, mein Weg sei der beste.« Er lachte kurz. »An dem Abend, an dem das Testament verlesen wurde, hatte ich einen Moment lang die absurde Idee, es könnte

Lovingdon gewesen sein. Aber als ich Beckwith fragte, redete er irgendwelchen Unsinn darüber, dass das Geheimnis meines Gönners bewahrt werden müsse.«

»Warum sollte Lovingdon das auch tun?«

»Warum sollte er mir seine nicht unverkäuflichen Besitzungen hinterlassen?«, konterte Jack.

»Falls es Lovingdon war, müsstest du es in seinen Aufzeichnungen finden.«

»Was für Aufzeichnungen?«

»Er hat über alles Buch geführt. Über jede Kuh, die gekauft wurde, jedes Pferd, das fohlte, jeden Dienstboten, der eingestellt, jedes Gehalt, das ausgezahlt wurde. Lovingdon war geradezu besessen von diesen Büchern. Im Nachhinein vermute ich, dass er sie durchforstete, um festzustellen, was unverkäuflich war und was nicht – ich kann sie dir zeigen, wenn du willst.«

»Ich halte es für unwahrscheinlich, dass ich etwas finden werde, aber es kann nicht schaden, sie mal durchzusehen.«

Seine geschäftlichen Anfänge und Lovingdons Aufzeichnungen! Olivia hörte nicht auf, Gespräche über Dinge zu führen, die keinerlei Bedeutung hatten, während ihr Duft zu ihm hinüberdrang und ihn auf ganz andere Gedanken brachte.

»Wie findest du das *Dodger's?*«, wollte er wissen.

Schweigen breitete sich zwischen ihnen aus, während die Kutsche über das Kopfsteinpflaster ratterte.

Schließlich sagte sie: »Es war nicht so dekadent, wie ich es mir vorgestellt hatte.«

Er legte eine Hand in ihren Nacken, schob den Daumen unter ihren Schleier und strich dann über ihre Wange. »Das klingt enttäuscht.«

»Was? Nein.« Dann stieß sie ein verlegenes kleines Lachen aus. »Vielleicht ein bisschen. Wenn du die Wahrheit wissen willst, hatte ich Orgien, Ausschweifungen und Barbarei erwartet. Stattdessen war jedoch alles ernüchternd zivilisiert.«

»Die Herren vergnügen sich dort nur.«

»Schade, dass es nicht so etwas Ähnliches für Frauen gibt.«

»Was würdest du dort tun? Verschiedene Teesorten servieren und über ihre Vorzüge diskutieren?«

»Wir könnten Karten spielen«, entgegnete sie spitz, woran er merkte, dass er sie beleidigt hatte. »Uns von gut aussehenden Männern bedienen lassen, die uns die Aufmerksamkeit entgegenbringen, die unsere Ehemänner uns nicht mehr zuteilwerden lassen.«

Jack hielt den Daumen still. »Du hast hier jemanden, der dir nur allzu gern die Aufmerksamkeit schenken würde, die dein Ehemann dir verweigerte, und trotzdem trittst du andauernd den Rückzug an.«

Mit einer geschickten Handbewegung schlug er ihren Schleier zurück, drückte den Mund auf ihren und verwünschte sich für seine Schwäche. Er hatte sich geschworen, sich nicht nur mit einem Kuss zufriedenzugeben, aber plötzlich war es die reinste Qual, so lange ohne auszukommen. Es erfreute ihn über alle Maßen, dass sie diesen Kuss mit einer Leidenschaft erwiderte, die seiner in nichts nachstand. Jack wusste, dass sie ihn begehrte. Woher nahm sie nur die Willenskraft, um dennoch ständig Nein zu sagen?

Um Jahre des untadeligen Benehmens in den Hintergrund zu drängen, brauchte es einen Mann, der weitaus mehr Geduld besaß als Jack. Wenn es ihn nach etwas verlangte, wollte er es haben, sowie ihm bewusst wurde, dass er es begehrte. Wahrscheinlich fand sie sein schlechtes Benehmen, das sie korrigieren wollte, ebenso ärgerlich.

Vielleicht hatte sie ja doch einen gewissen Einfluss auf ihn. In dem Bewusstsein, dass bei ihrer Ankunft noch einige Dienstboten auf den Beinen sein würden, löste er weder ihr aufgestecktes Haar noch knöpfte er ihr Mieder auf – und nahm sich auch keine anderen Freiheiten heraus, die sie aus der Fassung oder außer Atem bringen würden.

Aber er bewegte den Mund zu der empfindsamen Stelle neben ihrem Ohr und fühlte ihren schnell pochenden Puls unter seiner Zunge. »Wie du siehst, kann ich auch zivilisiert sein. Sag mir, dass du das nicht willst.«

»Ich weiß es nicht mehr. Ich kann nicht denken, wenn du so etwas tust.«

»Das sagt doch schon alles, oder? Du gehörst …« Er brach ab, bevor die Worte *zu mir* über seine Lippen kommen konnten. »In mein Bett.«

Schlagartig verflog sein Verlangen und wich einem schier überwältigenden Drang, die Flucht zu ergreifen.

Kapitel achtzehn

Jack stand an seinem Schlafzimmerfenster und blickte in die Nacht hinaus. Was war nur mit ihm los? Wann hatte er begonnen, Livy als *die Seine* zu betrachten?

Er konnte sie nicht heiraten und zu einer ehrbaren Frau machen. Allein die Ehe mit ihm würde sie in den Augen der Gesellschaft erniedrigen. Möglicherweise hatte er sie ein oder zwei Jahre, solange sie in Trauer war, aber dann würde er sie gehen lassen müssen. Sie und Henry. Er würde das letzte Erbstück von »unschätzbarem Wert« erhalten und irgendwann nicht mehr an sie und Henry denken.

Im Moment jedoch konnte er nur an Olivia denken.

Als die Tür zum Ankleidezimmer geöffnet wurde, machte sein Herz einen Sprung. Er drehte sich langsam um, und da stand sie – in ihrem Nachthemd, mit offenem Haar und bloßen Füßen, die Hände sittsam vor sich gefaltet und mit ängstlicher Miene.

»Ich weiß nicht, wie das geht«, sagte sie leise. »Ich habe keine Ahnung, wie ich es anstellen soll, dich zu verführen.«

»Mich verführen?« Er lachte auf, sah den Ausdruck von Bestürzung, der sich über ihre feinen Züge legte, und überwand die kurze Entfernung zwischen ihnen mit vier großen Schritten. So sanft er konnte nahm er ihr Gesicht zwischen seine rauen Hände. »Livy, du hast mich schon seit jener ersten Nacht verführt.«

Er küsste ihre Stirn. »Ich finde deine Widerspenstigkeit sehr aufregend.«

»Und dein Temperament ist einfach hinreißend«, sagte er nach einem Kuss auf ihre Schläfe.

Als Nächstes küsste er ihre Wange. »Deine Liebe zu Henry macht mich demütig.«

Nun war ihre Nasenspitze an der Reihe. »Und dein Lachen ist bezaubernd.«

»Deine Augen betören und verzaubern mich«, murmelte er und küsste einen Mundwinkel. »Und deine Küsse haben die Macht, mich in die Knie zu zwingen.«.

Er konnte sehen, wie der Zweifel in ihren goldenen Augen zu Gewissheit wurde. Sie schenkte ihm ein spitzbübisches Lächeln. »Ich verbiete dir, mich zu lieben.«

Er bekam einen trockenen Mund. Er hatte noch nie eine Frau geliebt. Er war mit vielen im Bett gewesen und hatte guten Sex mit ihnen gehabt. Aber »lieben«? Er wusste kaum, wie er das anstellen sollte, aber es war ein Geschenk, das sie verdiente und das er ihr geben wollte. Sie war wie keine andere Frau, die er je gekannt hatte. Sie war aus eigenem Antrieb und ohne Geld dafür zu verlangen zu ihm gekommen. Was sie ihm anbot, war sehr viel wertvoller als alles, was er ihr jemals geben konnte.

»Ich hatte dich gewarnt, mir etwas zu verbieten, weil es mich nur dazu bringen würde, es zu tun.«

Und damit küsste er sie so zärtlich, wie er konnte, aber Zärtlichkeit war ihm noch fremd und unvertraut. Sowie er ihre Süße kostete, kam das Verlangen, das er so lange unter Kontrolle gehalten hatte, mit einer Heftigkeit zum Ausbruch, die ihn selbst erstaunte. Er wollte jetzt endlich sehen, was Kleidung und Dunkelheit ihm bisher vorenthalten hatten.

Ohne seine Lippen von ihren zu lösen, hob er Olivia hoch, trug sie zu seinem Bett und stellte sie daneben wieder auf die Beine. Sie schwankte, und er zog sie an sich, um ihr Kraft zu geben.

Olivia hatte schon im Garten die Macht seiner Leidenschaft gespürt, trotzdem erstaunte es sie, wie eindrucksvoll sie war und wie mühelos sie sie schwachmachen konnte. Ihr wurde so heiß, als hätte sie erneut Fieber, und ihre Beine zitterten. *Wenn er mich nicht in den Armen hielte, würde ich mich vielleicht einfach auflösen und mit dem Boden verschmelzen*, dachte sie.

Sie schlang ihre Arme um seine Schultern und schob ihre Finger in sein dichtes Haar, das ihr plötzlich gar nicht mehr zu lang vorkam. Im Gegenteil. Sie wollte ihr Gesicht darin vergraben und dachte, dass sie das vielleicht auch tun würde, bevor die Nacht vorüber war.

Jack unterbrach den Kuss und strich mit den Lippen über ihr Kinn, als widerstrebte es ihm, ihre Lippen zu verlassen oder seinen Mund zu weit von ihrem zu entfernen. Ein wohliger kleiner Seufzer entrang sich ihr, als sie das Kinn anhob, um ihm den Zugang zu ihrem Hals zu erleichtern. Seine sanften Berührungen liebkosten und neckten sie. »Ah, Livy, Livy.« Auch seine Stimme war so samtweich und verführerisch, dass Olivia ihr überallhin folgen würde, ganz gleich, zu welchen Sünden.

Plötzlich fühlte sie seinen Mund auf ihrer nackten Schulter, und erst da erinnerte sie sich wieder daran, dass er die geschickten Finger und das Feingefühl eines Taschendiebs hatte. Er hatte ihre Knöpfe schon vom Hals bis zur Taille geöffnet, ohne dass sie es mitbekam. Das Nachthemd glitt von ihren Schultern und landete auf dem Boden.

Ihr blieb eine Sekunde, um darüber nachzudenken, dass sie eigentlich das Bedürfnis verspüren müsste, sich zu bedecken, aber dann dachte sie an gar nichts mehr und verlor sich in dem wundervollen Gefühl seines heißen Munds auf ihren Brüsten, der sie kostete, leckte, an ihr saugte. Dabei murmelte er die ganze Zeit, wie »schön, wie wunderschön« sie sei.

Dann hob er sie ganz unversehens hoch und legte sie auf das Bett. Sowie seine Arme nicht mehr um sie lagen, zerrte er an seiner Kleidung und legte hastig ein Teil nach dem anderen ab, bis ein achtlos fallen gelassenes Bündel auf dem Boden lag.

Olivia blieb kaum Zeit, seinen beeindruckenden Körper zu bewundern, bevor er sich mit einem Knie auf das Bett stützte und sich auf sie zubewegte wie eine große Raubkatze, entschlossen und mit dem Wissen, dass die Beute nicht entkommen konnte.

Doch das wollte sie auch gar nicht. Stattdessen breitete sie einladend die Arme aus und berührte, was sie an jenem lang zurückliegenden Morgen im Ankleidezimmer nur gesehen hatte. Er war ein junger Mann, dessen Körper die Kraft der Jugend widerspiegelte. Feste Muskeln, straffe Haut. Und katzenhafte Geschmeidigkeit.

Jack hatte sich neben ihr ausgestreckt, und die Hand mit dem Brandmal legte sich um ihre Hüfte, mit einer gewissen Bedeutsamkeit schon fast, als er sich drehte und einen Kuss auf ihren Bauch drückte. Seine Zähne streiften ihre Haut, als seine Lippen langsam von ihrer Taille zu ihren Brüsten hinaufglitten, zuerst die Unterseite der einen, dann die der anderen küssten und beiden die gleiche Aufmerksamkeit zuteilwerden ließ. Olivia dachte, dass sie auf die lustvollen Empfindungen, die sie jäh durchfluteten, eigentlich hätte vorbereitet sein müssen.

War es das Verbotene, was das sinnliche Vergnügen steigerte? War es der Vorgeschmack der Sünde, dass sie sich ihres erwachenden Körpers so viel bewusster wurde? Oder war Jack einfach raffiniert wie der Teufel, weil er diese sinnlichen Begierden in einer Frau hervorzubringen vermochte?

Sie bohrte die Finger in seine Schultern und hielt ihn an sich gedrückt, während er ihre Brüste liebkoste. Seine Bartstoppeln kitzelten sie und verstärkten die lustvollen Gefühle. Aus eigenem Antrieb bogen sich ihre Hüften ihm entgegen.

Sehr sanft ließ er eine Hand an ihrer Hüfte hinuntergleiten, schob sie zwischen ihre Schenkel und ließ die Finger in das weiche Haar an ihrer intimsten Stelle gleiten …

Olivia sog scharf den Atem ein, als eine Welle köstlichster Empfindungen sie durchflutete.

Jack hob den Kopf und beobachtete sie, während er sie weiter streichelte und ihr einen leisen Schrei entlockte, sodass sie die Beine zusammenpresste, als ob sie ihn dort festhalten oder vielleicht auch anspornen wollte.

»Ich will dich ansehen, Livy«, flüsterte er rau. »Ich will sehen, was mir die Dunkelheit des Gartens vorenthalten hat. Entspann dich, Livy. Lass dich einfach fallen.«

Sie schüttelte den Kopf, aber er gewährte ihr keinen Aufschub mehr. Sein Mund kehrte zu ihren Brüsten zurück, während seine Finger ihre Magie bewirkten. Als sie dem Höhepunkt schon sehr, sehr nahe war, legte Jack sich zwischen ihre Beine und ergriff Besitz von ihrem Mund, als ob er ihm gehörte. Seine Zunge erkundete sie, als ob er nicht schon jeden Winkel kennen würde, während sie den Kuss kühner erwiderte als je zuvor. Sie liebte Jacks Geschmack, seinen Duft, der durch seine leidenschaftliche Erregung noch deutlicher zutage trat. Und seine erhitzte Haut fühlte sich wie feuchter Samt unter ihren Fingern an.

Dann beugte er sich über sie, und fast hätte es ihr Angst gemacht, was sie in seinen Augen sah, wenn sie ihn nicht so gut gekannt hätte. Es war etwas Wildes, Animalisches, was sie in seinen dunklen Augen sah.

Als sie spürte, wie er sie im Schritt berührte, versteifte sie sich augenblicklich.

»Sch, ganz ruhig«, flüsterte er an ihrem Ohr, und Olivia war sich nicht mal sicher, ob er mit ihr sprach oder mit sich selbst.

Seine Hand glitt über ihre Seite, über ihre Hüfte, zu ihrem Oberschenkel, und dann schob er ihre Beine noch etwas weiter auseinander.

Dann drang er endlich in sie ein, Zentimeter für Zentimeter, dehnte sie immer weiter mit seiner pulsierenden Härte und steigerte ihre sinnliche Erregung, die sich tief in ihrem Innersten zu bündeln schien. Als sie schon glaubte, nicht noch mehr ertragen zu können, hob er ihre Hüften ein wenig an und veränderte seine Position ein wenig, um sogar noch tiefer in sie hineinzugleiten, wobei er sein Gewicht auf sie drückte, was sich einfach wunderbar anfühlte.

»Oh Gott«, flüsterte sie.

Seine Finger mit ihren verschränkt, legte er ihre Hände neben ihren Kopf und hielt sie dort fest, während er sie mit langsamen, rhythmischen Stößen und dann wieder mit harten, schnellen, drängenden Bewegungen liebte. Olivias Erregung steigerte sich von Sekunde zu Sekunde, und eine fieberhafte Erwartung ergriff sie, als ihre Körper sich in perfektem Einklang miteinander bewegten und seine kraftvollen Stöße nicht nur sie, sondern sogar das Bett erschütterten.

Jacks raue, aber zufriedene Laute hallten durch das Zimmer und vermischten sich mit ihrem Stöhnen. Die lustvollen Gefühle wurden immer unerträglicher. Olivia wollte die Augen schließen, tat es aber nicht, weil Jack so schön, so hinreißend war, wenn er sie leidenschaftlich ansah und die Zähne zusammenbiss, um die Kontrolle zu bewahren. Eine solche Verbindung hatte sie noch nie zu irgendjemandem gespürt – dieses wundervolle Gefühl, dass sie zusammengehörten.

Er war ein Teufel, der sie verlockte, verführte und mit jedem seiner Stöße vollkommene Hingabe von ihr verlangte. Und sie gab sich hin, nicht nur körperlich, sondern auch mit Herz und Seele.

Ein heiserer Aufschrei entrang sich ihm plötzlich, und seine Stöße wurden härter, tiefer, so tief, dass Olivia sich fragte, ob sie es überleben würde …

Dann durchzuckten sie die ersten wohligen Schauer der Ekstase, und alles in ihr zog sich um ihn zusammen, während ihre Gefühle sich in einer gewaltigen Flut Bahn brachen und sie auf nie geahnte Höhen der Ekstase trugen. Sie hatte keine andere Wahl, als die Augen zu schließen, während all diese unglaublichen Empfindungen sie erschütterten. Ihr letzter Gedanke, bevor alles andere in Vergessenheit geriet, war, dass sie die Vorteile des Zusammenseins mit einem Mann, der sein Leben den körperlichen Freuden widmete, gewaltig unterschätzt hatte.

Auf einen Ellbogen gestützt lag Jack neben Livy und versuchte, nicht über das nachzudenken, was gerade geschehen war. In seinem ganzen Leben hatte er noch nie etwas derart Intensives, Wohltuendes und Beglückendes erlebt. Selbst ihre Begegnung im Garten, so schön sie auch gewesen war, verblasste im Vergleich dazu. Im Spiel des flackernden Lampenlichts zuzusehen, wie sie kam, hatte seine eigene Sinneslust in schier unglaubliche Höhen getrieben.

Er machte sich jedoch nichts vor. Sie mochte ihn zwar für ein bisschen Spaß im Bett wollen, aber sie war eine Adlige, während er nichts als Abschaum aus der Gosse war. Deshalb würden sie nie mehr haben können als das. Bei diesem Gedanken erwachte ein unerwarteter, stechender Schmerz in seiner Brust.

Noch nie zuvor hatte er sich so sehr wie ein Teil eines Ganzen gefühlt. Und das ängstigte ihn, der immer so hart daran gearbeitet hatte, Distanz zu bewahren, um *nicht* diese Art von Nähe zu empfinden. Sie hatte seine Mauern definitiv niedergerissen. Falls er zu lange oder zu angestrengt darüber nachdachte, würde er vermutlich seine Sachen packen und gehen, um nie wieder zurückzukehren.

Wenn ihm wirklich so viel an ihr lag, wie er vermutete, musste er genau das tun. Gehen, nachdem er eine Kostprobe bekommen hatte, und alles in seiner Macht Stehende tun, um einen angemessenen Ehemann für sie zu finden. Stattdessen strich er jedoch leichtsinnigerweise mit einem Finger durch die Mulde zwischen ihren kleinen, festen Brüsten, in der sich Schweiß gesammelt hatte, und sagte: »Du willst doch jetzt nicht schlafen, oder?«

Langsam bewegte sie den Kopf auf dem Kissen von einer Seite zur anderen. »Du bist sehr gut … in diesen Dingen.«

Jack lachte leise und ließ die Finger über ihre Schulter wandern. Wahrscheinlich würde er nie genug davon bekommen, sie zu berühren. »Angesichts der Reaktionen deines Körpers habe ich mein Geld scheinbar gut angelegt.«

Sie runzelte die Stirn. »Du bezahlst dafür?«

»Immer.« Er zuckte mit den Schultern. »Nur heute nicht.«

»Warum?«

»Warum ich es vorher getan habe? Oder warum ich es heute nicht tue?«

»Vorher.«

Wie sollte er ihr das erklären, ohne gefühllos zu erscheinen? »Weil ich keine emotionalen Verwicklungen will. Es war immer ein Geschäft für mich. Und einige Geschäfte sind erfreulicher als andere.« Und einige Belohnungen waren ganz unerwarteter Natur.

»Bist du schon einmal in diesem Bett gewesen?« Er wusste selbst nicht, warum er das fragte oder warum ihn die Antwort interessierte.

»Nur einmal, als du mich hierher gebracht hast.« Sie legte eine Hand an seine Wange, und er bedeckte sie mit seiner, drehte den Kopf und küsste ihre Handfläche.

Olivia kuschelte sich an ihn, und er zog die Decke nach unten, die sich um ihre Taille bauschte. Sie schob sie mit den Füßen noch weiter hinunter, bis nichts mehr ihre nackten Körper trennte.

»Ich bin mir ziemlich sicher, dass es geschmacklos ist, in dieser Situation über einen anderen Mann zu reden, aber du sollst – nein, *musst* wissen, dass es nie so war mit ihm.«

Da Jack nicht wusste, was er dazu sagen sollte, küsste er nur wieder ihre Handfläche und ihre Finger.

»Es war so unpersönlich, dass es mir immer äußerst merkwürdig erschien. Und mir ist nie, aber auch wirklich nie bewusst geworden, dass ich es eigentlich genießen müsste. Du bist ein sehr bemerkenswerter Mann, Jack Dodger.«

Wieder wusste er nicht, was er dazu sagen sollte. Daher ergriff er Besitz von ihrem Mund, wie er es auch mit ihrem Körper zu tun gedachte, mit etwas mehr Geduld diesmal und einem ausgedehnteren Liebesspiel.

Olivia streichelte seine Brust so zaghaft, als hielte sie ihn für zerbrechlich. Er richtete sich ein wenig auf und betrachtete sie prüfend. Das Wunder war noch da, ein Wunder, das er nie gekannt hatte, weil es ihm schon in sehr jungen Jahren weggenommen worden war.

»Da dies eine ziemlich neue Erfahrung für dich zu sein scheint, solltest du wissen, dass ich nicht zerbrechlich bin und es keinen Körperteil von mir gibt, den du nicht erforschen darfst.«

Ihr Blick glitt über seinen Körper, und eine leichte Röte stieg ihr in die Wangen. Dann legte sie eine Hand um sein Glied, und er konnte nichts gegen das leise, zufriedene Stöhnen tun, das ihm über die Lippen kam.

Er küsste sie und rollte sich dabei auf den Rücken, um ihr leichteren Zugang zu seinem Körper zu verschaffen.

Von Minute zu Minute wurden ihre Berührungen weniger zaghaft und ihr Selbstvertrauen wuchs. Sie berührte ihn, sie streichelte ihn, und sie unterbrach den Kuss, um viele kleine Küsse auf seine Brust zu hauchen. Dann strich sie mit der Zunge über seine harte kleine Brustwarze, woraufhin er zusammenzuckte. Aber sofort schob er die Hände in ihr langes Haar, drückte sie an sich und ermutigte sie mit sanften Worten und zufriedenen kleinen Seufzern.

Als er es nicht mehr ertragen konnte, zog er sie auf sich, bis sie mit gespreizten Beinen auf seinen Hüften saß und ihr Haar wie ein seidig glänzender Schleier um ihre Schultern fiel.

»Mach nicht so ein schockiertes Gesicht«, sagte er.

»Ich glaube nicht, dass sich das schickt.«

»Süße, nichts, was wir heute Nacht getan haben, schickt sich.« Obwohl er nur einen Scherz machen wollte, bereute Jack seine Worte, sobald sie über seine Lippen waren, weil er einen Anflug von Scham in Olivias Augen sah. »Nicht, Livy.«

Sie sah ihn an.

»Bereue es bitte nicht.«

Sie schüttelte den Kopf, aber er konnte sehen, dass es schon zu spät war. Er strich ihr durch das Haar, zog sie auf seine Brust herab und drückte sie an sich.

»Du wirst es doch niemandem erzählen?«, flüsterte sie nach einer Weile.

»Nein.«

Sie hob den Kopf und stützte ihr Kinn auf seine Brust. »Ich bereue nicht, was zwischen uns geschehen ist, aber ein kleiner Teil von mir weiß durchaus, dass es falsch war.«

»Wie kann es falsch sein, wenn es das ist, was zwei Menschen wollen?«

»Aber zwischen uns wird nie mehr sein als das.«

»Ich weiß zwar auch nicht, wie da jemals mehr sein könnte, aber das heißt nicht, dass es nicht sehr, sehr schön sein kann, solange es dauert.«

Mit einer Hand in ihrem Haar drehte er ihren Kopf und presste den Mund auf ihren, küsste sie innig und leidenschaftlich und fragte sich, wie zum Teufel er sie jemals gehen lassen sollte, wenn die Zeit dafür gekommen war.

Kapitel neunzehn

»Wahrscheinlich ist das hier vergebliche Liebesmüh«, bemerkte Livy.

Sie saßen im Arbeitszimmer, einem kleinen Raum, in dem Lovingdon alle möglichen Rechnungsbücher, Aufzeichnungen und Journale aufbewahrte. Livy hatte Jack erzählt, dass Lovingdon sich hier oft stundenlang völlig von der Welt zurückgezogen hatte. »Diese Bücher gehen viele, viele Jahre zurück.«

Jack blickte von einem Buch auf, dessen Daten mit dem Jahr übereinstimmten, in dem Beckwith zum ersten Mal zu ihm gekommen war, um ihm von dem anonymen Gönner zu erzählen. Livy saß auf einem Sofa am Fenster, und das hereinfallende Sonnenlicht umgab sie wie ein Glorienschein. Er hatte nie an Engel geglaubt, konnte aber nicht bestreiten, dass sie in diesem Licht tatsächlich engelsgleich aussah – und ganz und gar nicht wie eine Frau, die an diesem Morgen sehr ausgiebig geliebt worden war, bevor sie nach ihrer Zofe geklingelt hatte.

»Selbst wenn wir nichts finden, bin ich doch fasziniert von all diesen Angaben. Die Fluktuation in der Anzahl der eingestellten Dienstboten, der ausgezahlten Gehälter und des Einkommens aus verschiedenen Besitzungen zu sehen ist ausgesprochen interessant. Selbst die von Lovingdon vorgenommenen Investitionen sind hier genauestens festgehalten. Natürlich kenne ich die aktuellen Daten, aber es ist durchaus ratsam, das Vergangene Revue passieren zu lassen.«

Olivia verzog das Gesicht und tat so, als erschauderte sie. »Du willst das doch nicht *alles* durchsehen, oder?«

»Wenn ich die Zeit finde, vielleicht schon.«

Sie blickte sich nach all den Büchern um, die in den Regalen standen und auf dem Boden gestapelt waren. »Es hat fast etwas Wahlloses, wie diese Bücher angeordnet sind. Ich frage mich, wonach er hier gesucht haben mag.«

»Vielleicht haben seine Vorgänger dieses Durcheinander hinterlassen und er hat nur versucht, Ordnung zu schaffen.«

»Das könnte sein. Vermutlich gehört all das jetzt Henry.«

Jack lehnte sich auf seinem Stuhl zurück. »Wie kommst du darauf, Duchess?«

Sie bedachte ihn mit einem sehr beredten Blick. »Weil die meisten dieser Aufzeichnungen das Eigentum des Dukes betreffen.«

»Aber sie befinden sich in meinem Haus. Überleg dir, was sie wert sein könnten, und dann verhandeln wir.«

»Das meinst du doch wohl nicht ernst!«

Er stand auf, ging zu ihr und legte beide Hände auf die Rückenlehne der Couch, sodass Olivia praktisch zwischen seinen Armen eingeschlossen war. »Todernst. Dieses Buch, das du in den Händen hältst, ist mindestens einen Kuss wert.«

Er unterbrach ihr Lachen, indem er ihr mit einem Kuss den Mund verschloss und damit dem Buch, das sie in der Hand hielt, zweifellos mehr Wert zumaß, als es besaß. Sie erwiderte den Kuss mit gleicher Leidenschaft, und als sie sich dabei an ihn schmiegte, rutschte das schwere Buch von ihrem Schoß und fiel Jack auf den Fuß.

»Verdammt«, murmelte er und wackelte mit seinem schmerzenden Zeh, froh, dass er zumindest nicht gebrochen zu sein schien. Er bückte sich, um das Buch aufzuheben, das im Fallen aufgeklappt war – und erstarrte förmlich, als sein Blick auf einige sehr akkurat und in einer eleganten Handschrift geschriebene Worte fiel.

Sehr langsam hob er das Buch auf und setzte sich damit zu Olivia.

»Jack? Was ist? Du siehst aus, als hättest du ein Gespenst gesehen.«

Er legte einen Finger unter die Worte, und Livy beugte sich vor, um genauer hinzusehen. »Emily Dawkins? 15. Juni 1815. Im Alter von zwölf Jahren als Küchenmädchen eingestellt. Fünf Guineen Lohn. Was ist mit ihr?«

»Emily Dawkins war der Name meiner Mutter.«

Olivia half Jack, die Bücher durchzusehen. Er war schon beinahe besessen. Nicht, dass sie es ihm verübeln konnte, aber es beunruhigte sie doch, ihn so verbissen zu sehen.

»Jack, es könnte sein, dass sie es nicht war. Weder *Emily* noch *Dawkins* sind ungewöhnliche Namen.«

Er klappte das Buch zu. »Ich kann keine Notizen darüber finden, wann sie von hier weggegangen ist. Irgendjemand muss doch etwas wissen.«

»Das ist sechsunddreißig Jahre her. Die meisten der Bediensteten sind nicht mehr hier, und die wenigen, die es noch sind … Ich glaube nicht, dass sie sich an ein Küchenmädchen erinnern werden.« Sie legte eine Hand auf seine. »Warum hast du deinen Namen geändert?«

»Weil ich nicht wollte, dass der Mann, an den sie mich verkauft hat, mich jemals wiederfindet.« Er lachte bitter. »Ich habe meinen Namen sogar mehrmals geändert, bevor ich mich für *Dodger* entschied.«

»Es fällt mir noch immer schwer zu glauben, dass sie dich verkauft hat. Du sagtest mir im Garten, du hättest etwas getan, wodurch du ihre Liebe verloren hast. Was war das, Jack?«

»Ich weiß es nicht. Als sie mir das Medaillon gab, sagte sie: ›Vergiss nie, dass ich dich lieb hatte, Jack.‹ Lieb *hatte*.« Er schüttelte den Kopf. »Das heißt, dass sie mich früher einmal liebte, aber dann nicht mehr.«

»Vielleicht hat sie es anders gemeint.«

»Ich weiß, was ich gehört habe, Livy.«

»Du warst ein Kind, Jack.« Er öffnete den Mund, aber sie legte die Finger an seine Lippen. Was ein Fehler war, weil er sie sogleich zu küssen begann. »Lass mich ausreden, Jack.«

Er nickte, knabberte aber weiter spielerisch an ihren Fingerspitzen.

»Hättest du mich weggeschickt, dann hätte ich zu Henry gesagt: ›Vergiss nicht, dass ich dich lieb *habe*‹. Weil ich ihn auch dort, wo auch immer du mich hingeschickt hättest, weitergeliebt hätte. Und weil ich erwartet hätte, meinen Jungen wiederzusehen. Wenn ich allerdings gedacht hätte, ich würde ihn nie wiedersehen, hätte ich vielleicht auch, ›dass ich dich lieb *hatte*‹ gesagt. Hältst du es für möglich, dass deine Mutter krank war? Oder vielleicht sogar dem Tode nahe?«

Olivias Finger noch an seinen Lippen, hielt Jack inne. »Ich erinnere mich, dass sie einen schlimmen Husten hatte.« Er legte ihre und seine Hand in seinen Schoß. »Großer Gott, Livy – all diese Jahre dachte ich, sie wollte mich loswerden, weil ich sie irgendwie enttäuscht hatte.«

Nun ließ er ihre Hand doch los und ging zum Schreibtisch. »Sie schien diesen Mann zu kennen ...«

»Könnte er ein Bediensteter der Lovingdons gewesen sein?«

»Nein, er war kein Diener. Und es war ein großes, elegantes Haus, in das er mich brachte.«

»Man kann nie wissen, Jack.«

»Swindler liebt gute Rätsel. Ich glaube, ich werde ihm heute Abend einige dieser Bücher bringen.«

Olivia half Henry, ein hölzernes Puzzle zusammenzusetzen, während Ida unten war, um eine Tasse Tee zu trinken. Jack öffnete die Tür des Kinderzimmers, kam jedoch nicht herein, sondern blieb im Türrahmen stehen, die Arme nonchalant vor der Brust gekreuzt, die Olivia in der Nacht zuvor mit Küssen bedeckt hatte. Sie fragte sich, ob sein Herz wohl genauso schnell schlug wie das ihre, als sie ihn erblickte.

Er war in den frühen Morgenstunden in seinen Club gefahren und erst zum Frühstück wieder zurückgekommen.

»Bist du mit den Büchern weitergekommen?«

Er schüttelte den Kopf. »Frannie und Swindler schauen sie sich genauer an.«

»Möchtest du, dass ich dir bei der Suche helfe?«

»Später vielleicht.«

»Wozu bist du dann heraufgekommen? Möchtest du nach deinem Mündel sehen?«, erkundigte sich Olivia.

»Nicht direkt«, antwortete Jack gemächlich.

»Bin ich etwa der Grund?«

Seine weißen Zähne blitzten auf, als er ihr ein Lächeln schenkte, das verbotene Dinge zu verheißen schien. »Nicht direkt«, wiederholte er.

»Muss ich erraten, warum du hier oben bist?«

Er löste die Arme, schlenderte ins Zimmer und bückte sich, um das letzte Puzzleteil an seinen Platz zu setzen. »Da das nun erledigt ist, was würdet ihr zu einem kleinen Ausflug sagen?«

Sie warf ihm einen Blick zu, doch bevor sie etwas sagen konnte, kitzelte er sie mit den Fingern unter dem Kinn.

»Ich weiß, dass du in Trauer bist«, sagte er, »aber es besteht kaum Gefahr, dass du dort, wo ich mit euch hinwill, gesehen wirst.«

»Und wo wollen wir hin?«

»In die Eisenbahn.«

Henry machte große Augen. »Mit einer L-Lokomotive?«

»Natürlich.«

Olivia warf Jack einen ärgerlichen Blick zu. Wie konnte sie ihm klarmachen, dass er in Henrys Gegenwart nichts sagen durfte, bis er ihr Einverständnis hatte? Jetzt würde Henry enttäuscht werden. Oder sie selbst wäre wieder mal gezwungen, Männerkleidung anzuziehen.

»Hunderte von Menschen fahren mit der Eisenbahn«, gab sie zu bedenken.

»Ja, aber ich habe jetzt einen eigenen Waggon, und die einzigen Menschen, die darin sein werden, sind du, Henry, Ida und ich. Du wirst also nicht mit der breiten Masse in Berührung kommen.«

»Du hast dir einen privaten Eisenbahnwaggon gekauft?«

»Gewissermaßen.«

Sie starrte ihn aus schmalen Augen an.

Er seufzte, als sei er kurz davor, die Geduld mit ihr zu verlieren. »Einer meiner Gäste schuldete mir sehr viel Geld. Ich nahm den Waggon dafür – was eine sehr gute Lösung für ihn war, da der Waggon weniger wert ist als das, was er mir schuldete.«

»Ich hätte dich für einen besseren Geschäftsmann gehalten.«

»Ich dachte, der Spaß, den wir damit haben könnten, wäre es wert.«

»Aber um mit dem Zug zu fahren, müssen wir erst einmal dorthin gelangen«, gab sie zu bedenken.

»Dann werden wir uns eben beeilen. Außerdem fahren deine Bekannten nur sehr selten mit der Eisenbahn.«

»Und wohin fahren wir?«

»Nach Brighton. Wir fahren hin, tauchen unsere Zehen ins Meer und fahren wieder zurück.«

»Du willst die Stadt verlassen?«, fragte sie ungläubig.

Er zuckte mit den Schultern. »Ich kann mir nicht vorstellen, dass es mir woanders gefallen wird, aber neugierig bin ich schon.«

»Bitte, Mummy«, bat Henry mit hoffnungsvoller Miene.

Olivia, die noch nie mit der Eisenbahn gefahren war, war fast ebenso aufgeregt über die Aussicht wie Henry, aber vor allem wollte sie bei Jack sein, wenn er London zum ersten Mal verließ. »Na gut«, sagte sie nach einem tiefen Atemzug.

Als sie die Genugtuung in Jacks Augen sah, hatte sie das Gefühl, sich auf weit mehr eingelassen zu haben, als er ihr verraten hatte.

Jack hielt Wort und führte sie sehr schnell zu dem privaten Eisenbahnwaggon. Sein Diener brachte einen großen Korb mit Speisen und Getränken, damit sie während der Fahrt etwas zu essen hatten oder am Strand ein Picknick machen konnten. Olivia nahm ihren Hut ab und blickte sich in dem Waggon um, der eleganter wirkte als das Zuhause vieler Leute.

»Wer war der Herr, dem der Wagen ursprünglich gehörte?«, fragte sie.

»Ich weiß nicht mehr, wie er hieß.«

Sie warf ihm einen scharfen Blick zu, den er mit einem Kopfschütteln erwiderte, um sie daran zu erinnern, dass er Geheimnisse zu bewahren hatte. Daher ließ sie die Sache auf sich beruhen.

Der Waggon war sehr gut eingerichtet, unter anderem mit einer roten Couch in der Mitte, die allerdings ganz anders war als alle, die Olivia je gesehen hatte. Sie hatte eine gewölbte Rückenlehne und Sitzgelegenheiten auf beiden Seiten, was wahrscheinlich auch sehr sinnvoll war. So musste man die Couch nicht umdrehen, wenn sich auf der anderen Seite eine schönere Aussicht präsentierte.

Auf beiden Seiten des Waggons standen rote Plüschsessel rechts und links des Fensters, dessen Vorhänge jedoch geschlossen blieben, solange sie am Bahnsteig auf die Abfahrt warteten. Olivia ließ sich in einem der Sessel nieder, während Jack – der mit seiner roten Weste hervorragend zum Dekor des Wagens passte – sich mit Henry auf dem Schoß in den anderen setzte. Ida nahm am gegenüberliegenden Fenster Platz.

Jack sah unerhört gut aus, aber das tat er eigentlich ja immer. Olivia war beeindruckt davon, wie selbstverständlich es Henry erschien, auf seinem Schoß zu sitzen. Ihr Sohn hatte keinerlei Vorbehalte bezüglich seines Vormunds. Jack hatte sein Vertrauen gewonnen – ebenso wie das ihre. Im Moment fühlte sie sich mit ihm und Henry mehr wie eine Familie, als es bei Lovingdon je der Fall gewesen war.

Jack hob den Vorhang und spähte hinaus. »Jede Menge Taschen, die darauf warten, geleert zu werden! Die Leute sind in Eile und passen nicht auf, interessieren sich mehr für die Eisenbahn und sind bestrebt, sich einen Platz zu sichern. Ah, wie viele Leute ich hätte bestehlen können, wenn es die Eisenbahn schon gegeben hätte, als ich noch ein Junge war.«

»Und natürlich tust du das nicht mehr, weil du erkannt hast, dass es unrecht war«, setzte Olivia hinzu.

»Nein, ich ...«

Sie räusperte sich vernehmlich. Jack sah sie mit gerunzelter Stirn an, musterte dann Henry, der ihn gespannt beobachtete, und räusperte sich. »Du hast natürlich recht, Olivia. Irgendwann erkannte ich, dass es unrecht war.«

»Wirst du es mir beibringen?«, fragte Henry.

Olivia konnte fast nicht glauben, wie sehr sich Henrys Stottern in letzter Zeit gebessert hatte. Sie wusste nur nicht, ob sie es dem Hund oder Jack zuschreiben sollte. Vielleicht hatten ja auch beide etwas damit zu tun.

»Nein, Junge. Wie deine Mum sagte, ist es falsch. Ich kann dir allerdings beibringen, flinke Finger zu bekommen. Man weiß nie, wann sie einem mal nützlich sein werden.«

Bevor Olivia etwas dazu bemerken konnte, ertönte die Zugpfeife. Der Waggon setzte sich in Bewegung, und Jack wandte seine Aufmerksamkeit wieder der Welt hinter den Fenstern zu. Es dauerte nicht lange, bis er die Vorhänge aufzog und Olivia sehen konnte, dass sie den Bahnsteig schon weit hinter sich zurückgelassen hatten.

Der Zug tuckerte über die Schienen, und Henry richtete sich auf, kniete sich auf Jacks Oberschenkel und drückte die Nase an die Fensterscheibe. Er hatte schon mehrere Fahrten in der Kutsche zum Landsitz der Familie hinter sich, aber damals hatte er sich nie besonders für die Landschaft interessiert. Jetzt im Zug war das anders, irgendetwas daran faszinierte ihn.

»Es ist eine andere Sicht auf London«, sagte Jack.

»Ich kann nicht glauben, dass du die Stadt noch nie verlassen hast«, bemerkte Olivia.

»Ich kenne London und fühle mich dort wohl. Ich sah nie einen Grund, die Stadt zu verlassen.«

»Und warum tust du es jetzt?«

»Weil ich dachte, Henry würde vielleicht gern mal einen Zug steuern.«

Henry schnappte nach Luft und fuhr herum. »Ich darf den *Zug* fahren?«

»Während eines Halts gehe ich mit dir zur Lokomotive. Der Lokführer, wie er, glaube ich, genannt wird, erwartet dich bereits.«

»Ist er nicht ein bisschen zu jung dafür?«, wollte Olivia wissen.

»Ach, das schafft er schon. Ida wird bei ihm sein, und der Lokführer wird seine Hände festhalten.«

»Ich kann nicht glauben, dass er einem Kind erlauben würde ...«

Jack zwinkerte ihr zu. »Es gibt nichts, was sich mit ein paar gut platzierten Geldstücken nicht erreichen ließe.«

»Und wo wirst du sein?«

»Ich komme zurück und sehe mir mit dir die Landschaft an.«

Jack konnte sich des Gedankens nicht erwehren, dass es ziemlich seltsam war, aus dem Fenster zu schauen und nichts als grüne Flächen zu sehen. Keine Häuser, keine Gebäude, nichts Schwarzes und vor allem keinen Schmutz. Er hatte nicht damit gerechnet, dass es ihm so gut gefallen würde. Ein Teil von ihm war sogar besorgt gewesen, alles hinter sich zurückzulassen, was er kannte – was er allerdings niemandem außer sich selbst eingestehen würde. Er hatte keine Ahnung gehabt, was ihn auf dieser Reise erwartete, sondern nur gewusst, dass er sie machen wollte.

Die Zugpfeife ertönte wieder, und der Waggon wurde langsamer.

»Ich kann den nächsten Bahnsteig sehen«, sagte Livy.

»Also gut«, meinte Jack und erhob sich mit Henry, der sich an ihn klammerte wie eine Kletterpflanze. »Ich bin gleich wieder zurück. Kommen Sie, Ida.«

»Bist du sicher, dass es ungefährlich ist?«, fragte Livy.

»Absolut.«

Sie stand auf und küsste Henry auf die Wange, sodass ihr angenehmer Duft Jack umwehte. »Sei ein braver Junge, Henry.«

»Ja, Mummy.«

Jack trat auf den Bahnsteig hinaus und hielt Ida die Tür auf. Zusammen gingen sie an dem offenen Waggon vorbei, in dem die Ärmsten den Elementen ausgesetzt für einen Penny pro Meile mitfahren konnten. Weiter vorn flitzten Diener aus den Wagen der zweiten Klasse, um sich um die Bedürfnisse ihrer Herrschaften zu kümmern, die in den Wagen der ersten Klasse saßen.

»Es ist sehr großzügig von Ihnen, mich in Ihrem Wagen mitfahren zu lassen, Sir«, sagte Ida.

»Unsinn. Ich halte nichts davon, diejenigen, die für mich arbeiten, als Menschen zweiter Klasse zu behandeln.«

»Dazu muss ich Ihnen sagen, Sir, dass die Dienstboten sehr oft bemerken, sie hätten noch nie für einen feineren Herrn gearbeitet.«

»Nun, wir werden sehen, was Sie zu sagen haben, nachdem Sie in der Lokomotive mitgefahren sind.«

»Oh, ich freue mich sogar schon darauf, Sir, und kann es kaum erwarten, es meinen Brüdern zu erzählen.«

Jack entdeckte den Lokführer neben der Lokomotive, wo er offenbar schon auf sie wartete. Der Mann fuhr sich mit den Fingern über seinen dunklen Schnurrbart, als wollte er sichergehen, dass er ordentlich aussah.

»Mr. Gurney, der junge Mann hier ist der Duke of Lovingdon.«

»Euer Gnaden«, begrüßte der Lokführer Henry mit einer angedeuteten Verbeugung. »Sind Sie bereit, meinen Zug zu fahren?«

»Ja, Sir.«

»Seine Nanny, Ida, wird bei ihm bleiben.«

Mr. Gurney tippte sich an die Mütze. »Miss.«

»Sir.«

Jack glaubte nicht, dass er Ida je hatte erröten sehen, aber jetzt tat sie es. »Ich werde den Jungen am nächsten Bahnsteig wieder abholen.«

»Sehr wohl, Sir«, entgegnete Mr. Gurney.

Jack stieg auf die Lokomotive, hob Henry herein und sah, dass der Junge große Augen machte. Die Kosten für den Waggon und dieses zusätzliche Privileg waren Jack ursprünglich geradezu exorbitant erschienen, aber jetzt fand er, dass sie sich gelohnt hatten.

Auf dem Rückweg zu seinem privaten Waggon ließ er hier und da eine Krone in eine Jackentasche fallen. Ja, flinke Finger konnten durchaus nützlich sein. Er bedauerte nur, dass er nicht in der Nähe sein würde, um die erfreuten Gesichter der Leute zu sehen, wenn sie das unerwartete Geldstück fanden.

Er öffnete die Tür zu seinem Waggon, stieg ein und grinste, weil Olivia jetzt auf der roten Couch thronte. »Das ist der Platz, an dem ich dich vor meinen inneren Auge gesehen habe, als ich den Wagen übernahm.«

Er warf sein Jackett auf einen der Sessel und begann, seine Weste aufzuknöpfen.

»Was tust du?«, fragte Livy.

»Die Zeit nutzen, die wir vor dem nächsten Halt für uns allein haben werden.«

»Das kannst du nicht ernst meinen!«

»Ich habe noch nie etwas ernster gemeint.« Er warf seine seidene Schalkrawatte auf den Sessel und merkte kaum, dass sie auf den mit Teppich ausgelegten Boden rutschte.

Ein schriller Pfiff ertönte, und der Zug setzte sich ratternd in Bewegung.

»Ein Kuss oder zwei ...«, murmelte Olivia.

»Ich habe dir schon einmal gesagt, dass ich kein Mann bin, der sich nur mit einem Kuss zufriedengibt, Livy.«

»Aber ... hier?«

»Niemand kann hereinsehen. Niemand wird uns hören. Es ist unser kleines Liebesnest. Der einzige Unterschied ist, dass es sich auf Schienen befindet.«

»Und dass alles sehr holprig ist.«

»Was es vielleicht noch interessanter macht.« Lachend beugte er sich über sie und knabberte an ihrem Ohrläppchen. »Ich weiß nicht, warum du Einwände erhebst. Du willst es doch auch.«

»Ja«, gestand sie seufzend. »Aber meine Kleider …«

»Niemand wird etwas bemerken.«

Er konnte nicht glauben, dass er in jener ersten Nacht tatsächlich gedacht hatte, ihr Kleid habe zu viele Knöpfe, um sich die Mühe zu machen, sie zu öffnen. Angesichts des hinreißenden Körpers, den diese Knöpfe verbargen, waren sie jede Mühe wert, und seine geschickten Finger hatten sie im Nu geöffnet. Er hatte nicht vor, Olivia ganz zu entkleiden, weil er nicht glaubte, dass ihnen die Zeit dazu blieb. Aber sie reichte, um einige Bändchen zu lösen, eine Brust zu umfassen und mit dem Daumen die dunkle Brustwarze zu liebkosen. Olivias Lippen waren warm und weich, als er Besitz von ihrem Mund ergriff, aber sogar noch entzückender war der Eifer, mit dem sich ihre Lippen teilten und ihre Zunge sich mit seiner vereinte.

Als er sie sanft auf die Couch hinunterdrückte, kam ihm der Gedanke, dass ihre Finger fast ebenso flink geworden waren wie seine. Er hatte gar nicht bemerkt, dass sie seine Knöpfe geöffnet hatte, bis sie ihm das Hemd von den Schultern streifte.

»Wir haben keine Zeit für alles, meine Süße«, murmelte er, bevor er sie von Neuem küsste und mit einer Hand ihre Röcke hochzog, bis sie sich um ihre Hüften bauschten. Als er mit den Fingern über die Innenseite ihres Schenkels strich, genoss er das samtene Gefühl ihrer Haut, bevor er seine Hand ein wenig höher gleiten ließ und sie dort berührte, wo ihn ihre Wärme erwartete.

Stöhnend vor Verlangen wand sie sich unter ihm, und er knöpfte seine Hose auf, befreite sich von ihr und schob sich näher an das Paradies heran.

Seine Kleidung war weniger störend für Olivia, und innerhalb von Sekunden spürte er ihre Hände auf seiner Haut. Keine Frau hatte ihn jemals so berührt wie sie – als würdigte und bewunderte sie jeden Zentimeter seines Körpers. Eines Nachts hatte sie seinen ganzen Körper von seinen großen, hässlichen Füßen bis zu der Narbe an seiner Wange mit Küssen bedeckt – der Narbe, die von ihrem Angriff mit dem Schüreisen zurückgeblieben war. Egal, wo sie ihn zu küssen begann, sie hielt immer an dieser Narbe inne, sodass er sich fragte, ob sie bei diesem Andenken an eine Zeit, in der sie sich noch nicht vertraut hatten – und er es sogar zu verhindern versucht hatte – stets anhalten würde.

Heute konnte er sich nicht einmal mehr erinnern, warum es ihm so widerstrebt hatte, irgendetwas zwischen ihnen voranzutreiben. Einerseits schien es Jahre her zu sein, andererseits aber nur ein paar Stunden. Bei all ihren tickenden Uhren hätte die Zeit das Einzige zwischen ihnen sein müssen, was beständig blieb, aber alles schien sich irgendwie verändern zu wollen.

Seine Meinung von ihr, sein Verlangen nach ihr.

Normalerweise war er kein ungeduldiger Mensch. Auf der Straße hatte er gelernt, dass mit Geduld mehr und größere Belohnungen zu erlangen waren, aber er hatte es kaum erwarten können, Henry und Ida zur Lokomotive zu bringen. Jetzt war er allein mit Livy, und wieder verstrichen die Minuten wie im Flug.

Sie bettelte förmlich darum, dass er sie nahm. Seine zurückhaltende, wohlerzogene Livy drängte ihn, mit ihr eins zu werden. Auf dieser Couch war jedoch kaum genug Platz. Jack musste ihre Beine um seine Taille legen und sich mit einem Fuß auf dem Boden abstützen, bevor er in sie eindringen und ihre heiße, seidige Feuchte spüren konnte.

Aber dann erlegte er sich keine Zurückhaltung mehr auf. Mit

schnellen, harten Stößen bewegte er seine Hüften, im Hinterkopf die Bewegungen des Zugs, die ihm einen Rhythmus vorgaben, dem er sich unwillkürlich anpasste. Aus irgendeinem Grund musste er an die armen Leute in dem offenen, ungeschützten Eisenbahnwaggon denken. Mit einer Hand bedeckte er Livys Mund, um ihren Aufschrei zu ersticken, als sie ekstatisch erschauerte und sich alles in ihr anspannte und um ihn zusammenzog. Mehr brauchte er nicht, um seinen Gefühlen freien Lauf zu lassen. Am ganzen Körper erschauernd gelangte auch er zum Höhepunkt. Die Intensität dieses ungeheuer lustvollen Moments war überwältigend, ja beinahe schon zu viel für ihn. Irgendwie war es immer *mehr* bei ihr, mehr, als er je gehabt, je erlebt hatte.

Bei ihr war einfach alles anders. Anders und besser.

Als er das Gesicht an ihrer Schulter barg, hörte er die Zugpfeife, die signalisierte, dass sie bald schon an der nächsten Station anhalten würden. »Verdammt.«

Livys Hand lag an seiner Wange, schlaff, als hätte sie jegliche Energie verloren. »Ich bin mir nicht sicher, ob das eine sehr gute oder sehr schlechte Idee war.«

Jack rappelte sich auf und beugte sich vor, um ihr einen schnellen Kuss zu geben. »Eine gute.«

Olivia saß auf einer Decke und sah zu, wie Henry barfuß ins Meer hinein- und wieder hinausflitzte, sobald es ihm bis zu den Knöcheln reichte. Ida hockte im Sand und behielt ihn scharf im Auge.

»Wir hätten Pippin mitbringen sollen«, bemerkte sie.

»Nächstes Mal nehmen wir ihn mit«, versprach Jack. Er lag faul auf der Seite, auf einen Ellbogen gestützt und in der anderen Hand ein Glas Wein. Sie hatten ihr Picknick schon vor einer

Weile beendet, aber er war fest entschlossen, keinen Wein mit heimzunehmen. »Warum wolltest du eigentlich nicht, dass Henry einen Hund bekommt?«

Olivia zupfte an der Decke. »Als ich etwa zehn Jahre alt war, hatte ich einen kleinen Hund. Ich liebte ihn sehr, aber eines Morgens war er tot. Ich war untröstlich und hatte immer den Verdacht, dass mein Bruder ihn vergiftet hatte.«

»Avendale?«

»Ja. Natürlich war er damals noch nicht Avendale. Aber er war ein ziemlicher Tyrann, und ich kann nicht behaupten, dass ich besonders traurig war, als er starb. Trotzdem habe ich geweint. Ich komme nicht gut damit zurecht, wenn Menschen oder Tiere sterben.« Sie warf ihm einen Blick zu. »Da wir gerade bei persönlichen Fragen sind, möchte ich dir auch eine stellen. Warum ist dir Geld so wichtig?«

»Meine Frage an dich erschien mir aber gar nicht so persönlich«, meinte er ausweichend.

»Geld ist alles für dich«, beharrte sie.

»Nicht alles, denn sonst hätte ich nicht den Eisenbahnwaggon gekauft, damit wir trotz deiner Trauerzeit mal etwas unternehmen können.«

»Aber es ist dir sehr, sehr wichtig.«

»Selbstverständlich. Für diejenigen von uns, die ohne aufwuchsen, ist es in der Tat sehr wichtig. Geld ermöglicht es einem, sich vor all jenen zu schützen, die einem etwas antun wollen.«

»Wer sollte dir etwas antun wollen?«

Er ließ den Wein in seinem Glas kreisen. »Heute niemand mehr.« Jack blickte aufs Meer hinaus, wo Henry jetzt dabei war, die arme Ida mit Wasser zu bespritzen, die jedoch nur darüber lachte. »Hat sein Vater ihm viel Aufmerksamkeit gewidmet?«

»Nicht wirklich«, antwortete Olivia. »Er hat mir zwar nach der Geburt dafür gedankt, dass ich ihm einen Erben geschenkt hatte, aber heute weiß ich, dass er sich wahrscheinlich nur deshalb bedankte, weil er nun mein Bett nicht mehr aufsuchen musste.«

Jack fuhr zu ihr herum. »Das kannst du nicht ernst meinen.«

»Doch, ich denke schon, dass es so war. Im Nachhinein wird mir klar, dass er ein sehr trauriger Mann war.«

»Genau das dachte ich auch, als ich ihm das erste Mal begegnet bin.«

Sie horchte auf. »In deinem Club?«

Jack griff nach ihrer Hand und küsste ihre Finger. »Nein, das war Jahre vorher. Damals begegnete ich ihm zufällig im Garten des Earls of Claybourne. Ich glaube, sie waren Freunde, und Lovingdon war zu Besuch bei ihm.«

»Ja, er kannte alle Lords.«

»Das ist nichts Ungewöhnliches, oder?«

»Nein, ich denke nicht. Worüber habt ihr gesprochen?«

»Damals trug ich mich mit dem Gedanken, bei Claybourne auszuziehen und meinen eigenen Weg zu gehen. Aber Lovingdon hat es mir ausgeredet.«

»Und warum wolltest du dort ausziehen?«

»Der alte Herr, Lukes Großvater, verlangte in jeder Hinsicht Vollkommenheit. Er war ein strenger Lehrmeister, strenger, als Feagan es je war. Damals wusste ich auch nicht zu schätzen, was der alte Herr mir beibrachte. So wie ich vermute, dass auch Henry nicht zu schätzen weiß, was ich ihn lehre.«

Olivia blickte zu ihrem Sohn hinüber. »Wie herumzutollen und zu spielen?«

»Sich vom Leben zu nehmen, was man kann, solange es geht.«

Sie wandte sich Jack wieder zu und strich ihm das Haar aus der Stirn. »Das ist eine bewundernswerte Einstellung.«

»Ach, auf einmal findest du etwas an mir bewundernswert? Vielleicht ist die Hölle ja doch nicht zugefroren, wenn ich da ankomme.«

Sie beugte sich zu ihm vor und flüsterte: »Wird Henry auf der Rückfahrt wieder die Lokomotive lenken?«

Jack grinste verzückt. »Das lässt sich arrangieren.«

Kapitel zwanzig

»Dieses Kleid gefällt mir«, sagte Jack und biss Livy spielerisch ins Ohrläppchen. »Ich kann es kaum erwarten, es dir auszuziehen.«

Sobald sie zu Abend gegessen hatten, würde er es tun. Ihre Eisenbahnfahrt war fast eine Woche her, und obwohl Livy tagsüber Schwarz trug, überraschte sie ihn jeden Abend vor dem Dinner mit einem anderen Kleid. Zwar wartete er ohnehin immer gespannt auf ihr Erscheinen, doch es bereitete ihm zusätzlich Freude, sie in etwas anderem als Trauerkleidung zu sehen. Heute Abend war es ein rotes Kleid, in dem sie atemberaubend schön aussah. Inzwischen war er zu der Überzeugung gelangt, dass sie nur noch Kleidung in diesem Farbton kaufen sollte. Er ließ die Lippen an ihrem schlanken Hals hinunterwandern, und ihr leises Stöhnen hallte in ihm nach und brachte seine Entschlossenheit ins Wanken, sich zumindest während des Abendessens zu beherrschen und ihr nicht gleich das Kleid vom Leib zu reißen.

»Ich glaube, die Dienstboten beginnen schon zu tuscheln«, murmelte sie.

»Ich bezahle sie gut genug, um den Mund zu halten. Sie werden kein Wort darüber verlieren, nicht einmal untereinander.« Er hatte noch nie zuvor in Betracht gezogen, Dienstboten für ihr Schweigen zu bezahlen, aber ein guter Eindruck war Olivia ja so wichtig. Erstaunlich, wie das, was ihr wichtig war, für ihn an Bedeutung gewann.

Sie lehnte sich zurück. »Wir sind nicht sehr diskret gewesen.«

»Ich erlaube mir, da anderer Ansicht zu sein. Die Dienstboten wissen nur, dass du abends kein Schwarz mehr trägst. Ich habe dich nicht im Haus herumgejagt, obwohl die Idee weiß Gott was für sich hat. Vielleicht werde ich heute Abend mal nicht in den Club fahren, und wenn die Dienstboten schlafen gegangen sind …«

Sie schlug ihn auf die Schulter. »Ich meine es ernst, Jack. Was als eine Nacht der Indiskretion begann, ist zu etwas geworden, das mich buchstäblich verzehrt. Ich benehme mich fast überhaupt nicht mehr wie eine Witwe.«

»In der Öffentlichkeit schon. Und was du im stillen Kämmerlein tust, geht verdammt noch mal niemanden etwas an.«

Sie strich mit der Fingerspitze liebevoll über die noch schwach erkennbare Narbe an seiner Wange. »Wahrscheinlich mache ich mir nur Sorgen, dass Lovingdon im Tode etwas Besseres von mir verdient.«

»Und du hattest etwas Besseres von ihm verdient. Der Mann hat dich nicht zu schätzen gewusst.« Jack ließ die Lippen über ihre nackte Schulter wandern. »Du musst zugeben, dass dies keine meiner Unzulänglichkeiten ist.«

Ihr leiser Seufzer ermutigte ihn. Es war hoffnungslos; er hielt es einfach nicht mehr aus bis nach dem Essen. Mit einer entschlossenen Bewegung hob er sie hoch und setzte sie auf den Schreibtisch.

»Was soll das werden?«, fragte sie atemlos und mit den Armen schon um seine Schultern. »Wir werden bald zum Essen gerufen.«

»Ich habe Appetit auf etwas anderes«, knurrte er. »Ich glaube, ich werde Brittles sagen, dass wir heute nicht zu Abend essen. Wir können später im Bett etwas essen. Wie klingt das, Livy?«

»Wunderbar. Ganz …«

In dem Moment klopfte es an der Tür. Mit einem erschrockenen kleinen Aufschrei stieß sie Jack so fest zurück, dass er fast über seine eigenen Füße stolperte und fiel, während sie vom

Schreibtisch glitt. Er griff nach ihrem Handgelenk, um beide zu stützen.

»Entspann dich«, befahl er ihr.

»Wer kann das sein? Es ist noch zu früh zum Abendessen.«

»Ich habe keine Ahnung.« Er ließ sie los und verfolgte amüsiert, wie sie ihr Äußeres in Ordnung brachte, aber selbst danach sah sie noch aus wie eine Frau, die mitten bei einem Schäferstündchen unterbrochen worden war. Er beschloss jedoch, ihr zuliebe nichts zu erwähnen. Wie viel sich doch verändert hatte seit jener ersten Nacht, in der er noch Spaß daran gehabt hatte, sie zu verstören und zu ärgern.

Sie befeuchtete die Lippen und schob das Kinn vor. »So.«

Jack wandte sich zur Tür. »Herein!«

Brittles öffnete die Tür. »Lord Briarwood ...«

»Man hat mich lange genug warten lassen«, fauchte der Mann, als er ins Zimmer stürmte, bevor Brittles ihn ankündigen konnte.

Brittles wirkte alarmiert, aber Jack schickte ihn mit einer Handbewegung fort. Mit einem Nicken zog Brittles die Tür hinter sich zu.

Briarwood grinste Olivia höhnisch an. »Ich hätte wissen müssen, dass er Sie zu seiner Hure machen würde.«

Jacks Faust traf Briarwoods Kinn mit einem sehr befriedigenden, dumpfen Schlag, der den Mann zu Boden warf. »Ich an Ihrer Stelle würde meine Zunge hüten.«

Briarwood rieb sich das Kinn und blickte wütend und gehässig zu Jack auf. »Oh ja, ich weiß sehr wohl, dass Sie dafür bekannt sind, diejenigen zu beschützen, die für Sie arbeiten.«

»Sie sagen das, als wäre es ein Fehler!«, fuhr Olivia ihn an.

»Dieser Mann ist eine Kanaille mit äußerst fragwürdigen Moralvorstellungen.« Briarwood rappelte sich auf und ging um Jack herum, bis er direkt vor Olivia stand. »Er versucht, jeden auf sein Niveau herabzuziehen. Schauen Sie sich doch nur an! Sie sind in Trauer und sehen so aus, als gingen Sie auf den Strich.«

»Sie werden jetzt augenblicklich mit diesen Anschuldigungen aufhören«, sagte Jack gefährlich ruhig. »Oder Sie bekommen meine Faust erneut zu spüren.«

»So läuft das bei Ihnen, nicht wahr?« Briarwood gab sich keine Mühe, seine Verachtung zu verbergen. »Sie sind gewalttätig. Verroht. Sie haben nicht die geringste Ahnung, wie sich ein zivilisierter Mensch verhält.«

»Ich glaube, die Tatsache, dass Sie noch Zähne haben, ist ein Anzeichen dafür, dass ich es sehr wohl weiß«, stieß Jack wutentbrannt hervor.

Briarwood wandte sich wieder Olivia zu. »Ist Ihnen bekannt, dass er sich Jungen in seinem Spielclub hält?«

»Ja, stellen Sie sich vor, das weiß ich tatsächlich«, erwiderte Olivia bissig. »Er gibt ihnen Arbeit und einen sicheren Zufluchtsort. Ein bewundernswertes Unterfangen, finde ich.«

»Ein solches Interesse an Jungen zu haben ist unnatürlich für einen Mann.«

»Was wollen Sie damit sagen?«, fragte Olivia scharf.

»Ich bin besorgt um Henrys Wohl. Es sind viele Gerüchte im Umlauf, dass Dodger die Jungen belästigt.«

»Gerüchte, die zweifellos von Ihnen in die Welt gesetzt wurden«, stellte Jack fest. »Sie sollten jetzt gehen …«

»Jack hat Henry nie etwas getan«, warf Olivia ein.

»Würden Sie es denn bemerken, wenn er es täte?«

Sie sah Jack an, und als er den aufkeimenden Zweifel in ihrem Blick sah, wusste er, dass sie an Helen dachte und sich daran erinnerte, dass diese Frau ihren Sohn misshandelt hatte, ohne dass ihr etwas aufgefallen war.

Aber dann nickte sie vehement. »Selbstverständlich würde

ich es bemerken, wenn er ihm wehtäte, und ich weiß, dass er so etwas niemals tun würde.«

Die Überzeugung, die in ihren Worten lag, bewirkte, dass sich Jacks Brust nicht mehr so zusammenzog.

»Sie werden Olivia nicht dazu bringen, sich gegen mich zu wenden, Briarwood. Was auch immer Sie mit diesen falschen Anschuldigungen erreichen ...«

»Der Junge ist hier nicht sicher. Auch Stanford ist darin ganz meiner Meinung.«

»Rupert Stanford?«, fragte Olivia.

»Ja. Mein Cousin und ich sind entsetzt, dass wir von Scotland Yard überprüft werden. Der Inspektor wird jedoch nichts Ungehöriges finden, bei keinem von uns. Das Gleiche lässt sich von Ihnen allerdings nicht behaupten, Sir. Die Duchess ist der beste Beweis dafür.« Wieder wandte er sich Olivia zu. »Sehen Sie doch nur, was er Ihnen angetan hat.«

Jack packte Briarwood am Arm. »Sie gehen jetzt.«

Olivia hob die Hand. »Warte. Lass ihn sagen, was er zu sagen hat.«

»Er hat nichts von Bedeutung ...«

»Dann lass es mich hören.«

Briarwood riss sich los und zog sein Jackett zurecht, während Jack mit sich rang, ob er ihn wegschicken oder Livy Gelegenheit geben sollte ... Aber was wollte sie beweisen? Dass sie ihm mehr glaubte als Briarwood? Andererseits musste er wissen, womit er es zu tun bekam.

»Er hat Sie dazu gebracht, Ihre Position zu vergessen«, erklärte Briarwood. »Sie sind in Trauer, und dennoch tragen Sie Rot. Sie sind nicht mit ihm verheiratet, und doch kann ich sehen, wo seine Bartstoppeln Ihre Haut wund gescheuert haben. Wenn er Sie, eine Frau von solch großer Tugendhaftigkeit, zu seinem sündhaften Tun überreden kann, dann stellen Sie sich doch nur mal vor, was er mit einem leicht zu beeindruckenden kleinen Jungen anstellen könnte. Das Einzige, was mich kümmert, ist Ihr Sohn und dass er zu einem ehrbaren Aristokraten erzogen wird. Ich kann das für Sie erreichen. Und falls Sie mich in diesem Bestreben nicht unterstützen, werde ich vor Gericht gehen. Oder die Sache dem Parlament vortragen. Bei Gott, ich werde sogar zur Königin gehen! Aber ich kann nicht guten Gewissens tatenlos dabeistehen und diesem Teufel erlauben …«

»Ich glaube nicht, dass Sie eine Wahl haben«, warf Jack ruhig ein.

Sowohl Livy als auch Briarwood wandten den Kopf, um ihn anzusehen.

»Sie können so viele große Reden über all Ihre guten Absichten und Ihre immense Sorge um Henrys rechtschaffene Erziehung halten, wie Sie wollen, Briarwood. Aber Sie und ich, wir wissen doch beide, dass es bei der ganzen Sache nur um Geld geht. Und ich lasse mich nicht erpressen.«

Briarwood straffte die Schultern. »Ich versichere Ihnen, Sir, dass es mir nur um Henrys Wohlergehen geht. Sie werden Ihren guten Namen verlieren …«

»Wie Sie schon des Öfteren erwähnten, habe ich keinen guten Namen. Und mein Name bedeutet mir weit weniger als mein Geld. Drohen Sie mir, so viel Sie wollen, aber Sie werden keinen Penny von mir sehen.«

Briarwood verlor langsam die Fassung, und Jack hegte kaum noch Zweifel, dass er den wahren Grund für dessen Herkommen erraten hatte.

»Ich werde morgen früh zu Beckwith gehen. Sollten Sie es sich bis dahin anders überlegen …«

»Das werde ich sicher nicht«, sagte Jack.

Briarwood sah Olivia an. »Denken Sie darüber nach. Zusammen könnten wir die Sache noch in Ordnung bringen.«

Ohne ein weiteres Wort drehte er sich um und marschierte aus dem Zimmer.

»Ist das Erpressung? Ist es das, was er versucht?«, fragte Olivia leise.

Jack drehte sich zu ihr um. »Ja.«

»Warum gibst du ihm dann nicht, was er will, um diesen bösartigen Gerüchten ein Ende zu bereiten?«

»Seine Anschuldigungen sind falsch. Wenn ich ihm gebe, was er verlangt, verleihe ich ihnen Glaubwürdigkeit, und dann wird er wieder zurückkommen, um noch mehr zu fordern. Es wäre ein Teufelskreis, aus dem uns kein Ausweg bleibt.«

»Aber wenn er nun auch noch über meine Indiskretion spricht?«

»Wir erreichen nichts damit, ihm Geld zu geben.«

»Wir kaufen sein Schweigen.«

»Ich lasse mich nicht erpressen.«

»Briarwood dachte, du hättest Lovingdon erpresst. Er glaubte, das sei der Grund dafür, dass er dich zu Henrys Vormund bestimmt hat.«

»Briarwood scheint eine geradezu unheimliche Begabung zu haben, sich zu irren.«

»Du magst ihn nicht.«

»Nicht besonders.«

Olivia betrachtete ihn einen Moment lang prüfend. »Ich weiß, dass du Henry niemals wehtun würdest.«

»Gut.« Er trat auf sie zu, aber sie ging ihm sehr geschickt aus dem Weg. Anscheinend hatte sie besser aufgepasst, als ihm bewusst gewesen war, als er Henry beibrachte, jemandem auszuweichen.

»Aber …«, begann sie und verstummte wieder.

»Aber?«

Sie sah ihn an. »Aber so ungern ich es auch zugebe, hat Briarwood recht, was mich betrifft. Mein Verhalten war abscheulich.«

»Livy …«

»Nein. Ich weiß, dass du die Macht besitzt, mich vom Gegenteil zu überzeugen. Wenn du mich nur berührst, mich küsst, werde ich dir folgen, wohin du mich auch führen magst. Sieh mich an.« Sie breitete die Arme aus. »Ich bin gerade mal im ersten Trauermonat, und schon trage ich Rot … und gehe mit einem Mann ins Bett, mit dem ich nicht verheiratet bin. Mein Gott, Jack, denk doch nur daran, was wir während einer Zugfahrt getan haben!«

»Aber das ist doch genau das, was er wollte, Livy! Dich verunsichern und dazu bringen, an mir zu zweifeln. Und alles nur, um seine Position zu stärken.«

»Hast du mich verführt, um deine zu stärken?«

Er fuhr auf dem Absatz herum, ging zu seinem Tisch und schenkte sich ein Glas Whisky ein. »Diese Frage werde ich keiner Antwort würdigen.«

»Bin ich noch irgendetwas anderes für dich als eine Bettgespielin?«

»Du spielst ihm nur in die Hände, Livy.«

»Habe ich das nicht auch oft genug bei dir getan? Was tun wir hier eigentlich, wir beide?«

Erwartete sie wirklich eine Antwort auf diese Frage? Dachte sie ernsthaft, er wüsste es? Sie war eine Bettgespielin, aber sie war auch sehr viel mehr als das, nur wusste er nicht, wie er ihre Beziehung definieren sollte. Die Wahrheit war, dass er sich ein Leben ohne sie nicht mehr vorstellen konnte. Aber er konnte sich auch nicht vorstellen, ihr das zu sagen.

»Willst du mich immer noch verheiraten?«

Wollte er das? Der Gedanke, dass ein anderer Mann sie berühren könnte, genügte, um ihn mit zügelloser Rage zu erfüllen.

Früher hatte er nie ein Problem damit gehabt, Frauen mit anderen Männern zu teilen. Warum also bei ihr? Warum konnte er den Gedanken nicht ertragen, dass sie mit irgendeinem anderen Mann zusammen sein könnte?

»Was dann?«, fragte sie in einem Ton, als sei sie es leid, auf die Beantwortung einer eigentlich leichten Frage warten zu müssen. »Willst du mich als deine Geliebte? Das kannst du dir aus dem Kopf schlagen. Ich fürchte, Briarwood hat recht. Ich habe mich vergessen.« Er hörte, wie sie schluckte. »Morgen würde ich Henry gern aufs Land bringen.«

»Nein.«

»Bitte besteh nicht darauf, dass ich allein hinfahre.«

Allein. Sie würde ihn verlassen, mit oder ohne Henry. Gott, dass sie ihn so unbedingt loswerden und sogar ohne Henry fahren wollte, sagte alles. Er blickte sich über die Schulter zu ihr um. Die Traurigkeit in ihren Augen zwang ihn beinahe in die Knie. Die Traurigkeit und das Bedauern. Er hatte sie in die Geheimnisse und Freuden der körperlichen Liebe eingeführt, sie ermutigt, sie zu genießen, ohne auch nur einen Gedanken an den hohen Preis zu verschwenden, den sie später dafür zu zahlen hatte. Jetzt bezahlte sie einen weitaus höheren Preis, als er es jemals tun würde.

»Ich fahre in den Club.« Er ging an ihr vorbei und blieb noch einmal stehen. »Ich will, dass ihr weg seid, bevor ich morgen früh zurückkomme. Und nehmt den verdammten Hund mit.«

Er war schon fast an der Tür, als er ihr erstes Schluchzen hörte, und musste seine ganze Kraft aufbieten, um weiterzugehen und das Zimmer zu verlassen.

Henry war nicht einmal annähernd so aufgeregt über die Aussicht, aufs Land zu fahren, wie Olivia erwartet hatte. Der Grund dafür war, dass Jack sie nicht begleiten würde. Henry vergötterte den Mann.

Was sie ihrem Sohn auch nicht verübeln konnte. Jack konnte überaus charmant sein, wenn er wollte, und schien wirklich sehr gut mit Henry umgehen zu können. Dank all der Jungen in seinem Club?

Sie saß in einem Sessel neben Henrys Bett und las ihm vor, aber ihr Tonfall war so eintönig, dass der Junge das Interesse schnell verlor. Nicht etwa, weil er müde war, denn so sah er nicht aus. Bei jedem Geräusch im Haus sah er zur Tür, als erwartete – hoffte – er, dass Jack hereinkam und ihm sagte, dass er nicht aufs Land fahren musste.

Hatte Henry seinen Vater auch nur halb so sehr geliebt, wie er Jack zu lieben schien?

Olivia klappte das Buch zu, und Henry sah sie schuldbewusst an. Sie hielt es für sehr unwahrscheinlich, dass er in absehbarer Zeit einschlafen würde, sodass er morgen bei Reisebeginn schlechte Laune haben würde.

»Ich werde noch einen Spaziergang durch den Garten machen«, sagte sie. Es war schon dunkel, aber noch nicht allzu spät, und auch ihr war noch nicht danach zumute, zu Bett zu gehen oder allein zu sein. »Möchtest du mitkommen?«

Er nickte. »Darf ich Pippin mitnehmen?«

Es war kaum zu glauben, aber sie konnte sich nicht einmal daran erinnern, wann er das letzte Mal gestottert hatte. »Natürlich«, antwortete sie und wandte sich dann Ida zu. »Henry und ich machen noch einen Spaziergang im Garten.«

»Ich ziehe ihn an, Euer Gnaden.«

Ein paar Minuten später schlenderten sie und Henry durch den Garten, der von einigen Laternen erhellt wurde.

»Pippin wird es auf dem Land bestimmt gefallen, meinst du nicht?«, fragte Olivia.

Sie konnte Henry nicken sehen.

»Warum kommt Jack nicht mit?«

»Er muss sich hier um seine Geschäfte kümmern.« Sie hockte sich vor den Jungen und drehte ihn an den Schultern zu sich um. »Du musst verstehen, Henry …«

Ein Schatten löste sich aus der Dunkelheit.

Kapitel einundzwanzig

Zum Teufel mit ihr. Was sollte er ihrer Meinung nach tun? Ihr ewige Liebe schwören? Um ihre Hand anhalten? Sie war eine Duchess, Herrgott noch mal. Sie tat so, als ob er vergessen hätte, was sie waren. Aber so war es keineswegs. Alles Geld der Welt würde ihn nicht reinwaschen können von seiner Herkunft oder es akzeptabler für sie machen, ihn zu heiraten.

Nicht, dass er je an Heirat gedacht hätte.

Trotzdem konnte er sich sein Haus ohne Olivia darin nicht vorstellen. Konnte sich nicht vorstellen, nicht das Echo ihrer schnellen Schritte zu hören, wenn sie durch die Gänge eilte, um ihn mal wieder aus dem einen oder anderen Grund zur Rede zu stellen. Konnte sich nicht vorstellen, im Ankleidezimmer – oder auf dem Kopfkissen neben seinem – den Duft ihres Parfums nicht wahrzunehmen. Oder in absoluter Stille seine Mahlzeiten einzunehmen, ohne ihr oder Henrys Lachen oder Lächeln.

Er, der immer so auf das nächste Geldstück erpicht gewesen war, wünschte sich jetzt plötzlich mehr. Eine Frau. Er stellte fest, dass er sein gesamtes Geld mit Freuden aufgeben würde, wenn sie ihm nur noch ein einziges Lächeln schenkte.

Jack setzte eine finstere Miene auf, als es an seiner Bürotür klopfte. Er wollte nicht gestört werden, doch bevor er wem auch immer sagen konnte, er sei nicht da – was für ein Unsinn! –, wurde die Tür geöffnet und Swindler kam herein.

»Frannie sagte, dass ich dich hier finden würde.«

Wahrscheinlich aber erst, nachdem er eine ganze Weile mit ihr geplaudert hatte. Jack verstand nicht, warum der Mann ihr nicht einfach seine Liebe gestand und ihr einen Heiratsantrag machte.

Andererseits sollte er sich selbst in Bezug auf Olivia vielleicht das Gleiche fragen. Was war das Schlimmste, was passieren konnte? Dass sie Nein sagte und er sie aufs Land schickte.

»Alles in Ordnung bei dir?«, fragte Swindler.

»Na klar.« Jack griff hinter sich nach einem Glas, schenkte Whisky ein und stellte es vor Swindler hin, der sich setzte. Erst dann füllte er sein eigenes Glas auf. »Du kommst ein bisschen zu spät, um mir zu eröffnen, dass Briarwood Gerüchte über mich verbreitet.«

»Tut mir leid, aber ich hatte in den letzten Tagen einiges zu tun, und mein Gehalt wird nicht von dir bezahlt.«

»Gib deinen Job auf und arbeite nur noch für mich. Ich werde dir mehr bezahlen, als du bei Scotland Yard verdienst.«

»Vielen Dank, aber mir gefällt mein Job.«

Jack zuckte mit den Schultern. »Was hast du für mich? Konntest du irgendetwas über meine Mutter in Erfahrung bringen?«

»Ich habe wenig Hoffnung, überhaupt je etwas über sie zu finden. Aber die andere Sache, die du wissen wolltest – ob Lovingdon in irgendwelche Perversionen verwickelt war ...«

Irgendetwas in Swindlers Stimme veranlasste Jack, sich aufrechter hinzusetzen. »Ja?«

»Ich fand nichts dergleichen, aber sein Cousin gibt mir zu denken.«

»Briarwood?«

»Rupert Stanford. Er lebt sehr zurückgezogen. Nach Aussage seines Mädchens für alles, seiner einzigen Bediensteten, die er vor zwei Tagen entlassen hat, musste sie bis zur Erschöpfung schuften, um alles sauber zu halten. Sie war fast zwanzig Jahre bei ihm. In dieser Zeit nahm er etwa ein Dutzend Jungen bei sich auf. Immer nur einen und angeblich mit der Absicht, für jeden Jungen ein anständiges Zuhause zu finden. Doch jedes Mal kam sie eines Tages zur Arbeit und der Junge war nicht mehr da. Sie sagte, sie habe immer angenommen, Stanford hätte sein Versprechen gehalten und ein anderes Zuhause für die Jungen gefunden.«

»Was er vielleicht auch getan hat«, murmelte Jack, aber ihm war gar nicht wohl dabei.

»Möglich wäre es. Ich habe nichts Schlüssiges, das etwas anderes beweist, aber angesichts deiner diesbezüglichen Besorgtheit finde ich es beunruhigend.«

»Vielleicht sollten wir ihm einen Besuch abstatten.«

Das Haus war nicht besonders eindrucksvoll, aber irgendwie kam es Jack bekannt vor. Könnte dies das Haus sein, das er gesucht hatte, als er ziellos durch die Straßen spaziert war? Er hatte das Haus des Mannes, der ihn missbraucht hatte, größer in Erinnerung, aber für ein Kind aus dem Armenviertel hätte ein Anwesen wie dieses den geheimnisvollen Nimbus eines Palasts annehmen können. Swindler betätigte den Türklopfer.

»Scheint niemand daheim zu sein«, sagte er kurz darauf.

»Ich möchte einen Blick hineinwerfen.«

Das Licht einer Straßenlaterne erhellte Swindlers Gesicht, als er Jack mit hochgezogener Augenbraue anstarrte. Jack erwiderte den Blick ungerührt, bis Swindler seufzte. »Möchtest du oder soll ich es tun?«

Jack, dessen Hand leicht zitterte, antwortete: »Du.«

»Dein Kutscher und dein Diener ...«

»Sind diskret.«

»Das will ich hoffen.«

Swindler holte sein Werkzeug aus der Tasche, während Jack sich so platzierte, dass er Swindler und die illegale Aktion so gut wie möglich verdeckte. Dann hörte er ein Klicken, und mit einem unheilvollen Knarren schwang die Tür auf.

Er ging hinein und wurde von dem Geruch von zu viel Seife und Möbelwachs begrüßt. Ein Streichholz flammte auf, und Swindler fand eine Öllampe und zündete sie an.

»Was genau suchen wir eigentlich?«, fragte er.

»Ein Schlafzimmer.« Jacks Stimme war ganz rau vor innerer Erregung.

»Oben, würde ich sagen.«

Jack nickte und eilte die Treppe hinauf. Swindler folgte ihm. Die Öllampe verbreitete ein unheimliches Licht, vertrieb die Schatten und gab nach und nach den Blick auf die Umgebung frei. Nichts erschien Jack sonderlich vertraut.

Dann erreichten sie den oberen Korridor, von dem nur vier Türen abgingen. Jack öffnete die zweite auf der rechten Seite.

Plötzlich war er wieder ein fünfjähriger Junge. Ein Junge, der seine Mutter vermisste, aber ganz aufgeregt war, weil er in einem richtigen Bett schlafen sollte. Es war Winter, im Kamin brannte ein Feuer, und es war herrlich warm in dem Zimmer. Seine Mutter hatte in letzter Zeit sehr viel von einem Ort gesprochen, der sich Himmel nannte, und Jack dachte, dass sie dieses Zimmer gemeint haben musste.

»Lass uns ein heißes Bad nehmen, ja?«

Jack kniff die Augen vor den Erinnerungen zusammen. Hatte Stanford seine Mutter kennengelernt, als sie als Dienstmädchen in Lovingdons Haus beschäftigt war? Er versuchte, sich zu erinnern …

»Miss Dawkins?«

Sie hielt Jack spätnachts im Armenviertel an der Hand.

»Mr. Stanford.« Sie drehte sich um und knickste.

»Wen haben Sie denn da?«

»Das ist Jack, mein Sohn.«

»Jack? Jack? Geht es dir nicht gut?«

Jack öffnete die Augen auf Swindlers Drängen und trat weiter in den Raum hinein. »Sie haben miteinander geredet. Die Worte konnte ich nicht hören. Dann gingen wir in ein Wirtshaus und aßen diese wunderbare, mit Fleisch gefüllte Pastete. Sie redeten weiter, und die ganze Zeit über hielt er ihre Hand.«

»Was willst du mir damit sagen?«, fragte Swindler.

Jack schüttelte den Kopf. Er konnte das Unerklärliche nicht erklären, aber er erinnerte sich, dass Stanford seiner Mutter bei ihrem Aufbruch einen Geldbeutel übergeben hatte und sie Jack dann das Medaillon gab. Dann hatte Stanford ihn in dieses Zimmer gebracht.

Jack ging zum Kamin, bückte sich und blickte in den Rauchabzug, der ihm einst als Fluchttunnel gedient hatte. Es war nicht leicht gewesen, die Kohlen aus der Feuerstelle zu entfernen, und er hatte sich die Hände und Füße beim Hinaufklettern verbrannt. Da hatte er zum ersten Mal begriffen, was ein Mensch alles tun würde, wenn er etwas unbedingt wollte. Und er war bereit gewesen, alles zu erdulden, um aus diesem Haus rauszukommen.

Nun fuhr er herum und starrte das Himmelbett an, dessen vier mächtige Pfosten mit kunstvollen Schnitzarbeiten in Form von Schlingpflanzen versehen waren. Ihm drehte sich der Magen um bei der Erinnerung daran, was in diesem Bett geschehen war.

Er ging zu Swindler zurück, nahm ihm die Lampe aus der Hand und warf sie auf das Bett. Sofort loderten Flammen von der Tagesdecke auf.

»Oh Gott, bist du verrückt geworden?«, fuhr Swindler ihn an.

Jack war schon halb durch die Tür. »Wir müssen Stanford finden.«

Sie kehrten in den Club zurück – nicht so schnell, wie Jack es vorgezogen hätte, da Swindler darauf bestand, die Feuerwehr zu alarmieren, damit sie das Feuer löschen konnte, bevor es auf die umliegenden Häuser übersprang. Jack bezog jedoch einen gewissen Trost daraus, dass wenigstens das Bett vernichtet war.

»Dir ist hoffentlich bewusst, dass ich ihn nicht verhaften kann«, sagte Swindler, als sie wieder in Jacks Büro saßen.

»Unzucht ist gegen das Gesetz.«

»Aber ich habe niemanden, der das bezeugen kann.«

»Ich werde aussagen.«

Swindler wandte den Blick ab, als würde er sich plötzlich äußerst unwohl fühlen. Vermutlich lag das daran, dass es eine Sache war, einen Verdacht zu hegen, aber eine ganz andere, ihn bestätigt zu sehen, vermutete Jack.

»Vielleicht sollten wir uns lieber selber darum kümmern«, meinte Swindler ruhig. »Es ist ja nicht so, als hätten wir das noch nie getan. Irgendjemand wurde bestimmt zum Tod durch den Strang verurteilt, der es nicht verdient.«

»Du würdest Gefangene gegeneinander austauschen? Glaubst du nicht, dass das jemandem auffallen würde?«

»Du könntest ihn zu Brei prügeln, bis er nicht mehr wiederzuerkennen ist. Das würde dir doch bestimmt eine gewisse Befriedigung verschaffen.«

Jack nickte. »Oh ja, das würde es.«

Plötzlich wurde die Tür aufgerissen, und Thomas Lark, einer der älteren Jungen, die im Spielzimmer aushalfen, kam hereingestürmt.

»Du sollst doch anklopfen, Thomas«, tadelte ihn Jack.

»Ja, Sir, ich weiß, aber das hier wurde gerade von einem Herrn abgegeben, der sagte, es sei von größter Wichtigkeit.«

Jack griff nach dem Kuvert, das Thomas ihm hinhielt. Drinnen fand er eine Nachricht, die sein Herz zum Rasen brachte.

Mr. Dodger,

bitte kommen Sie umgehend nach Hause! Etwas Schlimmes ist geschehen, und Sie werden dringend gebraucht.

Ihr treuer Diener Brittles

»Gott sei Dank, dass Sie so schnell gekommen sind, Sir«, bestürmte Brittles Jack, sowie er mit Swindler das Haus betrat.

»Was ist denn los, Mann?«

»Die Duchess, Sir. Sie ist verschwunden.«

»Ist das alles? Sie wollte mit Henry aufs Land fahren. Vermutlich konnte sie nicht bis morgen warten, um mich loszuwerden ...«

»Nein, Sir, Henry ist hier.«

Jack erstarrte. »Sie würde Henry nicht zurücklassen.«

»Genau, Sir. Sie waren im Garten, als plötzlich jemand aus dem Dunkeln trat, wie uns der junge Herr erzählte. Henry konnte fliehen, aber bis wir begriffen, was er uns sagen wollte – er stotterte wieder ganz schlimm, Sir –, war die Duchess nicht mehr da.«

»Wo ist Henry?«

»Im Kinderzimmer, Sir.«

Jack stürmte die Treppe hinauf und hörte, dass Swindler und Brittles ihm dicht auf den Fersen waren. Zum ersten Mal, seit Jack ihn kannte, waren Brittles' Schritte überhaupt nicht leise. Doch nicht einmal darin fand Jack einen gewissen Trost.

Er stürzte ins Kinderzimmer, ohne anzuklopfen. Ida saß im Schaukelstuhl und hatte Henry auf dem Schoß, der wiederum sein Hündchen in den Armen hielt. Als er Jack sah, rutschte Henry von Idas Schoß, und Pippin sprang auf den Boden. Bevor

Jack reagieren konnte, hatte Henry die kurze Entfernung zwischen ihnen überwunden und schlang ganz fest die Arme um Jacks Beine.

»I-Ich h-hab g-getan, w-was du mir b-beigebracht hast. Ich b-bin e-entwischt«, sagte Henry mit gedämpfter Stimme, weil er sein Gesicht gegen Jacks Bein drückte.

Jack hockte sich hin und nahm Henry in die Arme. »Du warst ein guter Junge, Henry.«

»Ich glaube, e-er hat M-Mummy m-mitgenommen.« Henrys Gesicht war tränenüberströmt, als er sich nach hinten lehnte. »Du hättest M-Mummy auch b-beibringen sollen, a-auszuweichen.«

»Ja, das hätte ich tun sollen. Weißt du, wer sie mitgenommen hat?«

Henry nickte schnell. »Cousin Rupert. Vater sagte, m-mit Cousin R-Rupert dürfte ich n-nie-niemals irgendwo hingehen.«

Hatte Lovingdon schon gewusst, was Jack jetzt auch wusste? War es Rupert Stanford, vor dem Jack Henry beschützen sollte? Alles ergab auf einmal einen Sinn, falls Lovingdon gesehen hatte, wie gut Jack die Jungen beschützte, die für ihn arbeiteten. Aber hätte er ihm nicht wenigstens eine verdammte Nachricht hinterlassen können?

»Hat er dir wehgetan?«, fragte Jack.

Wieder schüttelte Henry vehement den Kopf. »Aber als ich wegrannte, hörte ich Mummy schreien. Ich glaube, er hat sie geschlagen. Ich h-hätte nicht w-weglaufen sollen.«

»Nein, nein, du das Richtige getan, weil ich mir jetzt nur Sorgen um deine Mum machen muss und nicht auch noch um dich.«

»Du wirst sie doch retten?«

»Aber natürlich, Henry.« Auch wenn er keinen blassen Schimmer hatte, wo er beginnen sollte. Zum Glück war Swindler da.

»Sir, ich möchte Sie nicht unterbrechen«, sagte Brittles und hielt Jack ein Kuvert mit seinem Namen hin. »Aber das hier wurde vor Kurzem abgegeben.«

Jack nahm ihm den Umschlag ab und riss ihn auf. Die Nachricht kurz und eindeutig.

Ich habe die Duchess. Bringen Sie mir einhunderttausend Pfund bei Tagesanbruch, oder sie stirbt. Wir warten im obersten Stockwerk in der hintersten Ecke.

Jack kannte die Adresse, die am Fuß der Nachricht stand. Sie befand sich im Armenviertel.

»Wo sind wir?«, fragte Olivia.

Sie saß in einer dunklen Ecke auf dem Fußboden, die Hände auf dem Rücken gefesselt, und kämpfte gegen ihr Entsetzen an. Nachdem sie einen Schlag auf den Kopf erhalten hatte, war sie hier wieder zu sich gekommen. Sie hatte den Geschmack von Laudanum im Mund, und ihr Kopf war wie benebelt. Sie wäre liebend gerne eingeschlafen, aber irgendwie wusste sie, dass es einen Grund gab, es nicht zu tun.

»Im Armenviertel.« Das heisere Flüstern kam aus einer anderen dunklen Ecke neben dem Fenster, aber die Silhouette des Mannes wurde von der Finsternis verschluckt. Die einzige Laterne beleuchtete eher sie als ihn. »Hier ist es einfacher, unerlaubte Dinge zu tun. Ich habe Mr. Dodger angewiesen, mir einhunderttausend Pfund zu bringen, wenn er verhindern will, dass Sie sterben.«

Seiner Stimme war anzuhören, dass die Drohung todernst gemeint war. Die immer größer werdende Angst in ihrem Bauch drohte, Olivia zu überwältigen.

»Wenn er das Geld nicht bringt, werde ich mein Versprechen wahr machen und mir Ihren Sohn holen.«

»Nicht Henry.« Jetzt erinnerte sie sich wieder, dass Henry bei ihr gewesen war. »Wo ist er?«

»Der kleine Lümmel ist mir entwischt.«

Sie war unglaublich erleichtert und erinnerte sich dunkel daran, dass er davongeflitzt war. Jack würde sich ihretwegen bestimmt nicht von seinem geliebten Geld trennen, aber sie hegte keinen Zweifel daran, dass er Henry beschützen würde.

»Dodger wird nicht kommen«, erklärte sie.

»Und ob er kommen wird.«

Sie stieß ein verbittertes Lachen aus, versuchte dann aber, sich zu beherrschen, weil sie nicht hysterisch klingen wollte. »Sie haben Geld von ihm verlangt. Das ist das Einzige, wovon er sich nicht trennen wird.«

»Das wäre dann aber sehr bedauerlich für Sie.«

Plötzlich nahm sie eine schnelle Bewegung wahr, und dann hockte er sich vor sie und sie konnte etwas unheimlich Kaltes an ihrem Kinn fühlen. »Ist das eine Pistole?«, flüsterte sie.

»Ja, und ich bin sehr treffsicher. Ich habe ihm bis Tagesanbruch Zeit gelassen.«

Zu ihrem Erstaunen erkannte sie den Mann. »Stanford? Rupert Stanford?«

»Ich bin überrascht, dass Sie sich an mich erinnern, Duchess. Im Hause Ihres Ehemannes war ich nicht sehr oft willkommen.«

»Warum tun Sie das?«

»Weil der Vormund Ihres Sohnes Erkundigungen über mich eingezogen hat und Dinge ans Licht kommen, von denen ich wünschte, sie wären im Dunkeln geblieben. Jetzt muss ich mich schnellstens aus dem Staub machen und habe nicht die Mittel dazu.«

»Deswegen haben Sie mich entführt?«

»Ich habe beobachtet, wie er Sie ansieht, als er Sie ins *Dodger's* mitbrachte. Dort bin ich ebenfalls im Hintergrund geblieben. Er hat ein paar reizende Jungs, die für ihn arbeiten, aber er und seine Angestellten bewachen sie, als wären sie die Kronjuwelen. Die Jungen haben alle so viel Selbstvertrauen, dass sie nicht leicht zu überreden sind. Aber ich bin mir sicher, dass ich finden werde, was ich brauche, egal, wohin ich gehe.«

»Sie sind ein Ungeheuer!«

»Ja, ja, das bin ich.«

Er entfernte sich von ihr, und sie streckte schnell die Beine aus, um ihn ins Stolpern zu bringen, aber er wich ihnen mühelos aus. »Vorsicht, Duchess. Es gehört nicht zu meinen Angewohnheiten, Damen wehzutun, aber ich kann auch mal eine Ausnahme machen.«

Jack kannte die Slums wie seine Westentasche. Dort lebten viele üble, aber auch zahlreiche anständige Männer. Die Aktentasche mit den hunderttausend Pfund fest in einer Hand, in der anderen eine Laterne, bewegte er sich furchtlos zwischen dem Abschaum der Gesellschaft, weil er ein Messer in seinem Stiefel hatte, eine Pistole in der Tasche und in der Hand, in der er die Aktentasche hielt, einen Spazierstock, der sich auseinanderziehen ließ, worauf ein Degen zum Vorschein kam.

Der Entführer hatte verlangt, dass er allein kam, aber von Waffen hatte er nichts gesagt – daher ging Jack davon aus, dass Rupert Stanford mit den Armenvierteln nicht sehr vertraut sein konnte. Anscheinend kannte er sie gut genug, um einen Treffpunkt zu vereinbaren, schien jedoch nicht zu wissen, dass viele dort bewaffnet waren. Vielleicht wusste er aber auch nicht viel über Jack und glaubte, er würde sich an ihrem Treffpunkt nicht auskennen.

Doch Jack war kein Dummkopf und hielt es für äußerst unwahrscheinlich, dass Stanford Olivia oder ihn am Leben lassen würde, wenn er das Lösegeld erst hatte.

Es war gerade so hell, dass Jack, wenn er den Kopf ein wenig drehte, die Schatten sehen konnte, die mit ihm Schritt hielten. Schatten, die ihm stets als Freunde gedient hatten.

Heute Nacht war es nicht anders.

Sie verbargen Luke und Swindler, die ihnen in diskretem Abstand folgten. Graves und Frannie schlenderten hingegen für jeden sichtbar über die Straße und erweckten den Anschein, ein Paar zu sein, das ein Plätzchen für ein heimliches Rendezvous suchte. Als Jack sie dringend brauchte, hatten Feagans »Kinder« ihn nicht im Stich gelassen und waren herbeigeeilt, um ihn zu unterstützen.

Er erreichte das heruntergekommene Gebäude, das so aussah, als könnte schon ein starker Wind es umwehen. Bei schlechtem Wetter suchten die Leute hier oft Zuflucht, aber in einer klaren Nacht wie dieser war es das Risiko nicht wert. Es würde sehr schwierig werden, lautlos in den dritten Stock zu gelangen, aber das war vermutlich auch der Sinn der Sache.

Als er das Gebäude vorsichtig betrat, flitzten Ratten nach allen Seiten davon. Er wusste, dass sie zurückkehren würden. Das taten sie immer. Er hob die Laterne hoch, um sich umzusehen. Obwohl er hier noch nie gewesen war, erschien ihm alles sehr vertraut, da sich die Gebäude in diesem Viertel glichen.

So leise er konnte, schlich er die Treppe hinauf. Aber sie knarrte unter seinem Gewicht, daher war es sinnlos, nur ganz behutsam aufzutreten. So gab Jack jede Vorsicht auf und eilte mit wild pochendem Herzen weiter.

»Livy!«

Er hörte nichts. Sie könnte geknebelt sein, tot oder …

»Jack!«

Er stolperte, weil seine Erleichterung so enorm war, dass seine Beine ihm beinahe den Dienst versagten, während er gleichzeitig von einer Woge neuer Kraft und Energie durchflutet wurde. Er rannte die Treppe hinauf, hielt oben kaum inne und stürmte einfach den Gang hinunter, weil er schwaches Licht aus einem der Räume dringen sah. Da es jedoch auch ein Trick sein konnte, ging er langsamer und hielt die Laterne so, dass sie das beste Licht abgab.

»Livy!«

»Wir sind hier!«

Sie und Rupert Stanford. Er ertrug den Gedanken fast nicht mehr, dass dieser verdammte Mistkerl sie angefasst hatte, aber er verdrängte seinen Zorn, weil er einen klaren Kopf bewahren musste.

Langsam und vorsichtig ging Jack weiter und spähte in den Raum …

Livy stand neben Stanford in der Ecke neben dem Fenster, und Jack fragte sich, ob er dort hinausgeblickt und auf seine Ankunft gewartet hatte. Aber das spielte keine Rolle, denn er konnte nichts gesehen haben.

Als Jack den Raum betrat, schlug ihm ein Geruch entgegen, den jeder andere wahrscheinlich als Duft bezeichnet hätte. Er war schwer, eindeutig maskulin und drehte Jack den Magen um, weil ihn die Erinnerungen bestürmten, in denen er noch ein kleiner Junge war und der so Duftende zu ihm ins Bett kam und ihn beschwichtigte, bevor er ihm wehtat.

Er hob die Laterne höher und sah das unheimliche Glitzern in den Augen, die ihn anfunkelten wie die einer Ratte, die aus dem Abwasserkanal gekrochen war. Eine eisige Kälte breitete sich in Jack aus. Er hatte geglaubt, sich auf diese Begegnung vorbereitet zu haben, aber plötzlich war er wieder fünf Jahre alt, verängstigt, verletzt und sehr beschämt.

Er zwang sich jedoch, sich auf das Hier und Jetzt zu konzentrieren. »Rupert Stanford.«

»Sie sagen das, als würde ich Sie kennen.«

»Wir sind uns schon einmal begegnet. Meine Mutter war Emily Dawkins.«

»Sie sind Jack Dawkins?« Stanford lachte schallend. »Wie klein die Welt doch ist. Sie haben Ihren Namen geändert … wie schlau von Ihnen. Ich werde das auch tun, nachdem mein wichtigtuerischer Cousin und Ihr misstrauischer Inspektor meine Geschäfte aufgedeckt haben.«

»*Geschäfte?* So nennen Sie das, kleine Jungen zu missbrauchen?«

Er hörte, wie Livy bei der Offenbarung nach Luft schnappte.

»Mein Cousin hat mir alles über Sie erzählt, auch über die Jungen, die Sie sich halten. Wir sind uns sehr ähnlich …«

»Ich bin absolut nicht so wie Sie!«, fuhr Jack ihn an. »Ich beschütze diese Jungen.«

»Wie ich Sie beschützt habe. Ihre Mutter war dem Tode nahe, das arme Ding. Ich gab ihr ein bisschen Geld, um ihr den Weg zu erleichtern, und nahm Sie auf, um ihr diese Sorge abzunehmen. Aber dann besaßen Sie die Frechheit, einfach abzuhauen. Sie waren der Einzige, der je entkam.«

Da war etwas in der Stimme des Mannes … Jack wusste, je länger er ihn am Reden hielt, desto vorteilhafter wäre es für ihn. Er musste den anderen Zeit verschaffen, sich in Position zu bringen.

»Der Einzige? Leben die Jungen noch bei Ihnen?« Er hatte keine Hinweise darauf gefunden.

»In meinem Garten«, sagte Stanford wehmütig.

»Sie haben sie ermordet?«

»Ich würde ja sehr gerne noch bleiben und plaudern, aber ich muss jetzt wirklich verschwinden.«

»Sie werden Livy nicht mitnehmen.«

»Sie ist meine Lebensversicherung. Stellen Sie die Tasche ab und gehen Sie zur gegenüberliegenden Wand.«

Jack machte zwei Schritte und stieß einen schrillen Pfiff aus. Ein lautes, splitterndes Geräusch ertönte, als die Fensterscheibe eingeworfen wurde.

Stanford blickte sich um, wodurch Jack den Platz bekam, den er brauchte, gerade genug, um sich mit der Schulter zwischen Livy und Stanford zu schieben und sie zur Seite und ihn zu Boden zu stoßen. Mit aller Kraft versuchte er, Stanford die Pistole zu entwinden, aber der Mann war zwar älter, aber erstaunlich stark und flink. Miteinander kämpfend rollten sie über den Boden. Jack versuchte, die Oberhand zu gewinnen ...

Eine Explosion zerriss die Nacht, als sich ein Schuss löste, und Jack spürte, wie die Hitze des Rückstoßes ihm die Brust versengte, während Blut seine rote Lieblingsweste tränkte.

Olivia war kaum auf dem Fußboden gelandet, als die Pistole losging und beide Männer plötzlich reglos dalagen.

»Oh Gott, oh Gott! Jack.«

Plötzlich kam jemand durch das Fenster. Bevor sie aufschreien konnte, hörte sie: »Alles in Ordnung, Duchess, ich bin's, Swindler.«

Das Poltern schwerer Schritte war jetzt draußen auf dem Gang zu hören, und zwei weitere große Schatten, dicht gefolgt von einem kleineren, stürmten in den Raum. Frannie kam zu Olivia herüber und nahm sie in die Arme. »Sind Sie verletzt?«

Olivia schüttelte den Kopf und flüsterte: »Jack?

Frannie hantierte an den Knoten in dem Seil herum, mit dem Olivias Hände gefesselt waren.

»Jack«, sagte Swindler streng.

Olivia beobachtete, wie sich ein Mann erhob. Sie erkannte die Gestalt, würde sie immer und überall erkennen. »Jack?«

»Alles in Ordnung«, sagte er in schroffem Ton, als er sich neben den Cousin ihres verstorbenen Ehemannes hockte.

Sie hörte schweres Atmen, ein gurgelndes Geräusch ...

»Jack, ich muss ihn mir ansehen«, erklärte Dr. Graves, und Olivia erkannte nun, dass er einer der Männer war, die hereingekommen waren. Der andere war Claybourne.

»Nein«, widersprach Jack.

Stanford hustete und würgte.

»Die Jungen! Wie viele waren es?«, herrschte Jack ihn an.

»Sie ... der erste.«

»Und nach mir? Wie viele, verdammt noch mal?«

»Weiß ... nicht.«

»Sie haben sie umgebracht? Sie in Ihrem Garten begraben? Ist es das, was Sie mit all Ihren rätselhaften Andeutungen sagen wollten?«

Aber Rupert Stanford gab keinen Ton mehr von sich.

»Antworte, du verdammter Mistkerl!«

»Er ist tot«, stellte Dr. Graves düster fest.

Jack richtete sich auf. Plötzlich lagen seine Arme um Olivia und drückten sie so fest an ihn, bis sie kaum noch Luft bekam. »Ich dachte, du würdest nicht kommen.«

»Natürlich bin ich gekommen«, knurrte er.

»Er sagte, er hätte hunderttausend Pfund verlangt.«

»Ich hätte ihm alles gegeben, was ich habe, Livy, um dich unversehrt zurückzubekommen.«

Jack und Olivia kehrten sofort nach Hause zurück, während Swindler und die anderen sich um Rupert Stanford kümmerten und Scotland Yard über die nächtlichen Ereignisse unterrichteten. Als Erstes lief Olivia die Treppe zum Kinderzimmer hinauf und drückte Henry an sich.

»Ich wusste, dass er dich retten würde«, sagte Henry.

Es beschämte sie, dass ihr Sohn uneingeschränktes Vertrauen zu Jack gehabt hatte, während sie an ihm zweifelte. Diesen Fehler würde sie nie wieder machen. Heute hatte sie viele Fehler gemacht, aber sie hatte vor, sie alle zu korrigieren.

Sie überlegte, wie sie das anfangen sollte, während sie ein wundervolles heißes Bad nahm, um sich vom Schmutz des Armenviertels zu befreien. Nach den Erlebnissen der letzten Nacht wollte sie in Zukunft jeden Tag ein Bad nehmen. Sie hatte gehofft, dass Jack zu ihr hereinkommen würde, um nach ihr zu sehen, aber als er nicht kam, zog sie ihren Morgenrock über und machte sich auf die Suche nach ihm.

Sie fand ihn in der Bibliothek, wo er in seinem Sessel saß, die Ellbogen auf die Knie gestützt und ein Glas in den Händen, während die neben ihm stehende Flasche darauf wartete, ihre Pflicht zu tun und den Schmerz nach dieser traumatisierenden Nacht zu betäuben.

Auf bloßen Füßen lief sie über den Teppich, kniete sich vor ihn hin und umfing seine Handgelenke. »Ich kann mir nicht einmal vorstellen, was du empfindest.«

»Nein, vermutlich nicht. Bis heute kannte ich den Namen des Mannes nicht, der mich damals mit zu sich nahm, aber es war Stanford. Ich weiß nicht, ob ich seinen Namen nie gekannt oder ihn nur vergessen habe. Es ist fast dreißig Jahre her. Er muss meine Mutter gekannt haben. Auf jeden Fall kannte sie ihn und hat ihm vertraut. Sie müssen sich begegnet sein, als sie hier gearbeitet hat. Sie gab mich in seine Obhut und glaubte, ich wäre dort sicher. In jener ersten Nacht«, Olivia hörte, wie er schluckte, »badete er mich, brachte mich zu Bett und kroch dann zu mir unter die Decke. Er berührte mich auf eine Art und

Weise, wie ein Mann einen Jungen nicht berühren sollte ... Er tat Dinge, die nicht nur verheerende Auswirkungen auf meinen Körper, sondern auch auf meine Seele hatten.«

»Um Gottes willen, Jack.« Sie streichelte seine Wange, um ihn zu trösten, aber er sah sie nicht an, sondern blickte in seine Vergangenheit.

»Danach weinte er und versprach, es nie wieder zu tun. Am nächsten Abend wurde mir klar, dass er gelogen hatte. Und in der dritten Nacht lief ich davon.«

Olivia hatte Tränen in den Augen. »Du darfst dir nicht die Schuld daran geben. Du warst ein unschuldiges Kind. Ich bin froh, dass er tot ist.«

Jack schüttelte den Kopf. »Das ist noch nicht alles, Livy. Ich hatte dir doch erzählt, dass Luke und ich mal verhaftet worden sind? Nach der Verurteilung sitzt man seine Zeit in einer Jugendstrafanstalt ab, aber vorher, vor dem Prozess, wird man in einem Männergefängnis festgehalten. Dort waren drei ganz widerliche Typen. Sie hatten ein Auge auf Luke geworfen, aber er hat sich gewehrt. Gott, er war erst acht, aber er hörte nicht auf zu kämpfen. Sein Gesicht war nur noch eine blutige Masse. Ich dachte, sie würden ihn umbringen. Und ich wusste ja, was sie wollten, ich hatte es schließlich selbst schon erlebt.«

Oh Gott, nein, dachte Olivia. *Bitte nicht.*

»Deshalb bot ich mich ihnen an.« Die Worte klangen wie ein ersticktes Aufstöhnen.

»Oh, Jack.« Sie drückte seine Hände und bedeckte sie mit Küssen, während ihr Tränen über die Wangen liefen und sich in ihren Mundwinkeln sammelten.

»Es war schlimmer, als ich es in Erinnerung hatte. Vielleicht waren sie auch nur brutaler. In jener Nacht zerbrach etwas in mir, Livy. Ich hörte auf, mich um irgendetwas anderes zu scheren als um mein Überleben, und kam zu der Überzeugung, dass ich immer sicher sein würde, wenn ich genug Geld hätte. Aber tief im Innersten blieb ich zerrissen. Bis ich dir begegnet bin.

Du hast mich dazu gebracht, wieder etwas zu empfinden. Du und Henry. Ihr habt wieder Freude in mein Leben gebracht, Lachen und Lächeln. Aber auch darin liegt Schmerz, Livy. Jemandem Zuneigung entgegenzubringen macht einen verletzlich. Was ich empfand, wann immer ich mit dir zusammen war, jagte mir eine Heidenangst ein, Livy. Ich wollte das nicht und habe es mit allem, was mir zur Verfügung stand, bekämpft, aber heute Nacht ist mir klar geworden, dass ich erneut zerbrechen und diesmal für den Rest meines Lebens ein gebrochener Mann sein würde, falls dir etwas zustößt und du vielleicht sogar stirbst. Es ist ungefährlicher, niemanden an sich heranzulassen, aber so ein Leben ist nicht lebenswert.

Ich liebe dich, Livy. Ich weiß, dass ich der Zuneigung, die du für mich empfinden magst, nicht würdig bin …«

»Nicht würdig? Ich wüsste keinen würdigeren Mann.«

»Ich lebe in der Gosse.«

»Du lebst in St. James. Mag sein, dass du dein Leben in der Gosse begonnen hast, aber ich kenne keinen anderen Mann, der erreicht hat, was du erreicht hast. Du bist ein vermögender Mann, der niemandem etwas schuldig ist. Du bist großzügig und hast ein gutes Herz. Ich weiß, dass du das nicht hören willst, aber es ist wahr. Henry vergöttert dich. Und ich nicht weniger, verdammt noch mal!

Ich liebe dich, Jack, von ganzem Herzen und aus tiefster Seele. Es war falsch von mir, auf Briarwood zu hören. Das wurde mir klar, als ich in diesem Haus auf dich gewartet habe. Ich dachte an all die schönen Momente, die ich mit dir und Henry hatte, und betete darum, noch tausend mehr zu haben.«

»Hier irrst du dich, Livy. Briarwood hatte recht.«

»Nein …«

Er legte einen Finger auf ihre Lippen. »Sch. Er hatte recht. Ich habe dich verdorben. Hast du nicht gehört, was du gerade gesagt hast? Du hast geflucht.«

Sie lachte ein bisschen schrill. »Und das Dach ist nicht über mir eingestürzt.«

Er legte eine Hand an ihre Wange. »Ich habe dir in jener ersten Nacht gesagt, dass es nichts gibt, was ein Mensch nicht tun würde, wenn er etwas unbedingt haben will.« Er stieß einen tiefen, schmerzerfüllten Seufzer aus. »Und ich will, dass du – und Henry – für immer zu mir gehört. Heirate mich, Livy.«

»Oh.« Damit hatte sie nicht gerechnet. Sie war bereit, für den Rest ihres Lebens seine Geliebte zu sein, seine Mätresse. Aber seine Frau? »Oh.«

»Ist das ein Ja oder ein Nein?«

Sie lachte vor Freude. »Ich glaube, du müsstest jetzt zumindest vor mir knien.«

»Du und deine verdammte Etikette«, murmelte er kopfschüttelnd, während ein Lächeln seine Lippen umspielte.

Sie legte die Hände auf seine Wangen. »Ja, ich werde dich mit Freuden heiraten.«

»Wir werden es in den Kalender eintragen. Am Tag nach dem Ende deiner Trauerzeit …«

»Sei nicht albern. Ich will dich morgen heiraten.«

»Glaubst du, dass die Londoner Damen dir diesen Verstoß gegen die Etikette je verzeihen werden?«

»Natürlich. Immerhin werde ich ihnen dann beim Tee Geschichten aus erster Hand erzählen können, und deshalb werden sie mir sehr schnell vergeben, weil sie zweifellos alles erfahren wollen, was ich über den wunderbar verruchten Jack Dodger weiß.«

»Wunderbar verrucht?«

»So pflegten wir dich zu bezeichnen.«

»Ich weiß nicht, ob ich heute Nacht in der Stimmung bin, wunderbar verrucht zu sein, aber ich würde sehr gern mit dir in den Armen einschlafen.«

Als sie in jener Nacht mit Jack im Bett lag, wusste sie nicht, ob es Lovingdons Absicht gewesen war, aber im Tod hatte er ihr gegeben, wozu er im Leben nicht in der Lage gewesen war: Freude, Leidenschaft und Liebe.

Kapitel zweiundzwanzig

Briarwood.«

»Herrgott noch mal, ich sagte doch, ich bin nicht da! Wissen Sie nicht, was das bedeutet?«

Jack ging ungerührt weiter ins Arbeitszimmer des Mannes, nachdem er die Versuche des Butlers, ihn davon abzuhalten, ignoriert hatte. Im Raum roch es nach billigem Schnaps und altem Schweiß. Der ungewöhnlich nachlässig bekleidete Briarwood lag auf einer Couch, nur in einem fleckigen Hemd und ohne Jackett, Weste und Halstuch, die achtlos abgelegt im Zimmer herumlagen.

»Ich will wissen, ob Sie schon einmal von Emily Dawkins gehört haben«, verkündete Jack.

Briarwood verdrehte die Augen. »Nein.«

Jack blieb hartnäckig. Da Stanford sie gekannt hatte ... »Sie hat vor sechsunddreißig Jahren in der Küche des Dukes of Lovingdon gearbeitet.«

Der andere Mann starrte Jack an. »Damals war ich zehn Jahre alt, Mann. Was interessierten mich da Dienstboten?«

»Stanford kannte sie.«

»Er war zwölf Jahre älter als ich. Vielleicht war er interessiert an ihr.« Er stöhnte. »Obwohl das eher unwahrscheinlich ist, da er ja anscheinend Jungen bevorzugte. Ich hatte heute Morgen Besuch von Scotland Yard. Sie haben Knochen in seinem Garten gefunden, Herrgott noch mal! Kleine Knochen. Kinderskelette. Hunderte von Knochen! Die Familie ist ruiniert.«

Und was war mit den Familien der Kinder?

Jack konnte die Verzweiflung sehen, die sich in Briarwoods

Gesicht abzeichnete, die Hilflosigkeit eines Mannes, der seine eigenen Interessen immer allem voranstellte.

»Beckwith war auch hier. Ich habe ein Haus geerbt, das jemand niederbrennen wollte. Stanford hatte kein nennenswertes Vermögen, und da ich ebenso wenig besitze, was nützt mir da ein ausgebranntes Haus?«

»Ich kaufe es Ihnen ab«, erklärte Jack, bevor er sämtliche damit verbundenen Probleme auch nur durchdacht hatte. Er konnte das Haus vollständig abreißen und dort ein Krankenhaus für Graves bauen lassen. Ein Krankenhaus zum Gedenken an all die Jungen, die er nicht hatte retten können.

Briarwood setzte sich auf. »Wie viel?«

»Werden Sie erst mal wieder nüchtern, dann besprechen wir die Einzelheiten – einschließlich der Notwendigkeit, Ihre Spielsucht unter Kontrolle zu bekommen.«

»Ich kann Sie nicht leiden, Dodger.«

»Ich Sie auch nicht.«

Briarwood nickte. »Solange wir uns darin einig sind.«

»Ich könnte auch gut auf die Gerüchte verzichten …«

»Betrachten Sie sie als verstummt. Nicht, dass ich eine Wahl hätte. Rupert Stanford wird zweifellos in den kommenden Tagen in aller Munde sein. Ich kann es meinem Cousin kaum verübeln, dass er Sie zum Vormund ernannt hat. So verrufen Sie auch sein mögen, sehe ich doch langsam ein, dass Sie weitaus besser dafür geeignet sind als Stanford oder ich.«

Jack akzeptierte das Kompliment mit einem angedeuteten Lächeln. »Wir sprechen uns noch«, sagte er, bevor er ging.

* * *

Die Hochzeit sollte im kleinen Kreis stattfinden, sehr privat und nur mit sehr wenigen Auserwählten.

Als Jack, Olivia – die ein dezentes, elfenbeinfarbenes Kleid trug – und Henry bei der Kapelle eintrafen, stellten sie fest, dass ihre Gäste sie an den Eingangsstufen erwarteten.

»Wir sind so froh, dass ihr gekommen seid«, sagte Livy und begrüßte nacheinander Luke und Catherine, Graves, Swindler und die reizende Frannie.

»Das muss ich mit eigenen Augen sehen, um es zu glauben«, sagte Luke. »Der berüchtigte Jack Dodger tritt vor den Traualtar! Das wird das Tagesgespräch in ganz London sein, sobald es sich herumspricht.«

»Wir hoffen, für eine Zeit lang damit hinterm Berg halten zu können«, sagte Jack. »Immerhin ist Livy noch in Trauer.«

»Als hätte dich die Einhaltung der Etikette je gekümmert«, meinte Graves.

»Da hast du recht. Ich hatte noch nie etwas für Regeln übrig.« Jack zwinkerte Henry zu, der mit ihm am Altar stehen würde. Der Junge hatte den Ring schon in der Tasche.

»Ich freue mich so für dich, Jack«, sagte Frannie, als sie ihn auf die Wange küsste, und am Strahlen ihrer grünen Augen konnte er die Aufrichtigkeit ihrer Worte erkennen.

»Wir sollten vielleicht lieber hineingehen, um die Zeremonie hinter uns zu bringen«, sagte Livy.

»Nervös?«, fragte Jack, als er ihr einen Arm reichte.

»Nein, überhaupt nicht. Ich bin viel zu glücklich, um nervös zu sein.«

Sie wollten gerade die Stufen hinaufgehen, als eine Bewegung seitlich der Kapelle Jacks Aufmerksamkeit erregte. »Ich habe etwas vergessen. Ich bin im Nu wieder bei euch. Falls es euch nichts ausmacht, geht schon vor und sorgt dafür, dass alles bereit ist.«

»Ist alles in Ordnung?«

»Ja. Da ist nur eine Kleinigkeit, um die ich mich eben kümmern muss.« Er küsste Olivia schnell auf die Lippen. »Ich bin gleich wieder da.«

Als die Tür hinter ihnen zufiel, ging Jack die Stufen hinunter und um die Ecke der kleinen Kirche.

»Hey, Schlawiner! Ich hab ein Geschenk für dich«, sagte sein alter Lehrmeister kichernd. Auf seinen Gehstock gestützt, streckte Feagan seine gichtgekrümmte Hand aus, und darin lag Jacks Medaillon.

Seine Brust schnürte sich zusammen, als er das kostbare Geschenk annahm, öffnete und das Porträt seiner Mutter sah. Wie jung sie aussah, viel jünger vermutlich, als Olivia es heute war. Mehr wie ein junges Mädchen als eine Frau. Dennoch hatte er jetzt das Gefühl, als ob sie während der Zeremonie bei ihm wäre. »Danke, Feagan. Aber ich habe das Geld, das ich dir schulde, nicht dabei.«

Feagan winkte ab. »Ach was. Wenn du das nächste Mal kommst, bringste mir 'ne Flasche Gin mit, und gut is', Junge.«

»Woher wusstest du, dass ich heute hier sein würde?«

»Man kriegt so einiges mit.«

»Du solltest mit reinkommen.«

»Nee, Gott und ich sind keene Freunde mehr, seit er mir die Liebe meines Lebens nahm. Ich würd' nicht wollen, dass er denkt, ich hätt ihm verziehen, denn das hab ich nicht.«

»Frannie erzählte mir mal, sie glaubt, du wärst ihr Vater.«

»Und was hast du dazu gesagt?«

»Nichts.«

»Du konntest schon immer am besten Geheimnisse bewahren.«

»Weil ich vom Besten gelernt habe.«

Feagan lachte gackernd. »Das haste, Junge, das haste. Alles Gute für dich und die neue Missus«, meinte er und wandte sich zum Gehen.

»Feagan!«, rief Jack ihm nach. »Lass dich wenigstens in meiner Kutsche heimfahren.«

»Nee, ich lauf lieber. Wer weiß, was für nützliche Dinge ich unterwegs noch aufschnappe«, erwiderte er augenzwinkernd.

Jack sah ihm nach, als er davonhumpelte, vom Alter krumm und gebeugt, ein Mann, der in vielen Dingen wie ein Vater für ihn gewesen war.

Jack konnte nur hoffen, dass er es bei Henry genauso gut machen würde.

Die Hochzeit war nicht so glanzvoll wie Olivias erste, aber als sie später vor ihrer Frisierkommode ihr Haar bürstete, fand sie nichts daran auszusetzen. Henry hatte als Jacks Trauzeuge neben ihm gestanden. Im Anschluss an die Trauung hätte der Anblick der beiden, wie sie die Köpfe zusammensteckten und irgendetwas ausheckten, sie beinahe zum Weinen gebracht. Jack widmete Henry viel mehr Aufmerksamkeit, als Lovingdon es je getan hatte.

Ein kleiner Teil von ihr konnte nicht umhin, all das zu betrauern, was sie und Lovingdon nie gehabt hatten. Sie wusste nicht genau, warum, aber sie hatte das Gefühl, dass er sich für sie freuen und ihre Heirat mit Jack billigen würde. Da er Jack zu Henrys Vormund ernannt und ihm so viel hinterlassen hatte, musste er viel von ihm gehalten haben. Sie dachte jedoch auch, dass alles viel besser verlaufen wäre, wenn Lovingdon sie über die Schwächen seiner Cousins aufgeklärt hätte.

Sie wusste, dass es manchmal unmöglich war, alles über einen Menschen zu wissen, aber sie vertraute darauf, dass Jack ihr keine unschönen Geheimnisse verschweigen und dass ihre Ehe ganz anders als ihre erste verlaufen würde.

Als sie aufstand und sich im Spiegel betrachtete, konnte sie gar nicht anders, als über ihr hauchdünnes Nachthemd zu schmunzeln, das nur sehr wenig der Fantasie überließ. Sie ging durch das Schlafzimmer, öffnete die Tür zum Ankleidezimmer und schrie erschrocken auf, als sie Jack dort stehen sah.

»Ich kam, um dich zu holen, weil ich das Warten leid war. Aber jetzt kann ich sehen«, sagte er mit schief gelegtem Kopf, »dass es sich gelohnt hat.«

Er hob sie hoch, und sie lachte fröhlich und fragte sich, ob diese Wände je so viel Lachen gehört haben mochten wie in den letzten Wochen. »Ich kann auch alleine laufen, weißt du.«

»Ich trage dich aber lieber, denn so kann ich dein Gewicht einschätzen.«

»Wie romantisch.«

»Du solltest zunehmen. Es käme deiner Gesundheit zugute, und ich will dich sehr, sehr lange Zeit gesund an meiner Seite haben.«

»Dann müsste ich mir aber neue Kleider kaufen.«

»Das musst du sowieso. Ich habe deine Garderobe endlich in meinem Bestandsbuch gefunden.«

Wieder lachte sie. »Das ist nicht wahr!«

»Oh doch. Und ich werde sie dir abnehmen, damit ich dich jederzeit im Evaskostüm sehen kann.«

»Hast du vergessen, dass wir Dienstboten und ein Kind im Haus haben?«

»Verdammt.«

Sie drückte das Gesicht an seinen Hals. »Aber ich kann dir versprechen, splitterfasernackt zu sein, wenn wir allein sind.«

»Damit muss ich mich dann wohl zufriedengeben.«

Er legte sie aufs Bett, und sie kniete sich hin und knöpfte sein

Hemd auf. »Und was ist mit dir?«, fragte sie. »Muss ich mich für das, was ich so gerne sehe, anstrengen?«

Als alle Knöpfe offen waren, streifte er das Hemd über den Kopf. »Nein. Ich verspreche dir, auch nackt zu sein.«

Innerhalb kürzester Zeit hatte er seine Kleidung abgelegt. Dann nahm er sich einen Moment, um sie in ihrem Nachthemd zu bewundern, bevor er dafür sorgte, dass es rasch ebenfalls auf dem Boden landete. Olivia wusste nicht, warum sie sich die Mühe gemacht hatte, verführerisch auszusehen, aber es erfreute sie auch, dass er es so eilig hatte, sie ihrer Kleidung zu entledigen.

»Lass uns auf das zweite Schlafzimmer verzichten«, schlug er vor, während er mit den Lippen langsam über ihre Schultern strich. »Wir haben hier Platz genug für deine Frisierkommode und alles andere, was du willst. Lass uns das ganze verdammte Haus neu gestalten, Livy.«

»Na gut.« Im Moment hätte er alles von ihr verlangen können. Sie rieb seine Schultern, streichelte seinen Rücken und dachte, dass sie des Zusammenseins mit ihm niemals müde werde würde. Sie konnte sich nicht vorstellen, ohne ihn zu sein – oder auf die körperliche Liebe verzichten zu müssen, falls sie schwanger wurde.

»Du wirst mich doch nie verlassen, oder?«, fragte sie.

Er hob den Kopf, um auf sie herabzublicken, und sie konnte die kaum noch im Zaum gehaltene Leidenschaft in seinen dunklen Augen sehen. Das war es, was sie bei ihm bewirkte – sie brachte ihn dazu, sie genauso sehr zu wollen, wie sie ihn begehrte.

»Wie kommst du denn auf so etwas?«, fragte er.

»Wenn ich schwanger werde …«

Sein heißer Mund ließ sie nicht zu Ende bringen, was sie sagen wollte. Seine Hände hielten ihren Kopf fest, während er sie innig und leidenschaftlich küsste und sie drängte, es ihm nachzutun. Als er den Kuss unterbrach, hätte sie sich verloren und enttäuscht fühlen können ohne das glutvolle Begehren, das sie in seinen Augen sah. »Unabhängig davon, ob du schwanger bist oder nicht, wirst du jede Nacht in meinem Bett und in meinen Armen verbringen. Es gibt für alles Möglichkeiten und Wege, Liebste.«

Sein Lächeln hatte etwas leicht Verruchtes, aber es lag auch ein Versprechen darin. Er ließ sich langsam zwischen ihren Schenkeln nieder, drückte den Mund auf ihre Brüste und küsste zuerst die eine und dann die andere. Sie hatte erwartet, dass er nun wieder nach oben kommen würde, um in sie einzudringen, doch stattdessen rutschte er weiter nach unten und legte seine Hände auf ihren Brustkorb, während er ihren Bauch mit Küssen bedeckte, bevor er sich immer weiter an ihr herabbewegte und seine Lippen einen aufreizenden Pfad über ihre Haut beschreiben ließ.

»Oh mein Gott«, hauchte sie atemlos. »Was tust du …«

»Sch.« Es war nur ein simpler kleiner Ton, aus dem sie jedoch das Versprechen von sinnlicher Ekstase heraushörte.

Sanft spreizte er ihre Beine noch weiter und drückte seinen Mund auf das lockige Haar dazwischen. Die erste Berührung seiner Zunge kam so überraschend, dass sich Olivia jäh aufbäumte und fast vom Bett gefallen wäre. Um sich festzuhalten, umklammerte sie das Kissen, aber das genügte nicht, als er sie in eine Welt sündiger, unerhört aufreizender Empfindungen entführte.

Wieder bäumte sie sich auf und vergrub die Finger in seinem Haar, wohl wissend, dass sie ihn eigentlich wegstoßen müsste, ihn stattdessen aber nur noch fester an sich zog. Eine solche Intimität konnte sie nur mit einem Mann teilen, den sie liebte. Und dass sie ihn liebte, stand völlig außer Frage.

Sie war sich sogar ziemlich sicher, dass es unerlaubt war, was er mit ihr tat – und wenn nicht, dann müsste man es verbieten. Allein schon, weil es so herrlich unzüchtig war. Er kannte so viele wundervolle Möglichkeiten, sündhaft zu sein, und sie hatte noch ein ganzes Leben mit ihm vor sich, um sie alle zu erlernen und noch weitere Wege zu entdecken, ihm Lust zu bereiten.

Sie biss in das Kissen, um ihre Schreie zu ersticken, aber Jack zog das Kissen weg.

»Ich will dich hören«, sagte er rau.

Das tat er dann auch. Sie stieß leise, atemlose Schreie aus, als sie sich in selbstvergessener Ekstase unter ihm wand, auch wenn ihr kaum bewusst war, dass sie von ihr kamen. Sie klammerte sich an ihn, während er sie in schwindelerregende Höhen der Ekstase führte und die Lust schier unerträglich wurde. Er wusste mit untrüglicher Sicherheit, wo und wann er sie streicheln oder küssen, wann er innehalten oder mit seiner warmen Zunge in sie eindringen musste. Er liebkoste und neckte sie. Dieser Mann mit den geschickten Fingern hatte einen noch viel geschickteren Mund, der sie ihrer Kraft und ihres Widerstands beraubte.

Dann schrie sie seinen Namen, und noch bevor die letzten heißen Schauer sie durchliefen, war er eins mit ihr geworden und sah ihr in die Augen, während er mit kraftvollen Stößen in sie eindrang, bis sie innerhalb weniger Augenblicke einem weiteren Höhepunkt nahe war. Wie im Fieber ließ sie die Hände über seinen Rücken gleiten, legte sie um seinen festen, harten Po und feuerte ihn zu noch schnelleren, härteren Bewegungen an.

Jack küsste sie gierig, sinnlich und berauschend, und als sie diesmal aufschrie, fing er den Laut mit seinen Lippen ein und stieß dann selbst ein raues Stöhnen aus, da die Welt um ihn versank und nur noch aus überwältigender Lust bestand. Ermattet sank er auf sie, stützte sich aber auf seine Ellbogen, um sie nicht mit seinem ganzen Gewicht zu belasten. Olivia strich mit den Fußsohlen über seine Waden und mit den Händen über seinen Rücken.

»Ah, du bist ein Teufel ... und ich bin froh darüber«, flüsterte sie ermattet.

Jack lachte zufrieden. »Und du bist alles, was ich mir jemals wünschen könnte, und darüber bin ich froh.«

Jack erwachte, weil seine Frau verspielt an seinem Ohr herumknabberte. *Seine Frau* – ein Begriff, von dem er nie geglaubt hatte, dass er ihn jemals mit sich in Verbindung bringen würde. Aber so langsam fand er heraus, dass Olivia schier unersättlich war, und seiner Meinung nach konnte eine Ehefrau keine bessere Eigenschaft besitzen.

Mit einem Knurren stürzte er sich auf sie, wobei sie aufkreischte und gleichzeitig zu lachen begann.

»Ich dachte schon, du würdest nie mehr aufwachen«, sagte sie.

Er küsste sie auf die Nasenspitze, die Stirn, das Kinn. »Ich weiß nicht, ob ich in meinem ganzen Leben je so gut geschlafen habe. Letzte Nacht hast du mich vollkommen geschafft.«

»Ich habe keine Hemmungen mehr. Die hast du mir alle gründlich ausgetrieben.«

»Wie schön für mich.« Er ließ eine Hand von ihrer Taille zu ihrer Hüfte hinunterwandern, zog sie näher an sich und genoss es, ihren nackten, warmen Körper an seinem zu spüren. Dabei dachte er, dass das Gefühl von Haut an Haut die bemerkenswerteste Empfindung war und dass Nacktheit den Vorteil hatte, alles zu offenbaren, was ein Mann am meisten schätzte. Wäre er König, würde er das Tragen von Kleidung – bis auf seine geliebten farbigen Westen natürlich – vielleicht sogar ganz abschaffen.

»Wir müssen aufstehen«, murmelte sie, als er die empfindsame Stelle hinter ihrem Ohr küsste.

Doch Jack rieb sich spielerisch an ihrem Bein. »Hast du es nicht bemerkt? Einer steht schon.«

Ihr helles Lachen hallte durch das Zimmer und schoss durch ihn hindurch. Am liebsten wollte er in ihr sein, wenn sie das tat.

»Es ist mir aufgefallen, aber ...« Sie wand sich unter ihm hervor und stieg aus dem Bett, ohne nach dem Laken oder der Bettdecke zu greifen. Sie war eine richtige Exhibitionistin geworden. Wieder dachte er, wie glücklich er sich schätzen konnte.

»Komm zurück. Alles andere kann auch noch ein bisschen länger warten«, rief er. »Ich habe Henry gestern schon gesagt, dass er heute Morgen im Bett frühstücken darf und dass wir das auch tun werden.«

»Habt ihr das gestern ausgeheckt?«

»Ich fand, es wäre an der Zeit, ihm beizubringen, dass ein Gentleman seiner Gemahlin so viel ungestörte Aufmerksamkeit wie nur möglich widmen sollte.«

»Gute Idee. Nur habe ich bedauerlicherweise gestern Mr. Beckwith über unsere Hochzeit benachrichtigt. Er schrieb, er würde heute Morgen vorbeikommen, um dir das letzte Erbstück zu bringen. Und natürlich möchte ich nicht, dass er uns dann noch im Bett antrifft.«

Jack griff nach ihr und zog an ihrem Handgelenk, bis sie wieder in seine Arme fiel, und dann legte er sich auf sie. »Das letzte Erbstück interessiert mich überhaupt nicht. Er kann es behalten.«

»Bist du denn gar nicht neugierig?«

»Was spielt es schon für eine Rolle? Nichts, was Lovingdon mir jetzt noch geben kann, ist wertvoller als du. Er könnte alles zurücknehmen, denn solange ich dich habe, wäre mir das vollkommen egal.«

Ihr stiegen die Tränen in die Augen. Keine Tränen des Kummers, von dem er hoffte, dass sie ihn nur selten haben würde, sondern Freudentränen. Sie funkelten ganz anders, und die rief er nur allzu gern in ihr hervor.

»Du bist kein Mann, der oft solche schönen Dinge sagt, Jack, aber wenn du es tust, kannst du dir nicht mal vorstellen, wie tief gerührt ich bin.«

»Ich bin kein Romantiker, Livy, aber dir zuliebe werde ich mir die größte Mühe geben – so erbärmlich das Ergebnis vielleicht auch sein mag.«

»Ach, Jack, du ahnst gar nicht, wie sehr ich dich liebe.«

Er fragte sich, ob diese Worte ihn immer so mitten ins Herz treffen und ihm solch ein überwältigendes Glücksgefühl verschaffen würden. Dann nahm er ihre Hand und drückte einen Kuss auf die Handfläche, auf das Handgelenk, den Ellbogen …

Mit einem ergebenen Seufzer murmelte sie: »Da ich nicht die Kraft habe, dir zu widerstehen, verbiete ich dir, mit mir zu schlafen, bevor Beckwith kommt.«

Ihre Herausforderung brachte ihn zum Lachen, und wieder einmal machte er sich daran, Olivia zu zeigen, dass er kein Mann war, der sich etwas vorschreiben oder gar verbieten ließ.

Kapitel dreiundzwanzig

Jack hatte Livy die Wahrheit gesagt. Das letzte Erbstück interessierte ihn nicht länger. Im Augenblick war es nichts weiter als eine Belästigung, weil es bedeutete, dass sie nicht den ganzen Morgen im Bett bleiben und sich schamlosen, leidenschaftlichen Liebesspielen widmen konnten.

Mit der Aktentasche in der Hand kam Beckwith in die Bibliothek und machte eine angedeutete Verbeugung. »Lady Olivia, Mr. Dodger, ich gratuliere Ihnen zu Ihrer Eheschließung.«

Jack hatte gewusst, dass Livy durch die Heirat mit ihm die Würde und den Titel »Duchess« aufgab. Dennoch war er überrascht, als sie mit »Lady« angesprochen wurde, was eine Ehre war, die sie ihrem Vater zu verdanken hatte. Aber sie hatte Jack gesagt, dass ihre neue Position ihr genügte, und er war fest entschlossen, alles in seiner Macht Stehende zu tun, damit sie es nie bereute.

»Danke, Mr. Beckwith«, erwiderte Livy und drückte Jacks Hand, als glaubte sie, ihn beruhigen zu müssen.

»Wir wissen zu schätzen, dass Sie sich Zeit für uns nehmen, obwohl Sie so beschäftigt sind, Beckwith«, sagte Jack. »Da wir aber auch sehr viel zu tun haben, würde ich vorschlagen, dass wir die Angelegenheit so schnell wie möglich hinter uns bringen.«

»Natürlich, Mr. Dodger. Darf ich?« Beckwith zeigte auf den Schreibtisch.

»Selbstverständlich. Was auch immer Ihren Besuch verkürzt.«

Olivia schlug ihm auf den Arm, und Jack warf ihr einen finsteren Blick zu. »Was denn?«

»Sei etwas gastfreundlicher. Darf ich Ihnen eine Tasse Tee anbieten, Mr. Beckwith?«

Beckwith schenkte ihr ein angedeutetes Lächeln. »Nein, vielen Dank. Diese Angelegenheit wird nicht lange dauern.«

Er ging zum Schreibtisch, wo er Papiere aus seiner Aktentasche nahm und sie anordnete, bis er zufrieden zu sein schien. Jack und Olivia nahmen derweil auf denselben Stühlen Platz, auf denen sie auch am Abend der Testamentsverlesung gesessen hatten. Der einzige Unterschied war, dass sie sich diesmal an den Händen hielten. Jack führte ihre Hand an seine Lippen und küsste die Fingerspitzen. Sowie Beckwith wieder gegangen war, würde er Olivia ins Bett zurücklocken. Vielleicht würde er sie aber auch für ein kurzes Zwischenspiel auf den Schreibtisch setzen und erst dann wieder mit ihr ins Bett gehen. Livy wäre sicherlich schockiert, wenn sie wüsste, dass Jack die Bediensteten noch einmal deutlich darauf hingewiesen hatte, dass sie keinen Raum betreten durften, ohne vorher angeklopft und die Erlaubnis erhalten zu haben.

Jack konnte kaum glauben, was sich alles innerhalb so kurzer Zeit geändert hatte. Er hatte sein Leben immer selbst bestimmen wollen, aber er konnte nicht bestreiten, dass andere Menschen seinen Verlauf ebenfalls beeinflussten. Wenn Lovingdon ihn nicht zu Henrys Vormund ernannt hätte, wäre er Livy nie begegnet. Allein dafür schuldete Jack Lovingdon seine immerwährende Dankbarkeit.

Beckwith breitete einige Dokumente auf dem Tisch aus und legte einen kleinen Samtbeutel dazu. Dann faltete er die Hände auf den Papieren und räusperte sich. »Die ursprünglichen Bedingungen des Letzten Willens sind mit Ihrer Heirat erfüllt worden. Deshalb werde ich jetzt den Teil des Testaments vorlesen, der Ihnen bisher vorenthalten worden ist.« Er nahm ein Blatt Papier und räusperte sich erneut.

»Jack Dodger, getauft auf den Namen Jack Dawkins und geliebter Sohn von Emily Dawkins, hinterlasse ich meinen kostbarsten Besitz – meine goldene Taschenuhr, die mir von meinem Vater übergeben wurde, der sie wiederum von seinem Vater erbte.«

Jack sah in verblüfftem Schweigen zu, wie Beckwith den samtenen Beutel öffnete, eine goldene Uhr an einer schweren goldenen Kette herausnahm und sie sehr behutsam vor Jack an den Rand des Schreibtischs legte. Selbst aus dieser Entfernung konnte Jack die großartige Handwerkskunst erkennen und das leise Ticken hören.

Seine Finger schlossen sich noch fester um Olivias, und mit der freien Hand griff er nach der Uhr …

Und zog nur wenige Zentimeter davon entfernt die Hand wieder weg, lehnte sich kopfschüttelnd auf dem Stuhl zurück und erwiderte ruhig Beckwiths Blick. »Er hätte sie nicht mir hinterlassen sollen, sondern seinem Sohn.«

»Ich glaube, das tat er, Mr. Dodger.«

Jack hörte Livys scharfes Einatmen und spürte, wie seine Brust sich verkrampfte und er plötzlich nicht mehr atmen konnte, als wäre dem Zimmer die Luft entzogen worden. Er war sich Olivias fast schmerzhaft fest zupackenden Fingern und ihres Blicks bewusst, aber er konnte sie nicht ansehen. Noch nicht.

Nur mit Mühe konnte er seine Hand aus Olivias befreien. Trotz seiner verzweifelten Anstrengungen, sich zu beherrschen, zitterte seine Hand, als er nach der Taschenuhr griff. Zögernd klappte er sie auf. Dem Ziffernblatt gegenüber befand sich eine ihm vertraute Miniatur. Ungläubig sah er Beckwith an und dann Olivia, die besorgt die Stirn runzelte.

»Das ist meine Mutter.« Seine Stimme war heiser, so heiser und rau, wie sie es gewesen war, als er seine Mutter vor all diesen Jahren angeschrien und angefleht hatte, ihn nicht zu verlassen.

Beckwith erhob sich, um darauf hinzuweisen, dass seine Aufgabe erledigt war. »Der Duke hat mir all seine Geheimnisse anvertraut.« Er warf Olivia einen raschen Blick zu, bevor er sich wieder Jack zuwandte. »Ich hoffe, Sie verstehen, dass Sie das Gleiche tun können. Wäre mir bewusst gewesen, dass Sie heiraten würden, hätte ich Sie schon früher darauf aufmerksam gemacht. Doch wie immer Sie sich auch entscheiden, das, was Sie heute erfahren haben, wird dieses Zimmer nicht verlassen, sofern Sie es nicht wünschen.« Er hob einen Umschlag hoch und reichte ihn Jack. »*Das* habe ich nicht gelesen, aber der Brief ist an Sie adressiert.«

Jack nahm den Umschlag.

»Mr. Beckwith, nur aus reiner Neugierde würde ich sehr gern wissen, wen Lovingdon in dem zweiten Testament zu seinem Erben ernannte.«

Zum ersten Mal schien Beckwith sich ein wenig unwohl zu fühlen. »Es hat nie ein zweites Testament gegeben. Der Duke bestand jedoch darauf, dass ich behaupte, es gäbe eins. Vielleicht kannte er seinen Sohn besser, als man annehmen würde.«

»Er hat sich sehr große Mühe gegeben, um etwas herbeizuführen, was vielleicht nie passiert wäre«, knurrte Jack und war gar nicht überrascht über den Ärger, den er in seiner Stimme hörte. Der Schock über das, was er soeben erfahren hatte, begann nachzulassen, und an seine Stelle trat eine wilde Wut.

»Er wusste, dass es geschehen würde, und zwar früher, als ihm lieb war«, berichtete Beckwith ernst. »Der Duke war dem Tode nahe – er hatte eine unheilbare Form von Krebs. Halten Sie mich nicht für gefühllos, aber der Sturz schenkte ihm einen schnellen Tod, den er einem langsamen Dahinsiechen gewiss vorgezogen hat. Zumindest hat er sich so ein bisschen Würde bewahrt, die seine Krankheit ihm mit Sicherheit genommen hätte.«

»Er hat nie etwas gesagt«, murmelte Olivia, und Jack hörte in ihrer Stimme das Bedauern darüber, dass Lovingdon sich dafür entschieden hatte, seine Qualen ganz allein zu ertragen.

»Er wollte Sie nicht beunruhigen«, erwiderte Beckwith.

»Aber ich war seine Frau.«

»Ich glaube wirklich, dass er Ihnen jegliche Sorge ersparen wollte. Wie er mir bei zahlreichen Gelegenheiten anvertraute, brachte er Ihnen große Zuneigung entgegen.«

Aber Zuneigung war keine Liebe. Ein drückendes Schweigen legte sich über das Zimmer. Jack konnte sich nur vorstellen, was Olivia empfand. Seine eigene Wut auf Lovingdon verstärkte sich mit jedem Ticken der Uhr. Dieser Mann hatte nicht zu schätzen gewusst, was er besessen hatte. Jack griff nach Olivias Hand und drückte sie in der Hoffnung, ihr mit dieser simplen Berührung vermitteln zu können, dass es in ihrer Ehe keine Geheimnisse geben würde und sie sämtliche Aspekte teilen würden.

»Wenn Sie mich nicht mehr brauchen, wünsche ich Ihnen beiden einen guten Tag«, sagte Beckwith und verabschiedete sich mit einer schnellen Verbeugung.

Das Schweigen verflüchtigte sich jedoch nicht. Wenn überhaupt, wurde es sogar noch beklemmender. Schließlich drehte Olivia die Hand und verschränkte ihre Finger mit Jacks. »Ich fühle mich, als wäre ich von einer Kutsche angefahren worden. Ich kann mir kaum vorstellen, was du empfinden musst. Du hattest keine Ahnung, dass er dein Vater war?«, fragte sie leise.

»Nein.« Jack musterte ihr geliebtes Gesicht und war überzeugt, dass er die Antwort bereits kannte, bevor er fragte: »Wusstest du es?«

Sie schüttelte langsam den Kopf. »Ich hatte keinen blassen Schimmer. Ich war sechs Jahre mit ihm verheiratet und kannte ihn überhaupt nicht. Am liebsten würde ich ihn wütend anschreien, weil er mir all das verschwiegen hat. Er war kurz davor zu sterben, und ich hatte keine Ahnung. Aber das war so typisch für unsere Beziehung. Er hat mir nie irgendetwas anvertraut. Ich hätte genauso gut seine Zuchtstute sein können.«

»Sag das nicht, Livy. Der Mann war ein Narr, nicht zu erkennen, was er an dir hatte.«

Sie lächelte sanft. »Da sitzt du und tröstest mich, obwohl du viel bestürzter über diese Neuigkeiten sein musst.« Sie deutete auf das Kuvert. »Wirst du es lesen?«

Er schluckte schwer und nickte dann. »Aber nicht hier. Ich möchte allein sein. Ich werde es dir später erzählen …«

Sie legte eine Hand an seine Wange und den Daumen auf seine Lippen. »Du brauchst dich vor mir nicht zu rechtfertigen, Jack Dodger.«

Er stand auf, beugte sich vor und küsste sie aufs Haar. »Ich liebe dich, Livy«, flüsterte er.

Dann verließ er die Bibliothek und ging zur Tür, die in den Garten führte. Er liebte den Garten, weil er sich dort seiner Mutter am nächsten fühlte. Nachdem er die Bank inmitten der Rosen erreicht hatte, setzte er sich, öffnete den Umschlag und nahm den Brief heraus.

Mein lieber Sohn,

ich hatte immer große Erwartungen in dich. Der Umstand, dass du diesen Brief jetzt liest, ist der Beweis dafür, dass ich deinen Charakter richtig eingeschätzt habe. In dieser Hinsicht bist du deiner Mutter nachgeraten. Sie besaß all die guten Eigenschaften, die mir fehlten.

Deine liebe Mutter war Dienstbotin in diesem Haushalt, als ich mich in sie verliebte. Sie war erst fünfzehn, als sie feststellte, dass sie ein Kind erwartete, mein Kind, während ich siebzehn, jung und dumm war. Und schwach, unglaublich schwach. Ich hatte nicht den Mut, mich über die Wünsche meiner Eltern hinwegzusetzen, und was vielleicht noch unverzeihlicher ist, auch nicht den Mut, meiner geliebten Emily beizustehen, als sie sich hoch erhobenen Kopfes der Kritik der Gesellschaft stellte, um dich zur Welt zu bringen. Um meinen Namen zu schützen, hat sie niemals irgendjemandem erzählt, wer der Vater ihres Kindes war. Von solch bewundernswerter Stärke war sie. Sie wurde entlassen und aus dem Haus gejagt, um sich alleine durchzuschlagen, so gut sie konnte – und ich tat nichts, um all der Ungerechtigkeit ein Ende zu bereiten.

An dem Tag, an dem ich dich bei Claybourne traf, konnte ich mein Glück kaum glauben, weil das Schicksal dich zu mir zurückgebracht hatte. Ich war älter und klüger geworden und konnte mir eine solche Gelegenheit nicht entgehen lassen. Von Weitem beobachtete ich deine Ungeduld hinsichtlich Claybournes Lehren, und ich wusste, dass du nicht lange bei ihm bleiben würdest, dass du viel zu unabhängig warst und bald schon deiner eigenen Wege ziehen würdest, deshalb wurde ich zu deinem anonymen Gönner – anonym, weil ich noch immer nicht den Mut aufbrachte, mich dir und den Sünden meiner Vergangenheit zu stellen.

Mein größter Wunsch war, dich als meinen Sohn anzuerkennen und zu umarmen. Mehrmals begab ich mich mit dieser Absicht in deinen Club. Aber letzten Endes hatte ich Angst vor der wohlverdienten Verachtung für mein abscheuliches Verhalten, die ich vielleicht in deinen Augen gesehen hätte, und blieb meinem Charakter treu und derselbe Feigling, der ich schon immer war.

Ich hege keinen Zweifel daran, dass mein zweiter Sohn unter deiner Vormundschaft lernen wird, die Charakterstärke zu entwickeln, die sein Vater nicht besessen hat.

Ich erwarte nicht, dass du gut von mir denkst. Ich erwarte nicht einmal, dass du überhaupt an mich denkst, aber sollte es hin und wieder doch so sein, dann hoffentlich mit der Erkenntnis, dass ich mein Leben mit nichts anderem als Reue verbrachte – und dass das vielleicht schon Strafe genug war. Meine sehnlichste Hoffnung ist, dass Gott in seiner unendlichen Barmherzigkeit mir im Tode gewährt, was meine Feigheit mir im Leben versagte: einen Platz an der Seite deiner Mutter. Es ist nicht das, was ich verdiene, aber gerade das ist ja das Schöne an der Barmherzigkeit: Sie erlaubt sogar den schlimmsten Sündern, Vergebung zu erlangen.

Hochachtungsvoll
Lovingdon

Es entging Jack nicht, dass er selbst jetzt noch nicht mit »Vater« unterschrieben hatte. Aber Jack war auch klar, dass dies kein Titel war, den Lovingdon sich verdient hatte, und versuchte, ein wenig Trost in der Tatsache zu finden, dass er den Begriff zumindest nicht ad absurdum geführt hatte.

»Ich kann die Ähnlichkeit jetzt erkennen«, sagte Olivia leise.

Jack blickte zu ihr auf.

»Man sieht es nicht auf den ersten Blick, weil du dunkles Haar hast, während er blond war. Aber manchmal, wenn ich ein Zimmer betrat und dich sah, dachte ich einen winzigen Moment lang, ich würde ihn sehen.«

Jack wusste nicht, was er darauf erwidern sollte. Er war noch nicht ganz bereit, über all das zu reden, ja er wusste nicht einmal, ob er es überhaupt je sein würde.

»Geht es dir gut?«, erkundigte sich Olivia. »Du hast fast eine Stunde hier draußen gesessen.«

So lange war es Jack nicht vorgekommen. Ihm erschien es so,

als wenn überhaupt keine Zeit verstrichen wäre. »Wahrscheinlich hätte ich besser eine deiner Uhren mitgenommen.«

»Oder die Uhr deines Vaters.«

Jack schüttelte den Kopf. »Er war nicht mein Vater.« Wieder schüttelte er den Kopf und versuchte, die Wahrheit zu leugnen. »Meine Mutter war erst fünfzehn, als sie mich zur Welt brachte. Mein ganzes Leben lang dachte ich, sie wäre eine Hure gewesen. Er hat ihr das angetan. Mit seiner Feigheit und seiner mangelnden Charakterstärke.«

Er deutete auf das Haus. »Weißt du, was Beckwith vorhin angedeutet hat?« Er wartete ihre Antwort nicht einmal ab. »Dass es gesetzlich verboten ist, die Witwe seines Vaters zu heiraten.«

Olivia wurde blass. »Das hatte ich nicht mal in Betracht gezogen.«

»Das Gute ist, dass ich nicht den Wunsch habe, ihn als Vater anzuerkennen. Ich glaube, er war ein noch größerer Bastard, als ich einer bin.« Er beugte sich vor, stützte die Ellbogen auf die Knie und barg das Gesicht in den Händen, wobei er den Brief an seinem Kinn zerknüllte. »Beckwith deutete an, dass er unser Geheimnis bewahren würde, aber was ist, wenn es jemand herausfindet? Unsere Ehe könnte für ungültig erklärt werden, und dann wären unsere Kinder Bastarde. Nimmt der Schaden, den Lovingdon angerichtet hat, denn gar kein Ende?«

Olivia kniete sich vor ihn, legte die Hände auf seine und zog sie von seinem Gesicht zurück. »Sieh mich an«, verlangte sie.

Es war furchtbar schwer, ihren Blick zu erwidern. Als er noch glaubte, sein Vater wäre ein Fremder, ein Mann, der für das Privileg bezahlt hatte, mit seiner Mutter intim zu werden, war es viel einfacher gewesen.

»Es ist mir egal«, erklärte Livy nachdrücklich. »Es kümmert mich nicht, ob unsere Ehe für null und nichtig erklärt wird. Was unsere Kinder angeht, so werden wir sie lieben und sie lehren, über die Regeln der Gesellschaft zu lachen, wenn sie ihnen nicht passen. Sie werden unsere starken Überzeugungen und die Entschlusskraft deiner Mutter haben, Jack. Wir alle werden deine Mutter ehren. Sie war eine bemerkenswerte Frau. Ich wünschte, ich hätte die Gelegenheit gehabt, sie kennenzulernen. Sie hat mir etwas sehr Kostbares geschenkt.

Ich liebe dich, Jack Dodger. Ich liebe dich von ganzem Herzen und aus tiefster Seele, und wenn ich ohne die Vorteile der Ehe mit dir leben muss, dann sei es so. Ich werde es ohne Reue und mit großem Stolz tun, weil du mich erwählt hast, um dein Leben mit dir zu teilen. Und wenn ich in die Hölle komme, werde ich dort mit dir tanzen.«

Jack legte die Hände um Olivias Taille, hob sie hoch und setzte sie auf seinen Schoß. Unendlich zärtlich bedeckte er ihren Mund mit seinem und nahm begierig ihre Süße in sich auf. Wie kam es, dass diese bemerkenswerte Frau ihn lieben und begehren, über seine Vergangenheit als Bastard, Gassenjunge und Dieb hinwegsehen und ihn als *den* Mann schätzen konnte, der er heute war?

Er unterbrach den Kuss, um ihr in die Augen zu sehen. »Das Einzige, was zählt, bist du, Livy. Du und Henry.« Er warf den Kopf in den Nacken und stieß ein raues Lachen aus. »Mein Gott, Livy, der Junge ist mein *Bruder!* Das ist der Grund dafür, dass Lovingdon mich zu seinem Vormund ernannt hat.«

»Ich glaube, unser Familienstammbaum wird eher wie ein Labyrinth aussehen.« Sie schlang die Arme um ihn und legte den Kopf an seine Schulter. »Das kommt mir alles so falsch vor.«

»Das einzig Wichtige ist, dass ich dich liebe. Und ich liebe auch Henry. Schon als ich ihm das erste Mal begegnet bin, erkannte ich etwas in ihm, das in mir etwas anrührte.«

Olivia hob den Kopf. »Ich würde es ihm lieber nicht sagen, bis er älter ist. Er ist noch zu jung, um all die Verwicklungen und Auswirkungen zu verstehen.«

Jack nickte, weil er ihrer Meinung war. Außerdem war Henry noch jung genug, um vielleicht sogar die Erinnerungen an seinen Vater zu vergessen.

»Es mag gefühllos klingen, weil du so ein hartes Leben hattest, aber es hat dich zu dem Mann gemacht, den ich liebe. Und wenn Lovingdon dich früher als seinen Sohn anerkannt hätte, wäre eine Heirat zwischen uns unmöglich gewesen.«

Jack lächelte. »Wir hätten einen Weg gefunden, Livy. Die Bösen finden immer einen.«

Epilog

Aus Jack Dodgers Tagebuch

Ich wurde als Jack Dawkins geboren, geliebter Sohn von Emily Dawkins und illegitimer Sohn von Sidney Augustus Stanford, Duke of Lovingdon, Marquess of Ashleigh und Earl of Wyndmere – eines Mannes, dem seine makellose Herkunft und seine Titel mehr am Herzen lagen als meine Mutter oder ich.

Ich habe ihm noch nicht verziehen, dass meine Mutter auf die Straße gesetzt wurde, ohne dass er es verhindert hat, und ich bezweifle, dass ich jemals eine hohe Meinung von ihm haben werde. Ich halte es für einen Segen, nicht unter seiner Obhut aufgewachsen zu sein. Er war nie ein Vater für mich. Diese Ehre wurde mir von einem anderen erwiesen.

Feagan war ein zum Galgen verurteilter Krimineller. Dass es ihm gelang, zu fliehen und ein hohes Alter zu erreichen, war ein Glück für ihn und mich. Er brachte mir bei, zu stehlen, ohne erwischt zu werden, und lehrte mich, zu überleben und anderen dabei so wenig Schaden wie möglich zuzufügen. Er gab mir eine Familie und das Gefühl, in Sicherheit zu sein. In allen wichtigen Dingen war er mein Vater.

Als ich fünf Jahre alt war, vertraute mich meine Mutter der Obhut eines anderen Mannes an. Ich erinnere mich nur dunkel an den letzten Winter mit ihr, den Winter, der mein Leben veränderte. Sie bekam einen schweren, rasselnden Husten, der uns beide nicht schlafen ließ. Schließlich hustete sie Blut und aß nur noch sehr wenig. Sie muss gewusst haben, dass sie sterben würde, und wollte mich so gut wie möglich versorgt wissen – und verständlicherweise glaubte sie, der beste Weg sei, sich an den Cousin meines Vaters zu wenden. Sie starb noch vor dem Frühling und wurde in einem Armengrab bestattet, hoffentlich ohne je die Wahrheit über den Teufel zu erfahren, der mich aufgenommen hatte.

Es war nicht leicht, aber Feagans Kinder – oder »Brut«, wie wir genannt wurden, versteht sich sehr gut darauf, Informationen aufzustöbern. Wir fanden heraus, wo meine Mum begraben war, und Graves – der in seiner Jugend Grabräuber war – nahm sich der Sache an.

Heute ist meine Mum dort, wo sie die ganze Zeit hätte sein sollen, und ruht neben dem Mann, den sie liebte. Ich kann nicht umhin zu glauben, dass sie ihn geliebt hat, weil Graves in ihrem Grab ein ähnliches Medaillon fand wie das, das sie mir geschenkt hat. Darin befand sich eine Miniatur des Dukes.

Da die Familiengruft der Lovingdons sich auf dem Landsitz der Familie befindet, der von Rechts wegen meinem jüngeren Halbbruder und Stiefsohn gehört, besuche ich sie nicht oft. Aber ich bezahle den Gärtner dafür, meiner Mutter täglich frische Blumen zu bringen. Ich ließ ihm ein Gewächshaus bauen, damit sie selbst im Winter Blumen bekommt.

Ich erinnere mich daran, dass meine Mum mir einmal sagte, sie verkaufe Blumen, weil es der einzige Weg sei, für ein Weilchen welche in ihrem Leben zu haben, und so traurig es auch sei, sie wieder abgeben zu müssen, sei die Freude, die sie ihr schenkten, solange sie in ihrer Nähe waren, es wert.

Zweifellos ist es anmaßend von mir, aber ich würde gerne denken, dass dasselbe auch von mir gesagt werden könnte – dass ich, solange ich bei ihr war, eine Freude und keine Belastung für sie war.

Bei der Durchsicht der persönlichen Hinterlassenschaft des Dukes fand Livy ein Tagebuch. Sie sagt, es schildert die Liebe des Dukes zu einer jungen Bediensteten – eine so tiefe Liebe, dass sie es ihm fast unmöglich machte, eine andere Frau in seinem Leben zu haben. Sie glaubt, wenn ich es lese, würde ich ein besseres Verständnis für die von der Aristokratie geforderte Kraft und Opferbereitschaft gewinnen und meinen Vater wegen seines Pflichtbewusstseins und Bedürfnisses, die Erwartungen zu erfüllen, die andere in ihn setzten, respektieren.

Vielleicht hat sie ja recht, aber ich bin noch nicht so weit. Ich glaube, dass ein Mann zuerst mit sich selbst zurate gehen sollte, um den Weg zu finden, den er gehen muss, und dass jeder Mann – vom ärmsten bis zum reichsten – schwierige Entscheidungen zu treffen hat. Ich habe in Armut und Überfluss gelebt. Beides bringt eigene Probleme, aber auch eigene Belohnungen mit sich. Die Männer, die ich respektiere, wurden durch ihre Position im Leben oder die Menge an Münzen, die sie in ihrer Tasche haben, nicht beeinflusst. Sie bleiben sich selbst und ihren Nächsten treu, egal, wie gut – oder schlecht – das Leben sie behandelt. Ich bin mir nicht ganz sicher, ob der Duke auf der Straße überlebt hätte. Wir alle sind von unserer Vergangenheit geprägt, und ich glaube, dass ich dank meiner ein besserer Mensch bin. Meine Kinder werden zweifellos sehr viel glanzvoller leben, als ich es tat, aber ich werde dafür sorgen, dass sie die Armen darüber nicht vergessen.

Henry wird vermutlich kein typischer Aristokrat sein – immerhin hat er mich als Vormund. Ich habe die Taschenuhr weggelegt, um sie Henry an dem Tag seiner Volljährigkeit zu übergeben. Das erscheint mir nur angebracht, da er immerhin liebevolle Erinnerungen an seinen Vater hat, was ich von mir nicht behaupten kann.

Livy glaubt nicht mehr, dass ich die schlechteste Wahl für einen Vormund war. Sie ist froh darüber – mehr als froh sogar, würde ich sagen – zu wissen, dass ihr Sohn – und alle ihre Kinder – immer meine Liebe und meinen Schutz genießen werden.

Denn wenn ich auch nur eine gute Eigenschaft besitze, ist es diese: Ich bin überaus fürsorglich und beschütze alles, was mein ist.

Ich bezweifle, dass ich jemals öffentlich Lovingdon als meinen Vater anerkennen werde. Das könnte dazu führen, dass die Rechtmäßigkeit meiner Ehe mit Livy in Zweifel gezogen würde. Und ich werde sie nicht aufgeben. Nicht für irgendeines Mannes Namen, Titel oder Vermögen.

Ich erinnere mich an eine Zeit, als ich nach dem nächsten Geldstück hungerte und alles getan hätte – absolut alles –, um es zu besitzen. Heute sind die mit meiner Livy verbrachten Momente das Einzige, wonach ich mich noch sehne. Sie ist das wahre Gold in meinem Leben. Die Frau, der mein Herz gehört und meine Seele – und meine immerwährende, bis in alle Ewigkeit anhaltende Liebe.

– ENDE –

Darf man seinen Feind lieben?

Caroline Roth
IN DEN ARMEN
DES WINDES
Roman
512 Seiten
ISBN 978-3-404-17248-1

Nach dem Tod ihres Mannes, der ihr nichts weiter als Anteile an einer Plantage hinterlassen hat, bleibt der jungen Französin Fleur keine andere Wahl, als sich auf den Weg in die Karibik zu machen. Doch auf der Überfahrt wird Fleurs Schiff von englischen Piraten gekapert und sie selbst auf das Freibeuterschiff verschleppt. Dort soll sie für Kapitän Pierce Blackhurst als Dienstmagd arbeiten. Ausgerechnet für diesen liderlichen, arroganten Kerl! Diesen Feind Frankreichs! Aber je länger sie an Bord ist, desto mehr verändern sich ihre Gefühle für ihn. Wann immer er sie ansieht, durchläuft sie ein heißes Prickeln …

Bastei Lübbe